中国书籍文学馆·小说林

里下河的杨树村

肖德林 著

中国书籍出版社
China Book Press

图书在版编目（CIP）数据

里下河的杨树村/肖德林著.—北京：中国书籍出版社，2018.1
ISBN 978-7-5068-6664-4

Ⅰ.①里… Ⅱ.①肖… Ⅲ.①中篇小说—小说集—中国—当代
②短篇小说—小说集—中国—当代 Ⅳ.① I247.7

中国版本图书馆 CIP 数据核字（2018）第 022424 号

里下河的杨树村

肖德林　著

图书策划	牛　超　崔付建
责任编辑	李　新
责任印制	孙马飞　马　芝
出版发行	中国书籍出版社
地　　址	北京市丰台区三路居路 97 号（邮编：100073）
电　　话	（010）52257143（总编室）　（010）52257140（发行部）
电子邮箱	eo@chinabp.com.cn
经　　销	全国新华书店
印　　刷	三河市华东印刷有限公司
开　　本	650 毫米 × 940 毫米　1/16
字　　数	260 千字
印　　张	20.5
版　　次	2018 年 7 月第 1 版　　2018 年 7 月第 1 次印刷
书　　号	ISBN 978-7-5068-6664-4
定　　价	42.00 元

版权所有　翻印必究

目录

1974 年的比喻 / 001

耕读传家 / 009

瓜洲访 / 044

火车快跑 / 061

小羽的帽子 / 070

针　毙 / 082

家谱上的逃亡 / 095

红酥手 / 126

灿烂生活 / 140

绣花枕头 / 159

你找红菱干嘛 / 171

醉　红 / 187

钟馗点睛 / 194

一只龙虾爬进城 / 204

癞子凭啥当司令 / 211

城里的月光 / 236

树杈上的莫明 / 243

雪落无痕 / 250

碰　头 / 259

青春朦胧 / 267

称兄道妹 / 287

抽烟问题 / 311

1974 年的比喻

1

你说天上的云朵像什么?

它们不时扭动着自己的身躯,像棉花,像山峦,像森林,更像河流……没错的,你以上的每一个比喻都会得到我们老师麻子的表扬,但是 1974 年我的一个比喻,却让我本该快乐的日子从此提心吊胆,后来我终日躲在床下,睡在泥地上。是的,躺在泥土上的感觉真好,透彻的清凉,可以看到蚂蚁们快速地搬着家,它们忙碌成一条线,就像部队在急行军;我甚至可以跟长胡子的老鼠对视,它们后来根本就不怕我了。

该死的比喻!

而唯一知道这个比喻的人是芋头。

芋头是孤单的,因为芋头的脑袋有点毛病,我们都这样认为,芋头的成绩经常大红灯笼高高挂。挂了红灯的成绩单在芋头手里,像一只烫手的山芋，扔了不行，拿着又难受，所以回家的时候芋头总是走在最后，并把大多数时间都扔在了路上，有时，即使到了家，也不敢进门，伸着脑袋，像一只猫一样探一下家里的情况——芋头怕他爸瘦头。有一年冬天，因为成绩差，芋头的老爸瘦头在雪地上用黑灰画了一个圈，扒光了芋头的衣服，提着芋头的鞋，赶着芋头沿着边线走，每走一步，屁股上就挨一鞋，芋头瘦削的屁股就颤动一下，然后留下一条长长的黄瓜印，这样芋头成了磨房里的一头驴——如果能变成一头驴多好呀，芋头想，芋头冻得浑身发紫，小鸡鸡甚至连尿也尿不出来。

　　侧面看瘦头像个麻杆一样，撑着瘦瘦的脑袋，让你怀疑一阵风来就会把这脑袋吹折了，但是正面看就不一样了，一张阔阔的嘴巴能把吴家圩的白天说成黑夜，黑夜说成白天，吴家圩的人哪个不对这张嘴充满敬畏！更何况还有那双随时会发出亮光的大眼睛，那亮光与别人不一样，刺眼！

　　芋头的成绩虽然差，但这不要紧，芋头很红，突然间就红了，像突然通了电的白炽灯。

　　芋头有个特长，取鱼摸虾。无论哪一条水沟，芋头看三分钟，就会告诉我们这条沟里有没有鱼。芋头会时常在上学的路上，跳进水沟，然后逮几条鲫鱼或抓几只螃蟹送给麻子老师。麻子会笑吟吟地摸摸芋头的头：好，好，好。然后再扫视一下我们说，上课去。

　　我们仰酸了脖子也没得到麻子的一个"好"。

　　芋头成了麻子老师最喜欢的学生，而我则相反，我每天战战兢兢地看着麻子，生怕从他嘴里蹦出什么让我毁灭的话。芋头是艰苦朴素的红小兵，王麻子给芋头编了顺口溜："刘志阳，不平常，小雷锋，美名扬。"芋头的衣服永远洗得干干净净并且永远有一块补丁，补丁也洗得干干净净，他好像就没有新衣服。你知道艰苦朴素，在我们那时是多么可贵的品质，衣服讲究补丁缀补丁，吃饭讲究吃红山芋，可我们喜欢新衣服，喜欢吃红烧肉，只有芋头能抵挡住这样的诱惑。芋头有自己的崇高理想：当好红小兵，长大像雷锋叔叔一样为人民服务。

是的，那天在学校的操场上，麻子在慷慨陈辞唾沫星四溅的时候，我抬头看天，抬头看那些自由自在飘荡的云，它们幸福地聚集或者……就在这时，我看到了一个头像，像极了领袖。我为我的发现激动不已，不幸的是我告诉了芋头，芋头立即变了脸，我也突然变了脸。芋头说：我要报告老师！

我没出息地哭了。我说，我根本没诅咒老人家上天，老人家愉愉快快地在北京指挥着红小兵闹革命呢——你千万别告诉老师，我愿意给你作牛做马，好吗？好吗？

我的天啦，我怎能咒我心目中最最神圣的领袖呀！我觉得生不如死。

芋头冷笑着。从此我在芋头面前总是要夹着尾巴。

我送给芋头的是一只苹果！

要知道我那时候整天在饥饿中。我们经常在乡间的小路上急速狂奔，那是肚子逼的，沉重的饥饿催促我们快点回到家——三间茅屋，有灶膛，有水缸，当然四季不离的是嗡嗡的苍蝇，它们跟我一样，在米饭的香味里跌断了腰。在这个由木头支起的烧火架子上，我学会了自烧自吃，应该说还不到 8 岁，虽然烧的饭时熟时生，但是只要不是生米，我的肚子都能消化它们，并且从中获得力量。

饥饿令人讨厌。你不知道自己什么时候吃饱了，你总是想吃，还想吃好的，所以时常跟着大人走亲戚，不仅跟妈妈，还跟奶奶；不仅跟奶奶，还跟爷爷。爷爷他们经常在夜里偷偷地杀一只鹅，煨一只鸡，香味隔河都能闻到，我再瞌睡，也不会放过这样的机会，我会时时盯着爷爷的行动，并且使自己努力不睡觉，以争取去喝口汤，但是我常常会睡过！

如果，这时给你一只苹果，你会怎么办？

做梦都会流口水！

我们里下河哪里见过如此稀罕而宝贵的东西，没有，我知道它叫苹果的时候，首先已被它香甜的气息迷醉。我不知道爷爷从哪里弄来了一只苹果，我从爷爷手上抢下来的时候，我的脑袋里嗡嗡的，唾沫在舌跟和嗓子就那么不争气地流着，鼻子这时候是最享受的，那种甜滋滋的味道瞬间让我兴奋。我用牙齿感受着它，我的牙齿在苹果皮上轻轻滑动，一点一点……

但是，那只苹果我并没有吃，虽然它的上边留着我的齿痕，若隐若现。我还是把它送给了芋头，我希望芋头为我保守秘密。

2

不是哑巴的到来，我更愿意呆在床底。我不想再看天。我习惯于趴在地上，睡觉，或者想我的心事。在床下我是安全的，我不再想芋头，不再想那该死的比喻，即使有坏人来，我不显身，又有哪个能抓到我呢？当我有次从床底爬出时，吓得篾匠哑巴边跳边恐怖地指着我，发出含糊不清的声音。我爷爷笑了，对她摇手，又指了指自己的脑袋，摇了摇，我知道，他是说我有病呢。我一个骨碌爬起来对他说，爷爷，你瞎说，我没病——

爷爷拍拍我的圆脑袋：葫芦没病，我骗哑巴呢——哑巴张着乌黑的眼睛，喘着气，然后同情地向我笑笑，亮出她的两个酒窝。哑巴看我的眼光是黏黏的。此后，哑巴不时地看床底，困惑地咂嘴巴。

十个哑巴九个巧。我们村的巧哑巴还有一样，长得好。皮肤白净，眼睛水灵灵的，像什么？长大了读了点书我才知道，是黑水银养在了白水银里！那乌漆漆的辫子，编成一根扁扁的跳动的乌绸缎，特别是辫尾常常插上一朵村里刚开的花，走到哪儿，花香就飘到哪儿。谁知道这辫尾除了吸引蜜蜂，还吸引村里男人的目光呢。

竹子是毛竹，毛竹是要劈的，这活有点重，哑巴不干，他爸干。他爸不哑，但是很穷，穷得家里门板都没有了，所以好大才娶上个哑巴当老婆，生了个哑巴，从哑巴落地那天起，老篾匠就坐在不安里，似乎随时会发生点什么。所幸的是，篾匠手里有篾刀。所幸的是哑巴特别喜欢篾刀，甚至篾刀散发的气息。篾刀是削皮的，削竹子的皮，哑巴握着篾刀，青竹不管原来有多么坚硬，此刻都酥了腰，哑巴是满足的，哑巴无声地笑着，任青青的竹皮在怀中舞动。随着这炫眼的跃动，凉席呀、淘箩什么什么的，就从哑巴的手里跳下来。哑巴的手也像一竿细竹，细而长，白白的一根细笋。哑巴会顺手给我编个小蝈蝈的小笼子或者小淘箩，哑巴这时眼睛发亮，嘴里咿咿呀呀，有时还会快速地手舞足蹈，但是，我看不懂。

哑巴在我家做活是派饭，做哪家的活哪家送饭。

哑巴来家里干活的时候，我有点莫名地兴奋。趴着床下，我时常看见哑巴白白的脚。哑巴似乎知道我看她的脚，把脚藏在一堆竹篾里。用一根长长的竹篾，伸到我的面前，烦躁地跳动，似乎在说，看，让你看——

夏天的雨说来就来，外出编席就不行了，哑巴和她爸只能把战场铺到屋里来。茅屋里很静，只有那些篾条在哑巴的手里欢快地流淌，屋里弥漫着竹香。哑巴席子会编花呢。最擅长编鹿，或者写字，写"吉祥如意"。我要哑巴把我的名字编进去，哑巴笑眯眯地应着。我说，我的名字复杂呢，葫芦呀，就是青瓢呀——我在空中画个圆，哑巴这时正咬着几根篾条，随着哑巴点头，那些篾条晃动得有声有色。

哑巴只是答应，但就是不给我编。我说，哑巴，你真坏！

虽然哑巴比我大了几岁，因为哑巴不会说话，我和哑巴呆在一起是安全的。我害怕任何人知道我的反动比喻。

哑巴的眼睛就是嘴巴。

哑巴老爸那几天咳嗽得厉害，直到把自己咳倒在床上。哑巴只剩下一个人。我说了，我讨厌和哑巴一起的人，所以，那几天我很高兴。我常常从床下爬出来，看那些竹篾在哑巴手里舞蹈。

一个人的到来，让我不得不迅速躲进了床下——瘦头来了，瘦头送派饭来了。我知道是瘦头来了，是因为听到了钥匙的碰撞声。瘦头与生产队所有男人不一样的是腰间总有无数把银光闪闪的钥匙，走起路来叮叮当当，这些钥匙表达着一种威仪。那些钥匙管着生产队的钱、粮，甚至各家的快乐与哀伤。一个大男人送派饭，是因为瘦头有的是时间，他把全生产队的人都吆喝下田的时候，他就没事了，他可以晃着个大膀子，撑着大脑袋满村转悠了。

瘦头贼亮的眼睛，扫一下屋里，然后笑眯眯地坐在椅子上（那是我时常趴着睡觉的，我的脸上现在还印着它的痕迹），看着哑巴。我恨死了，哑巴竟然回头对他一笑，露出白白的牙齿。哑巴，哑巴——别理他，让他走。我心里说。

但是我不敢发出一点声音。瘦头点燃一支香烟，那种讨厌的味道充斥了屋子，满屋的竹香被赶得不见了踪迹。瘦头坐立不安，一会儿坐下来，歪着个沉重的大脑袋，一会儿站起来，踱步，踱步。我的心被他弄得烦躁不安。瘦头后来甚至帮哑巴劈起了毛竹，要知道，那是只有老篾匠才能干的活。更可气的是，当哑巴打开瘦头家的菜时，满屋子的肉香。谁还能吃得起肉呀？那只有生产队长瘦头，只有芋头，这个号称艰苦朴素的红小兵呀！哑巴给肉香搞得兴高采烈，我说过的，没人能抵挡得了肉香的，没人！瘦头这时候竟然妹呀哥的哼起了小调，哑巴又听不见，瘦头你哼这些骗人的小调，顶个屁呀——

我不再看瘦头，彻底躺下来，口水在我喉咙里滚来滚去。我只有闭上眼睛，凡事都是眼不见，心不烦，滚他个瘦头的蛋！不幸的是，我竟然睡着了。

我醒来的时候，发现瘦头变成一只呼哧呼哧地喘气的狗了。我看到瘦头骑着哑巴，瘦头裤裆里顶起了一根青竹。哑巴一句话也发不出来。哑巴会哭，哭声没有韵，你要知道村里女人哭都是有韵的，抽抽噎噎，抑扬顿挫，哑巴那种干号，直直的，像锉锯子。

芋头，这就是你的爸，你的当队长的爸。我心里喊道。你还说我是反革命，你爸才是！

哑巴向我的床下爬来，可瘦头像石头压着她，所以她两手前扒，努力伸向我的方向。我这时候盼望有个人来多好呀，哪怕是只能汪汪叫的狗也好，可是，所有的人都被瘦头吆喝下地干活了，只有我和床下的一群老鼠，它们和我一样不敢吱声！瘦头对哑巴说：你向床下爬，床下连个鬼影也不会有！哼哼——

3

再见到芋头的时候，我说：芋头，你爸没啥可怕的，你爸像一条狗！

芋头攥起拳头，但看我梗着脑袋，又虚弱地放下。我要给你告诉王老师，你咒——

我说，算了吧，还是先回家问问瘦头，他没告诉你，他在外面又给你找了个妈？

芋头愣住了，但是芋头善于察颜观色，他盯着我看了两分钟。我说：看什么看？我脸上又没有痣！

然后他点点头，又仰天想了两分钟，我看到他的嗓子不停地吞咽着。芋头抓起一把泥，我以为要摔到我脸上，扭头想躲。芋头又抓起一把泥，说，葫芦，原来我手里有一把泥，随时可以砸到你脸上，所以你怕我，好了，你现在手上也有一把泥了——

芋头停下来看我，那只善于捕鱼摸虾的手高高地举着，那你怎么办呢？

　　芋头松开手，那些泥土从他的手丫里愉愉快快地重新回到地面，它们躺在地上，绝对看不出刚刚它们还是芋头手中的武器。我们就这样吧。芋头说。芋头突然哭了。

　　只是，从此我见着哑巴躲着走。

耕读传家

0

2013年的春天,我在爷爷的坟前挖树,这是一棵突然死掉的杨树。这棵树的突然死亡,让家人感到很不安,迷信地认为,不知爷爷在冥间要告诉我们什么。这棵树原来枝叶茂盛,按道理,根本不会死,怀着某种不祥的预感,我们决定立即拔掉。但树根太深,我们几个人根本刨不出来。这时,我喊歪头队长帮忙。歪头队长正在帮一户人家抬泥浇坟——歪头队长现在靠给四乡八邻帮忙做丧事混口饭吃。当年栽爷爷坟上这棵树,他曾帮过忙,所以对这棵树的来龙去脉能说出子丑寅卯。歪头队长走路,一般扛着脑袋,眼睛乜扫一切,是当年当队长落下的习惯,搞得生产队养鹅场的鹅也一律斜着脑袋觅食。

我给歪头队长一根烟,歪头队长嗅嗅烟屁股,说:这烟味纯,有当年大前门的味道。我说:是有点,中华烟,相当于当年的大前门。你给谁盘坟呢?盘得蛮大的。

哦，是鲁、鲁县长的坟，当然得大点。

我又看了一眼那坟，跟我爷爷是邻居。我想：爷爷你的牛皮又吹中了！突然想起，葬爷爷时我曾经见过这座坟，荒芜成一堆草，当时过度悲伤，没想起是鲁的，更没人告诉我。

我又看了两眼这座坟墓，在河边，朝阳，风水宝地，比我爷的坟高。

1

1987年的夏天，我第二次高考落榜，生产队长歪头隔着河对我妈说，你要叫吴衡回来，找人送礼。我妈正在淘米，低头捡米里的虫子——这些细细的黑色小点子，像跳蚤。它们一样欺负我们，一个在白天，一个在黑夜。吴衡是我爸，我爸在甘肃水县修理汽车，这时候他还不知道我又落榜。水县离家有多远，不知道。远，对我只是一个形容词。天边和眼前只是到沙口镇坐不坐汽车的区别，坐上汽车就是远，不坐汽车就是眼前，睁开眼就能看到。我妈说：我们到哪去找人，谁也不认识。歪头迟疑了一下说：不找人肯定不行，找鲁去。

鲁的名字在我家是个忌讳。

我们杨树村出人才。鲁是"文革"后，我们杨树村的第一个大学生，现在是管教育的县长。我妈哪有勇气去找他，即使我爸回来，也没用的，一个是坐在办公室指挥全县的教育事业，一个是揣个榔头满世界讨生活的人。我爸没勇气找鲁，我完全能理解。

我爷应该有勇气。我爷对我管教严，比如他不许我呼啦呼啦吃饭，没教养；比如他不许我随便吐唾沫，会流失了元气；还有不许我用有字的纸片揩屁股……我爷曾是沙口镇杨树村的村长，管人是他的习惯，回乡知青鲁也逃不脱被他管的命运。那天傍晚，在楝树下，我爷正用筷子掏一只熟咸鸭蛋，蛋黄子黄得发亮，蛋油腻腻地流成片,我发现鸭蛋竟是双黄的,我说:爷,这是只双黄鸭蛋。我爷没理我,只低头看了看凿出一个黑洞的蛋壳,用筷子拨弄了一下,然后我爷抬起头,对在吃饭的我妈说:鲁考上大学了,上海的大学。上海?我妈吃惊中透着兴奋。这下子,秧妹要享福了!

我爷嘿嘿冷笑了一下。

谁知道他是不是个陈世美?爷爷又重重地挖了一筷子蛋黄,狠狠地送进嘴里,蛋油在下巴上流。一片叶子飘落,在地上滚了滚,归于了沉寂,惹得几只母鸡疯狂啄食,最后不过吸了一嘴的苦水。秧妹是我小姑,是鲁的对象。我们那流行定亲。定了亲,就是人家的人。鲁是长翅膀的庄稼,长了翅膀就可以飞,远远地飞离杨树村。

我妈最后嘀咕:怎么没见上门报喜的人?

我家等来的是给他们说媒的人,但这次是把他们说得散伙。

1987年的夏天,爷成了一个老头,没事可做的老头。没几个人想起他曾是村长。我爷答应去找鲁,并且准备了两只芦花大公鸡。两只鸡挣红了脸,为能肩负重任兴奋不已。爷光说去,就是不上车。老跟我说鲁县长高考时刻苦,怕瞌睡,头发悬在梁上,防蚊子,三伏天穿着雨披学习,好像已经没有骨气地忘了鲁差点成为他的女婿。在我的印象里,鲁对给村长家当女婿,好像不太热心。每次都是在屋后的树上学几声鸟叫,我小姑就匆匆忙忙出去了,留下一屋子雪花膏的香味。

鸡子瘦了一圈的时候,我爸回来了。我爸回来,我爷就解脱了。

我看着我爸带回来的白面包出神。面包已经冷却,柔软的弹性正在消失。城里人了不起,把朴素的麦子膨胀成油头粉面的市侩,咧着嘴,随时等待着赞美。现在它贴上标签,就有了城市的霸气,它被我爸作为礼物,征服了杨树村一个个感激的微笑。杨树人似乎不知道面粉膨胀起来,也会成为美食,只知道拼命捶打麦子,变成面疙瘩,变成烧饼,硬得要牙齿的命。我后来坐在河边,把它撕成细屑,喂鱼。

我爸是怎么知道我又没考上的呢？没人告诉他，家里写信一般只有我写，但我懒得写，我宁愿坐在河边发呆。那时没有QQ，没有手机，甚至打个电话还要跑到沙口镇的邮电所排队，当然也可以打电报，一般死了人才会打，××病亡，速归。显而易见，没必要通过这种方式告诉他儿子又没考上。

爸爸回来，是决定我命运的，这是他的权力也是他的责任。

我爸决定送我去当驾驶员。我爸看到驾驶员天南地北跑，见多识广，吃香喝辣，还能蹭个油钱，在配件修理上玩点猫腻，每个司机的皮鞋都锃亮，心里羡慕，当然他更羡慕在办公室吹电风发号施令的人，那中间隔着一张挂得比天高的大学文凭，祖坟不冒青烟，不会落我家门第，我家祖坟连个麻雀毛都没落下。我爸说，他坚信一点，儿子要比老子强，他是个修车的农民，他儿子最起码是个开车的农民。

我根本没真指望你考上大学混上国家户口，泥腿子要上岸，脚上的泥就把你陷死了，没门，我爸说，你以为你是谁呀？鲁，杨树村只有一个！

我爸这么一说，说实在的，我心里轻松不少。要说国家户口现在是多么没意思，那时对我，对我全家，不仅是荣耀，还有一份实实在在的实惠。国家户口不仅有一份光宗耀祖的工作，而且有米有面有油，有粮票。为找粮票，我妈要不断地给一家有海员的邻居送上香喷喷的油和白花花的米，还要送上热乎乎的笑脸，给我爸换粮票，全国粮票，我爸不能背个米袋子满世界走。

妈妈的，国家户口可以顶替，我爷爷睁着醉眼说，世世代代都是国家的人，每月有工资，像自来水，一拧就有，退休后还拿，鲁这小子确实是好样的。鲁就这样深刻地影响我们村每个人的谈话。我爷没啥文化，没有念过一天书，肚子里没墨水，后来自己"造"字勉强应付了工作。小时候，他曾经站在人家学堂门口三天，旁边是座茅房，臭不可闻，苍蝇嗡嗡地钻鼻孔。上学堂，要两担稻，上不起。他对有文化的人，莫名地表达着好感。每年春节都会派我带上一点肉，请庄上的麻子先生来写毛笔字，净手焚香，写"向阳门第"，写"耕读传家"。写字先生走了，我爷会挂起来，歪头咂嘴地看半天，目光就落在我身上，懂不懂呀？我胡乱点头。其实，耕与读，我都不喜欢，耕不就是头牛么，读不是还要跟着老师咿咿呀呀地念下去，何时是个尽头。呵呵，明年春联你写，我爷说。我爷的字像是篾片子划的，该直的直，不该直的也直，看他的字，就像是家里的竹园种到笔记本上。我爷其实有一支很好看的黑笔，英雄牌，镏金。拥有一支钢笔，在那时应该比现在拥有"爱疯"要时尚许多吧，我想，应该像战争年代拥有一支驳壳枪一样。

能有个国家户口的城里人，有个识文断字的学问人，对我家是多么大的奢望。

我家最有希望捞到一张国家户口的是我爷，但他到死户口还在我们杨树村，虽然他那支镏金英雄钢笔给许多人办过变成国家户口的手续。他是有机会到供销社当干部，但他没读过书，干不了。他死的时候，城市户口几乎不值钱，值钱的是农村户口。我几乎转了个圈，最后转不回来了。

2

爸爸在等我一句话，我在等他一个行动。

要他丢下薄面很难。难道你那点面子比你儿子的前途还重要？我只看到他扶手摸脚，看着芦花鸡发呆，看不到他准备到沙口镇买票进城。我不知道我们等到何时。

我坐在河边，看鱼。

我家前后左右都是河流，我家就坐落在岛上，只有羊肠小道，推个自行车都要逼仄个身子,四季收成进出靠肩扛。岛上黑土肥沃,像枚颜色常变的棋子,棋盘是纵横交错的河流。水中刨食,谈何容易。我爸早知道,水其实最难伺候。冬天罱河泥,他曾经连只靴子也没有,赤脚!稍不小心,就会滑入零下数度的河里。要不断地跺动船板,才能勉强不把脚冻掉。爸爸是有布鞋的,但怕沤烂它,舍不得穿。同船的龚六叹口气回家取了一双大大的草鞋,我爸含泪穿上。一阵西北风,跟刀一样斩断了一些残枝枯叶,我爸一抹脸说,噢,要下雪喽。

我正在看鱼的时候,龙扣牵只老牛从我身边走过。龙扣面无表情,跟在后面的老牛摇头晃脑,不时歪过头来啃路边的芦苇或者瓜藤。我本来想问他为什么不给老牛套个笼头,但我改变了主意,因为我想到了阿箩。阿箩是我的同学,阿箩是龙扣的儿子。去年他落榜了,他没像我一样到沙口中学补习,而是去当了兵。龙扣白我一眼,继续垂着眼皮,半睡半醒地走。老牛不失时机地拉一摊屎,然后没事人一样继续赶路。我话到嘴边又咽回了肚子。我想我有阿箩的地址,不需跟你费口舌。

我看到小鱼贴着水面游,它们张着嘴,无聊地吞咽。那些稍微有点本事能潜水的鱼,我只能偶尔看到它们一只尾巴或者半个脑袋,它们生动着。面对它们寡廉鲜耻的挑逗,我要想点办法。人跟鱼一样,有本事的在深处,打多大的浪也没人看到,没本事的,划道水痕,屁股也给人看得清清楚楚。我想得很明白,我们农村人死乞白赖地做着同一件事,逃离土地,逃得越早越好,越远越好。鲁是这样,我爸也是这样,现在轮到我,虽然身份悬殊,但目的一样。

3

我准备了一把鱼叉,想为家里弄点下饭菜。

鱼叉是铁匠铺龚六打的。龚六对我非常热情,薄薄的脸上两只眼睛非常突兀地骨碌着,好像对我找他打鱼叉特别欣慰。他边打边说:这就对了,这就对了,老闷着会闷出病来。我看着铁片在煤炭炉子里变得通红,龚六呼呼地拉着风箱,汗在他身上成排成排前赴后继。他说:国家户口,好。没有,也不要紧,杨树村几百号人不就出了一个鲁么?其他人都不活啦?龚六眼睛骨碌一下,饱饱地打个嗝,叮叮当当地敲,火花四溅。走远点,别烫着。龚六对我说。龚六肩上搭条天蓝毛巾,被厚厚的汗水浸透,几乎成了黑色。龚六说:人说世上三样苦,撑船打铁磨豆腐。我打了几十年铁,也没苦死,照样有个乐。你一咬牙,一屏气,苦就被你吞下肚子,从肛门屙掉,剩下的是啥?乐!我皱着眉,心里似有所动。世上只有饿死的,你听说有做死的么?龚六转过头,笑吟吟地问我。这个平时沉默的人,说的话似乎也有点道理,我从那一天起,常有伏下身去的感觉。我拽下他的毛巾,说,我给你到河边洗洗,让你凉快凉快。我后来对龚六说:我真的不是怕苦,你说的苦我都能吃下去。我不甘心啦!我的鱼叉已制作完成,五个齿,中间长芯带倒钩,扎到鱼身上一准扎成蜂窝煤。龚六抽根烟,眯着眼,你说的苦,我和你爸都能理解,可怎办呢?龚六用我刚给他洗过的毛巾擦脸:寻死不如赖活,你会越活越明白。现在你都不服,谁又服过呢?头破血流,你就服啦。龚六叮叮当当又敲,左手夹钳,右手抢锤,火花飞溅,他不再理我。

  龚六原来是我爸的说客。我差点被他说动。我蹲在河边,拿着鱼叉,对鱼说:我差点去学打铁匠。打铁好不好呢?当然问你们是白问,当铁匠就要打鱼叉,鱼叉就要戳死你们。这就是命运,我们谁也逃脱不了。小鱼自顾悠哉游哉咬尾巴,偶尔大鱼在水面荡个大水花。我看到那条白鲢,它悠闲地甩着头,偶尔一根青草让它咀嚼半天,像个老翁品酒,然后一甩头,扔了,再悠悠闲闲地赶路。我看着它,看着它乌黑的背脊漾出一圈圈水花,嘴上的胡子荡来荡去,仿佛说：我吃饱了。我手上握着鱼叉，没有把它变成飞镖，是不忍，还是不能？我和白鲢都无法回答。

我已上路，但现在方向不明，我的同学阿箩说，这好比玻璃罩子里的苍蝇，有光明没前途。我爸似乎在我的背后安了一双眼睛，他知道我落榜，还知道我要去铁匠铺，他还知道我一些啥，我不知道。

我等不到爸爸的行动，只好自己行动。

我鼓足勇气去沙口邮电所打电话，虽然此前我已数次在这个地方徘徊。这时还没有私人电话，只有邮电所有人工电话，先要填单子，我平生第一次用颤抖的手写下要呼叫的号码"江城2826"。当听到报话员长而清脆的声音，"2826——电话来了"，我的心已经忘记跳动了，何止于此，呼吸也忘记了。在电话亭子间，我听到话筒里嘟嘟的声音，然后听到一个男声，我说我找鲁县长。那人说：鲁县长到乡下去了，然后毫不留情地挂断了电话。我站在电话间好久，话筒上全是汗。这次通话花了0.2元钱，您知道是啥概念？一顿中饭的菜金才5分！但是我很满足，因为我不知道，如果是鲁县长接电话，我该说什么。我想，我仅仅想听听他的声音而已，说的还是不是我们杨树村的话。

此后，见一见鲁县长的愿望像蚂蚁吞噬着我的骨头，虽然我连续几天徘徊在小邮电所的门前，但再没有勇气要通电话。我谁也没说，饿着肚子，一个人爬上公共汽车，冒着高温来到县城，走在正午的水泥马路上，满世界一片白。我在无数手指的指挥下走到县政府的时候，除了满院子热辣辣的阳光，连个鸟的影子也没有——政府下班了。我甚至连打听一下哪是鲁县长办公室的勇气也没有。但是，我看到了传达室有一排白白的袋子，其中有一只袋子上赫然写着鲁县长的名字。

我满足了，又回转身去车站——下午的班车只有一趟，迟了，就回不去了。我的瘦弱而单薄的身影在县城白花花的水泥路上疾走，随时有被蒸发的危险。我没有吃饭，后来我趴在公厕的水龙头前牛饮了一番。水能当饱。喝了城里的自来水，肚子不再咕咕叫。我拍拍肚子，回家吧。

我爸是否知道我去县城找过鲁县长，现在还是个谜。我找鲁的要求很简单，能不能写个条子让我到县城中学复读。相对我就读的沙口镇中学，县中是圣殿。人分三六九等，学校也是如此。我们是县里面的三流学校，当我们明白这一点的时候我们很痛苦。痛苦什么？痛苦我们的学生生涯会突然止步。我们经常发现班上的同学上着上着，没了，再打听，学手艺啦，过不久，就会在那些走村串户找饭吃的手艺人里面找到他们的身影。一度学校要改成农业职校，除了正常的数理化，还要学一门课："土壤化肥知识"，为回家种田做准备。谁说回家种田一定要懂土壤知识，父母大字不识，不照种一辈子田？

我下了汽车，在沙口镇街角的烧饼摊买了一只芝麻烧饼，又到河里捧了几口水喝，最后决定去医院碰碰兰。只能说碰，是我不敢肯定能不能遇到，更重要的是如果遇到，能不能有勇气说上一句话。兰是我的初中女同学，我给兰写过信，一年一封，这事阿箩知道。我装作是到医院看望病人的，急匆匆的样子，医院能进的门我都探了下脑袋，但是没有看到兰。

4

我爸要给我定一门亲。男人只有有了牵挂才能沉静下来，否则只能是飘的，飘的男人总有许多奇奇怪怪的想法，莫名其妙的做法。在我爸的眼里，二十岁的男人都要逐步克服这些想法，定一门亲是最好的办法，给这只飘着的风筝系上绳。不错的，他们选择了玉琴，铁匠龚六家的姑娘。我爷像跟大人谈话一样跟我谈。我说：爷爷你老了，这些事我自己来。我爷笑了，摸摸我的脑袋：老了才要管，老了才希望看到你早成家。我说：我还要读书，如果没学校收我，我自己自学。爷的脸上老人斑摞在一起，成个铜钱，这些铜钱要买他余下的光阴。爷说：只是定亲，不影响你学习。我说：爷，我没想过这事，你让我想想。爷爷说：好，你想想。爷一边说一边刨着一只梨，长长的梨皮委顿着身子，像一条青蛇在手里跳跃。我突然发现，爷的左手半边皮变成了纯白。我惊讶地跳起来：爷呀，你的手得白癜风了。爷停下来，平展着手，左看看，右看看，叹口气，老了，什么毛病都来了，排着队来。我不安地说：这恐怕要遗传。爷把削好的梨递给我，不安地张大嘴巴。真会遗传？那又是谁传给我的？爷不服气地问。当然是太爷或者太太爷啦。他们都不长寿，还没显示出来呵。爷皱着眉头说：不错，他们都没活过50岁，我60多，还没被祖宗召去，就是要看着你成家，我好抱重孙子。爷的声音重了，憋气似的。我不安的是我的皮肤如果也变白了怎么办？我不断地看手，又看脖子，后来看脚，发现了好几个形迹可疑的白点，我抠它们，直到抠出血。我虚汗淋漓，信心全失。

龚六上次跟我谈话，不仅是爸爸的说客，还有要考察未来女婿，不动声色地考察。

我和我爸给抽穗灌浆的稻子打农药。我妈看我闷声不响地穿上厚厚的蓝布中山装，本想说什么，被我硬硬的目光阻止了。日头正中，稻飞虱、白蛾正激情奔放，它们在灼热的阳光下舞蹈、交配，产出更多的子孙与我们争饭吃。我们只有一起喷药才能杀死更多的害虫，两架喷雾器会断了它们的逃亡之路。我不知道这喷雾器是谁的发明，我和满世界的庄稼向它致敬：它不仅高效准确地杀灭了害虫，它还让我目不识丁的奶奶、妈妈有了机械知识，让她们坚信读书有用，读书照样可以读出大米和棉花。背上的喷雾器六七十斤，稻田的温度四五十度，稻穗开始扬花，小小的花粉在皮肤上肆意游走，痒，但抓不住，只能带着怨气抓皮肤，抓出血，农药一刺激，灼痛。我拼命压喷雾器的手把，背带向肉里钻，一下一下，农药雾水复仇似的喷向那些只知道吸食水稻骨髓和盲目交配的害虫，它们在喷枪下毙命，稻秆下面躺了一层它们的尸骨。劳动的快意冲出胸腔。龚六说得对：只有懒死的，哪有做死的。但我后来一阵眩晕，毫不犹豫地一屁股坐在水田里，臭水和烂泥淹没了我半个屁股。我爸听到异响，向我这边张望，很沉着，然后问：什么事？我不睬他，但不争气的眼眶突然一酸，眼前一片朦胧，周边的声音都远了。可能吸食了农药，我拼命喘气，喷雾器千斤重，我不得不丢盔卸甲，逃出稻田。到田垄上我发现两腿叮满蚂蝗，它们悄悄地潜伏在我的皮肤上，把我当血包子，贪婪地吸，腿上几处还在流血。我一条一条把它们拽下来，踩在地上，使劲地揉搓，直到它们都变成灰尘，永归天国。后来，我做噩梦，常梦见蚂蝗，它们似乎从那一刻起，便蛰伏在我的血管里，逮着时机便作祟。

但我现在是快乐的，劳动不过如此。劳动是味药剂，专治忧伤；苦是屎，从肛门屙出，就痛快了。我回望父亲，他嘎吱嘎吱地摇着喷雾器把，周边一遭的雾，人像颗西瓜在绿色的波涛里浮浮沉沉。

再次坐到河边的时候，我一直在想这个事，后来我想明白了，我不过是要做给我爸看，没出息的是我已准备接受他的安排，接受玉琴。我想我现在就是龙扣牵的牛，只有套上笼头才能低头安心耕地，否则总要仰头看外面，时不时地啃一口青枝绿叶。荒废时光不说，还影响了收成。

龚六和我家隔一条河，是一个水猛子的距离，为了练一口气，从河南扎到河北，我练了几个夏天。当最后练成的时候，第一个看到的是玉琴，她脸红扑扑地站在河岸的树荫下。后来，这身影逐渐模糊，在我求学时从未想起。铁匠是个好人，铁匠愿意把他宝贝女儿嫁给我。我爸说，你要知足，你自己看你自己哪点赢人？我白天看手，晚上看影子。月亮孤独地照在杨树村，我坐在高高的河堤上，河水宁静得像傻子，白天在河面上游弋的鱼，现在可否安好。月亮在树杈间眍个白眼，眨都不眨。杨树村太安静了，一个异样的声音都能把人吓醒。在这个夜晚，我跳进河，留个脑袋，身子全溶化在水里。我来自水，我嗅到河水的气息，它穿透我的五脏六腑，我成了浑身透明的银鱼。我看到我的骨头原来是一棵树，支撑着我走了二十年。这棵树原来一直梦想栽到城里，但现在发现水里才是它最好的位置，在水里，它的每一片枝叶都尽情呼吸。我看到了那只白鲢，我知道是它，迎着月光，它跃出了水面，似乎要向月亮进发。

后来，我游到玉琴家的水码头，坐在码头上，变成一个影子，与身边的芦苇一起摇曳。我数着一二三，我想玉琴应该出现，但是她家黑灯瞎火。我一个猛子扎到河底，摸出几片瓦瓣，一片一片扔向玉琴的窗子。后来玉琴终于拉亮了灯，走出屋外。我想她肯定看到了我，因为她尖厉的声音把杨树村宁静的深夜划出一条口子：鬼，水鬼！我知道她昏倒了，因为她家一片忙乱：鬼在哪里？

第二天杨树村传说，有水鬼在夜晚出现，所有的人都惊出一身冷汗。村里每年都会有孩子被水吞噬，都变成了水鬼，杨树村河里水鬼成群。

我不说破，任由这个传说发酵、变形。

后来，家里再说玉琴，我坚决摇头，玉琴精神可能有问题，世上哪里有鬼，她神经错乱。他们商量了好多天，终于同意了我的说法。只是爷爷看着我露出诡异的笑，笑得我心里长出一片茅草。

龚六隔着河叫我去他家吃晚饭，我装作没听见，只顾低头想心事。喊着喊着，变成了葫芦饭，一条河的人家都笑了，葫芦饭是个啥饭？我红着脸不答。

我爸的如意算盘彻底破产。但我感到对不起玉琴，让她在杨树村有了鬼名声，更感到对不起好心的铁匠龚六。

我在河边筑了一个小小的坟墓,埋葬了小小的鱼叉,我不能用它穿透水中的鱼,唯一的办法,是先把它埋葬。

5

乡邮员是个瘦削的歪嘴家伙,我们叫他"瘦猴"。他把自己顶替成"国家户口",整天牛哄哄地在全沙口的办公室转,所以他喊我的名字很不耐烦,因为这是一封挂号信,必须要我签字,他才能完成任务。这是我平生第一封挂号信。签完字,我听到这个瘦削的家伙如释重负地叹了口气。他满村找吴大志,而全村几乎只知道我叫吴葫芦。我歉意地向他笑笑,羡慕地看着他远去的背影,我羡慕所有上班拿工资的人。如果没这建筑学校的通知,我就想到供销社站柜台了。县里为高考落榜生办了个建筑学校,这让我爷看到了希望,有学上,就有前途,前途就是不用种田,不用被老子带到甘肃学驾驶员。我想了三天,对我爸说,我不上这个学校,这个学校不转户口,不转户口算什么呢?我要上补习班,考真正的大学。我爸愣了一下,我爸气得掼杯子。

只有我爷看我,嘿嘿地笑。他的白眉毛已经长成了两把扫帚,抖抖地在眼睛上扫来扫去。你还笑?我哭着对爷喊。

春天,我走在沙口的街上,原先的供销社已经变成了星地超市,被一个叫瘦猴的人承包了,生意还可以。镇上人说,瘦猴现在是大老板,我想如果不是那份建筑学校的通知书,我现在也许是他的员工。我说:瘦猴是不是邮电所送信的?镇上人点头称是,现在没人写信了。当时供销社开始改制,最重要的是向全乡招聘,供销社是一个多么香的单位,都是干部子女顶替的位置。只要高中毕业,投资5000元钱,就可以逃离种田的命运,也不要去遥远的甘肃谋生。关键可以转成"集资户口"。我动心了,我爸有点不甘心,他还想带我去当驾驶员。我爷一喝：当死驾驶员还是个讨饭吃的，供销社是什么？是国家的单位。我爸不吱声，找龚六诉苦去了。

广播里有一句话，叫择优录取，你优不优谁来说，自然是供销社里当家的，想来那两只芦花鸡就上了供销社某人家的餐桌。你能被择了优，别说两只芦花鸡，一窝鸡都值，爷说。其时，我正眼盯着电视。我家有一台14吋的黑白电视，放在我爷的屋子。虽然雪花飘飞，我看到外面的世界贴着荧屏飞来，它们呼呼啦啦撞得人眼睛疼。我此前几乎没有看过电视，我克制着自己的愿望。歪头队长说：能抵挡住电视的诱惑，葫芦有出息。

我在寻找电视上鲁的身影。

此时，秋天即将来临，门口楝树上的知了叫声已没有了夏天的热闹与自信。我想到骆宾王的蝉："无人信高洁，谁为表予心？"我喜欢骆宾王的才气和勇气，听着满天的蝉声，骆宾王似乎背着手，领着一群鹅子，在杨树村弯弯曲曲的小路上出没，随风摇动的芦苇成了满天飞扬的标点符号，左左右右飞落、升起。他的腰很直。

睁开眼，不过是个白日梦。这个夏天，我常做梦，白日梦。

6

乡邮员瘦猴在给我挂号信的时候，还给了我另一封信，没有邮票，盖着红红的八一印章戳，信来自东北大连。握着信，看着生动玲珑的字，扁嘴凹眼的阿箩似乎就在我对面。

去年落榜，阿箩在家睡了三天，没喝口水，嘴边燎出一排泡，唾沫都吐不出。他爸也不疼他。他爸龙扣放完了牛，在院子里呼哧呼哧给牛铡青草。突然，龙扣停了刀，扭过头，对南屋厢房喊：我恨不得铡了你！我踩上了这句话，心里一哆嗦，捏着鼻子溜进阿箩的南厢房。龙扣喊完，扔下铡刀，抽烟，腾起一团蓝雾。闭着眼，目中无我。阿箩木然地看着我,嘴角牵了一下,还是没发出声。南厢房很热,东窗的太阳把床晒烫,西窗的太阳把床烤出火,几乎可以听到木床被烤裂的声音,只有风不进来,绕道走。

阿箩说:我一定要离开杨树村,一定。我看他目中冒火,深仇大恨似的。这家一分钟也待不下去。这时院子里又传来呼哧呼哧铡牛草的声音,偶尔有牛吃草迫不及待的哼哼声。我说你还复读么?阿箩一手倒插进长长的头发,无奈地低着头,嗡嗡地说:我得听他们的。

我和阿箩都喜欢兰。

你的后面怎么长了这么多眼睛?阿箩有次半真半假地对我说。

当时,我吓了一跳。

你看这是你妈妈的,这是谁的?阿箩沉吟一会说:明白了,这是兰的。我转身跳起来,死阿箩,你胡说八道哎。提到兰,我的心尖子一跳,然后热遍全身。

阿箩又凑过来,对我说他的梦。阿箩一直在做一个梦,一个长长的梦。阿箩总梦见自己接受记者采访。记者很年轻,年轻得面目模糊,除了宽大的镜框什么也没有。阿箩挪挪身子,注视着那宽大的镜框,但是却没有声音。阿箩等待着,很焦灼,因为阿箩不知道他要提什么问题,而阿箩心中更是没有答案。这种感觉与被数学老师提问是一样的。然后,阿箩看到报纸上登着他的名字,满世界飞,那些字都长着色彩斑斓的翅膀,而阿箩的名字看上去却陌生得不像阿箩的名字。阿箩经常重复着这个梦,阿箩非常非常愿意把自己永远摆在这个梦里。

阿箩讲着梦,脸色潮红,像块大大的红萝卜皮。

沙口中学三排教室,每排教室的顶头有一面墙。墙空着,可惜。不知哪一年,哪一届,哪位老师想出来,砌成了黑板,出黑板报。别小看了这三块黑板,只有字写得首屈一指的同学才能被指定去出黑板报，每天多少师生站着看，看完这块看那块，个个都是评论家。

初中生阿箩，别看他名字筐呀、箩的，土气，但写出的字用两个字形容：潇洒。同学自然自叹弗如，语文老师看了，先是一愣，然后嘿嘿笑了：我以为是庞中华到我们班来了。阿箩写粉笔字，捏个粉笔头，翘个兰花指，粉笔像蝴蝶在黑板上飞翔，发出吱吱呀呀快乐的声音，抄完黑板报，阿箩女孩子似的红着脸，回到座位，我看到他的手一直在微微颤动。我羡慕地摸摸那为阿牛立下汗马功劳的手说：这手也不咋的，怎就写出如此漂亮的字呢？阿箩笑笑：学我叔……我叔字更好。在阿箩眼里，黑板不是黑的，是个彩色的；更不是沉默的，而是喧哗与骚动的，是他展示的舞台，他要展示给兰看。

阿箩的字写得通灵剔透，但阿箩的作文不咋的，阿箩说这是他的死穴。阿箩有天拿着张纸，纸上被他那双鬼爪子捏得全是汗痕，皱着眉对我说：救救我吧！

他说你帮我写封信。我嗤了他一下，笑眯眯地看着他，不应他。阿箩看着我急了，写封信有啥么？

这是一封写给兰的求爱信，既要表示仰慕又不能失了男人的尊严，还要能展示文采，要可进可退。阿箩叮嘱我。我愣着，我也喜欢兰，但我不知道可以写信，阿箩提醒了我。我在油灯下，咬着笔杆枯坐一晚上。不是我没话说，而是我话太多，不知从何说起。后来我在纸上写满了兰的名字，写到最后，一片迷茫。灯罩已经被熏黑，我拔下来，看着火苗一下失去精神，散淡开来。我想，兰读到这封信该是什么心情。鲁阿箩欺负我。我想，要写你写。后来我就忘了鲁阿箩，我变成了吴葫芦。

第二天，信揣在我怀里，像个随时要奔跑的兔子。当我把这只兔子小心翼翼地送进邮箱的大口里，我喘口气说：鲁阿箩，对不起，我不能帮你写信。

但是，兰没给我回信，我等得唉声叹气，怀疑信被那个瘦猴子歪嘴邮递员烧掉了。

最终，阿箩没有再复读，当兵去了，揣着成大书法家的梦。

我第一次复读是那年一个冬天的早晨，阿箩跑到学校来看我。教室里每个人嘴巴里喷出的全是雾气，这种雾气使人昏昏欲睡。我读着读着，就趴在桌上，几乎要睡觉。我有睡不完的觉。这时鲁阿箩偷偷溜进教室，凑在我的耳边说：嘿嘿，我要当兵去啦！

这话惊醒了我。军队、军人、军装，多么神圣的字眼。我摸摸自己的眼角，这地方总是不自觉地挂上点眼屎，我有点兴奋地说：这是真的吗？阿箩不答，只是咧开宽阔的嘴唇，眼睛眯成一条缝。我认为这是一件神圣得不能再神圣的大事，不能大声说，一说，就显得那么草率，所以我们拿出笔在纸上飞速地画着。

画着画着，我们嘎嘎笑。

我说，你怎么没找你叔？

阿箩变色道：那人我们不找，我家没这个叔。我说：如果我家有这个叔，我还不美死呀。

他叔是鲁。阿箩家确实没找这个叔，阿箩说：找了也白找，这个叔六亲不认，穷人要有穷人的骨气。

阿箩当兵去的地方有海，咸咸的风天天腌制阿箩的小白脸。阿箩说，小时候的日子是湿漉漉的，升腾着生长发芽的气息，现在的日子已经日渐干枯，几乎拧不出水来。现在他不会笑了。不会笑，就苦个脸吧，我回信说。

你为什么不找鲁？一封信中我又问。我觉得他们是叔侄，理应照顾。

你看到太阳从西边出来了吗？阿箩回信问。

阿箩的信颇具文采，越写越好了。

7

我的胡子像在一个早晨听到冲锋号一样争先恐后地冒出来。我突然发现胡子竟然在腮帮上也有毛茸茸的一片。我已快 20 岁，荷尔蒙冲击着我单薄的身体。我知道它们在寻找出口。悲哀的是我还是一个落榜青年，而且是第二次高考落榜，没有学校愿意收留我。

雨终于下了，天一直干干的，心里早就盼望着这场雨，猝不及防中它就下了，起初羞羞答答地随风飘，然后就止不住了，开始砸地，地面很快出现了一片一片晶莹的亮色，终于变成了一条河流，寂寞地哑巴着嘴。我就坐在河边，河水被雨下得煮沸了一般。河中间留一条水道，亮晶晶的，飘了层纱。

我在想着那个深夜，鲁是怎么逃脱的。就是这条水道。没人知道他会走水道，我家人以为他一定会顺着公路走到镇上，然后乘汽车，一路风尘地逃逸。我家人已经在路边柳丛里埋伏好了，要敲断这个糟蹋了吴家姑娘的陈世美的狗腿。陈世美要被腰斩，这个比陈世美还可恶的家伙，不断个胳膊少条腿，我家怎么在杨树村立足，我爷说。我爷那时还有当村长的霸气。但是，鲁还是从水路逃掉了，逃掉了对我家姑姑的承诺，也逃掉了农村的寂寞，更逃掉了农村沉重的劳苦。家人问我爷要不要追。这时候追还来得及，我家个个是水中的好手。我爷叹口气说，追得了人，追不回心。打人也是违法的，让他奔阳关道吧，我们走自家的独木桥。我姑姑秧妹整整衣裳说，我吊死在他家门上算了。然后嚎啕大哭。我爷说：嚎啥？我看这人就是个羽毛，轻得没有二两重。早了断，是好事。

可是，我爸还是带人追去了。我爸的水性好，举着双手踩水，踩一条河，脖子都不会湿，一个猛子，可以掀翻一条小船。

我想我后来坚决拒绝玉琴，爷是有经验的。他赞同我，是因为他从我的眼里又看到了鲁当年困兽般的光芒。

8

我爸总是在家敲铁皮。他把白铁皮当纸，折成一个个方格，放在硕大的黄挎包里，从水县背回家。现在，他把它们一一展开来，铺成一张张席子，摆在屋里，在上面画，用钢圆规，圆规头上包着更硬的锡金，一条条白线带着冷光诞生，他很满意这些线。我爸然后开始闷头敲这些白铁皮，自己的耳朵震聋还不够，还要震聋别人的耳朵。我最烦他敲铁皮，他的铁皮敲得全杨树村都跳起来，更提醒人们他家有一个两次高考落榜的不争气的儿子。

一天，他终于不敲了，和龚六一起带来了一个人，脸上有满足的笑容。我已经好多天看不到龚六，路上远远看到他的背影，我就躲了。我勉强向他笑笑想钻进自己的房间，但被龚六喊住。那个人瘦小，尖下巴颏，像巨大的削尖的铅笔，只是头发很长，明显被汗浸着，油光光的。他举着一只鸟笼，一只五颜六色的鸟在笼子里跳上跳下。我想这应该是一只画眉，果然是一只会唱歌的画眉。我没有见过画眉，我见过更多的是麻雀。"尖下巴"对我爸说，你家屋子里有棵老树根。我爸想半天，突然点头说：不错不错，一棵槐树根，太大，太深，当时造房子时就埋进去了。然后狐疑地说：先生，你真准呀。我不屑地想，我们这庄上本来就长满了树，哪家的屋子底下不埋藏着树根？保住，"尖下巴"说，这是你家的兴旺之根！"尖下巴"说完，含一口茶，闭了嘴。我爸晃晃脑袋：那我初一、十五烧香磕头？"尖下巴"意味深长地点点头。这时我爷晃进来。"尖下巴"有点慌张的神色。我爷后来说：这家伙搞封建迷信被批过。我爷冲他点点头，他紧张的面皮松下来，立即有了主人相。他的手指甲长,被香烟熏得很黄。他掏出一只木盒子,木盒已经很旧,粗粗地露出木头的本色。抽屉拉开来,跳出的是一排密密的纸片。画眉鸟不动,"尖下巴"捻出一粒小米。画眉隔着笼子欢呼雀跃起来。"尖下巴"看我父亲一眼,再看我一眼,眯起眼睛,想心事。然后突然睁开眼,问我的生辰八字,自然无须我开口,我爸早泄露个底朝天。画眉叽叽喳喳地跳来跳去,"尖下巴"又喂了一粒米,画眉终于为我啄出了一张薄薄的纸片,爷爷爸爸的眼光紧张地盯着"尖下巴"的手,"尖下巴"把纸片攥在手里,嘴角似笑非笑。展开来脸色凝重,看我一眼,我感到屋里的空气噼啪作响,就听他说:这孩子命里多难!我爸立即挥了挥老拳,脸色暗淡地说:你胡说八道!我听了这话,看了看屋外,屋外很亮,几只觅食的鸡在梨树下打转。白光发出巨大的声音,在耳朵里嗡嗡作响。命里有时终须有,命里无时莫强求,"尖下巴"喃喃道。我爸很丧气,狠狠地说:我家就是这个穷命啦?"尖下巴"不答,悠悠地点根烟,那片黄得发红的指甲又在烟雾里炙烤。

"尖下巴"看看我再看看父亲,叹口气说:看你家满门善良,又是老村长家(我看到我爷脸上有羞赧之色,只要谁喊他老村长,他的脸上总是因得意而发红),有一个办法。

我爸急切地问:啥办法?

改作!"尖下巴"蹦出两个字。

命,可以改作?我不屑地问。对画眉叼出的命运我感到很荒唐。我又看看那只在跳动的画眉,它的左腿上缠着根几乎看不见的线,它飞一下,左腿就被狠狠地绊一下,后来它安静地栖在笼子里,眼睛也散了神。

鲁当年的命运就是画眉叼出来的,"尖下巴"说,鲁的命运也是改作的。他家祖上是地主,留个"黄屁股",本来找你家秧妹是想被推荐上大学的。后来我给他改作了,这不,就恢复高考了,也不要你家推荐,上了上海的大学,当上了县长,呵!

我爸有点不高兴,迟疑着说:那就改作吧,要多少改作费?

"尖下巴"沉吟片刻:改作要烧香磕头,更要诚心,人生的命运只能改作一次,再改就不灵了。

"尖下巴"晃晃悠悠地伸出三根手指:别的钱,可以减,改作费,一分不能少。

我爸说:三百呀?一头猪钱!

我家一年的吃用也就两头猪钱。我说:不要改作!他明显在骗钱呢。

"尖下巴"说:胡说,你再说,改作就不灵了。阿弥陀佛。

师傅,不要听小孩胡说!

我出门,身后是他们小声的窃窃私语。我看了一下画眉,画眉又开始跳起来。我叫起来:我讨厌,鲁是鲁,我是我,我不跟他比命,我不改作命。

他们笑起来,化解了我的愤怒,我的愤怒无足轻重。

中午吃饭的时候,一只老猫从笼子里抓走了那只画眉,只留下几根零落的羽毛,羽毛的颜色翠翠的,很鲜亮。老猫是从屋梁上下来的,谁也没注意,"尖下巴"喝得酩酊大醉。这只老猫是从姑姑秧妹家抱回来的,在家里实在没有地位,任由其生死,不想作了大孽。"尖下巴"醒来,急了。后来我爸赔了一只铁皮桶,几天的敲打成果有了去处。

"尖下巴"用绳子系好后,挂在身后,一手抽烟,一手举着空鸟笼,亮晶晶的铁皮桶一下一下拍打着他的屁股。

我不再搭理我爸。我甚至不愿看他一眼。我用沉默,把我爸气得暴跳如雷,我们发生了激烈的争吵。我在厢房里躺了五天。第六天,我爸出现在我的房间里。他叹了几天气,又要回到水县汽车修理厂打工。

他跑回家一趟，没有任何意义。我说：以后别买面包了，我吃烧饼。我爸狐疑地看我，歪头对我爷爷说：这孩子现在真傻了。我爷爷含混不清地对我点点头：烧饼当饱呢——

9

鲁回杨树村了。鲁回到了阿箩家。龙扣麻木的脸舒展开皱褶，活泛泛生动起来。

我爷爷在屋子里转圈子。爷爷背着手，皱着眉，这个屋子转到那个屋子，爷爷告诉我，鲁回来了。鲁回来，让可怜的爷爷非常不安。欣喜从我的内心一点点漾出来，我说：爷呀，你去吧，你去吧。爷爷咧嘴笑笑，皱纹堆成一堆，像老丝瓜的皮，白眉毛在脸上甩尾巴。我说：爷爷，你笑得比哭还难看。爷爷说：爷比哭还难受呢。

我爸被我气走后，我爷爷成了我唯一的依靠。

我说，爷，如果鲁成了你的女婿，现在我上学就是一句话的事。爷爷说：哪里这么容易，鲁是杨树村第一个戴眼镜的人（我们杨树村对眼镜充满崇拜，戴上它要有勇气），那人心气高，我家哪里罩得住。长痛不如短痛，你姑弄不好要受一辈子气。他现在正走鸿运，哪里会轻易帮人，帮了我家，全杨树村有多少事要他帮。

我姑现在给建筑工地当小工，嫁得远，难得回家一趟。长期当小工，姑姑已经粗糙成一只水缸。

你爸脾气确实不好，下手不应该那么重。

你知道我爸去追么？

爷爷点点头。由他去闹，不然我家哪里下得了台。面子是什么？面子和唱戏一样，上台风光，下台更要风光。

你爸打碎了他的眼镜，玻璃碴子划破了他的眼睛。啊哦，我揉揉自己的眼睛。心里拔凉拔凉，怪不得要我爸去找鲁比登天还难。

他成了瞎子？

没那么严重，眼睛后来还好，住医院，恢复得不错，瞎子怎么能当县太爷？爷爷一脸幼稚地笑：心里落下了恨，应该是，这些你应该知道。

我说我不知道，我爱睡觉，没有兴趣关心大人的事。

爷爷说，我们两家人都在小心翼翼地避着。

我摸摸自己的眉骨，很庆幸它们没有被架上镜框，我和所有的杨树村人一样，别的都可以未老先衰，只有眼睛，总是亮晶晶的模样，我们没人是近视眼。

鲁几乎从来没有回过家。回过，也许在夜里。爷爷说：别人不说，我也知道，鲁回来过，我心里有感应，每次的感觉都一样，现在我感觉他回来了。

爷爷摸摸我的头说，去看看。脸上有笑，我才发现，爷爷的几颗牙齿掉了，不关风，呼呼漏气。我爷爷说：长了翅膀的庄稼，虽然飞离了杨树村，但是没了杨树村的地气，没了杨树村的雨露，一定会死掉，鲁终于回杨树村接地气了。我看爷爷，脸上也有了那个尖下巴算命男人的笃定。杨树村的人难道最后都要变得神道？再看爷爷，竟有了诡异之色。

现在不走水路了，一条粗糙的马路像柄剑，把村子一劈两半。一辆汽车停在剑刃上。汽车像龙扣的水牛，卧着。明晃晃的，照人眼。

爷爷从我家到这条路是难走的，每走一步心中的尴尬就增一分，乱草堵在心里，要窒息。爷爷歇下来说：我们空手去不好，应该抓上那两只小公鸡。我说：爷，再回去抓，人家汽车早走了。爷爷后来又站在路边小便，吭半天气。然后背着手，慢慢挪。他说：葫芦，我气喘得厉害，恐怕哮喘病要发了。我说：那我们走慢一点。我和爷爷隔扁担长，像被爷爷牵着的一头牛。

汽车周边围了一圈人。鲁终于在杨树村的阳光下，抬眼扫视村子。龙扣成了他的仆人，前后忙。我以为他不会笑，哪知道他的笑容一点不少。我想鲁肯定是答应他儿子什么事情了，我想，阿箩，你不用再吹什么海风了。

没人想到我们爷孙会出现在这堆人里，我们明显感到排斥的电波，一波波袭来。龙扣给鲁使个眼色，对我爷爷说：老村长来了。边打招呼边递来笑容。我爷爷笑着，嘴里咝咝漏气：鲁回来了，早上就听到喜鹊在枝头叫呢。龙扣点头，喊鲁：老村长看你来了。鲁一只脚跨进汽车里，一只脚丢在马路上，扭着身子，昂着头，留个很鲜亮的背影，像只叫天的鹅子。听了龙扣的话，这个身子僵住。我盼望着这个身子转过来，转过来。迟疑了一会，在车里的脚抽出来，身子慢慢转过来。我看到鲁的脸很白，心里说，我到城里找过这张脸，现在他就真切地出现在杨树村的马路上，果然戴着眼镜，镜片很厚，我看到了左眼，左眼有点掉，眼珠突出。我脑子里闪过我爸的身影，野蛮的，带着咆哮。我爷爷趔趄地奔过去，鲁点点头，向我爷爷伸出了一只手。那只手是敷衍的，我爷爷却抓住热情地摇着。我想鲁应该和我爷爷好好唠一唠，我后悔没听爷爷的话，去抓两只小公鸡。鲁转个身子坐进了驾驶室，我爷爷把着门，急切地小声说什么，我爷爷扫了我一眼，那眼神，就像牛被杀时悲哀地看着天空。汽车慢慢抖动起来，汽油味霸气地压过一切田野的气味，我看到轮子在一点点移动，我爷爷跟着紧走几步，"扑通"跪下来。我听到脑袋里爆炸了，人声远了，眼前一片白，龙扣前后忙碌，成了一只蹦跶的虾。我听鲁说，这是干啥么？分数太低了，只能上建筑学校。我爷爷说：建筑学校有通知，葫芦不愿意，他要……鲁急躁地说：我真没办法么。他虽说的是普通话，但有很浓重的杨树村口音。不看他人，还以为哪个出外打工的人在说话。

我爷爷跪着，一阵风，他仅剩的几根白发枯草一样颤动。

汽车终于开走了，越开越快，像只逃离的鸟张着翅膀。我爷爷歪倒在马路边,像个无人理睬的破口袋。我扶爷爷起来,掸掸灰尘,爷爷抚着我的头说:哎呀,我刚才一阵头晕,不知怎么倒在路边了。我点头说:我明白,你最近低血糖。爷爷的鼻音又重起来,几乎堵塞了呼吸,叹口气说:这个鲁根上已经没有一点杨树村的土了,没有一点。他心里还没有放下恨呀。

回家的路上,爷爷没说一句话,我也没说一句话,村上也没人跟我们答话。龚六和龙扣晃了一下,躲得远远的。我心里说:亏得我爸把你们当朋友。

鲁的鲜亮而僵硬的背影一直在我眼前晃。

爷爷第二天没起床,爷爷说,他想睡睡。

我安慰说:命改作了又有什么用呢?还不是个泥土里找食的命,我认,我去上建筑学校。

爷爷看我一眼,拉灭床头的灯,爷爷的眼里血丝密布。我说,爷爷呀,你怎么一夜都没有熄灯?

爷爷说:我给你一支笔,这支镏金英雄笔伴我30年了,也许它能改变你的命运。

10

补习班的校长是好人,我一看,就知道他是个好人。好人的脸上肌肉都松弛着,好人的眼光是柔软的。校长胡茬青青一大片,眼睛看着不知所措的我,里面有光,我感到那光一闪一闪的。我对校长说:是鲁让我来找您的,鲁是我姑父,啊哦,差点成我姑父……我们都是杨树村的。我一定好好学习。我早就准备好的话,面对一个戴着眼镜的校长说时,不是那么回事,因为校长的目光不断地扫过来,那目光不仅有光,更重要的是带电,不时就让我的话"短路"。校长向我伸出一只手,我知道他跟我要鲁的纸条。我说我来的路上要蹚一条河，纸条搞湿了，字全模糊了。我掏出字条，上面的字模糊成一片。我说：校长，您说怎办呢？要不要鲁县长再……再写一张？校长举着字条，迎着阳光看了半天，对我点点头：不必了，谁介绍的并不重要，关键要成绩，高考成绩，你现在分数不高，而且已经重读过，潜力不大，你愿意与命运搏斗，也许能杀出一条路子！我点头如捣蒜，虚脱一片，脑子里有那只非命的画眉鸟在叫。那字条上的字是我写的，我虽没见过鲁的字，但我见过阿箩的，阿箩学的鲁。蹚条河是真，字条是我故意搞湿的。我掐掐自己的耳朵，疼得泪水酸酸流出，我笑了，这是真的，我这株树终于长在补习班的森林里，一片干旱的森林，缺水缺氧，盼雨。我的口袋里还准备了一只刮胡子的刀片，阿箩说如果校长不答应你，你就割腕示志。

　　我的座位在角落里，感谢杨树村给我一双明亮的眼睛，老师在黑板上写的字再小，我都能看到，哪怕是个小数点。我的好视力甚至可以看到男老师吞咽的喉结。我的宿舍床铺也在角落里，这个阴暗的角落滋生着病菌，那年冬天，我患上了疥疮。起初，我以为是性病，我有限而混沌的生理知识告诉我，下身这一颗颗红色的小疙瘩，与性病关系亲密如兄弟。

　　奇痒难忍。

　　夜晚我躲在被窝里捞痒，白天我要上课，课堂上有女生，我忍着，拼命忍，忍得脸红脖子粗，一下课立即向厕所飞奔，把同学堆积如山的书本弄得噼里啪啦落在地上也不管，目的是捞痒痒。疙瘩越捞越多，成了片，开始流脓，开始脱皮，我的下身成了剥了皮的麻雀，时刻不得安宁。我走路成了瘸子，因为没皮，走路，疼。我不知道去医院，也不知道哪里有医院，更怕隐私被医生知道。我担心，那是性病，高考体检不过关。我抓着抓着就会流下热泪。我的化学知识告诉我硫磺可以杀菌。

　　我的身上硫磺味扑鼻，我怕任何一个同学皱鼻子，我蜷缩起自己，躲得远远的。

陪伴我的是一张照片。

我躺在一条干涸的垄沟里，在阳光下看照片。田野里没有一个人，同学都在午休，但是我下体的痒像无数蚂蚁在心里爬。在垄沟里，面朝太阳，我把下体放在阳光下晒。从上补习班，它一直龟缩在"草丛"里，我几乎已忘记了它的存在。它现在以卑微的姿势面见阳光，虽然天冷，温暖的感觉一点一点恢复。我掏出了随身带的小镜子，我有一只小镜子，每天睡觉前观察一下胡子的动静，我妈说夜里不能照镜子，照的是鬼。我现在不就是个鬼么？我悲哀地想。再上学，胡子都要白了，村里好心的大妈提醒我。我天天照镜子，是提防哪根胡子先白了。我把镜子的光反射到那些疙疙瘩瘩的红点子上，有灼痛的感觉，我要杀死它们。

我取出那张照片。照片是我初中毕业时的集体照。照片是在快中午的时候，匆匆忙忙拍摄的，慌张的表情溢出纸面。有阳光打在脸上，同学们都显得很白，只是眼睛小了，看不出表情。我看兰。兰的眼睛眯成一条线，我知道她的眼睛大大的，并且顾盼之间有种哀怨，脸软玉般，亮晶晶的，像荷叶上滚动的露水，新鲜，透亮。那天她笑着，似乎看了我一眼，一整天我的脑子里都是她的眼睛在晃。虽然在一个班，我给她写过信。因为写信，我跟她仿佛就有了某种亲近，因为她为我守着这个秘密。我从这个秘密里汲取着力量。兰毕业后很快招工到沙口镇医院当起护士，因为她是城镇户口。穿着白大褂，神气抖抖地在医院里吹着电风扇，我想和她说点什么，我看到她的身影，心就提到嗓子眼，脸红脖子粗，不由自主地逃跑。我盯着兰看，她还是眯着眼，一往无前地向我走来。她不说话，我在说，我想她能答应我一声，可是她只是眯着眼，露出一点微笑，然后走远。我看她的背影，虚幻成一朵云，我看清了那云，不过是浓浓的雾气，我想抓，它从我手缝里漏走，我怎么使力也不行……

我在垄沟里睡了一觉。我醒来时，天黑，四周死寂，我怀疑自己已经不在人间。没有一个人注意我，也没人需要我，只有风，刀片一样刮脸。我想着梦中的兰。

我在黑暗而寂静的田野上狂奔，呼号，重重地摔了一个跟头，跌破了嘴唇，那面圆圆的小镜子不知所终。

11

高考那天温度有40度，夜里蚊子多，我一夜好像没合眼。我中暑了，恶心，看到物理卷子，明明会做，却没有力气写上去。我在斗争，要不要动笔，我强迫自己动笔。

铃声响了，老师严肃地说：现在，请放下你们的笔。不要"们"，考场只剩我一个人。我看着老师收走了我的卷子，上面有几道题，我一眼洞穿答案，但是我就是不愿意写上去，奇怪，那刻我很平静，想倒下。但我不能，这是在高考现场，我看着爷爷的镏金笔，咬着牙齿，走出考场，坐在一棵老杨树下，听焦躁的蝉声。我开始掐头发，懊悔。安逸半天的胯下火烧火燎地痒起来。

我爷爷喘着粗气，戴着草帽，站在我面前。汗水在湿透了的粗蓝布边际留下一圈白白的东西，我摸摸，是汗结成了盐。我看爷爷，有种死后重生的感觉。我说：我考砸了，我想回家。爷爷的白色皮肤此时通红，我知道，不久有的地方就会冒出紫色的泡。爷爷说，渴死我了，我喝口水。爷爷喘着粗气走到龙头下喝水，抓住龙头的手在微微颤抖。爷爷说：这个天考试，把人都"烤"焦了，先歇歇再说。爷爷从黑色拎包里掏出了桃子，熟成一张红脸的水蜜桃。我知道，是我家树上长的，他们不舍得吃。咬着桃，杨树村的气息一点点地流到我的鼻子里。爷爷说：怪我来晚了，昨天就该来。人家孩子都有护考，我没护好我孙子呢。爷爷说，又有了鼻音。我想起，去年的那个秋天的下午，爷爷那惶惶一跪。爷爷说：天再热，农民要割草治虫，战士要站岗放哨，天是公平的，热的不是你一个。我说，爷爷给我弄碗水来，我喝点睡睡。爷爷弹簧样跳起，你睡，我这就去取。爷爷拿起我的瓷盆奔出去，我听到瓷盆与衣角相擦的声音。我睁眼的力气也没有了。喝完水，爷爷给我扇风，我迷迷糊糊睡着了。

当我再次走进考场时，脑袋里一个声音在叫：来吧，来吧，我何所惧哉！你就是一摊屎，我也要吞下！

高考结束，我爷爷挑着我的席子、被单，我提着装着脸盆、水瓶的网兜，那些也许永远用不着的书和复习资料被我藏在被单里，爷爷的担子很沉。爷爷说，当年我逃饥荒就是这样。爷爷自己笑了，捋了把脸，汗水甩在我的左臂上。我脑子里灌了几百斤糨糊，想着我已经无路可走了。眼前白成一片，看不清路。

爷爷说：我今天看到了鲁，他来学校慰问。

我脑子突然清醒，问：鲁和你说话了吗？

没有，我不想见他，我坐在你床上，没有出去。我看到他从门口走过，留个影子，一大群人围着，好像他不会走路，恨不得抬在肩上走。

我松口气。他是县太爷，视察呢。

我骄傲的爷爷，可怜的自尊心。

杨树村的人，被人拥戴，心里还是高兴，爷爷说，他是个有本事的人。

我说：你该和他说句话，我上这个学，是顶的他的名声。

你爷爷没出息，他的阵势吓着我了。

爷爷苦笑，把扁担在肩上倒个头。席子不愿被捆住，扭着身子，晃晃悠悠地在扁担下画圈。

12

那年高考揭晓，我考上了。

因为物理考得差，只能上大专，学校远，在西北，黄沙漫天。我这棵水乡的树被扛上了黄土高原。杨树村的海拔几乎为零，这里海拔2000多米，如从山脚爬上云端，我一家人爬得气喘吁吁。

爷爷把我金黄的录取通知书供在神龛上，点燃三炷香，跪倒在地，嘴唇颤抖着，不知念叨什么，突然爷爷流泪了，亮晶晶的，大喝一声：拿酒来！

我爷爷大醉三天。

我现在有时间来收拾我的情感了。杨树村每月生动在爷爷用竹片样字围起来的信纸上。我每次读信都想读到信纸的背面，能读到兰的消息。可惜，没有。

经过长时间的思考，我不得不悲哀地承认，我是单相思。我写信给在东北的阿筹，说这朵兰花长在山上呢，我怎么踮脚，也够不着，我说，我想她的每个眼神，甚至走路的姿势。阿筹给我回信，你以后别给兰写信，我们恋爱了。

我五雷轰顶。阿筹字好，摘录几句诗，思念思念家乡，叹几声人生孤寂，他就摘走了这朵山上的兰花。我孤苦伶仃奋战，阿筹背着我……我以为他憨厚得像头牛，却原来比猴子都精明，阿筹求我写信的样子还在我的眼前晃，晃成一张得意洋洋的脸。我对爷说，我不想再回杨树村。我和阿筹彻底断了来往，想故作潇洒给他回封祝福信，写了十页纸，祝福中充满愤懑，在要寄出的一瞬间，我撕了，很碎，像满地败落的雪梅花。

我这时早已在西北这个城市扎下根。我和爷爷的信也少，巴掌大的杨树村没有多少新鲜事，外面的世界每天带着侵略者的表情，热闹着。我担心，那个牛哄哄的邮递员会失业。2005年的夏天，一件事轰动了杨树村。这时候，杨树村早已经有了电话，爷爷的牙齿全掉了，他几乎说不动话，但他努力挣扎着，话筒里尽是哼哼声。我爷爷在电话里说：杨树村出大事了。

阿笋退伍后，是没有能力把自己安插在县城，更没有能力把在沙口镇医院当护士的兰拔到县城医院的，这比登天还难。但阿笋办成了，后面有一只看不见的巨手，鲁。从不肯帮杨树村人的鲁，终于还是帮了阿笋。人家是亲叔，能不帮？

不满足的是兰。你想明白了吗？当年兰看不上你，看上阿笋——我说这你也知道呀？爷不理我，继续说：那是因为兰胸怀大志，知道阿笋的叔是鲁，知道鲁会把他们前面的道铺得平平的，这不铺进县城了么！县医院在电视上看，全是大楼，晃眼。

兰不满足的是阿笋只是一个保安，一来二去，搭上了他叔。唑——爷爷像被什么东西烫着似的。你知道，鲁爱吃鱼，爱吃刀鱼，我们杨树村人都爱吃鱼。呵呵，我已经十多年没看见刀鱼的影子了。刀鱼现在一斤上千块。鲁有得吃，还带兰吃。一次高档宴会，喝醉了酒，两人搞腐化，不知怎的，牙缝里的刀鱼刺没剔干净，刀鱼的刺又细又软，呵呵，啃进兰的奶子里，后来因为疼，流脓，去医院检查，被阿笋发现了。我说：这不像是鲁，鲁怎能做这事呢？

爷爷不接我的话，说，全县人的唾沫把他们淹死了。

爷爷的话简略，像所有杨树村人一样，说什么事都简单得让人心疼。

淹死他们的不是唾沫，而是河水。他们的丑事败露，阿笋保安也不做了，要告状，把他叔告回杨树村，让他还当农民。你知道，现在哪有地给他种，寸土寸金，搞开发的人眼睛都睁出血。我说：怎能呢？是他叔呀。

被阿笋打得没有办法，兰对鲁说：我和阿笋离婚。她的下文谁都知道，鲁怎么能答应，没几年就要退休了，能干这种荒唐事么？兰说，我不想活了，你不娶我，我跳河给你看。鲁还是不表态。鲁也想不到她真跳了，你知道，现在的河里全是烂泥腐草，没人愿意蹚泥了。兰跳下河，一下子栽在烂泥里，挣扎了几下，喊：叔，救我！你听听她喊的是叔。鲁顾不得许多，一下跳下去，鲁的水性好，救个人应该是没话说的，哪知道县城的河不是杨树村的，那河根本游不动，两个人就拽在一起，死了。深更半夜，连个知道的人都没有，弄上来的时候，手还拽在一起，掰都掰不开。

我心很疼，泪水很快模糊了我的双眼，我想起那年去医院偷偷看兰，一个房间一个房间地张望。

最大的麻烦是什么？鲁死后，城里的老婆不仅不愿给他收尸，更不给他在城里买墓地，骨灰要葬到杨树村，阿笋不答应，你知道，阿笋的倔脾气。

我说，那怎么办？

爷爷说，你说，能怎么办？肯定要葬到杨树村，杨树村的人千错万错，总让他有一个安息的地方。是英雄是狗熊，杨树村总有那么大的位置，这事我见得多了。这个阿笋，跟死人作什么闲气呢，死了，就啥都了啦。

我说：爷爷，你还真想帮他？

我爷爷顿了顿：我本来不想帮的，他也从来没有把我这老头子放在眼里……但他有学问，是杨树村的脸面，为杨树村争了光；死了，无处葬身，丢谁的脸？杨树村！

后来我无奈地说：你还是村长。

爷爷笑起来，亮着嗓子说：没人听我的……我豁出老脸也要给他在杨树村葬身。鲁在的时候忘了自己是杨树村人，死了，让他心甘情愿地永远做杨树村的鬼。

我想起那年爷爷把着车门以及鲁僵硬的背影。

后来,虽然断绝来往多年,我还是拨通了阿箩的电话,阿箩像个受伤的孩子,哭得抽抽噎噎。我说,阿箩,你练字,练字就会忘了这些鸟事。

我爷爷把这事办成了,像个人人生画个句号,光荣地把自己圈在了床上——这事把我爷爷累病了,一个早晨醒来的时候,发现自己全身皆白,花蛇蜕皮般。

13

我们家族的灯灭了,在下一盏灯未亮之前,我们的家族陷入了一片黑暗——我爷爷他老人家驾鹤西游了。这是2006年的事。我们一直认为这盏灯会永远亮在头顶,照亮我们的路。

我在西北小城,灰头土脸地奔到家,我爷爷早没了气息。

我姑回来了,我姑脸上有写不完的沧桑,我姑对我爸有道不明的怨,一般不回这个家。我对姑姑笑笑,我说:姑你啥时脚瘸了?姑看看左脚,下意识地退了一步,好着呢,姑说。我姑的左腿是跌下来摔的,她听到鲁投河溺亡的消息,正在脚手架上拎水泥桶,突然就不知道自己是干什么的了,茫然往前走,义无反顾地落下来,好在脚手架不高,但左腿瘸了,在床上躺了一年多。姑后来烧了一些信,这都是当年鲁写给她的,有浓情蜜意,更有翻脸无情。

我看我爸,侧面越来越像我爷爷了,越来越像,说话的语调,甚至声音。他已彻底告别了水县,成了杨树村安分的一棵树,不再移动。

我说:你怎么那么狠呢,他的眼睛哪能打,人家悔婚约又不犯法。

我爸说:我没有打他。我当时只是想把他的船拱翻,是他自己摔碎了眼镜,玻璃碴擦伤了眼睛。都是你那爱吹牛的爷爷瞎说。

我一下愣住,半天没喘匀气。

那你怎么不解释,这是多大的冤屈呀。

能解释吗?解释了你爷爷就下不来台了,你爷爷那张当村长的脸更没地方搁。我看着爸的脸,所有的皱褶都表达着委屈。

我看我姑,瘸着左腿,锅上锅下的忙。那鲁应该解释么,我说。他解释?他巴不得我打他,我打他,他心安,伤重一分,他内疚减一分,他们都愿意是我打瞎了鲁的眼睛。

我说,我跟姑说。

别说了,人都过去了,说什么!

我爸又沉默了。这辈子他的榔头说的话比他多。

我说:爷爷最后说啥?

我爸沉默半天后,瓮声瓮气地答:耕读传家。

我说,这次他没要我一定出人头地光宗耀祖呀。

我爸苦笑。

14

我喝的第一杯啤酒是爷爷不知从哪儿弄来的。

在爷爷的坟上,我倒上酒,说:爷爷你喝吧,这是你最喜欢的"玉琼浆"啤酒。

我又看了一眼鲁的坟墓。我看到那些飘飞的纸钱,几乎是爷爷诡异的笑脸。你现在可以开会,天天开,这么多坟墓,全听你的。我回头对爷的坟说。

我将回到我西北的小城市,回到我的秩序里去。车子路过江城政府门口,我想起那年夏天一个人来到这栋楼,看到鲁的名字占在白信件袋上第一个,我看到了那个背影。原来不管走南闯北,我心里从来没有忘记这个影子，一直依靠着这个影子，一直和这个影子较着劲。它像条鞭子，冷不丁就会跳出来，抽得我皮开肉绽。现在好了，这根鞭子断了，湮灭了。但我一点儿不轻松。

回到小城，我几乎茶饭不想。一个傍晚，在一个灯火通明的饭店，我点了几个菜。年轻的服务员给我上了一盘五香牛肉。

我说，我不吃牛肉。

服务员说，今日是饭店免费赠送的。

我又说了一遍：我不吃牛肉。

他不知道，我爷属牛，吹牛的牛。

我一直不安，杨树突然枯死，爷爷要告诉我什么？想到那个背影，我突然明白，没人伺候，鲁的坟几乎成了荒冢，杨树村人为省事把坟用水泥浇上，鲁透不了气。不透气，只能烂树根。爷爷要我站出来制止歪头。让鲁的坟在杨树村自由吞咽雨露。

爷爷，对么？你该给我托个梦。你在阴间还不问青红皂白地为鲁着想，不值得。

瓜洲访

1

大伟所在的扬州城，城市不大，名气不小。

名气不小，是因为城市历史长，发生过一些大事，特别是汉、唐、清，城市的旧影躺在唐诗宋词里，那就不得了，哪个人没学过唐诗宋词！大伟热爱这个城市的文化。这么说吧，大伟在文化馆工作，是有文化情结的人，有了文化情结，就显出了与周边人的不太合拍，有股藐视别人的意味，人家腹诽，大伟更尴尬，久而久之，大伟宁愿不与人打交道。

不是家里的固定电话停机，大伟恨不得把手机扔了。因为这个手机对他，好像真的没什么用，难得有个电话来，大多数还是推销什么什么的，烦了，大伟也会对电话大吼几声，然后不管不顾地揿掉按键。不过，尽管不愿意，大多数时候，大伟还是能听他们把话说完的，因为大伟自认是个好脾气的人。

现在手机突然响起来，蓝色的荧光穿透夜晚的桌面，大伟手机铃声选的是高山流水的曲子，现在一遍遍冲洗桌布上的青山和苍松，春风拂大地般，大伟在曲子里流水将尽的时候按了接听键。

电话是父亲的。父亲先咳嗽两声，然后才开始说话。父亲说：吃过啦？大伟稍微点点头，轻轻嗯了一声，突然意识到父亲看不到他点头，加重语气说：吃过了，你呢？父亲沉默一下，说：我也吃过了。大伟等父亲的下文，半响没声音。大伟追问一句：有事吗？父亲又激烈咳嗽了几声。没有来由的，大伟的心抖了一下，他听出了父亲话里的犹豫，揣想着什么难以言说的事，不会父亲的身体又出现什么状况了吧？父亲现在像盏油灯一样，飘飘忽忽地燃烧，大伟担心哪天一阵风来，就把这盏灯给吹灭了。父亲是孤独的，自从母亲走了以后，更是踩着自己的影子过日子。父亲住在老城区，老城区与新区距离不是太远，但是来去就是不便，汽车开不进去，得步行，自己回老屋的次数越来越少。要父亲和自己生活，父亲也犹豫，看看儿媳妇的脸色，惶惶地摇摇头。大伟在父亲面前，就有了一点愧疚，这愧疚埋藏在心里，自己知道，父亲明白。

父亲也有一个妹妹，一个弟弟，但是不知道啥原因，不太来往，在大伟的记忆里这叔叔姑姑基本不大上门，各自成家后更是难得。

父亲说：我昨天又整理了一下你爷爷留下的一些东西——

大伟竖起耳朵，父亲又沉默了一下说：发现了一幅侍女图，你知道是谁画的，严从，你给我查查这个人，最好找个人鉴定一下。父亲喘了一下气，我还是有点担心是假的。大伟的心突然猛跳了几下，血一下子涌到脑袋上，感到了自己脸上的温度在上升，对父亲说：我来……想想办法，家里有这样的宝贝，怎么没听你说过？我马上到你那儿去。

眼下，这个城市时兴收藏，叫"躺着就把钱挣了"，特别是书画，到了逢画必贵、看字见长的地步，甭管真懂字画假懂字画，家里都要挂上几幅，不管真赝，要的是个品位。清朝时候，这个城市曾有一个非常著名的画派，叫"扬子江画派"，别人都是画梅兰菊竹、四时山水，只有这个严从，只画仕女，卓而不群，因为他年少时就在皇帝御书房当过差，甚至陪皇帝画过画，看尽天下美色，落在笔底，自然活色生香。他的画流传下来的非常少，收藏市场上是高端抢手的奇货。

2

大伟撂了电话，开上自己的车，脑子一直在想，找谁来鉴定呢？自己混成这个苦逼相，连个拿得出手的朋友也没有，更遑论鉴定专家。其实馆长据说是个专家，但是大伟就是不想请他，对这个上司，大伟总感觉远离一点好。

车子路过火车站，一列火车正出站，喊破了嗓子似的，狂奔而去。大伟喜欢一个人开夜车出去，到火车站，看看那些即将到远方去的人，心里无限羡慕，漂泊有时候是需要资本的，你得有时间有闲情，还要有闲钱，有时候沿文昌路，到大润发超市，看着那些拎着大包小包的人，人间烟火，也这么令人感动。胃子突然有点隐隐疼，还伴着悸动。40多岁了，人生有谢幕的苍凉，但是身体倒是闹腾开了，先是头发，仿佛一夜间就花白了，接着是皮肤，小毛病不断，脚丫里生癣，皮肤上生痒，抓着抓着出来一串疙瘩，总也不退，发现是癣，或者哪天皮肤上出现一点黑斑，慢慢变成一颗黑痣，皮肤上总是生出一些毛病。慢慢地，由表及里，器官也渐渐不安静了，如这个胃，一说胃不好，就有人开涮：大伟嫌位子不行了，要动。大伟苦笑，自己一个在文化馆编编小报的人，哪里还谈什么"位子"。

车子没地方停，狗咬尾巴似地转了几个圈，能停的地方都占着，一夜之间，城市成了一个大停车场。街上雾蒙蒙的，不是雾，报纸说是霾，是灰尘，不仅影响肺，影响心脏，甚至影响生殖，报纸上在呼吁学生停课。不知一下子从哪里钻出这么多霾，还长期盘踞不走，它倒成了主人，人们一下没有了主意，心里乱糟糟的。这个霾对父亲的病尤其不利，父亲是"老慢支"，这种天气就喘成一只虾。

忙了半天，大伟终于找到了一个车位，安顿它比安顿个人还难。

昏黄的灯光下，父亲蜷缩在床上，歪着头，果然气喘，这个讨厌的霾，大伟心里骂。父亲床头的电话，忠臣似的束手低头而立。大伟给父亲倒了一杯茶，垫高了后背的被子，静静地坐着，看着父亲艰难喘气。父亲突然明白什么似的，指指床头小桌子。大伟看了一眼桌子，桌子上一幅古画，还半包着黄黄的旧报纸。大伟担心的是父亲的病，说：我们去医院吧？父亲摇摇头：没事，只是这两天嗓子痒得特别厉害，歇歇就好了，老毛病。大伟歉意地摇摇头：要不，你还是……住到我们那边去？父亲抬起头，看了一眼大伟的眼睛，摇摇头说：我还是住在老屋，一个人，惯了。

大伟徐徐展开这幅古画，线条粗疏灵动，仕女目中含怒，画幅上透着某种无奈与悲切，这个女子不同于一般女子的病弱无力，一股气穿透她薄薄的身子，朱唇半启，似有斥责之语破纸而出，背景是漫漫长江。再看看题款、印章，果然是严从，那几个字手舞足蹈，狂乱得像天书。

父亲竟然藏着这样一件宝贝，亏他口紧。

自己说它是宝贝没用，得有专家说。专家说了，市场才能认可，这道理谁都明白。父亲说：你也40多岁了，不能总窝在文化馆编小报，据说你们馆长特别喜欢字画，给他看看？

大伟轻笑了一下，未置可否。

父亲自己当了一辈子供销社的售货员，到老了，操心起儿子的位置问题，似乎有点超出他的能力。扒拉家里人倒是爷爷上世纪六七十年代是一个区的文化馆的干部，这个也是大伟为什么能在文化馆编小报的原因。父亲本来让大伟把画带回家，大伟想想说：画你留着吧。老屋的氛围与这画配得上。大伟想，别人说自己不着调，原来自己也是张褪色的画，只有在老房子才能有生机，呼吸着熟悉的气息，身体酥酥的，一下子，静下来。再看家里的木板壁、小砖铺地，还有堂屋里的几个木柱，甚至旺砖屋顶，它们溢出的气息与这张画早融为一体了。

大伟不想把他们生生剥离开来。

3

在回去的路上，大伟脑子里想到了一个人，余力，报社的记者。

大伟跟余力并不太熟，见过两三次面。余力当时征订报纸。现在的记者不好当，不仅要写文章、搞活动，还要推销报纸。余力就是向大伟推销报纸的，大伟当时笑了，我一个文化馆编小报的，一无权二无势，哪里推销？余力一脸诚恳，看看你那些作者么。大伟说：我们那些在乡镇搞文学的人希望你免费赠送还差不多。余力眼里希望的光点在缩小、黯淡，大伟不忍心，当着余力的面打了两个电话，竟然征订掉一份，余力感激地擂了大伟一下：以后有啥事，哥说话！

大伟想，明天早上上班第一件事就是给余力打电话，但一直拖到快中午。馆长交办了一个临时任务，推不掉，只能灰头土脸地干，大伟是个不轻易驳人面子的人。到中午的时候，大伟心里就觉得这事放不下，不知道找余力，会不会给报道一下，更不知道，报道一下会有什么效果。

余力比大伟想象中热情：这是个好新闻！但余力提出来，他要看画，他要拍照片，还要采访大伟。大伟一下子有点无所适从，说：你还是采访我父亲，我对这幅画没研究。关键是馆长交待的事还没做完，小报下午要发排到印刷厂，我陪你去一下，就回文化馆。余力在电话里奚落大伟，你知道严从一幅画多少钱？如果鉴定是真的，你一辈子吃喝的钱都有了，还上什么破班呢？

大伟突然兴奋起来，这幅画价值连城呀，父亲难道是想借势炒作一下？现在是个讲究炒作的年代，大伟懂。什么破馆长！一种东西突然从大伟的心里长出来，似乎瞬间长大，大伟知道它很庸俗，没办法，它就有这股邪劲。心中有了这东西，大伟知道，眼下这幅画就是他最大的事，大得他不能随便说话。

余力帮他说，余力在报纸上说。

经过半天采访，老爷子也很兴奋，红光满面，虽然不断剧烈咳嗽。余力不断调动老爷子的情绪，大伟担心老爷子兴奋过了头，会乐极生悲，不断给余力使眼色。余力不理他，只管唾沫横飞，拍照，不停地拍，提问，不停地提问，间或还不断地与外面的专家连线，电话不断，一会摊手，手机没电了，大伟心里说好，哪知道余力用了大伟的手机，把它打成了热线电话，铃声此起彼伏。余力说：新闻就是要加点油加点盐，再不然谁关心你这画？当然更重要的是加薪，烧得旺旺的，谁来添薪？余力摇摇手机，就是电话里的专家呀，专家就是柴火，你就甭心疼那点电话费。大伟不好意思地笑一下。

一顿饭是少不了的，大伟咬咬牙，到最高档的"春风忘"订了一桌，专家云集，以前只在报纸上见过的名字，都恍然坐在自己的身边，其中最著名的丹羽先生更是摇头晃脑，唾液横飞。大伟自己倒成了局外人。

大伟和父亲满怀希望静候报纸上的声音。

余力的报道在报纸上是整版，这个版子像颗炸弹一样，震得不少人"啊"了一声。神龙见首不见尾的馆长突然趿拉着一双棉拖鞋，出现在大伟的面前，面无表情地问大伟昨天的事为啥没办。大伟已记不得馆长上次光临自己办公室是什么时候了，有事打个电话，电话就是他张大的嘴巴，今天显然是想和他谈谈心，因为交待的事未办，这是第一次。大伟嗯嗯地有点心不在焉，心在报纸上呢。馆长有点意外地看着大伟，突然就有点愠怒了。馆长看到了那张报纸，看到一个整版的报道。馆长更加愤怒，这是什么乱七八糟的，凭他丹羽的一口黄牙说真的就是真的啦，喊——馆长的头发早就掉光了，剩下的几根在头上盘成一个大旋，此时全部脱落下来，馆长看上去就有点猥琐。

大伟立在桌旁，面露微笑。

这时手机响了，是父亲，从他的咳嗽里感觉到他的愉快。大伟莫名地一阵紧张，看一眼馆长的秃头，馆长边看报纸边骂丹羽，后来就成了自言自语，忘记了大伟的存在。大伟现在突然决定搬回老屋去，与父亲一起守护那张古画。所以他对父亲说，今天回家，就赶紧挂了电话。再看馆长，趴在桌上，指甲一个一个地划过小蝌蚪似的黑字，眼睛几乎已经贴在报纸上，一绺长发落下，窗口一阵乱风，馆长的脸浮动起来。

馆长突然啪地一声，拍了桌子，胡说呢，这幅画怎能现在才出现？这个丹羽又想干什么？整天以专家自居还不够，想把个赝品胡弄成大师代表作？想干啥呢？你说——

馆长是收藏字画的行家，大伟不知道说什么，生怕哪句话说得不当，让馆长暴跳如雷。微笑，微笑是武器。大伟捏捏出汗的手，暗自叮嘱自己，千万别一冲动，说出这幅画是自家的。

好在，一会，馆长贵臀抬起，趿拉趿拉地走了，背影是愤懑的。

大伟呆了一下，点燃一支烟，脑袋在烟雾里浮浮沉沉。大伟自己想搬回老屋住，担心老婆不同意。果然，电话里老婆反问：老头子为啥不把画给我们，放到新家里不更安全吗？大伟咳嗽一下，说：爸爸是要我拿回去的，我没拿，这幅画伴了他一生了。还有些道理，大伟想想没说，这些道理很"酸"，在下岗女工的眼里根本不是道理，大伟想想还是咽了下去。好在，不说，也就过去了，这个女人在生活中是个面条型的女人，给点温情就找不着北，稀里糊涂，不较真，这是缺点，也是优点，虽然自己混得苦逼，但是，这个女人几乎没有提出过什么过分的要求，倒是大伟心疼她，希望她吃好一点，穿好一点。大伟心软了软：我暂时住过去。女人在那头说：随你，随你，这个家也只是你的一个旅馆。大伟"喊——"了一声，就挂了老婆大人的电话，轻松掩面而来。

4

父亲对大伟的突然闯入有一种意外，似乎失而复得，显示出莫名的不安，一种无法言说的喜悦，说话的嗓门不知不觉大了。大伟看着父亲，每一个细微的动作都熟悉，只是缓慢了，似乎是电影在放慢镜头，心里有愧疚，自己离开这一切太久太久了。屋子里的气息像母亲的羊水一样，把自己领回来路。当年这个屋子非常拥挤，还有爷爷，叔叔一家，不知为啥姑姑一家也住在这屋里，屋里连个伸脚的地方都没有，但是爷爷很满足，坐在天井的藤椅里，手里卷本线装书，不时抬头逗屋檐下的小鸟，这时阳光好呀，洒满了一院子，爷爷伸个懒腰，回头对屋里喊：大伟，给我加茶，滚开的！大伟一般在斗蛐蛐，听了喊，扔下小棍子往厢房跑，煤炭炉上成天有个铜水壶，一年到头冒着热气，那是爷爷最喜欢的，他要滚开水泡茶叶，茶叶是魁龙珠，富秋茶社特别窨制的。现在父亲也有喝茶的习惯，一个人，电水壶烧一瓶水，喝一天，有点落寞，没有爷爷喝茶的地动山摇。

父子俩坐在灯下看画，父亲的手轻轻摩挲着毛边说：这幅画的裱工了得，是扬州当时最好的裱匠裱的，三分画，七分裱，光这个裱工就很值钱。现在的裱匠哪有这么细密，他们把它当活儿干，老辈裱匠可不是这样，把它当个人，在和它说话呢。大伟眼光重重地落在这张酥酥的纸上，现在这幅画长八尺，宽三尺，糊裱朴素、凝重，甚至还有淡淡的墨香，表面一层薄薄的发黄的丝绸，似要掩盖这仕女满腔的怒气。父亲说：它出世了，离开我家的日子也不远了。那馆长真懂画吗？大伟知道父亲的意思，笑笑说：他懂个屁！父亲有点怜爱地看看大伟，摇摇头，露出一丝微笑，含着点伤感。

睡在父亲的脚边，安然入梦。

手机的铃声把大伟弄醒，天已经亮了，话筒里是余力兴奋的声音：懒鬼，快起床，省里的专家马上到你家，收拾收拾，这专家的台架不是随便搬得动的！余力的声音因兴奋而嘶哑。大伟说，市里的专家不是看过吗？还有丹羽。余力说：市里专家算个啥，丹羽在省里专家面前只能是个小学生，这事小不下来了！

大伟后来想专家就是专家，说出的话，撂地上就能砸出坑来。省里专家说：这是一幅真画，无疑，这是国内发现的严从的第五幅画，其他四幅都在各博物馆藏着，这是唯一一幅在民间发现的严从画，难能可贵，保护得这么好，更加不易。专家又说：当时严从在扬州已是穷困潦倒，几乎吃完上顿没有下顿，最后竟是被饿死的。世态炎凉，天地悲怆，一生大起大落，落得死不如犬。专家对父亲表示了无限谢意，这不是你吴家的事，这是整个城市的财富！大伟给专家弄得热血沸腾，果然父亲干了一件大事。专家说：严从中年右手病废，改以左手书画，号称"左画圣人"，还特治了一方"一臂思扛鼎"印，他的所有题跋都是左书，不是题在右上，而是在左中，写得最顺手的地方，他会藏，这幅题款就藏在仕女的裙幅边，这无法模仿的。专家后来对这幅画的裱帖也赞不绝口。令大伟惊异的是专家对着这幅画竟然留下了眼泪，是的，真真切切，专家的嗓子突然就粗了，身体软软的，几乎要跪倒。余力边拍照，边猴子似地跳着忙。令人刮目相看的是余力对糊裱工艺能说得头头是道，专家问他哪学的，余力谦虚地笑笑，家传的，家传的。大伟想，找余力报道，真是找对了人。

送走专家，家里寂静无声。父子相对，似乎有许多话，但又不知从何说起。

第二天，余力的报道，又是整版，斗大的标题，吓人。100℃的开水，又给他烧了一把。大伟对余力说，这次是彻底给你炒煳了，我都不知道如何收场。余力说，这不够，还要搞作品研讨会，还要搞展出，吓得大伟一个劲地求饶：哥们，三分帮人真帮人，七分帮人帮死人，你收手吧，求你了，报纸上你报道我们虽然是化名，但是只要认识我家的，哪个看不出来？老爷子经不住折腾了，别把个老命搭进去。余力电话里，也不悦：我又是采访又是请专家的，我何苦呀？喊——

一个傍晚有人找上门来了，是多年不见的叔叔和姑姑。

5

姑姑明显老了，原来杨柳般的腰身突然粗糙成一只大坛子，头发也花白了，扎着的暗红色的围巾，明显显得老气，脸上的皱纹波浪一样肆虐，在大伟的记忆里，姑姑从爷爷驾鹤西去，几乎20年没踏进这个家门。叔叔倒显得年轻一些，但是明显没有姑姑张扬，缩着手，站在一边。他们拎来一小袋水果，此时在桌上显摆，大伟看出那是两斤苹果。姑姑最小，最受大伟父亲疼爱，所以在父亲面前还是显出泼辣无拘，叔叔可能从小是父亲的小跟班，在父亲面前还是有点畏惧。

父亲笑了一下，冰面上裂了道纹，示意他们坐，他们没理睬，姑姑掏出了报纸，指着上面的画，说：大哥，这个收藏者是你吧？大伟紧张地瞟了一眼桌上，好在不知什么时候，画已经给收起来了。

父亲看一眼姑姑，再瞟一眼叔叔，点点头：不错。虽然父亲轻轻吐出的是两个字，但大伟感觉的是两颗炸雷，炸得屋子里灰尘尽落。姑姑提高了音调，回头看了一眼叔叔：果然是他。叔叔好像受到了某种鼓励，急促地跳上前：那你为什么不告诉我们？吴家的大事我们也应该知道，当年父亲分家的时候，可没这幅画！父亲沉默半响，抬起头，眼中就有了悲哀。

这幅画是我从父亲手里买来的。父亲摇摇头，断断续续地说。你们没喝酒吧，今天上门不会都说的醉话吧？

叔叔舔了舔舌头：还喝酒？我和妹妹都气炸了！你怎能这样当我们的哥哥。你当年不是说这幅画卖了8000块，给父亲印了诗集，怎么还在你手里？

父亲苦笑了一下，盯着姑姑。姑姑倾一下上身，干渴的鹅子一样伸长了脖子，解开脖子上暗红色围巾，此时在她手里不安地扭动：别看我，这事你就是不对，这幅画也有我们的份，你就走到天边评理，你都没理！

围巾随着姑姑的手里大幅度地跳跃着，张扬着怒气。

父亲摇摇头，当年谁能肯定这幅画是真的？悲伤再次漫过他的脖子，他的脸。他突然有点喘，喉咙里塞了块布，这块布塞得他低头难语。姑姑和叔叔，对看一眼，一齐瞪着父亲。

一股怒气在大伟的心里升腾，升腾，他回头瞪了姑姑和叔叔，剥了一瓣橘子给父亲。但是他们还没有走的意思，他们等着父亲吐橘子种子似的从嘴里吐出答案，但父亲这颗橘种子没有吐，而是嚼碎，咽了下去。

父亲说：我们身为吴家的子女，都应该保存好祖上的遗物，父亲不在了，但是他的东西还在，它每天伴着我们，告诉我们别忘了吴家这条根。

叔叔突然冷笑起来，下了很大决心似地反驳：你姓吴吗？你跟吴家没有任何关系，你不要以吴家长子的身份跟我讲话。

叔叔用吃奶的劲一拍那几只苹果，苹果们经不住拍，纷纷滚地逃命。

我们都不知道我们……姓什么，我们无父无母，我们就是一颗尘埃，来自何方，又飘向何处，不知道。我们的……父亲收留了我们，我们对他，对吴家就没有一点责任吗？没有吗？

父亲大口大口地喘息不止，那股怒气终于冲出了大伟的胸膛：够了，你们够了！

大伟拨通了120。

经过一番折腾，父亲在医院总算安静了。第二天早晨，倚着病床，父亲说：我们这个家确实是五湖四海，不容易。你爷爷，他是天下第一善人，我违背了他，虽然当时不能肯定这幅画是真画，我确实动了贪念，我直觉它是真的。父亲喘口气说，我对不起他老人家。他们说得对，我不是他们的哥哥，我，他，还有你姑姑，家只有一个，小儿堂。我们都来自那里，我们都是孤儿。

吊针药水一滴一滴地注入父亲逐渐枯萎的体内，缓缓地，透着晶莹。

大伟的手机响了，高山流水的曲子漫过雪白的病房，大伟现在怕接手机了，这篇报道出来，扬州城好像突然兴奋起来，因为余力用大伟的电话打专家，这个号码就外泄了，不断有电话打到大伟手机上，现在来电显示的是余力。大伟看了父亲一眼，父亲目光迷离，沉浸在过去的岁月。大伟捂着嘴巴到了医院空旷的走廊。

接完电话，大伟看看父亲的吊水，父亲突然回过神来，示意大伟坐。你爷是个书画痴，一生没结婚，所有的钱都用来收藏书画。那个年代，肚子还没填饱，没有人收藏这些东西，20元钱能买张郑板桥的画，到了"文革"破四旧，不知道烧掉多少古字画，现在拿一张出来，就能换一户房产，那时人……唉，怎么那么傻，你爷爷的字画也基本都烧了……他是个善人,他像收藏书画一样把我们收藏进吴家,我进吴家门是1955年,我已经10岁。你叔进门时也才6岁,你姑姑就更小,只有4岁。我们一家在你爷爷的庇护下,倒也其乐融融。一年冬天,北风吼吼,你叔带你姑走丢了,我们四处找不见,你爷对着大风嚎啕大哭,后来我在郊区的一块田里找到他俩,他们不知怎么走进郊区的胡萝卜田挖萝卜吃,两个人在田地里睡着了,差点冻死。我流着泪对你爷说,我一定要照顾好他们……唉……

沉默不语。

这幅画差点被卖了。缓了一下,父亲说。大伟看着父亲,父亲蜷缩在床上,像一只受伤的猫,大伟感觉到父亲的虚弱。你爷爷临终几年,要把自己的诗印成集,差钱,一个香港商人不知怎么打听到你爷手里有严从这幅画,愿出一万元买,在上世纪八十年代末,这可是一个大数目,能把人耳朵震聋,但是亏得这个商人弄不清这幅画的真假,交来了3000元订金,说好把画送给上海的专家鉴定,如果是真的再交剩下的钱,但是不久,我想这幅画不能流出扬州,不能流出中国,经过我劝说,你爷爷也有悔意,我拿着他的信到上海找到那商人,交回订金,欲取回这幅画,可是商人哪里舍得给,后来干脆躲我。这个商人长得一副清瘦精明样,我围着他的住处整整转了三天,他没肯再见我面。没办法,我又回扬州,把病中的老爷子搬上轮船、搬上火车,背上汽车,与商人争吵了两天才要回这幅画。

大伟给父亲喝口水,给他捶捶后背,说,你歇歇再说。

父亲顿了一下,摇摇头,不要紧。

画是要回来了,但是你爷爷的诗集还是印不成,不完成他的心愿,作为吴家的长子,我寝食难安,他虽然没有生我们,但对我们恩重如山。家里实在穷,后来你爷对我说,在扬州,不管是谁,只要出8000元印诗集的钱就把这幅《仕女图》卖给他。唉，那时候扬州没有几个人收藏字画，更没人愿意出8000元钱买一张轻飘飘的纸，我到哪里去找买家！我后来没办法，你知道，我朋友多，我东挪西借，凑足了8000元，给你爷爷，说有人买下了。你爷根本不知道，这个买家其实是我。我不知道这幅画后来会如此值钱，我动了贪念。你叔他们一直怀疑这幅画的去向，因为他们从来没看到过买家，几次提起都被我生硬回绝。这幅画像个脓包一样在我们间埋伏着，把我们的情谊侵蚀得一干二净。诗集印成了，你爷爷也撒手人寰。你爷爷像个钩被的，东拉西扯地把我们这几颗心缝合在一起，你爷爷去世，这些心訇然崩裂，也许，它们本就不应该在一个胸膛里跳动。再加上这幅画里埋藏的怨怼，终于使得兄妹成了陌路人。现在，他们终于上门算账了……

大伟想起来，老城区家里壁厨里是有一堆蓝色的诗集，好像叫《鉴湖集》。对，鉴湖是你爷爷的号。父亲回答时迸出一丝欣喜。大伟心下惭愧，因为是古诗词，自己从来也没把这诗集当回事，任其自生自灭。哪知道，这是爷爷的灵魂在说话。

大伟回家，翻出爷爷的诗集，果然有得这幅仕女图的记录：得之是非场，都付春风中。什么是非场，为何要付春风？大伟没想明白，但，这似乎不是一个好兆头。

6

叔叔和姑姑把他父亲告上了法庭。怕父亲受不了，大伟隐瞒了消息，但他知道，这是薄纸包烈火，瞒不了的，父亲必须上庭应诉，只有他说得清楚事情的来龙去脉。大伟想，能瞒一时是一时。大伟现在很后悔利用媒体不当，惹火烧身。那天余力打电话来说，有人给他打电话，追问报料者姓名，大伟就知道大事不好，但不知道叔叔姑姑跟自己一点血缘关系也没有。这个家缺少的原来是血缘的颤动。现在余力告诉他，这个人要把他们告上法庭，理由是这画也有他们的份。大伟在电话里着急地说：你劝劝他们呀，别把这事弄得满城风雨，怎么说，我们都是一家人。余力顿一下说：不……你错了，我要鼓励他们，让他们上法庭，让地球人都知道这幅画，这幅画的价值，呵呵，你家就准备数银子吧！

从现在开始，只要是余力的电话，大伟的心就会莫名其妙地颤抖，他怕了这个电话。

父亲的病突然加重，呼吸越来越困难，有两天吸痰机一会儿就要上一次，眼睛甚至有些迷离。终于有一天，医院下了确诊通知，父亲哪里是什么气喘，是肺癌。他自己硬扛着，大伟长期对父亲的忽略终于酿成了大错，大伟偷偷面壁而泣。医院要切肺，父亲死活不同意，闹着要回家，最后妥协，再在医院呆段时间，病情稳定了回家，保守治疗。

果然，余力又登出了报道：《兄妹欲法庭争名画》。大伟非常生气地对余力吼：你这是干什么，你想干什么？

叔叔和姑姑从此消失，他们等着法庭相见，他们没有时间在父亲的病房出现，哪怕一次。原来大伟还想，算了，一家人，补偿他们一点钱吧，毕竟曾经一个锅里吃饭，现在，大伟改变了主意。你们说共同财产，可是我父亲已经出钱把画买下来了，算屁共同财产，你们当年为什么不共同出钱买下这幅真假莫辨的画——大伟想。打吧，打吧，父亲反正已彻底成了孤家寡人，吴家早已不复存在。至于父亲说为自己升迁，把这幅画送出去，现在这幅画满城风雨，哪个还敢要？那个自称专家的馆长给他十个胆，他也不敢收，父亲越来越幼稚了。

春天了，天气非常明媚，曾经肆虐的霾也终于偃旗息鼓，天气预报中的霏霏小雨一直没有来这个城市报到，现在外面满地阳光，暖风一吹，所有的空地呼啦啦全长出绿油油的青草、小花。春天就是给人希望，父亲从鬼门关暂时算闯过来了。空气好，父亲就精神。父亲早上醒来，伸了伸手，算伸了个懒腰，气色也不错。大伟的欣喜一点点从心里漾出来。父亲突然问：要清明了吧？大伟算了一下，是不远了。父亲突然就不安了，说：我要去瓜洲。大伟一下子不明白，爷爷和妈妈的坟根本不在瓜洲，在干孤山。大伟说：你放心，爷爷的坟我清明会去祭奠的，你安心养病。我要去瓜洲。父亲又说了一遍，很急迫。

大伟征求了医生意见，医生沉吟一会说：也不要紧，春天到郊外散散心，对病有好处。

瓜洲不远，半小时车程，但是大伟只是路过，从来没有下过车。父亲在瓜洲要找的果然是一座坟，扬州城不少人过去都把先人送到这里安息。

大伟的耳畔是长江千年不息的涛声。

父亲说：当年所有人都不知道这幅仕女图的价值，除了你爷爷，只有这个人知道，这个人就是裱这幅画的，名字叫余海。大伟听了这个名字，心里一惊，莫非这个余海和余力有什么瓜葛，他记得余力说过他对糊裱工艺的了解是家传。父亲继续说，"文革"前，你爷爷要我把这幅画送给余海裱，但是后来"文革"闹起来了，我们就把这幅画忘在余海家，一直到"文革"后，你爷爷突然想起了这幅画，你知道这时家里收藏的书画都已经被烧光，我试着上门去取，老先生竟然把画裱好，藏在家里，专等取画人，这一等，就是十多年。最后他非常爽快地原物奉还。唉——我们当时竟然没有多付一分钱，你知道他是行家，有一万个理由推脱的。他死后，据说葬在了瓜洲。我找过，但没找着。

大伟把父亲搀扶出车，坐上轮椅，在路边寻寻觅觅，问路人，没有一个人能说出余海的安息之地。这一片因为修路，又开发商品房，坟可能早被平了，大伟想。

不远处就是江边了，大伟怕父亲受不了风寒，说：我们心意到了，余老先生在天之灵一定会看见的，我们回去吧，时间长了，医生这一关过不去。

父亲点点头，贪婪地看着长江，浊浪滔天，白茫茫一片，随风摇曳的芦苇像在和他打招呼。父亲指了指一座不起眼的亭子，说：我们到那里休息一下吧。父亲笑了一下，脸上的皱纹也舒展开来，裂帛似的。大伟的手机响了，一看是余力的，大伟心尖一颤，一时不知接还是不接，高山流水曲子一直在流。大伟看了一眼父亲，果断关机。不接手机，大伟也知道，案子要开庭了。他现在不需要余力再做新闻报道。

亭子已经久无人打理，荒草成冢，很破败。大伟一抬头，呆住了，亭子上写三个大字：沉宝亭。

这不是杜十娘当年怒沉百宝箱的地方吗？

大伟一跺脚，自己多少年前就想来找找这个地方，不想今日邂逅，心里突然有遇见故友般的激动。

再看父亲，高僧入定般。

父亲突然说：请他们回来吃顿饭。大伟点点头，大伟自然知道"他们"是谁。

火车快跑

1

20多年前的旧事了。

那时，我爸总是不断生气。

他生气有理由，有底气。我和弟弟吃饭的嘴挂在他脑门上，重得他总是低着头，怒着脸。好在，他在家的时候不多，他要出去讨生活。我们杨树村只能供我们一日三粥，外加山芋片、番瓜片，要吃肉，得出去做手艺。我爸不是木匠，也不是瓦匠，是白铁匠。白铁匠，修汽车，敲铁皮管道，要进城。有时候，我宁愿他是个瓦匠，揣张瓦刀，满村转，特别是砌新房，站在高高的山墙上，向下扔馒头，天女散花般，那些脸上戳了红的馒头满地跳，但钻进人缝就没了，谁的屁股大谁占优，我们小孩给大人屁股拱走了，哪能抢到馒头。墙山头的瓦匠，嘿嘿笑，不时揣两只裤兜里带回家。当个木匠也好，背着锯子，提着斧子，到人家没有荤菜不下饭。可我爸偏偏是个白铁匠，一年到头看不着人影，满手油污，回家就生气，然后看我和弟弟不顺眼，呵斥。一次拿一截歪脖子的树丫，对着我的屁股就是一下，夯得我几天走路疼得掉眼泪——我数学没及格，用蓝墨水钢笔改分数，给他看出来了。

　　白铁匠有一样好，坐火车。

　　火车只在电影里见过，拖着长长的辫子，轰隆隆喘粗气。白铁匠每年出门，从杨树村小道上，转道，转道，再转道，终于坐上去镇江的汽车，然后从镇江乘上火车。这条路，我烂熟于心，有时可以不屑地指出村人的讹错。

　　但我真正走这条道，已是一个十六岁的打工少年。打工地址在西京，师傅是我爸。

　　赶到镇江火车站已是下午，我爸买到的火车票是晚上十点的。还有七八个小时，我没脾气地在火车站转来转去，像从杨树村放出来的一条狗，这里嗅嗅那里闻闻，口袋里没钱，饱眼福。我爸不行，他不动，闭着眼睛，歪在躺椅上。他离开杨树村都是这么过来的，他说我们挤不过人家，只有早来早占位置。原来到了火车站，他的坏脾气就小了，变成了一个歪在躺椅上无所事事的人。拥着白衬衫，缩着脑袋，静静地斜着，像幅画。火车站没有多少人，我们要乘的K521次的牌子还没挂出来，但我爸很有经验地告诉我就是这一排。"歇歇，有你使劲的时候。"我爸突然有点生气地说。我看看他，坐下，过段时间，又扭头看车牌，还是没有，几个检票员自顾聊天，一个人的手扶在银色的铁栅栏上，笑得栅栏一抖一抖乱颤。我又坐了一会，看我爸还是安静得像幅画，只好自顾去看那些五颜六色的水果，我惦记那香蕉，一棱一棱，像几十根佛指窝着，只是不知吃起来是个啥滋味。我又回到候车室，看火车运行图，一张纸上粗粗黑黑的胳膊，张开来，要飞似的，原来是树根长上了翅膀。身边几个人，也和我一样没见识，边看边咂嘴。

我又歪头看了一下我爸。三只旅行袋，一只蛇皮袋，还有我一只书包，簇拥在他脚边，可怜巴巴的狗一样。蛇皮袋里装着一条棉花胎，冬天御寒用，现在是"秋老虎"，看上去热得人透不过气。后来，我趴在水龙头上牛饮。我远远地看那个卖香蕉的人，躲在塑料布棚下，不断用白汗衫的下摆懒洋洋地擦汗，我想，香蕉解渴么？也许真解渴。

我看看天，一个声音告诉我，要下雨了，一场透雨。

我再回到我爸身边的时候，车站里人多起来，一操场的学生一样，交头接耳，嘴巴不停地发出嗡嗡声。"看好行李！"我爸突然醒了，脸上的表情又摆在生气的钟点上。我点点头，不情愿地坐下来。爸爸坐过的地方，潮湿一片，汗。我抬头看候车室，两排七八只电风扇，张着叶子，手忙脚乱地忙着吹风，候车室的人无视它们的存在。我爸夹着一泡尿出去的，回来的时候明显轻松了不少，说：厕所脏得下不了脚。

2

K521次的牌子挂出来了，时钟显示已是夜间九点二十，果然是我们这一排，爸爸猜得准。人群看不出一点安静的迹象，一个个慌慌张张要去集市一样。牌子挂出来更骚动，油锅里又撒了把盐，盐粒剧烈跳动，带着烫人的火气。我看到一个小男孩，被他妈妈抱在手里，身体不安地扭动着，手里举着一只香蕉，这只香蕉开成了花。哦——我明白了，香蕉是这个吃法，要开膛破肚。队伍像条蛇一扭，我就看不见那个小孩了，他被队伍吞噬了。我爸催我快起身，他拎好包，左右各拎一只，看我一眼，对我说："你扛蛇皮袋。"我点头。棉花胎不重，但占地方，我不断招来别人的不满。我爸说，进了城，要笑，始终保持笑容。不管你乐意不乐意，咧嘴。从我爸站进队伍的一瞬间，他一直保持着笑容，挂着，随时准备卖出。我不知道我在杨树村一直生气的爸爸，何时变得如此高兴。

我爸后来的解释是，在杨树村，你是主人，你有生气的权利，进城就不一样了，你是客人，哪有客人怒着脸的？进了城，没人给你生气的权利！

队伍吵吵嚷嚷，你挨我，我挤你，前心贴后背，有准备插队的，立即被人流甩出队伍，插队的自讨苦吃。到了检票口，原来闲聊的检票员一个个变成凶神恶煞。耳朵里只有嘈杂的声音，它们要彻底摧毁耳朵。我爸推着我，我能感到他的力量，我的脚几乎离地，脑袋转动一下都困难，我爸说："把票衔嘴上。"可是，没一会工夫，人群一涌动，有人踩了我脚，我一张嘴想喊，我的那张白白的硬纸片已消失在人群中。我虚汗淋漓，我说："我的票，我的票不见了。"没人听我的，人们没有力量看一下脚底。我爸猛一推我："你这倒霉孩子！"自己猛地变成一只弓腰的虾子，拼命蹲下来，引得后面的人群抱怨。我爸带着笑打招呼："这孩子，还是学生呢，原谅一下，原谅一下。"自己在脚下摸索，可是票还是不见。检票员在催促检票，眼看就要到我了，我抱怨地说："就是你叫我衔嘴上，就是你。"我突然眼眶一酸，带着了哭腔说："我想回家，我想回杨树村。"

我爸提高嗓门："嚎有什么用？"

我和我爸退出了人流，我爸慌乱地放下他的三个包，就来掏我的书包、口袋，甚至蛇皮袋。没有，我翻遍了口袋。我爸像找跳蚤似的从人缝里看人家的腿、脚下，后来一脸恼怒地跳到我面前："说说，你有什么用！哪里还能打到票呀？我得走呀，不走，我的票也要作废了！你一个人回家！"

我爸突然盯住我的沾满泥土的鞋。好像突然明白什么似地说："抬脚，抬脚！"我爸笑了，票被我踩在了凉鞋脚下。

我们再挤回队伍的时候，我站在了那位抱着孩子的女人后面。

后面人抗议，我爸笑成一只鸭子打招呼："前面挤掉的，前面挤掉的。"那女人一回头，长长带弯的眼睛漏出笑意。她真笑了。挤队的人都眼光带刀，秋风扫落叶。这个时髦的女人竟对我们笑了。那个三四岁的小男孩吃完香蕉，趴在他妈的肩头似乎要睡着了。他不需要与人拥挤，更不需要票，他是多么幸福，有妈的孩子就是一个宝。那女人浑身有香气，香水味，还有……奶香，如果我没猜错。我狗一样嗅着这香气。

出了检票口，人就像出了栏的鸭子，扑棱着翅膀向前飞，耳朵里全是滚轮在地上摩擦闷闷的声音、杂乱的脚步声，我本来还想跟着那个女人，被我爸一拽，我爸已经跑起来，"——快去抢座位，快！"我的腿根本不听我指挥，它是我爸的，我爸一拽，它就不由自主地飞了起来。

但是更多的人比我们跑得更快。

嗷——这就是火车，在电影里呼啸的家伙。

3

我爸在前，我在后，跑得警察抓小偷似的，这警察比较胆怯。雨，下来了，老朋友似的，打在墨绿的车厢上。每节车厢的门口，人群排着队，等穿着端庄的验票员看看那纸片，验明正身，验好的人高兴地"嗷——"一声，跌跌撞撞上车，包带子打在绿铁皮上，发出愉快的"踢踏"声。轮到我们的时候，我爸抖着手，被验票的呵斥了一声，我爸拿着三个包，站不稳，要倒在美丽姑娘身上，那姑娘躲瘟神一样，跳起来，嘴里说：站好了，站好了，后面的别挤。我爸感激地笑笑，说谢谢。我也露出感激的笑。我爬上车厢时，一回头，那位身上散发香味的女人还排在队尾，站在雨里，举着胳膊，那男孩躲进了他妈的手掌下。

我只能挤到车门这几乎就走不动了。车厢里全是人，鹅子一样，伸着脖子吸气。走道里，全是腿，座椅底下，都躺着人，他们的鼻子隔着椅面贴在另一张屁股上。幸运的是那些在座椅上的，他们悠然自得，剥着茶叶蛋。我爸说："这是一列中转车，上海始发，在始发时，火车已经挤满了人。"我转着脑袋，也没有发现可以立身的缝隙。只能仰着头，一动不能动地站着，下巴几乎支在我爸的后背上。我爸说："不会有座位的，能有个地方站已经很好了，再挨一挨，下一站会有许多人下的。"他骗了我，下一站是南京，人更多。

我透过人缝，看到火车站到处是影影绰绰的身影，它们在雨中洇得不分你我。车厢里没有风，汗臭味和臭脚味肆虐。熬了半个小时，火车终于要开了，先发出一声长鸣，喇叭里传来不紧不慢的列车即将开出的通知。伴着音乐，准备出发了。心中有了盼头，火车动起来，车厢就有风了。

我在担心那个女人，有没有能上来，挤进了哪节车厢。这个女人抱个孩子，拿着行李，有可能被挤死。

火车又咳嗽了几声，浑身喘起来，我感到地板的震动，火车又不时扭动一下身躯，车厢里拥在一起的人都要集体前倾或者后仰一下，接着就是不迭的骂声，骂该死的火车。火车被骂，更生气，干脆不动了，车厢的人又骂："刚才就放喇叭要走，现在还不动，成心把人挤死、热死！这个破火车！"我不骂，我新奇，我在人缝里不断扭头，看火车上每一个人的脸，盼着火车快跑。马上，杨树村的吴葫芦就要乘上这奔驰的火车，横穿华夏大地两千里，奔向伟大的废都——西京了！这是多么伟大的事情。

我的念头还没想完的时候，火车终于跑起来，路边的灯、昏暗的房子、树木、河流、一律后退，倒地致敬。我笑着对我爸说：火车开了！我爸点头说，想办法把蛇皮袋放下来，人坐在蛇皮袋上，知道么？丑陋的蛇皮袋原来是我爸发给我的一张流动凳子。哪里容得下我放蛇皮袋，我挣扎了好一会，才摸到一只椅背的一只角，还招致了一个高大男人被烫了似的咝咝声。这个男人，我早注意他了，满脸胡茬，伸出的手臂上长满黑毛，说话的声音很粗。

车过南京，到蚌城，驶离徐城，车厢更挤。我站不动了，就想着能有只凳子，让我屁股掸一下，我想喝水，我想吃饭，我要尿尿。我像只鸡一样，站着睡了好长时间。这时候，天亮了。到处是腿，我试着放自己的蛇皮袋，那个高大男人恶声恶气地说："看着点，哪儿放呢？"我不理他，强行放下了蛇皮袋。那些腿生气，但也无奈。

我的屁股呀！舒服！

4

火车奔跑成一个音调，没几个人关注它了，外面的风景与杨树村完全不一样。我看到了山，看到棋子样散落的村子，原来一个村子真小呀，火车一闪，就没了。

越往西北跑，天气越干，风尘越来越大，我几乎看不到地面的河流，昨天令人讨厌的雨，现在真叫人怀念。火车上茶水炉坏了，没水。

男孩哭起来，我从人缝里终于看到是那个有香味女人的孩子，她也在我们这节车厢，我已经忘了那个女人。她像杨树村河边的一支芦苇，静静地立着，车厢里发生的事似乎都与她无关。小孩在她手里很不安，不断哭。她在小孩耳边的低语完全不起作用。

突然，这个女人撩起了薄薄衣服，解开胸罩，露出了白白的乳房，像跳出两只喷香的馒头。这馒头被慌乱地塞进男孩的嘴里——这个三四岁的男孩竟然还没有断奶。男孩不哭了，满足吮吸。但是，我感到车厢里突然一团白光，有一点小小的慌乱，什么爆炸了，所有男人的目光都邪恶地扫来。我感到身体膨胀，喉咙发紧，我……要上厕所。"该给这个女人坐下来喂孩子么。"我爸浓重的杨树村普通话。没人吱声，那女人一手托孩子，一手扶住椅背，身体随着火车前倾或后仰。这时，我爸喊我："葫芦，葫芦，蛇皮袋呢？"我挣扎着爬起身，头顶了一下那个男人的手臂，那人很不耐烦地骂了一声。

后来，我家蛇皮袋终于坐在了女人的屁股下。

奶完孩子，女人感激地对我爸说，师傅你的蛇皮袋。我爸慌乱地摇摇头："你坐，你坐，我不累，不累，我们乡下人抗得住。"

我的手里，多了一只女人给的香蕉。香蕉原来绵甜，还当饱。

车过洛城，一个乘客下站，所有人虎视眈眈，我爸一下子抢到了那个座位，那个粗大男人隔得稍微远些，没有抢到，又满嘴跑生殖器开骂。我爸不理他，一副死猪不怕开水烫的样子。

不久，我爸把座位让给那个女人的时候，粗大男人叫起来："乡下人没见过城里女人的奶子，想啥心事呢？"

我觉得这句话恶毒之致，抽在我脸上一样。女人白了一眼他，扭头看窗外，外面的凉风，吹得她头发乱飞。我隐约闻到她身上的奶香。那个黑粗男人的话，没人应，自觉没趣，垂下眼皮。

进潼关的时候天又黑下来，火车走得更慢，但车厢宽敞了许多，这是多么幸福的事，我和我爸都混到了一个座位。小孩经不了风吹，女人要关窗，乘客不愿意，说车厢里一关窗就会闷成蒸笼。女人没了主意，用手挡，我爸看不过去，脱下自己的衬衣披在孩子身上。小孩睡梦中嘬嘬嘴，笑了一下。我盯着小孩看，我觉得枕着妈妈手臂睡觉是多么幸福。我说："这宝宝真白，洋气。"女人笑笑，眼睛亮亮地看着我。

5

到西京已是深夜两点。这列火车是主人，有权利不断生气，不断闹脾气停车。"晚点了，晚得太厉害。"我爸对那女人说。女人点头，说这火车脾气坏。我们和女人道别，小孩睡得正香。我爸很慌乱。女人问了我们在哪里打工，我爸说在北关。

女人抱起小孩，一步步走出去，出了车厢，留个清瘦俏丽的背影，一拐，进了地下通道，不见了。我鼻子似乎还能闻到她身上的奶香。

人走光了，我才扶起我爸，我爸说，他的腿已肿得动不了啦。

一出火车站，我们跟跟跄跄爬上65路通宵公交车，我抬头看火车站闪烁的霓虹灯，城楼像个披着蓑衣的老翁，巨大的身体挪动困难，只能傻傻地站着。我们买公交车票的时候，我爸惊呼：我的衬衣！衬衣披在那个小男孩身上。我们带的钱都缝在那件衬衣里，裤兜里竟然没有零钱。

我们被赶出了这辆65路车，扔出两只垃圾袋一样。

我扶我爸，茫然地站在街边，看着陌生街道车水马龙。我爸说：让我歇歇，再想怎么走到北关去。

我爸从来不让说，但我不得不交待一下，我爸是个瘸子，近30个小时的站立，让他原形毕露。我爸从来不把自己当瘸子，永远努力走成个正常人。

现在他太累了。

我爸真的很虚弱，虚弱到半天都没想清如何去北关的主意。"唉，唉……"我爸说，"那家伙说得没错，我……从来没看过城里女人的奶……唉，唉，怎么……那么白呢……"

"葫芦呀，你妈要和我们在一起，多好呀——我怎就把她丢啦，丢到城里啦，我已经找了10个城市，唉……哎……"我爸突然虚弱地抽泣起来。

我没妈，4岁那年，我妈离开家，再没回来。她抛弃了我们。

我恨她，发誓不为她滴哪怕一滴泪，但是现在，想想那个喝奶的男孩，这滴泪终于砸在了柏油路上。

小羽的帽子

1

我是在西京的一棵树上学会抽烟的。这个习惯不好,我为此后悔一生。

我抽烟时被呛得很厉害,嗓子咳得火辣辣的,头晕目眩。咳得那棵树,黄叶飘落,树枝乱颤。没错,时令已是深秋。我感到头很晕,并且要把什么吐出来,但是我吐了半天,只吐出了几滴亮晶晶的口水。

香烟是最劣质的,没有海绵嘴,焦油会直接流进我年轻的肺,我看到它们一层一层地在血管壁上安家,我给它们洞开了方便之门,因为我没钱买有海绵嘴的香烟来阻止它们。我确实是个穷学生,后来我无数次想戒烟,但是一次也没有成功。我对小羽说,这次我一定戒了。小羽鼓励我说:最好戒了,我可不想抽二手烟。小羽的这个话里藏着暧昧。

我有躺在树上的习惯,只有躺在树上,我才感到安全。现在我就在这棵老槐树树杈上决定去看小羽。在做出这个决定之前,我溜到学校门口的翠华商店买了几支香烟,只有这个商店,香烟是可以论支卖的。

我是到西京半年后才知道小羽也到了西京。小羽和我是高考补习班同学。到了大学,我给班主任寄去感激的信,班主任寄来了通讯录,在通讯录上,我发现了小羽的名字。小羽眼睛大大的,充满活力,当时走进了全班许多男生的梦境,而我和小羽几乎没有说过话,是隔岸风景。现在这风景在和我不到5000米的地方真切呼吸。想到这里,骚动溢出皮肤,我睁着眼睛想,我得去看看小羽。

开始下雨了。我的咳嗽声,刺破雨帘。走入秋季以来一直干干的,心里早就盼望着这场雨,猝不及防中它就下了,起初羞羞答答随风飘,然后就止不住了,开始砸地,地面很快出现了一片一片晶莹的亮色,终于变成了一条河流,霸道地切割着路面。

下雨天,小羽应该在宿舍。我想。

我落汤鸡一样站在Y学院女生宿舍的走廊上,接受那些女生的注目礼。箭镞般,密密射来,我浑身长毛。守门的是一个胖女人,她傲慢而警觉地看我两眼,才从抽屉里掏出一个白花花的本子,上面用圆珠笔鬼划符地写着一个个莺歌燕舞的名字。从一片模糊的蓝色中终于拽出了小羽。后面果然拖着个宿舍号码,我本想兴高采烈地蹦上楼。胖女人一眼洞穿我的企图,说:你不能上去。然后开始用破喇叭喊话。喊话粗狂,喊得我心惊肉跳。我认为找小羽是个比较隐秘的事,现在通过她的喇叭告诉全世界,显得摊上了大事,我想说,你能不能小点声。

喊过了,不在。胖女人根本不再理我。

后来的学生就是好,有手机,有网络,不管在哪个角落里都能一把定位。现在我只能呆呆地等,伸长脖子,一任那些箭簇洗礼,就当个草人吧。我窝着手抽了一支烟,这支劣质香烟,是我今天抽的最后一根香烟,也就是我下面再无烟可抽,我得憋死自己。到傍晚，还不见小羽的影子。我到录像厅看了半夜录像，从头打到尾，没有任何理由，打得录像厅里空气一波一波地抖动。

我深夜回到宿舍的时候，我的上铺兄弟白眼迷迷糊糊地对我说，一个女孩傍晚来找你，冒着雨，也不怕被雨淋着。长脸，眼睛蛮大，扑闪扑闪。呵呵，亏得戴了顶大帽子，淋不着雨。

那是小羽。我激动得沉默寡言。我跟别人不一样，别人激动，哇哇直叫，我激动，没声音，快速地走，楼上楼下地跑。我在家乡杨树村是习惯走圈子的，围绕屋子围绕田地兜圈子，但现在条件不允许，屋里尽是破袜子，乱七八糟横躺着的脚盆。我爬楼梯，爬得气喘吁吁。楼道里黑魆魆，没有一点人声，我心里亮如白昼。

2

终于和小羽见面了。

这次很顺利，那个胖女人一看到我，突然露出了笑脸，这个浓眉大眼的小伙又来了，小羽刚上去。我讨好地喊了声阿姨，麻烦您了。阿姨说：没事，谁叫你长得像我儿子。小羽果然戴上了一顶帽子。在这个校园里小羽是唯一一个戴帽子的女人，女人们都把头发千姿百态地展示出来，脸蛋是爹妈给的，而头发却可以自己打理，它是女人的另一张面孔。我虽然很困惑，但她进了大学，对我突然热情起来。小羽说我到你那去过了，10号楼620室，一排爬爬凳，像扣在床边的哈巴狗。两个人对着眼睛笑了，我看到小羽眼睛深处的亮点快速抖动。现在自然要说补习班。小羽向别人介绍我是她同学，自然要说学校的事，但是我们说不出母校的名字，没人明白成人学校是个什么学校。我们有的是一个令人窒息的乱糟糟的院子，但现在在我们嘴里是一座百花盛开的花园。后来能够被人听见的话都说完了，两个人都不知道说什么。小羽给我削了一只苹果，我扭捏地咬了一小口，捏在手上，不好意思再吃，后来捏着捏着，塞进了口袋，回到自己的寝室，才想到它，我放在床头，一直到它发黄发黑，干瘪成一只核，才扔进垃圾桶。这时走廊里传出阵阵暗香，一个个清脆婉转的声音传出来，走廊里一群百灵鸟在唱歌——去舞厅呀！

这次见面，我感到不懂音乐多么遗憾。我上学几乎没有学过音乐。小学时没有能教音乐的老师，中学时音乐课全部让位给数理化，补习班恨不得梦里都做试题，音乐是被遗忘的奢侈品。

不懂音乐就不知道有鼓点，踩不上鼓点就迈不成舞步，不会迈步只能站着，从头站到尾。我不好意思告诉小羽，听不出哪里有鼓点。我知道小羽二胡拉得非常好，可以把盲人的月亮拉得全世界欲哭无泪，也可以在弦上让奔马跑得黄沙蔽日。这时候，舞曲一曲接着一曲，有的人把自己走成一只朝天叫的鹅子，有的人永远是鸡子，只知道低头觅食，有的人变成了一只狐狸，在昏暗旋转的灯光里，龇牙咧嘴。小羽的帽子吸引了许多人的眼光，不时被邀请去池子里展示一番，小羽总要看我一下，我咧嘴，点点头，然后，跳后一步，面露微笑。心里是苦的，诅咒自己的笨腿。我看着小羽被人带着旋转，小羽穿条黄色的裙子，旋转得非常夸张，像一只硕大的向日葵，迎着音乐的风，疯狂抖动。我紧张地看着她的帽子，非常害怕被旋飞。我探寻着舞池里的女生，感觉自己在拼命摇着一罐子好骰子，这些女生在里面转呀转，我以为我一定会获得一个，其实她们一个也不属于我。

3

每到休息日，我忍不住要向 Y 学院跑。白天黑夜，满脑子盘旋着小羽的眼睛。这个星期六，我穿戴整齐，脖子上挂个黑色相机又匆匆赶到小羽的学校。然后一起坐公交车，在 5 路车的终点站下车，我说：就这儿了，反正我们哪里都不熟悉，都是好风景。

我们在一起，说的还是普通话。家乡的语言复杂，村与村的口音都不一样，口音就是一个人的身份证，跑不掉的，一些特殊发音，用的人也许只有半个村。小羽来自县城，我是杨树村的，语言相差太大，还是说普通话找到一点感觉，我感到自己的杨树村话很卑微。

下车地方是个河滩，我们找了个草丛，摊下来喝酒。我拎了啤酒。小羽不喝，我对着瓶子吹。汉斯啤酒泡沫多，一口下去，满嘴冒泡。汉斯啤酒，矮大肚子，比一般瓶能装。我喝着喝着，醉了。头旋起来，一会儿入云端一会落地狱，身子进入一个奇妙的隧道。看小羽的时候，有云彩在晃。我们坐在河滩上，共同怀念补习班的点点滴滴。但是我们口中的补习班有着不同的姿态。

我说：补习班让我知道什么是机会。你知道，机会，对我这样的人意味着什么——我举起手中的啤酒瓶对小羽说：来，干一杯。

两人抬头看天，天上是白云，地上山峦如黛。看，这河什么名字？

我突然叫起来，被酒精熏蒸的脑袋好像突然亮了。

灞河，这是灞河！出了这里，就西出阳关无故人了。我说。

我们不是故人？

是呀，在这个几千年风尘的城市，只有我俩是故人。

我们何止是故人，我们一起遭过难，有共同的伤疤。不过，我要纠正你，这是向东，潼关，东出长安，灞陵伤别。昔我往矣，杨柳依依。今我来思，雨雪霏霏。小羽说。

灞河已经瘦得只剩一根盲肠了，河水浅得包不住一条鱼，但水是清的，清得能看到绿绿的苔藓没心没肺地晃悠，全然不知随时会被太阳晒死。我看一眼小羽，小羽鲜鲜的，像水密桃，后来我又盯着她的帽子看，她今天戴的帽子淡蓝色，帽檐很宽，蕾丝边很俏皮。我在回想，她补习班是否戴帽子，应该是不戴帽子的，她齐耳的短发，脸色绯红，但是为什么现在就戴上了一顶莫名其妙的帽子，难道是补习班过度的劳累，让她掉光了头发。我希望有一阵大风来，吹掉她头上的帽子，不管她的帽子下面是否掉光了头发。但是我不能对她说，我还没有那个资格。后来我对灞河水照着影子，说了一段我自己都认为莫名其妙的话，我说：时间就是一只碾肉机，把那些光鲜的面孔碾成尘埃，把爱碾成油盐酱醋的庸常，想想我们的长辈，他们有爱情吗，他们恋爱过吗，他们为彼此心跳过吗，呵呵，一定有的，不然我们的存在就是悲剧。

我知道我在胡言乱语，我在小羽面前总是胡言乱语。

春天来了好，春天这里柳絮如雪。现在的柳已经败落，成迟暮美人。明年春天我们再来。小羽说。听了这句话，我突然很感动，好像是某种期待的暗示。

我开始胡乱拍照。我的相机是半傻瓜，拍出来的相片就是纯傻瓜。我举着相机，永远对不了焦距，照片模糊一片。翠华商店有个彩照冲印点，一卷胶片30张，只洗出来两张，还漏光，小羽所有的表情都浪费了，只剩下那顶淡蓝色帽子。小羽的牙齿很白，在帽子的阴影下，这个白越发突兀。她的眼睛，她的表情，她对世界的态度似乎都躲在这顶帽子下，随时准备逃逸。

4

一个补习班的男生在这个冬天追到了古城，他追的是小羽。我想起，这个男生曾经和小羽一起学习过，有次晚上，我正在宁水邮亭买书的时候，他们从我身边按着自行车铃匆匆而过。现在这个男生站在我的面前，气咻咻地说：小羽甩了我，有新欢了，是你吗？男生指着我的鼻子。我笑了：你提醒我了，但是我们——不可能。男生说：你说的，你可要记住！我心慌慌地点了一下头。我说：你记得小羽补习班时戴帽子么？男生根本不理我，转身去Y学院找小羽去了，这是一个悲伤的背影。我突然想到，小羽并没有逃离男生追逐的目光。原来，有一段时间，我以为只有我们俩到了西北，似乎我有了某种专属，但是现在发现，其实不是。

我有了一种紧迫感，甚至自卑感，想见又怕见小羽。

再和小羽聚会的时候，已经是第二年的元旦，空气中透着节日的喜气，学校食堂也贴出了加餐的喜报，喇叭里不断唱"难道是冬雨即将来临，即将来临……"我买了一把吉他，铮铮有声，但是不成曲调。

小羽几乎和我一样高。我特意穿着半高跟的皮鞋，走起路来，咚咚有声，笑纹紧张得瞬间即逝。我几乎没有与女生接触过，也几乎没有对女生的记忆。我是在学生人群中光鲜不起来的人，关键我不知道怎么表现，止不住地惊慌失措。现在，有小羽相伴，幸福无法抑制。我很紧张，咬着烟，吸烟频率很高，吸一口，嘴里烟还未吐完，又吸一口，夹着烟的手，不断举起，不断放下。

小羽说：你不是说要戒烟嘛。我咂咂嘴，果然人行道上几个男生夹着烟卷，匆匆走过。抽烟现在是我们共同的习惯，它不断地熏黑我们的牙齿，让我们的脸色灰暗。但是，我总想，它肯定在帮我们表达着什么。为了这种表达，我乐此不疲。

我们两个人在南门吃了一顿砂锅排骨。南门是个夜市，各种小吃排列着，它们或红或白或绿，在炒锅里热烈地扭动着身子，伴着锅铲的碰撞声，和冲天的热气，上桌，为南门外赢得夜市一条街的美称。炖排骨的是个红鼻子，宽脸，像所有吸了太多油烟的厨师一样，长个胖手，一晃，像只馒头在不断跳。只是从脸上肉堆里挣扎出的两只眼睛，贼亮。我对那个长着贼亮小眼睛的师傅没有兴趣，我的眼里只有小羽。我看着她明亮的眼睛，注意她吐出的每一个字。砂锅排骨是啥滋味，并不重要。我拖小羽到南门外吃砂锅，纯粹是别有用意，我要看着她的眼睛，准备说一句话。但我不知道何时说出口，所以只能不怀好意地拖延着。我约她到南门，因为南门有雁塔，雁塔远远地隐在树丛后面，只留一柱伟岸的影子，它会为我作证。我老子说，重大的事，要找个人给你作证，哪怕是棵树，心里就有了依靠。这座城里的树随时会被砍掉，只这塔，屹立千年。小羽吃得少，筷子在砂锅里挑来挑去，我也吃得少，最后撕纸，肮脏的纸在我的嘴上蹭了好长时间。我不愿提那男同学的事，小羽也不说。后来小羽和我开始讨论是否吃得惯馒头，是否吃得惯牛羊肉。我说：我不爱吃馒头，爱吃米饭，只吃猪肉和鱼，不吃牛羊肉。小羽说：你要改变习惯，再不然饿死你。我嗯啊点头，像个啄食的鸡。我想我吃羊肉串，我还卖羊肉串，不能告诉你。小羽眯着眼睛看我一眼，然后指了指那塔说，你知道那塔尖上有风铃么？我说不知道。小羽说，风铃随风发出的声音是世上最美妙的声音，是塔在说话。我点头附和。塔知道，我从来没有听过它发出的声音。现在更没这耐心听它说胡话。你知道风铃是什么浇铸的么？铜还是金？我想：这跟我们有关系么？没关系嘛。但我不能说，我不能扫她的兴。我说：这有区别么？有，应该是银子，纯银。只有纯银才能发出这样的声音，纯粹、优雅。我张着嘴，说不出话。我给她撺了一块红红的排骨：尝尝，味道怎样？

你知道为啥叫雁塔么？小羽挑着粉丝，定定地又问我，不理那块红红的排骨。

我笑笑，你吃，吃完了告诉你。

其实我不知道。

那个冬天，我经常一个人在街头踯躅。我常坐在公交站台上，看着公交车一辆辆驶来，穿着鲜亮的男女，相拥着上车，刚才他们还在我的身边呢喃，女的钻进男人的大衣里，男人低头咬她的耳朵。更多的男女，一脸木然。我无所事事地坐在椅子上，心里想着小羽，我多么希望她和我一起看公共汽车来来去去。我有时候感到自己是兵马俑复活，压抑了几千年的情感要像火山样喷发，火焰会吞噬一切。

但是我见了她的时候，一句正经话也说不出，只能胡言乱语。

5

我想不到，不久，又要在南门请客，这次请的客人是小苏。

小苏是翠华路卖烤羊肉串的，浑身散发着膻味。我有一天郁闷，一个人在小苏摊上吃了100串肉，便和小苏成了朋友。后来，只要有时间，就去小苏的出租屋帮助往铅丝上串肉，挣钱。然后，我把这些钱，化成烟雾，从鼻孔里冒掉。干了几次以后，目睹羊肉串的卫生状况，实在不能挣这味心钱，辞掉了。

但是我们是朋友，小苏义气。他不嫌我的香烟没有过滤嘴，并且还不断给我塞上一包有嘴的，害得我不断要给他帮忙，不断给他的烤肉煽风点火。

现在不得不请上小苏，是因为我要为小羽出一口气。我在这座城市茫然无助，能贴心贴肺帮我忙的，我想，只有小苏。

还是以前那个红鼻子，贼亮的小眼睛，此时给油烟炝得眯成一条线，脑袋钻在一堆烟里，突然地抬起头看到我，没有像往常一样绽放笑容，只是在脸上浅浅浮个笑纹，瞬间即逝，职业性的。原来他只是记住了小羽，只是记住了小羽的帽子，对我毫无印象，我看远处的雁塔，我说神呵，你看到了，这家伙就是这么俗气，没有了小羽，我就成了一摊屎。

请小苏他们吃晚饭，我这个月的生活费只够一天吃三个馒头。我是不吃馒头的，但为了小羽，即使咽着馒头，也值得。小苏坐在我对面，那只肮脏的塑料凳子，小羽曾经坐过，我看着小苏晃动着身影说话，我脑子不时跳出小羽明亮的眼睛和翘起的嘴唇，以及在夜色里浮动的帽子。小苏呼呼地喝完一碗面,用尘土洗礼过的纸巾擦一把嘴,很响地唾了口唾沫,说:兄弟,有啥用得着哥的?我从口袋里掏出一张照片,指了指中间一排左边第三个人,这家伙是个胖子,皮肤很白,阳光打在脸上留下一大块亮斑。我说:就是他。小苏皱着眉头,咧嘴说:小子很文气么,怎么欺负人家小姑娘,看不出来。那女娃是这个?小苏又指了指照片上的小羽。我点头。小苏眼睛亮亮地说:好俊的女子,把帽子除掉,肯定更好看。我遗憾地点点头,又不无得意地说:会拉二胡呢。小苏的眼光散淡开来,看着远处的雁塔说:你娃好福气。我愁眉苦脸地说:福气也是负担么。小苏吹吹照片的灰尘,宝贝似的揣进白衬衫口袋里。

娃叫个啥?小苏抬起头,又问了我一遍。她女娃家的,怎戴顶帽子呢?

我回答不了他,敷衍说:你要找的是胖子,不要找女娃。

小苏嘿嘿笑。

这件事起因是小羽一天哭着对我说,为争羽毛球场地,一个胖子男生欺负她,说她老戴顶帽子,就像个土包子,甚至用羽毛球拍挑她的帽子说:看看这只土包子是不是个斑秃?小羽惊慌失措护着自己的帽子,羞愧难当,泪洒当场。我说他才是只洒了白面的土包子呢!

这时候,我已邀请小羽看电影了。我先借了辆 28 自行车,骑到 Y 学院楼下,仰头看 511 宿舍,如果灯亮,我把手变成喇叭套在嘴上喊,如果灯不亮,小羽肯定没回来,我就站在进出口处抽烟,看着那些女生楼上楼下地跑。接到小羽,她安静地坐在后座上,我们一路铃声向电影院狂奔。电影院在南门外那条街上,扭头便可以看到雁塔黑魆魆的身影,我边骑边对雁塔说:神呀,你看到了,我是多么快乐。可有一次看完一部内参电影,我的脑子里尽是说不出的哀伤,匆忙骑车回 Y 学院,骑了半条路也没听到小羽讲话,一转头,车上竟没人。回头找,小羽正坐在路上抹眼泪,原来她上座时,28

自行车后座高，根本没坐好，我就骑得飞奔，小羽一个趔趄坐在地上，也不喊，眼看我狂奔而去，气得抹眼泪。后来，她很不解：一个大活人丢了你都不知道？从此不肯坐我 28 型自行车，后来我买了辆 26 型的二手自行车，故意买个没后座的，小羽只好坐前面大杠上，这样她就只能在我怀里了，我时时能闻到她身上少女的青春气息。当然，我是君子，现在都没碰过小羽一根手指头。可小羽被人欺负了，我不能不管。上次已经丢尽了面子，我一直恨自己没长双翅膀，飞上塔尖看看风铃是金的还是铜的。我看完左手看右手，看完右手握左手，自忖手无缚鸡之力，最后想抓桌上一只目中无人的苍蝇，它嘲笑似的转了两个圈，飞得没了踪影。

我白天跑到那座塔下，我对塔说话，向塔表决心。

小苏揣上照片，向他的哥们歪歪头。小苏的板鞋走得沙沙响，手上多了一条明晃晃的锁链子，像条游动的亮晶晶的蛇。小苏说就用它。今天他还带了两位光头朋友，所以我非常担心他们这副德性能不能走进 Y 学院，这些门卫早已炼成了火眼金睛，是学生还是闲人，一眼洞穿。小苏咧着薄薄的嘴唇，露出两只黄黑牙齿：放心，我们爬 Y 学院的墙，我溜达时看过，有个小门，一翻准过去了。这时天空很阴沉，几只归巢的鸟在头上的树杈间叽叽喳喳地跳来跳去。远处的雁塔静默，像在天地间放下的一副悬梯。我说，你们可以爬树。小苏他们很响地笑起来，你学生娃甭担心我！

天上开始飘雪花，风一阵比一阵紧，我说：春天了，还下雪，这天真反常。就别去了吧。小苏睨我一眼，吃了你的排骨，怎能不为你办事，下雪正好，到宿舍堵他。

他们后来跟我挥挥手。晃晃悠悠地向 Y 学院出发，自行车链条声响成一支舒服的曲子。

6

学校公安处的王老师很威严,一般学生躲着他。他这天早上出现在我们宿舍门口。我看了一眼宿舍外面,一天的雪。王老师的头上也有薄薄的雪,雾化的雪水顺着发梢一滴一滴流下来。

王老师问:小苏你认识吧?

我点点头,浑身冒汗。王老师说:他死了。他爬树,前几天的一个夜里,风特别大,一阵风来,摔死了。后脑勺嗑在石头角上,流了很多血。他的朋友说这个事跟你有关。他要从树上跳进Y学院,据说是你指使。

我哆嗦成一团。我知道雪后更冷,雪后寒。

王老师要我配合公安处调查,我被关在一间黑黑的屋子里反省。

小羽来看我,哭得很伤心。我注意到她,戴了一顶白色的橄榄球帽,帽檐很尖,这是我看到她戴的第九顶帽子。这次我终于有点悲壮地问她:我说你为啥总戴顶帽子?小羽无辜地看着我说,我戴帽子就是个习惯,怎么不对吗?军训时戴的,后来习惯了,不戴帽子,头发乱飞,浑身不自在,感到少了什么。不好看?

我们竟然笑了一下。

戴帽子是无辜的,可搭上了小苏的一条命。

但是,我对小羽无话可说,她甚至不知道这个世界有小苏这个人。

我点起一根烟,小羽有点愠怒地说:在这种地方,你的烟还戒不掉?

我想,我再也戒不掉它了,就像她永远要戴一顶帽子一样。

我遗憾的是,我再没能力向她表白,学校开除了我。我又灰溜溜地回到了我的杨树村,再也走不进她的世界。后来,彻底失去了联系。

针　毙

1

龙二是我们沟头村最让人指望，又最指望不上的人。

1986年，我8岁，刚在沟头村上小学，浑身起疙瘩，发痒，流脓，结痂，散发着臭气，不得不一次次到村卫生室涂药抹水，挨龙二戳。龙二是这里唯一的医生。

在村人眼里，龙二是个废人，一条腿细得像芦柴——从小患上腿病，是个瘸子，连个老婆都没娶上。龙二除了会打针挂水，弄点药物抹抹，看不出他有什么大本事。那么多病人把希望落在他身上，然后还是一步步地走向死亡，最后终于茶水不进，埋进泥土。龙二孤独地坐在村卫生室里，几乎不敢抬头，他听着外面办丧事哇啦哇啦的唢呐声，仿佛是放大了的哭泣。他曾分辨过这些死者呼吸里哪怕细微的异常，为一线血丝焦躁不安，但现在他作为一个局外人，被抛在这声音之外。龙二落寞地在沟头村走动，有时像个鬼影，在河堤上徘徊。

每次去龙二那儿，我都希望是最后一次，可是下次还得来。

龙二的卫生室挂满了光屁股的人体图，那些箭头指着五脏六腑，令人害怕，闻到特殊的酒精味道，村里所有小孩都会胆颤心惊，怕挨针戳。

龙二的煤油炉上煮的是针头，酒精炉里传出咝咝的声音，龙二揭开铝盒，蒸汽"嗡"的一下散开来，透过这些蒸汽，我看到一盒子针头纪律严明地躺着。龙二用镊子轻轻拌一下，针头与铝盒发出清脆的声音，就像炒了一锅螺蛳。龙二细心地捏出一根针，装上针筒，对我说，屁股。龙二边说边用小砂片在细细小药瓶的脖子上划了一下，然后握在左手中，大拇指一撅，瓶子发出一声闷响，龙二伸出右手的长长针筒吸干瓶子的药液，"吱——"一声，像老牛喝干了槽中最后一口水。龙二向空中挤了挤，排除里面的空气。咦——龙二见我没动，又说：屁股！我呆呆地盯着那个针头的屁股，忘记了浑身的痒，我说：能给我一根报废的针么？打弯的或者用久的，一根就行。我特别想要那头针头，是想做我的炮纸枪。龙二轻蔑地笑笑，快，屁股！没办法，我撅起屁股，龙二毫不犹豫地给了我一针——酸死我了！

打完针，龙二昂着头，像要打喷嚏的样子，其实他是看窗外，看窗外那棵老杨树又遮住了屋里的阳光，他对那棵树毫无办法。几只苍蝇像喝醉了酒，在屋子里东撞西撞的，有一只一头撞死在玻璃窗上。讨厌的苍蝇！龙二说。我知道，他是在说我呢，我身上流的脓水，招惹的除了蚊子就是苍蝇，苍蝇就像我最亲密的朋友一样，我到哪儿，它们就嗡嗡地跟到哪儿。

龙二对我的病，好像不在意。他整天皱着眉头，好像在考虑全村人的病。他说，他脑子里有一张图，病号是黑点，像蚂蚁，天天吞噬他，一刻不得安，所以我们经常看到他托腮瞎想，是他的头疼病又犯了。村里卫生室原来是个老先生，赢得满村人的敬重，他不仅能治病，还能算命，当神匠。老先生干不动回家了，龙二就到了村卫生室。因为龙二有文化，考了几年大学，没考上，回家，本来要去打工，老村长是个爱才的人，学过辩证法，说：废人用对了地方就是宝。

龙二每天痛苦地躲在角落看书，再不然，托腮数苍蝇。他的脸越来越苍白，我们皮肤的颜色都是硬邦邦的古铜色。苍白，在我们沟头村可不是什么好颜色，苍白就是一张纸，随时会被撕裂。我说：三叔，你不是病了吧，村里人病治不好，又把自己搞病，你还不如出去打工，城里阴沟里淌的都是钱。说到最后，我笑了。龙二有点恼了，挥挥手，你个小屁孩懂什么！我笑起来：是个屁，是个屁。我皱着鼻子搧风。我似乎闻到了一丝尿骚味，我想起昨天夜里尿床，现在内裤上还尿迹斑斑。

2

龙二最希望出现一个"田螺姑娘"。按道理，一个赤脚医生，即便是个瘸子，在村里找个姑娘应该是没问题的，但是龙二就是个单身。这是个迷。村里流传着一个龙二的笑话。每年的大年初二，是沟头村新女婿上门拜年的日子，丈母娘款待新女婿总有一碗炒米蛋茶，放了蒜花，挑了猪油，还有鲜美的酱油，每个新女婿都以吃上丈母娘的炒米蛋茶为傲。龙二某年大年初二，突然心血来潮，冒着严寒，做了一碗炒米蛋茶放在床头，然后躺在被子里，估计蛋茶不太烫，假装有丈母娘送蛋茶到床头：龙二，吃蛋茶。龙二尖着嗓子叫自己，然后有模有样地应一声，来了！自己穿新衣，哪知道，袖口一甩，蛋碗哗啦着地，忙了半天，一口汤也没喝上。

没有人向龙二验证这个故事的真假，所有人都这么说，我们看龙二的时候，这个笑话就在脑子里翻跟头。

龙二是一个喜欢阳光的人，黑夜让他充满担心。相信阳光，阳光能治愈许多邪恶的病，龙二作为无能村医时常说。卫生室在沟头村的最高处，这里有沟头村最好的阳光，龙二突然有一天发现门前的大杨树长得太高，遮了阳光，他要把它砍掉，全村人都认为他犯了神经病。

反对最凶的是卫生室前面玉芳家。玉芳的妈，像软面条，瘫在床上。这是一个害怕阳光的女人。这对母女刚到沟头村的时候，带来了许多城市的气息，她们也给家家户户送上大城市里的好东西，后来东西送完了，新鲜劲过去了，终于没了上门人。玉芳妈天天躺在床上看杨树，听鸟叫。通过杨树上颜色的变化，玉芳妈就知道春天来了，夏天去了，特别是那些鸟，她几乎能通过声音辨别它们的名字。玉芳是个"杨喇子"，比男孩还嚣张，一听龙二要砍树，举着把镰刀，要把龙二的脑袋割下来。玉芳一看就不是我们沟头村土生土长的种，她面孔白皙，黄毛，重要的是她说普通话。龙二好脾气，受了气，自己在卫生室叹气，叹完气，还得收拾药箱，走进那个阴暗潮湿的屋子里，给玉芳妈打针。

但我们小孩被家人警告：不许上玉芳家门。玉芳妈是村里一个莫名其妙的女人，她的来路糊涂。村里人说，玉芳妈从小就是一个不安分的女人，她16岁离开村子到大城市闯荡就没回来过，家里人死光了，她倒回来了，还带着一个女儿，可从来没有看过她女儿的爸。玉芳妈得了什么病，村里没人说得清，问龙二，这个蹩脚村医嘴里含了一只死老鼠，听半天，不知说的啥。龙二不断要去挂水，挂完水，玉芳妈就躺在床上看树叶，睁着一双空洞的眼。

有一天，我感觉龙二心神不宁，不断对我说：你这个臭味，到太阳下曝晒，晒出紫泡来，晒出紫泡来就好了。我心里说：你个没本事的东西，我要能晒好，还要你干嘛。

前屋突然传来摔东西的声音，我想是一只瓷碗在这个尖锐的声音里走完了一生，后来又传来一声更大的声音，可以肯定是一摞碗灿然碎成瓦片，玉芳毫无顾忌地哭起来，我想是不是有巴掌落在她脸上，想想她平时嚣张的样子，感到很解恨。龙二弹簧般跳起来，冲到前屋去，把我的半个屁股晾在空气里。我半提着裤子，扭着腰，伸头看那个黑乎乎的窗户，希望看到龙二如何平息这场混乱，可惜只是看到一个人影，然后玉芳止住了哭，一个悠悠扬扬的哭声，也终于止住。

一片寂静。

虽然我和玉芳互掷泥块，打得浑身疼痛，甚至互相打破头，但是我更害怕她家那个脸色苍白，来历不明的妈。她像黑暗里的一只猫，其他都可以隐形，只是那双眼睛，冷冷地发着光。

我像害怕一座坟墓一样害怕那座房子，走路尽量不看它。这个房子其实是座公房，原来是养猪的。因为玉芳妈得了怪病，村里的大先生说，犯了神邪，必须拆掉原来的老屋子。原来的老屋子在高高的河岸上，前不着村后不靠店，大先生说，玉芳妈是被野鬼缠上了。村长一听，大手一挥，拆！于是养猪场成了玉芳的家。本来这卫生室挨着猪场也有为猪治病方便的考虑，也就是说，龙二还是一位兽医。此举曾遭大部分村民反对，谁不知道，兽医手脚重。村长飞着唾沫说：谁来当兽医？村里再养不起一个闲人，兽医人医，反正是个医，都要吃药打针，理就是那个理！村长的嘴是沟头村最宽阔的嘴，宽阔得能瞬间吐出世界上所有的真理。

反对的人只好闭嘴，在大杨树下扇扇子。猪场的臭味不断飘来，越扇越臭，只好扔了扇子对着村长的背影呼气。

猪场已经废弃，猪场烧食的屋子成了玉芳家住处的时候，也就是说，龙二已完完全全是个医人的村医了。

3

龙二气咻咻地回到卫生室,他很激动,面色潮红,不断搔头叹气,心事重重,对给我打针心不在焉。不断唠叨:叫你晒太阳,晒太阳,你就是不听!我白他一眼,你给针头帽,我明天就去晒太阳。

我终于知道龙二娶不到老婆的原因,龙二不仅腿不好,还会在深夜"画地图",只是工具不一样,人家用的是笔,他用的是下面的东西——他尿床!这是我们干的事,现在,我已经红着脸跟我妈妈指天发誓,我绝不再干,我妈妈担心地说:你再"画",就会和龙二一样成个光棍,蛋茶都喝不上一口。

我惊讶地张大嘴巴,突然很兴奋地说:他尿床,还治我?我鼻子里不屑地发出一个声音。我妈自知失言,慌乱地说:小孩别瞎说!

龙二喜欢晒太阳,原来也每天夹着湿漉漉的裤裆上班,晒的是内裤。

我想看他的床,更想知道他如何尿床。我想深夜,他的尿床会和老牛撒尿一样,排水量是我们的几倍,滴滴答答满地都是。龙二在卫生室有一张床,我特别留意打量一番,齐齐整整,被子叠成方块,比我狗窝似的床高尚了许多。

我那天犯了个不可饶恕的错误,晚上,我举着油灯翻看连环画时,不小心把我妈一件纺丝绸衬衫烧破了一只角,衬衫被我妈叠得像块彩色豆腐,一烤,这块豆腐糊了。这是我妈走亲戚时唯一的脸面,我妈的脸面破了,不撕破我的小脸才怪。

我吓得逃出家门,在村庄游荡。

天黑透了,虫子唧唧叫成曲子,我知道它们好心催我入梦,它们哪里知道我现在有家归不得。

我真的不是要听墙角,听墙角在我们沟头村不是光明磊落的事,但是现在我倚在卫生室的西北墙角上,这样我不得不准备听龙二的鼾声,重要的是我要验证龙二是否画"地图"。墙角的味道不好闻,我知道村里几只无家可归的狗经常叉着后腿在红砖墙上画"地图",那些绿盈盈的青苔经常承受它们的润泽,它们你情我愿。现在熏得我一阵眩晕,好在我是一个能不断散发臭气的人,很快适应,以毒攻毒。龙二的屋里似乎没有声音,一点黯淡的光透出来。龙二不见了。"十"字药箱还在,龙二应该没有出诊。我本来想进屋去偷针头,现在真是一个好机会。

但是我听到前屋好像有声音,改变了主意。黑暗里,玉芳家鬼屋已经不那么可怕,大杨树倒成了一个披头散发的女鬼。

现在沟头村沉沉睡去,走路的狗都小心翼翼。玉芳家屋里有微弱的光,我想玉芳早就睡得人事不省了。龙二坐在床头的一张木凳上,影子在墙上不安分地扭动。玉芳妈躺在一团黑暗里,输液瓶拖着长长的尾巴。

龙二说:今天白天耽误了,只能晚上给你挂水。

停顿一会,龙二似乎是没话找话说:城里真的很热闹,你是个见过世面的人。

玉芳妈咳嗽一声说:外面虽然五颜六色,样样新奇,可也像个花脸魔鬼似的长着牙齿呢,不小心就会被吞掉。

停顿一下,玉芳妈说:我很早从沟头村出去闯世界,闯得头破血流,闯得一身怪病,去过多少大医院都没能治好,现在回到沟头村已是一床坏棉花胎。我本来想死在外面的,可是玉芳,我要把她带回来,替我好好活着,好好呼吸沟头村这些新鲜的空气。我不能给她一个爸,但是我还有根——

龙二说:你会好的,一定会好,晒太阳,阳光是一味灵药,能治百病。你怎能害怕阳光——

一声长长的叹息：我这个绝症，羞死先人，哪能在村里抛头露面！

龙二不吱声，拧着头，想一会说：村里没人知道，不会有人懂。这是一个秘密。

女人提高了嗓子说：别骗人了，这还能有不透风的墙？我现在就想死，你别给我挂这些盐水，没用的。

我心里一拧，以为她看到了我，迅速蹲下来，我闻到呛鼻的尿骚味。

龙二说：你挺一挺，这个坎就会过去。

女人动了动身子，药水管子晃了晃，盐水一滴一滴地注入她的体内。

女人说：你抱抱我，我冷，我冷呀——

龙二站起来，又颓然地坐下。

女人笑了，你怕了？怕了呀——

龙二也笑：我不怕，虽然我没啥本事，我还是医生，医生怎会怕病人。

女人说：你摸摸我。我孤单，当年也许嫁给你，我们……谁叫你是个瘸子呀，你那条腿……龙二坐着没动，说：我……我……不配。

龙二很慌乱，鼻音很浓，堵上了什么。

你给我把针头拔掉！女人命令道。治不好的，我现在骨头里爬满了千万只蚂蚁。

龙二不动。

也许我不该回来呀，我在外面喂狗也比在家丢人现眼强——

龙二搔耳挠腮，一个劲地说：要晒太阳，明天就出去晒太阳，你再不能窝在床上了，这……这，不好……

女人开始啜泣。

我浑身瘙痒，痒得不断蹭墙，泥块落地的声音终于惊动了屋内人，龙二惊慌地问：谁？

我比他还惊慌，一溜烟跑了，好在是黑夜，没人在黑夜的眼力比我好。我已经忘记我妈正在家里准备扇我的耳光。

4

现在我能理解龙二为什么一次次冲向那个可怕的屋子。大多数时候，他是沉默的，有时会烦躁不安地炒螺蛳一样炒那些放在钢饭盒里亮晶晶的针头，弄得满村子酒精味。我对他不抱希望，玉芳妈那病大先生作法祛邪都没治好，龙二给她治病，只能是聋子的耳朵——摆设。我现在同情这个女人，她的那个莫名病的苦痛似乎长在了我的心上，应该比我的痒痛苦百倍。

缠在玉芳妈身上无处不在青面獠牙的鬼它又在哪里？我时常痛苦地寻觅。玉芳告诉我，鬼可不一定青面獠牙，它可能变成一朵美丽的花，或者变成一只嗡嗡飞的蜜蜂，在你想也不想的时候撞上你。它们会喊你的名字，你千万别答应，你答应了，你的魂魄就被吸走了，你就变成鬼了。我一边奇怪地笑着，一边后退，然后拔腿就跑，玉芳不是鬼魂附体了吧？

我制作了一柄7寸长的木剑，老先生说剑上喷上猪血就可以斩杀厉鬼。我选的是村里最古老的桃树，桃树是吉祥的树，吉祥得妖鬼遁形。我对玉芳说：龙二真是个"屁"，他没本事治好你妈的病，挂上我的桃木剑，你妈的病也许就好了，大先生说的。玉芳对这柄桃木剑没有我期待的惊喜，这让我很受伤。为削这柄桃木剑，我用尽各种木匠工具，特别是剑锋，我在磨刀石上磨了又磨，用镰刀削了又削，它的锋利，在我眼里不亚于一把匕首。

玉芳说：我妈恐怕好不了了，她已经吃不下饭。

我说：你挂上这桃木剑，应该灵的。

现在对于是否在剑身上溅上猪血，有点为难，哪里去弄猪血呢？我想到龙二曾经是兽医，兽医的粗大针管可以不费力地抽猪血，这事我看龙二干过。

哪知道，龙二非但不借给我兽医针筒，还把我的桃木剑扔在一边：小孩子，搞什么名堂！

我去找大先生，大先生眯缝着眼看我，嘴边咧开一道断裂的笑纹：傻呆子，你撒尿就行，童子尿！

我站着没动，我不知道这个瘦削麻子说话的真假。我不知道从什么时候开始怀疑大人们的话。后来我问我妈，我妈奇怪地看着我：你问这干什么？我不答。但是从她肯定的眼神里我知道了答案。

虽然浇上童子尿，但是我还是不会作法，那时候我在看电视剧封神榜，笃信姜子牙，我看遍全村，老麻子就是我们的姜太公，我希望他能传点技法给我，谁知他愣半天也没给提供一句咒语。

我想放弃这柄剑。玉芳看看我，翘了一会儿小嘴，突然说：算了，看你好心，说不定真能砍死小鬼呢。我听着玉芳芬芳的普通话，开心死了，说实在的，比我们那个蹩脚老师的普通话强十倍。在班上，因为臭气，没人愿意跟我玩，我一个人一张桌子，躲在角落里，因为老师实在没本事找出一个愿意和我同桌的同学。

这样我的这柄浇了童子尿的桃木剑就挂在了玉芳妈的床头。走进阴暗的屋子里，我才发现，玉芳和她妈不睡在一起，远远地搭块破门板，像只小猫一样蜷缩在角落里。玉芳小声告诉我，她妈不许和她靠近，怕病传染。我心里一凛，虚虚看她妈妈一眼，拔脚就溜，她妈睁开眼，向我微笑，可我没敢细看。

5

我的剑挂在玉芳妈的床头,我的心就长在上面了,我随时希望它能飞起来,斩杀鬼头。女人确乎也在好转,最明显的变化是开始晒太阳了,当然这个太阳晒得很艰难,得躺上藤椅,然后抬到阳光下,人前人后忙得最欢的是龙二。

我等来的却是玉芳妈刺破自己的手腕,用的是这柄剑。玉芳妈的病太痛苦,她不想让这个病彻底爆发,她要用命来换这个病的秘密。幸亏龙二发现及时,龙二狠狠地瞪我一眼,把这柄剑扔到地上,剑狠狠地戳破地,立着。我六神无主,犯了天大的错误。我怨玉芳妈,你要自杀,用什么不好,非要用上我的桃木剑不可?这柄桃木剑从此下落不明。

就在这个夏天,我浑身的疙瘩被晒出紫泡,然后它们开始消退,臭气开始减少,我知道冬天来临的时候它就会好,我去龙二那的次数逐步减少,终于不再去。

一天,村里像发生了什么大事,原来是那个苍白的女人死了。一定有鬼叫她的名字,她一定是答应了。玉芳现在是个孤儿,臂上戴起宽大的黑袖章,衬着玉芳小小白白的脸。玉芳不说话,她围着大杨树一圈圈转着。谁叫也不答应。我说:玉芳,你看天,你妈当仙女去了。我们看天,天上云飘云散,仿佛真有一个仙女踏着云朵衣袂飘飘,飘转到一堆云山后面了。我也看见了,我也看见了。一个讨厌的挂着鼻涕的小伙伴,跳跃着说。

玉芳瘪着嘴说:她怎么不带我,怎么不带我呀?

我说:那你做梦,梦里想什么有什么,梦里你就可以腾云驾雾。

第二天,玉芳告诉我,夜里,她妈妈来看她了。

不久，龙二被逮了起来。龙二屁本事没有，把女人医死了。他用"阳光疗法"给玉芳妈治病，什么阳光疗法？村里人鄙夷地说，在女人挂的吊针里注入了好多空气。龙二说是满瓶阳光。尽管满针筒阳光，龙二因医术太差，过失杀人，坐上了大牢。好在是自首，没被毙掉。

2015年春天，沟头村最大的变化是村组合并，合并后村部搬到了另一个村上。村部搬走了，猪场推倒，移植了一片水杉，树影婆娑，卫生室更孤单，被笼罩在巨大的阴影里，成了一枚被抛弃的黑棋子，等待腐烂。我见龙二在太阳下挠头，头发稀疏花白，面皮还是白，与沟头村田地里求食的人到底还是不一样，那条瘸腿在阳光下不停颤抖。当年，刑满释放回到沟头村，作为一个废人，如何安置龙二，村里费煞脑筋，老村长说：还是给他安排在卫生室，不许医人，只许医兽。这时候，村子里家家户户养猪，大力发展畜禽业。这是老村长最后一次行使职权，第二天他就缴公章回家了。

龙二看到我来，说：我家玉芳说要回来的，可能明天吧，哎，这也说不准。

他现在是玉芳的爹。村里人都翘大拇指，可怜的玉芳跟着这个瘸子爹，走的是正路。龙二也到处说玉芳就是"田螺姑娘"呢。

玉芳现在在城里开店。我想起玉芳，似乎又看见她妈死的那天，她不说话，抱着一棵大杨树，孤独地一圈圈转，一圈圈转……突然抬头惊慌地对我说：天和地怎么都旋转起来啦……

我看见她满脸的泪水。

等玉芳在城里挣了钱，我就要在这砌房了——这里的阳光多好呀！

龙二手搭凉棚，指了一下天对我说。

踟蹰片刻，龙二向我招手，神秘地掏出一个报纸包，是那柄桃木剑，现在已是一截老木头，落满岁月的灰尘，我知道这灰尘下面曾经喂过我的童子尿,还有玉芳妈的……血。

沟头村没人知道玉芳妈得的什么病,人们早就忘了追究。

这年年底,卫生室彻底关了门,兽医要资格证,龙二也没得当,沟头村从此再无村医。龙二无家可归,自己的老屋早坍塌了,只能在村卫生室看门,龙二贴了副对联:"门庭冷落,关门大吉。"

不久,龙二病了,很重,他医不好别人,更医不好自己,一个人躺在卫生室的破床上,等死。其实,全村人都知道,他等谁。打电话给城里的玉芳:你爹没几天活头了,你回家看看。玉芳啜泣着说:……我哪里有爹,我只有妈,被他针毙了……

家谱上的逃亡

1

我舅舅春虎决定修家谱的那一天不得不承认自己是个穷人。承认自己是个穷人，是需要勇气的，在此之前，遭再大的难，受再大的罪，春虎总觉得挺一下，前面还有好日子。

这一次春虎是彻心彻肺地承认。他说自己老了，该去了。"我能活到80多岁，我想都没敢想过，呵呵。"春虎脸上的皱纹堆成一堆，黑黝黝，闪闪发亮。

本来舅舅修家谱，我们不赞成。这个"我们"里，还包括我妈春莲。穷人修什么家谱，只有你这个书呆子舅舅会想出这样的主意。我妈春莲说，穷人就像那地上的灰尘、早上的露水，一阵风来，痕迹全无。我舅舅春虎粗通文墨，对万事不上紧，是家里人眼里的书呆子。在我们杨树村，书呆子就是没用的意思，不是一个好称呼。

我跟我妈观点一样，虽然现在时兴修家谱，那是大户人家，我家篾一遍祖宗八代也篾不出芝麻大个光鲜人，没人要留在家谱上炫耀，也没什么可以炫耀，费那笔墨，没意义。搁了电话，就把这事忘记了。

但是，舅舅春虎不断打电话，不断要人带信，说，不是自己现在半瘫了，早上门请你了。这话说得我无地自容。

舅舅的家，路窄，我只能远远地把我的二手汽车停在村外，走着去。这条路快10多年不走了，已经从烂泥地变成了水泥路，白白的，像根肠子。在这条路上，我丢失了很多光阴，它们与路边的一岁一枯荣的小草一样不见了。

高高河堤的凹处就是春虎家灰色瓦房，像只滚落的灰色围棋子，相对周边的楼房，葡伏着身子鞠躬似的。在路上，我碰到了多年不见的红眼，这是一个脸窄得快绷不住眼睛的人，像只猴子，一双红红的眼睛总有眼翳流窜。他笑嘻嘻地对我说：你舅舅等着呢，他都等急了。他的鼻梁上怪怪地架上了一副眼镜。

舅舅春虎确实老了，变成了一只恹恹的病猫。先是眼睛花了，三姑娘四姑娘回来，他会喊大姑娘的名字，大姑娘早死了；后来耳朵聋了，与人说话歪着头支着个耳朵，脸上是满皱纹的笑；现在几乎半瘫，走路时拖着个破鞋移。春虎生了四个姑娘，没个儿子，二姑娘招婿在家，生了儿子，算有了孙子，孙子患了自闭症。

寒是风，穷是债。我记忆里，舅舅家年年欠债，先欠集体的，缺粮户；然后借亲戚的，借得所有亲戚看到他，躲着走。

到舅家一跃而出的是他家的狗。他熟人似的在我面前转圈子，我摸摸它的脑袋，狗作出低低回声，村里一群狗远远地看着。春虎给狗取名"珍珠"。这狗长了一身的白毛，全白，那种白能在阳光下显出五颜六色的光环。"珍珠"四肢强健，肌腱一梭一梭的。"珍珠"的眼睛汪汪的一片，透过它的眼睛可以看到河流房屋和树叶在滴溜溜打转，珍珠一样闪光。

舅舅说，他家的狗出门，全村的狗都要行注目礼；只要"珍珠"一叫，全村的狗都撒欢似的狂吠，像马屁精表演给村长看。"珍珠"一不叫，所有的狗一会儿都咽气吞声，装出会阅读的样子低头转圈。春虎常牵着"珍珠"，慢慢移着步，手搭个凉棚，把村子东南西北瞧个遍，然后，回家。还是慢慢移，似乎有将军般的从容，狗倒成了战功卓著的马。春虎说：我人活得不如人家，我家的狗哪条不比别人强？如有神助。春虎嘿嘿笑，没牙齿，嘴瘪得像个怪物。

春虎整整衣服，目光落在"珍珠"身上，"珍珠"一跃，给春虎叼来毛巾。春虎洗完脸，又叼着毛巾放进脸盆。我对春虎说："舅舅，那年夏天，你为我游河偷了邻队一条狗，吃了几天，吃得都上了火。"春虎咧嘴笑。"天上龙肉，地上狗肉"，春虎有点含混不清地说，手上捏捏"珍珠"脖子，口水拖下来，亮晶晶的。

舅舅春虎拖着鞋，鞋后帮早给他踩成平底，上香，动作迟缓。

檀香弥漫，紫环气曲着身子上升。嘴里念念有词。春虎祷告完说："我们的家谱绕不开一次逃亡，更绕不开一只猫。最好从这只猫写起，这只猫让我家变了模样。"

但是我知道，舅舅家从来不养猫，只养狗。

"现在，我更是成了个瘫子，走不动了，你开车带我走一些地方，我要看看，告诉你一些事，写进家谱。"春虎说得狠，脸上肌肉生硬，心中一万个不甘。

我的汽车终于成了舅舅春虎的脚，迈开大步在一些地名间寻觅。

2

一只猫趴在家谱上，逃亡的起端就是这只猫。"这次逃亡，改变了我们的命运，甚至，差点，你就不会来到这个世界。"春虎说："你外公大耕虽落在土地上，但是，不事稼穑。他擅长的是捕鱼。驾舟如马。"杨树村傍着长江,是长江故意留的个兜子,可怜那些鱼虾游了几天发现不过是在兜子里浪费时间。可是所有的水面都被公社渔业站收去,一条鱼秧子也不能捕,即便在荒年。那年,大饥荒,我们杨树村饿得快没气了。杨树村天生的杨树一排排,但是你说,这一排排,都剥光了皮是什么景象?一排排穿着白布的吊死鬼!皮哪儿去了?都剥回家磨成面了。

春虎说:"昨天你死了 20 年的外公又到我床边啦,喊饿呀,他就是个饿死鬼变的。"

我看不远处,春虎家杨树村的老房子。现在这里已经还原成了田野,种着水稻,绿油油的,蚱蜢在上面跳动,它们永远调皮,没有长大的时候。依着尚有的河堤轮廓,我看出那是门,那是东墙,那是西墙;大耕的床、灶台、春虎的房间。我看到了停着大耕灵柩的地方。当时的情景在脑子烙上了,因为当时我透过泪眼发现,戴着高高白帽子的春虎在偷笑,他麻利的动作里透着这种笑。我突然明白,大耕走了,以后这个家就是春虎当了。

老房子旁有两个大草垛。像停在春虎家茅草房旁的两只巨大草鞋。草鞋是温暖的,躺在草垛上晒太阳或者像老鼠一样把这只鞋咬坏——打出一个洞来。可以当孙行者从左边跳到右边。一次跌落,手足落地,啃了一口泥,一口坟上的泥——一座小小的坟墓就藏在这巨大的鞋里,像鞋子上的一只纽扣。坟,这里埋葬着死人。我疯狂逃窜。记得当年,舅舅春虎拍拍我的脑袋:怕什么,这是你外婆的坟。

我记忆里没有外婆的影子。

只有外公大耕。

大耕弟兄五个,他是老大,老大最先成家,成了家跟这个家就没了关系,像烈日里烤晒的黄豆荚,咯嘣一下,黄豆就从荚子里跳出来,再找不见了,过段时间再看,已经长成了一棵豆芽。

那年，大耕热衷于参加各类社员大会，因为这些会上总有一些激动人心的消息传来。大耕把水牛、木船等所有值钱的家当都交给了集体，村长歪瓜还要求把锅犁等一切能敲出脆声的东西都缴去大炼钢铁，大耕虽然有点想不通，但这种想法不能示人。只有小女儿春莲紧抓住歪瓜的衣服要夺下一只锅，大耕断喝一声，春莲无奈放了手，目光向父亲求援，大耕只是抽他的旱烟。春莲用哭声表达不满。

歪瓜说："你家还有一样东西没交呢！"

大耕愣了半天，然后坚决摇了摇头说："没有。"

歪瓜派人在大耕家的屋前屋后挖了半天，一无所获。

好日子过得像毛驴下坡一样顺溜，不愁吃穿，让大耕抖擞着肚皮长了膘，但随即而来的饥色又让他感到好日子像抽穗的谷子，时不时地冒出几棵秕子。

那年初冬，出奇地冷，外面的风裹着雪亮的刀刃刮过世界，不断有残枝败叶被这刀削落在地，地是硬梆梆的，碰一下硌得脚生疼。大耕正在点旱烟。他早就没钱买旱烟叶，这些烟叶是秋天的葵花叶和枯藤碾碎后装在烟袋里的，点了几锅没点着，终于气得大耕把烟杆摔在了一边。大耕不知吃了什么草，浑身浮肿，暂时不能下地干活，但大耕不愿让时间从他的手心顺顺地流走，他搓草绳，他搓的草绳又光溜又均匀，村里人是有好评的。这时他看到了春贵和春莲，他们目光迷茫。天色已近中午，春贵和春莲趴在各自的小凳上昏昏欲睡，他们的姐姐春粉终于从大队的食堂拎回了粥桶，这两个家伙的感觉是张在空中的网，立即像打了鸡血一样跳起来，其实那粥里的米粒也只有几颗，基本上是麦麸，清汤照得他们嘴脸毕现。

当每人一碗稀粥喝完，春贵和春莲又为谁先刮桶底而争论不休，没办法，谁叫春贵更小甚至是男孩呢，紫环叫春贵先刮，春贵迫不及待地伸出小手，一遍又一遍地刮着，然后又贪婪地吸吮着手指，春莲一个劲催他"快点——快点——"，春莲刮时桶边已经没有了滑腻的感觉,春莲伸出舌头一点一点地吸吮。

好一会,春莲说:"能吃上一碗大米饭就好了。"

春贵舔着手指说:"我想吃一大碗胡萝卜。"

大耕肚子里充塞的是野草和麦麸子,甚至还有观音土,大耕实在是害怕拉屎,因为屎堵在肛门,就是不能顺溜地出来,经常拉出一摊血来,那屎也是一点点,像石头一样硬。

"你的手指多像一根胡萝卜。"朦朦胧胧大耕听到春贵对春莲说。

突然,春莲放声痛哭,春贵把春莲的中指当胡萝卜,咀嚼了几口。大耕站起来,狠狠地揍了几下春贵,但明显感到体力不支。春贵放声大哭,春莲有点惊骇,止住哭,伸出刚被咬红的手抚摸春贵,被春贵赌气甩开。

从门前蜿蜒的小路上走来一个人,春贵先看见的。此时,他脸上泪迹未干。他看了父亲一眼,喉咙蠕动了一下没有发出声音,春莲也看到了那个人,戴着一顶帽子。春莲有股怒气,他知道这个阔嘴的人上门,准没什么好事,她两脚横跨在门槛上,两手撑着门框,不让村长歪瓜进门。"死丫头怎么作兴叉在门槛上,快让开!叔台呀,你怎么能在家吃闲饭呀——"歪瓜边舞着手边训斥春莲。

大耕抬起饱胀的眼睛,没有说话,又低头闭着眼睛抽旱烟。

歪瓜踢了一脚碍脚的凳子,不满地对大耕说:"村里通讯员红眼说,你已经三天没有上工,喷喷——看看报纸人家的卫星已经放到亩产上万斤了,我们还只千斤,你怎么好意思,你是不是有什么不满?"

歪瓜有点气愤,伸出手指点了几下大耕的鼻子。然后,一屁股坐在缺腿的木凳上,拿出准备长谈的架势。

"亩产都上万斤了,还要种田干吗?"大耕有点生气地冲歪瓜说。

歪瓜怔了一下,被这句话噎鹅般噎住,光伸嗓子没声音,后来呼哧呼哧地出粗气,终于跳将起来,说:"你必须到田里积肥罱泥,我们不养闲人。你再偷懒,食堂就不给你家分饭!"

一个村里的人家像张开的竹林，根其实都是连着的。歪瓜是大耕家远房亲戚。大耕在这个张着嘴就能把全村白天说成黑夜，黑夜变成白天的远房侄子面前感到脑子是空的，失去思考的空间。

"明天到北河罱泥。"歪瓜的话掷在地上，摔成八瓣，走了。

木凳歪倒在一边，大耕看着歪瓜的背影，抓起木凳狠狠地摔在墙上，这木凳彻底坏了。

已经是深夜了，彻心彻肺的饿和浑身的疼痛让他无法入睡，大耕爬起来，坐在门口的黑暗里想心事。大耕就是在这个时候看见那只猫的。

这只猫在门口的芦苇丛里已经呆了好一会儿了，起初大耕没注意，只是听到一些咝咝啦啦的声音，——这只猫在拼命撕咬芦苇，大耕以为是风的声音，注意了一下，门口的树枝并没有动静——风早已停了，于是发现了那只猫，这时候的猫狗猪羊，家里只要能发出叫声的物什都被人们变成了屎，村子连麻雀也见不到。这只猫从哪里来的？大耕第一个念头就是抓住这只猫，虽然有点力不从心。这只猫正在啃芦苇，两只眼睛像鬼火。大耕与这只猫对视背脊后面一阵阵发麻，这猫似乎有吞噬他的愿望。

起初，大耕以为他一动，这只野猫就会迅速消失，这顿到嘴边的美食就失去了，但试了几次，猫非但没有跑，甚至试探着向他靠近，他们就这样对峙一下再慢慢地缩短一下距离，一寸一寸地，彼此盯视着。开始，猫眼里的恐惧成分多一点，大耕吞噬的愿望强烈一点，随着这种对视的加剧，猫的恐惧在一点一点减少，而大耕恰恰相反，当人眼和猫眼所含成分相差不多的时候，彼此不动了，大耕想笑一下，企图分散一下猫的注意力，他知道猫能看清他的一举一动，但猫对他的龇牙咧嘴，根本不予理睬。

这只吃过尸体的猫分明是一只老虎。大耕想，拳头就捏得更紧了，这时的猫发出呜呜的声音，爪子在地上紧促地抓挠着，刺啦——刺啦——像一根爆竹捻子正在火爆地燃烧，大耕终于发出了一声狂喝，猫一阵惊慌，大耕就在这一瞬间抓住了猫的后背，虽然手已经给猫爪深深地抓了一下，甚至有热乎乎的东西弥漫手际。大耕连续狠狠地把猫往地上掼，猫发出的声音凄厉地刺破夜空，大耕的全家都从屋子里探出头来。这只猫成了这个深夜大耕家的一顿额外美食，因为没有铁锅，大耕感到比较遗憾，好不容易找来一只缸，这只破缸曾经是家里最不起眼的东西，甚至装过猪食，但在这个夜里显然成了家里最有价值的东西，当这些美味的猫肉被风卷残云般刮进了家里人的肚子，春贵抹了抹嘴说："猫肉酸，不如猪肉好吃。"

这句话大耕听了非常生气，甚至有掴他一个耳光的冲动。大耕把四只猫爪好好地审视了一番，并在皮肤上挠了几下，出现了几道带血的印子，大耕咧开嘴笑了笑，然后把它们狠狠地摔到河里。

第二天，歪瓜斜斜地披着衣服满村咪咪唤猫，大耕的心被钝器撞了一下。自己怎么就糊涂到认为那只猫是只野猫呢？大耕狠狠地掐了自己的嘴。歪瓜背着手，帽子歪戴在一边，往那一站，大耕就感到了压力。这是男人间的压力，如两只老虎，一只壮硕，一只嶙峋，嶙峋的那只一不小心就会成为壮硕那一只的口中食，让壮硕的骨头再长厚一层，或者干脆变成屎。

"你看到我家猫了吗？"

"没有……我怎么能看到你家猫呢？看到了怎么能不向你报告……报告！猫一直在你家，你知道的，我一直在我家，我怎么能看到你家的猫呢？哎——"

"你知道这只猫和我一样是一只光荣的猫，为村里的仓库吃掉多少老鼠！守护了全村人的口粮呢，怎能说没就没了呢——"歪瓜皱着眉头，眼睛放出了光，"有人看见你家有猫皮！"

"呀，没有的事，没有的事，我可以向菩萨起誓，起誓，谁干这事，天打五雷轰……"

一股不安的浓云在心头浓得化不开,后悔咋就没把猫皮给烧了。

"少罗嗦,到你家去看一看,走——"

"我家里除了几张嘴,没有一个活物,我要弄点东西,给他们饱肚子——"

"走吧,到你家去看看。莫非你心中有鬼?"歪瓜突然盯着大耕的手,愤怒地说:"那你告诉我,你这手上的血迹是怎么回事?你说是怎回事?"

那血痕在阳光下胀大刺目,大耕心惊肉跳。

水面上的阳光刺得大耕的眼睛没地方看,就像此时领着歪瓜往家走,大耕感到自己像走在瓢泼大雨中,无法躲藏。

3

大耕被歪瓜抓在村部的仓库里,两天没有见到阳光。最后,歪瓜把大耕悬在屋梁上。歪瓜点着大耕的脑袋告诉他:"告诉你也不要紧,明天就开你的现场批判会,批判你这个损公肥私的大蛀虫。"大耕更严重的罪行是偷捕鱼,因为歪瓜在大耕家发现了鱼鳞。那只猫是闻到了鱼的腥味,才在大耕家埋伏,其实这条鱼早被大耕一家化作排泄物,一点都回味不起来了。大耕努力睁着眼,垂视着歪瓜唾沫一滴一滴地喷出,溅得满屋子腥臭味。后来大耕眼睛再睁不动,闭着眼想,他家的日子就像破船搁了岸,只能等待腐烂。

大耕不知道的是家里再不能从集体食堂打出一粒米来,这个困顿的家庭在加速死亡。

深夜,老鼠也饿昏了,它们的声音听上去有气无力,大耕想,我不是被吊着,一定把你们抓住吃掉,你们以为我只会捕鱼,我捕鼠的本领更大。朦胧中看到了一个身影一晃,大耕也没太在意,然后就听到一个轻轻的声音,低沉而短促,这是春虎的声音,从屋顶的天窗上传来。春虎说：上来，上来。大耕试了几次都不能掸到二梁，春虎很着急地说：快找几快土坯垫垫。大耕狠狠地说，你不知道我被吊着呀，我哪里还有第三只手？春虎在慌乱之中竟忘了自己带着草绳，很快明白过来后自责了一番，大耕也是一阵责骂。春虎从窗口系下草绳，这是大耕打的草绳，已经被春虎几股拧成了一股。春虎沿着绳子系下来，把大耕从二梁上放下来，然后自己攀着绳子爬上屋顶。再来帮大耕，大耕浑身无力，攀着绳子像一只麻袋，在这个屋子里飘来飘去。当大耕终于飘到屋顶，看到月朗星稀，天空宁静得像个傻子似的。整个村子黑灯瞎火，偶尔一点灯光，像得了红眼病，很快闭上。大耕害怕歪瓜会冷不丁从那个地方冒出来，紧着催春虎。一声狗吠听得他心惊肉跳。春虎喘匀气，拽住大耕，低头逃，刚才上房时慌乱中硌了脚，现在走路瘸得厉害。他们逃出村部那密密的竹林，大耕茫然地回头问春虎：我们这是要到哪里去？春虎不理他，一侧身扭着腰走到前头，他的手指似乎无意地狠狠打了一下大耕嶙峋的臂，大耕跳起来，低沉地说：你小子浑身长牙齿了！

　　禁闭已经使大耕如惊弓之鸟，而逃逸成了唯一的使命。按本能大耕应该立即回家，但是狡猾的大耕黄鼠狼一样敏感地意识到那地方已经不再安全。他们走到了河边芦苇丛中，春虎摸索了半天，终于从芦苇中拖肠子一样抽出一根竹篙，大耕看到入社已经交了公的木船，突然眼睛一热，曾经的好日子一下子就堆到了眼前。

　　坐在船舱里，听着细细流动的水声，大耕恢复了精神，甚至笑了一下，对春虎说："哼哼，这个歪瓜，我看他到哪里找我！到了水上，就是老子的天下。"

　　篙子上的冰碴在春虎的手下发出沙沙的声音，春虎看了一眼躲在船舱里独自得意的大耕说："你就只顾你自己，你可管过全家人的死活？我们这一走，不知妈妈要遭什么罪呢。"

　　大耕愣了一下，低着头，沉默一会拍拍船舱板说："没事，他们知道我们去哪儿。我也是没有办法，我哪知道那只死猫是歪瓜家的，哼哼——即便知道了，我还是一样要吃掉它。"

春虎很生气，一把扔下篙子，甩了大耕一脸的冰碴，说："你来撑船，我喘不上气了！"

歪瓜从睡梦中醒来，点上一根香烟，正思量如何批斗大耕的时候，村部烧水倒茶的红眼来汇报：任大耕逃跑了。

这句话震得歪瓜的香烟落在被单上，手忙脚乱地抢救还是烧出了一个洞。这明显是对歪瓜权威的挑战。上面昨天才命令，不许农民四散流窜，农民流散，要追究村长责任。歪瓜对着红眼没有好声色，挥着大手说：你就是个饭桶，连个大活人都看不住，他长翅膀了，长翅膀了？

红眼边听边退，一脚绊在门槛上，跌得四爪朝天。

村民没有了力气，批斗大会也没有了吸引力，杨树村村民目光呆滞，眼前不断幻化着白花花的大米，唾沫咽干了，嗓子几乎发不出声音。但广播里的声音驱赶着他们向同一个地方汇集，这些声音都举着鞭子呢。他们静穆地立着，与以前的会场相比这会太冷清。领头人几句口号没有了气势，一阵风来，很快吹散。

歪瓜在作出这个决定之前，牙齿已经咯嘣了九回，任大耕不是跑了么，他还有老婆孩子跑不了。长着小脚身体走路已经打飘的紫环理所当然地站在了土台子上。这个土台子是歪瓜发出权威声音的地方，在这里，他可以俯视杨树村的一切。紫环是家里一个忙碌的影子。这个影子贴着墙，悄无声息地移动，没人感知这个孤单身影的温度。在大耕和春虎之间，哪一方用力都可以把她挤成春粉齑，家里一张张嘴像石头一样压在她的心头。她只有忙碌。她说忙碌最让人心安，心事都是"闲"地里长的庄稼。

现在紫环站在土台的西南角，昂着头，看着几个孩子。春粉、春莲在人群里低着头，台上台下的口号把她们吓着了，只有春贵昂着头，不安分地转着脑袋，扒着人缝看紫环。"紫环是个坏分子！""坏分子！"起初，春贵像他的大姐二姐一样很惶恐，看着看着，他突然也举起了小拳头，口里喊"紫环是个坏分子！打倒坏分子！"童稚的声音压过那些言不由衷敷衍的声音。紫环从人缝里看到他高高举起的小小的拳头，突然笑了，笑弯了腰。会场所有的人都停止了呼喊，转头来找这个童稚的声音，接着所有的人都笑了，哈哈大笑，批斗会上笑声此起彼伏，一团雾气。

歪瓜没想到这个薄薄的女人竟然如此倔强，春贵的稚嫩之音更使他愤怒，他不知从哪里升腾起来的仇恨，越积越厚，歪瓜终于跳起来，跳到这个小脚女人的面前，愤愤地推出了双掌。小脚女人如纸一样飞下土台，在空中飞翔的时候还在想：我不能说出他们的去处，不能。紫环摔成了一张平铺的纸，只要有一阵风就会把她吹走。

会场死一般寂静。

半晌，紫环慢慢崛起了身。春粉跪在地上扶起紫环的头颅，紫环一把推开她，自己站了起来，用手撑着腹部，并且迈出了一步，步伐踉跄，但是，一阵风来，紫环还是倒下了，几个孩子撕心裂肺的哭声，一齐箭簇般射向土台上的歪瓜。

会场如退潮般，人们一点一点地向四周扩散，最后只剩下歪瓜，如一根垂头丧气的树桩。

4

春虎对我说，歪瓜其实也是一只猫呢，他闻到我家宝贝的腥味，这只宝贝也害了全家。歪瓜掘地三尺，其实找的是这件宝贝。春虎摸了摸快掉光头发的脑袋。春虎说：我家有个穷根，我一定要把它挖掉。我要写上家谱。写上了，日子就过得有章法了。

经过一段时间歇养，门前的杨树已经掉光了叶子，留下一副副骷髅似的尸骨。紫环决定和一家人去找大耕和春虎。这期间歪瓜分给大耕家只剩下了麸子汤,后来,干脆连麸子汤也打不出来了——食堂关了,所有的人都断了生路,各自逃命。幸亏春粉和春莲她们已经把门前芦苇的根刨出很多,这芦苇非常苍老,但是嚼上去还是有点甜丝丝的。他们像老鼠一样到处刨食的。

紫环带着一家人出门向西走。大耕在东边,紫环心里是清楚的,往西走不过是想甩掉歪瓜那双会延长的眼睛,然后紫环向北,兜了个圈,终于朝着太阳升起的方向进发了。这耗掉了紫环一家十天的时间,也耗掉了春莲和春贵最初的热情。她们在死亡线上走钢丝,谁一头扎下去,就永远不会起来。春莲觉得现在生不如死,死了什么也不知道,不知道饿,不知道走路,不知道口干舌燥,不知道害怕,不知道……什么也不知道,这是多么美好的事情,但是妈妈硬撑着他们的腰,他们只有走,把脚走掉,把腿走掉,把胃子走掉,沿着那些从来没有走过的路,一步一步走,她不断地重复着一个名字:稻乡——稻乡——,行人也不断被重复着稻乡——稻乡——,他们脑子里充斥的也都是稻乡——稻乡——,这地方是他们的希望,到了这地方他们就有了一切,在这条漫长的路上,他们靠从墙角挖出的埋了10多年的两坛子老咸菜,用这些发黑发灰的碎末和田间的小溪滋润他们早已开裂的唇边。当然每吃一颗咸菜末,咸菜就会狠狠腌他们溃烂的嘴,这又有什么呢,来自胃的巨大吸引力足以抵挡一切,疼痛算什么!

离那个叫稻乡不太远的小路上,春贵终于倒下了,饥饿和突然而至的绞痛使他像一只已经精疲力竭的风筝一样被吹折在地,春贵倒在一棵树的阴影里,对紫环说:妈,饿死我了。然后春贵就永远闭上了他九岁半的眼睛。

紫环发疯似地把剩下不多的咸菜塞到春贵的嘴里,春贵厚厚的嘴唇再也不会翕动了,春粉把那些散落在尘土中的咸菜一点一点地捡起来。紫环哭着说：我怎么向你爹交待呀。

这个下午是阴郁的，紫环把春贵送到河边一个荒冢成堆的地方，用树枝和手刨了一个坑，用河水把春贵已经雪白的小脸再洗了一遍，轻轻地埋进坑。在埋土的一瞬间，紫环回头望了望她的孩子，急促地把春贵已经僵直的小指用砖头砸碎。这是我们杨树村的风俗，为防止早夭的孩子死后作讨债鬼，要用剪子剪掉一截小拇指，现在只能用砖。为了活着的孩子不被勾了魂去，她必须这样做。紫环的眼泪像断了线的珠帘，落得噼里啪啦。

紫环一个人呆呆地坐在小小的土堆旁，脑子里满是春贵活泼的身影，她想抓住他，可是他在不断跑，不断跑，边跑边回头，举着粉嫩的小手，喊"妈妈——妈妈——"紫环感到心被凿了一个大洞，所有的力气都从这个洞里漏掉了，她努力想着这个埋着春贵的地方，记住这里的一草一木。这个地方叫个什么名字她不知道，但她想，等好日子来了她一定会找到这个地方。

5

稻乡在春虎的梦里。开上汽车，原来遥远的路，突然缩短了，到了稻乡，春虎抬起头，疑惑地问："这就到了？"我点点头，到了。他不相信地摸摸自己光光的脑袋，独自笑："真到了。"停了一下，春虎喉咙里呼呼响，春虎在哽咽。春虎说："我家祖上都是在海边煮盐的，曾经富甲一方。"春虎又说："我家不姓任，姓苟，大耕死时才告诉我。祖上守不住富春贵，惹是生非，终于被仇人追杀，改姓任。"我突然想起外公大耕死时，牌位的后面还有个牌位，姓苟。"我家没有姓氏，多少代都顶着别人的姓活，我现在要改过来，家谱上一定要交待清楚。"我说，"你改了姓，不是违背了祖训？""违就违了，我苟家隐姓埋名，世代逃亡，也还是个穷人，能怎的？"

　　稻乡这地方离大耕生活的地方已经隔了几个县，远离长江，离淮河很近，这个地方却是大耕的祖籍，在这个地方，大耕的祖先得了一个传家宝——一只玉狗。这只玉狗浑白温润，夜晚通体透明，两只眼睛血红，像两颗红红的枸杞，在夜晚熠熠闪光。传说祖先总是在梦里看见这只玉狗轻吠，甚至有时发出小孩一样的哭声——它在寻找主人。有天深夜，祖先突然看到门外白光一闪，祖先突然飞起来了，像鸟一样飞出门外，在夜色下是一条通体晶莹发光的狗在飞奔，祖先腾空伸手，玉狗一低头不见了。祖先看到玉狗消失处一个笆斗大的坑，祖先用手掘地三尺，终于挖出了这只玉狗。这只玉狗及它的传说，像大耕家一条暖暖的红线沿着家族的大树缓缓而下，但也成了家族仇杀的导火索，不久祖先就因为这只玉狗毙了命。这只玉狗传到大耕手里的时候，其他几个兄弟的眼睛都睁成了一只只血洞，大耕终于明白他的祖先为何要背井离乡，他的家为何总在逃跑的路上。

　　稻乡虽是祖籍，他们的船靠岸，没有一个人能认出他们来，他们也不认识村里的任何一个人。村里的人并不欢迎这些远方来找食的人们，虽然眼下稻乡还有一点吃的，人们像蝗虫一样飞来，也会很快使他们陷入绝境。

　　大耕唯一能去的就是他的祖坟。他的祖坟早已经是衰草连天，祖先们的坟墓有的已经坍塌成了平地，大耕默默地烧了纸，无限伤心袭上心头。

　　这时，大耕就碰到了这个脸上长着麻子脸色如灰的人，他与大耕同族，但住在一个叫鱼井的乡里。这个乡在北边一个叫未县的地方，离这里有200多里路途，这个麻脸的人叫坤，显然与大耕一样也是寻宗问祖的，相同的遭遇拉近了他们的距离，遥远的来自血缘的激情让他们碰撞出火花。

大耕几乎掏出口袋里所有的子儿，买了半斤大麦烧酒，请坤到船上喝酒。饭还没有吃饱，腿还是浮肿着的，酒是珍贵贵的东西。潜伏在大耕身上的豪气这时候有机会释放出来。

船上连油灯也没有，其实有灯也没有用，能到哪里去弄火油呢，所以大耕和坤坐在黑魆魆的船头，在星光下，抿着嘴，扯了各自的一些陈芝麻烂谷子的事，一点一点地用舌尖润着大麦烧。当春虎一回到船上，闻到酒味，就有冲上去砸碎他们酒碗的愿望。一路行船，不断捕到的小鱼小虾，已经使春虎生了些力气。但最终春虎的生气是用不声不响来表达的，春虎就坐在中舱里，看着喝酒的两个人。

"这是你什么人？"

"我大小子。"

"他怎么不说话？来，喝口酒吧——"

"呵——别叫了，他是哑巴，来，我们喝——"

大耕歪头看了一眼春虎："坐在那干嘛，像只猫似的。"

春虎没吱声也没动。

大耕和坤不再理他，自顾说话："唉，怎么会饿死这么多人？哪儿出毛病了？"

"告诉你，我们那还有吃的呢，白花花的大米呢——"

这句话，让大耕两眼放光。

"你可知道，我们的祖先得了一笔财？"坤突然话题一转说。

"哦，什么财？"

"一只玉狗。哎，不知道现在流落到哪个子孙的手上了。我们这些子孙没福，连看一眼的机会都没有。"

大耕狗一样竖起了耳朵。

"我怎么没听说过呢？"大耕说。

"那可是我任家的传家宝。据说，这只玉狗夜里还会发出盈盈的光，两只眼睛通红，我们喝酒，如果有这只宝物照着，就能看得清清楚楚呢，你说这玩意奇不奇？"

"真的？"大耕虚虚地应着。

大耕在酒精的作用下，几乎要说出玉狗的下落。

这时不声不响的春虎把他和坤有声有色地掀翻进河里。大耕扑腾了几下，从水里蹿起来揪住春虎要闷到水里同归于尽，但是被坤拦住了，坤大度地笑笑说：向北去，到未县，那里有白花花的大米——

大耕在抖，说不出一句话，脚边汪了一大摊水。半晌，大耕把水踢得啪啪响，春虎不睬他，自顾想心事。

在稻乡，大耕时时被自己的梦惊醒。他总是看到歪瓜那双手，它们在延长，越过大路，越过河流，越过树顶，通红通红，那是一双血手……醒来后，自己一个人坐在床上，这时外面河流的声音，一点一点地分辨，他知道，歪瓜来抓他们，只有从水路上来，大耕时时防备着水上的任何异常。

春虎比他更小心水上的动静，哪怕水上一声不同寻常的吆喝，甚至，涨水声，因为涨水会让歪瓜的船加快行程。春虎曾经看到红眼熟悉的背影在河岸上瞬间出现，又瞬间消失，薄得像片树叶被风刮走。但是，春虎突然有一种不祥的预感。他想，红眼一定是歪瓜的帮手，歪瓜像一条猎狗，在追踪着他们的气息，要随时把他们抓回去。现在红眼也许正走在给歪瓜报信的路上。

在杨树村，只有春虎对歪瓜表示出不屑，他能看透这张宽阔嘴里吐出的话里藏的"鬼"。

春虎在榆树下磨刀，闪光的白刃照得他猴脸毕现。大耕不安地看着他的背影发呆。

那天黄昏，春虎的耳朵一直在嗡嗡响。红眼那个薄薄的影子一直在脑海里飘，他想，稻乡这个地方不能待了，要么逃走，要么和歪瓜决一死战。春虎那个黄昏终于截住喘着粗气的红眼，春虎很平静地对红眼说:"我们现在不能回去,回去了不是饿死,就是被歪瓜吊死,你放我们一条生路。"春虎亮出了闪闪发亮的镰刀:"不然,我们不是鱼死,就是网破。"红眼说:"你不回去,歪瓜的村长就要被免职了,上面已经下了命令,哪个村再跑一个人讨饭,村长就别当了,你们一家6口人全跑了,这歪瓜当个屁村长。"红眼想挣扎,被春虎用绳子捆住:"对不起了,等饥荒过去,我到你家烧高香。"

红眼在垄沟里嚎啕大哭。

紫环一行人到达稻乡的时候,大耕和春虎正在吵架。听到这个消息,紫环几乎迈不动步了,她不愿看到争吵。春虎低着脑袋出现在紫环面前,紫环感到隔世的沧桑,春虎喊了一声"妈——"之后,嘴再也合不上了,是哭似笑,眼里的洪水奔泻而出。

紫环说:"嚎什么,男儿有泪不轻弹。"说这话的时候,紫环的眼帘挂了一层浓浓的水雾,紫环看了一下太阳,五颜六色的太阳像一只熟透了的硕大苹果挂在半空。

在春虎的搀扶下,紫环见到了大耕,大耕剃着光头,正吧嗒吧嗒地抽旱烟,紫环说:"我们的春贵没了。"

大耕愣了一下,举着烟杆抽紫环,"你怎么会这样无用,这么没用……你应该先死,你怎么不死……"

紫环捂着脑袋,任他打,大耕打着打着,自己嚎啕大哭。春虎发出一声怒吼,一脚把大耕踢出去,大耕在地上打了个滚,又拼命跑上来,和春虎扭打在一起,直到两个人都头破血流。春虎说:"从现在开始,你再动妈妈一根毫毛,我打死你!"

大耕脸上涕血横流,"你个小杂种,你生下来,我怎么没把你闷死在尿桶里,省得你忤逆子打老子,丢人现世!"

两个人面对面喘气,怒视。

紫环不愿意看他们,走进那肮脏不堪的船舱,大耕狗一样尾随而来,一把抓住紫环的左臂,急切地问:"那东西带来了没有?"紫环点了点头，大耕说："你得给我，这是灾年我家唯一值钱的东西了。""不行，放在你身上我不放心，你放心，我卖儿卖女也不会卖了这东西。"紫环掖了掖腰。即使春贵在路上饿死，紫环也没有拿出那宝贝。"你那宝贝儿子正跟我闹气呢，他要走，他要离开稻乡。"大耕又说，并且狠狠地敲了敲烟袋杆，船帮上被敲出一个深深的凹坑。

大耕从地上站起来，一阵头晕，无数金蝴蝶在眼前飞，它们扑棱着翅膀，闪着金光，把屋子闪得旋转起来。

一家人在稻乡，各分南北，继续逃。

春虎以他的憨厚能干，终于找了一个活儿，给人家装釉泥到长江，几趟货装下来，身上有了劲。春虎必须走，他没有告诉大耕他把红眼捆绑扔在垄沟里，还不知死活，歪瓜知道了，一定会提着刀把他们抓回去。

大耕不愿意跟着春虎去江南，大耕愿意去未县鱼井，吃他麻脸兄弟白花花的大米。春虎不愿意跟大耕去什么未县。春虎希望紫环跟他走，但紫环说：我们怎能跟你走，丢下你爹呢？

春虎看一眼大耕，大耕充耳不闻他们的对话，自顾搓绳。他多么希望大耕能吐出点豪言壮语让妈妈跟着自己逃走，但是大耕显然不愿意，连个屁都没放。

春虎挂帆起航后，想，我现在真顾不上你们了，这一趟回来不知要到何时。

6

你知道，那玉狗是我家唯一的信物。信物丢了，家气就散了。你一定要写上家谱，白纸黑字，传下去，通过这些字来聚拢家气。春虎说。我要为这个家找回魂魄。

未县鱼井这地方一片荒滩乱涂，荒草掩天，河汊遍布，长长的圩埂看不到边，这里似乎已经被外面遗忘了。这地方多是渔民，是漂泊之后的聚集，所以大耕一家到了这个地方没有太多陌生感。大耕找到坤时，这个麻脸的汉子很沉静地笑着说："我知道你会来的，这里有白花花的大米么。"大耕也嘿嘿地笑着。

大耕的一家到这里并不能立即吃到大米。坤给了他家几斤大米，大耕家就合着麸子做成饼，这饼是山珍海味，一家人发出快乐的笑声。过了几天，坤带着大耕到大队的食堂报了名。大耕对坤充满了感激，大耕对家人说："这是九世的大恩呢，做牛做马也报答不完。"虽然一家人强烈反对，大耕还是把船当见面礼交给了村里，以表达一个外乡人强烈的入伙愿望。紫环说：你不想回杨树村啦？大耕看一眼紫环，笑笑说，你想回去被饿死？哪里的黄土不埋人！对着霸道的大耕，家里再没人敢说个不字。

大耕呼哧呼哧地开始造茅屋，一家人就想在鱼井落地生根。

他常对坤说："本家兄弟，你给老哥找点活干，这样的日子哥过得不实在呢。"

坤笑笑，大耕从那密密麻麻的麻坑里能看出美感来，在大耕看来，人实在没有美丑之分，只要你钦佩他，丑人也能看出美来。当坤提出要娶春粉作老婆时，大耕几乎没想到他是一个麻脸，大耕首先感到一天到晚哥哥长哥哥短的坤要成为自己女婿，不习惯。大耕把坤要娶春粉作老婆的事告诉紫环时，紫环骂到："任大耕，你是吃了屎吗，把闺女嫁给一个麻脸半老头？"

"年龄有什么关系呀，不是人家，我们全家的坟墓都长出青草了，闺女再漂亮也经不住饿，漂亮有什么用！女儿是泼出去的水，流到哪里是哪里，女儿是蒲公英呢，一阵风来，吹到哪里是哪里。"

"你放屁，人家的恩情我们领，可领情总不至于把闺女往粪坑里推呀，来世我做牛做马也把人家这个情还掉，闺女这个亲，除非——，除非我两只眼都瞎了，你别想得逞。"

春粉听了这个话眼泪就下来了，她憧憬的美好爱情绝不是这样的。即使在贫困之中，春粉心中有一只洁白的鸟在飞，在叫，这鸟怎么会变成一个麻脸的半老头呢？

"嫁闺女是我当老子的权力，我说嫁给谁就嫁给谁。女人嫁谁还不是一个嫁，嫁谁还不是为了混饱肚子，嫁汉嫁汉，穿衣吃饭，哪里是嫁的人呢，嫁的是衣服呢，嫁的是粮食呢。"

"你放屁，坤的辈份跟你一般，坤是你的本家兄弟呢，侄女怎能嫁给叔呢，你不怕天打五雷轰，你不怕断子绝孙呢，你不怕祖宗从坟里拗起来甩你两个巴掌？天啦——"

"什么辈分呀，我们早不知哪辈通哪辈了，嘴上的兄弟罢了。"

但最后一句话还是击中了大耕，闺女嫁给叔，这不乱了吗？大耕无奈地摸摸自己的光头，蹲在地上。

坤来了。大耕不知道该怎么说。茅屋里的气氛是尴尬的。春粉在哭泣。坤干干地笑笑，别哭啦，叔给你介绍一个好人家，隔日我把人带上门。

果然，坤没几日带来了一个小伙子。像根青竹戳在茅草屋里，茅草屋一下子亮起来。他不仅一表人才，还带来了一袋米和一匹布。大耕满意得很。坤说：陪嫁的东西也不能少。大耕想到了那只玉狗，很有底气地点点头，那当然。

春莲飞也似的去报告春粉：姐姐，家里来人了，一个年轻的男人。还有米呢——春粉羞涩地笑着：死丫头，看把你高兴的。恨不得你姐早走，好给你省碗饭？我就不走！

春莲亲切地偎上来："好姐姐呀，我家有一袋子白花花的大米呢，我哪舍得你走呀，你走了，谁带我睡觉哎——"

"死丫头，学会骗人了，去，你给我看细了。"

在陪嫁的事上又发生了争吵。大耕要把玉狗陪嫁给春粉。

"灾年，谈什么婚礼！谈什么陪嫁！"紫环对大耕说。"玉狗陪给姑娘，就不是你任家的了，你怎么对得起你任家列祖列宗！"

大耕不说话，大耕看到临时搭的茅屋前芦花飞扬，如成群的白蝴蝶。

一个月后，吃了一顿白米饭，春粉就简简单单地去人家了。大耕有许多话要对女儿说，不知从何说起。家里少了张嘴，也少了个劳力。也许，到了人家，终于能有条活路。老子哪里忍心姑娘就这么简单嫁了，荒年呀！

大耕感到对不起的是坤，对不起坤就使他在鱼井村里有一份内疚。有一天夜里，大耕横竖睡不着，对紫环说：我得看一下宝贝，我几年没看它了。

玉狗被紫环缝在了内裤腰上。紫环踅摸半天，看看外面，再听听动静，拿出了那只玉狗。

大耕握在手里，说："人遭难，宝贝也在哭呢。玉狗，你本是个富春贵身，怎沦落到自己都养不活自己的不肖子孙手上呢……"大耕说着眼泪落下来。

紫环看到那只玉狗眼睛更红，但身体显了混色，紫环以为自己看花了眼。

大耕突然说："坤又和我谈起这只宝贝了，送给他算了，他也是任家的后人呢。"

紫环忙碌的手停在空中。

大耕又说："只要给了坤这只玉狗，我家就能在鱼井落根，再没人欺负我们，坤说啦。"

紫环没理他。

睡过一觉，大耕后悔得肠子都青了，不知道怎么再去和坤说后悔的话。

渔业队的粮仓越来越空，村里人也已渐渐用胡萝卜充饥了。眼下什么都不长，只有那怪模怪样的胡萝卜奇迹般到处长，不知救了多少人性命。

大耕觉得冬天的太阳是虚弱的，即使看它红彤彤地从僵硬的树梢上跃上来，随着就没了气，倒是那硬邦邦的空气一点和缓的迹象都没有。大耕一家住的是用芦苇搭就的房子，在寒风里，大耕的草棚冷得索索抖抖。大耕一直披衣坐在被窝里，坤进了屋，直跺脚，哈出的白气很快雾了眼。大耕赶忙把地铺空出一块，笑着请坤坐下。

坤说："不好意思得很，大哥，村里现在在清理人员，原来不是本村的人家要走呢。"

大耕的笑意就僵在脸上，把葵花烟叶抽得铿锵有力。

"这是赶大哥走呢。兄弟，大哥能往哪里去呢？大哥现在无路可走了呵。"大耕夹杂着悲伤说。

"你知道的，鱼井村的食堂也关了，粮仓里耗子比粮食还多，现在满村人在抓耗子吃呢，眼看马上就要饿死人了，也是没办法的事。"

大耕忽然嗝了一下，嘴里充斥的都是胡萝卜缨的酸味。

"你再跟村长说说，再宽限大哥一家些日子，等过了这个冬天，大哥说啥也不敢赖在鱼井呢，哥拜托你再去跟村长说说情呢。"

坤的麻坑动成了一片："哥哎，兄弟跟村长说过了，村长说，有困难呢，鱼井村人不答应呢。"

大耕盯着坤看了一会，坤有点难堪地说："不信你去问村长——"

大耕叹口气，说："兄弟，不怪你呢，不是你，哥的坟都长青草了，你跟村长说再宽限几天，你说呢——"

坤头一低出了大耕的家门。

河道里的冰越结越厚，大耕家奄奄一息，这时候的鱼井已经没人来管他们。没人管，他家就有了苟延的空间。因为鱼井出去逃荒的人更多，这些习惯于漂泊的人像一条条船，不过在鱼井的码头上系了下缆绳，码头要毁灭了，他们斩断缆绳驾起自家的草棚舢板果断离开。

大耕的细绳终于搓完了，他又气喘嘘嘘地忙活了两天，这个傍晚对大耕来说是幸福的，再不明白的人也看出，这是一张绳子结的渔网。自从家里碗里再不见米粒，每天搓绳子的大耕突然有了主意，他要结一张网，靠它为家里输送大米和青菜。夜里，他手忙脚乱地下了网，早晨满怀希望地起了个大早，东边才透出一点白，长期没有关注的心脏这天早晨跳得嘣嘣有声，大耕抚一下心口：伙计，你瞧好吧，马上就有鱼蹦虾跳。大耕突然想到那只猫，它的眼睛在熹微的晨光里跳动，大耕感到寒气从腋间升腾，弥漫全身。终于打了一个激灵，浑身战栗，迈不开步子。河面上是冰，透着寒气，大耕一篙子戳下去，只是一声尖锐的刺痛声，传出很远，但是冰依然板着面孔，纹丝不动。

大耕对着一河的冰冻没有办法，就像他对着歪瓜的一张大嘴一样。大耕找来了石头，一点一点地敲着冰面，到中午的时候终于给他敲出了一条河道。全鱼井村的人都知道，原来大耕和他们一样都有捕鱼的看家本领，和大耕说话的语气就柔和亲切了许多。果然绳网上挂着一条大鱼，白光一闪，大耕欣喜若狂，仿佛闻到了红烧鱼的喷香滋味。周围的人也发出一片羡慕的嘘声。大耕在这嘘声里精神抖擞，不时发出笑声，大耕相信，这网上绝对不止一条鱼。算起来，全家人半年已经记不清鱼的滋味了。

岸上，坤站着，还有鱼井的村长。"大耕，你怎么能捕我们的鱼，这鱼都是我们鱼井村养的呀，都是要上级同意捕捞的。你在杨树村就偷捕过鱼。"坤冷冷地笑，语气比河里的冰还冷，麻子冻成了紫色的小坑。村长指了指鱼和渔网说："都没收了吧，还是要给外乡人一个面子，就不开批斗大会了。"

大耕站在冰面上，无助地看看鱼井村的人们，他们都突然哑巴了。

大耕任坤收走鱼和网，恨不得一头扎进冰窟窿。自己再不好意思挺着偷鱼贼的面孔在鱼井村苟活下去。

大耕想从这里逃离，永远不再来。

7

我和春虎开着车，找了好几个地方。在一个河汊的旁边，春虎指着一块地说，应该就是这里，埋着你小舅的地方。当年的荒坟堆，已经是良田万顷，只有愉快飞行的鸟儿，在树枝与田野间穿行，它们哪里知道人间曾有的悲伤？春虎掏出只白白的塑料袋装上泥土，兄弟呀，哥哥今天带你回家了。说着，趴在泥土上老泪纵横。后来，这泥土撒在了大耕的坟头。

春虎从长江驾货船回来，是第二年开春。

春虎心里总是毛毛的，不踏实，最后终于决心回来带紫环走，他不能让妈妈在鱼井等死。大耕背着手在春虎的船上走了三趟。这条船除了后舱能放下一张床，其他地方都被货物占着，想伸个胳膊都难。大耕就有点不屑地问春虎，"你这巴掌大的地方容得了一家人？"春虎板着脸说："谁说要带走一家人，妈妈跟我走。你还留在这儿，把谁饿死也饿不死你。"大耕不理他，自顾看着天说："我有力气。"

船要返航时，抢先爬上船的却是大耕。大耕对紫环说我先走，等到外面有活干再来接你。我能担货卖苦力，你能干啥？

紫环争不过大耕，争不过大耕的紫环抱怨船太小，容不下一家人。

春虎对紫环说："我装完这趟，再回来。"大耕像只狗一样，早钻进船舱。紫环点点头，一直到船消失，才发现自己眼睛很酸，落了一脸泪。

这年春尽，紫环已经躺在床上不能动弹了，那一摔，损伤了她的内脏，长期的饥饿，雪上加霜。春莲不得不到处挖草根，从草根里汲取活下去的力量。紫环实在是顶不住了，顶不住饥饿的吞噬，她再也没有力量等到春虎回来带她返回家乡。她一再叮嘱春莲：记住你弟弟春贵埋葬的位置。

这年的6月17日早晨，当春莲从睡梦中醒来，紫环已经四肢冰凉了。此时12岁的春莲只有痛哭。

坤来了。春莲对这位消失半年的麻脸大叔的出现一点也不感奇怪，当然剩下的事情都是坤帮着打理，包括穿衣入殓，只是那棺材实在找不出木料，只好把门板卸下来，打了一只薄皮棺材，剩下的日子里春莲的家是没有门的，只用一条草帘子勉强遮光。她一夜一夜醒来，都发现一个黑影从家里逃脱，她除了捂上眼睛不看黑影之外再无办法。后来她用一只玻璃瓶，捉了许多萤火虫，伴着自己度过漫漫长夜。

这个黑影，春莲后来回忆说，怎么看，都是麻脸大叔。

家里的东西就是这样一点一点地消失了。

紫环的薄棺材放在一条大河边。春莲没有力气埋葬紫环。她守在河边，等着大耕、春虎来把妈妈运回杨树村，她相信他们一定是沿着河道来。

春莲每天坐在岸边，现在她的身边已经没有了亲人，只有棺材里的母亲，与她安静相守。她看着棺材说话，她相信躺在棺材里的母亲一定在仔细听她说，只是她太饿了，没有力气回答她。想到饿，自己抓起泥土，慢慢嚼着，泥土是有点咸，她告诉妈妈，泥土太涩，我实在咽不下去了，她又问妈妈，你怎么不告诉我呢？她想起妈妈曾经把泥土放在锅里炒，那是放了油滴的，可妈妈我现在到哪里去找油？春莲说着说着，自己睡着了，直到有鸟叫声把她唤醒。起来，去讨吃的，或者饿着肚子回来，喝捧河里的凉水。有天她看到一只老鼠快速地从棺材旁逃走了,她瞪大了眼睛,是不是母亲的灵魂也逃走了,再也不管她。她非常害怕,对着一河的流水放声痛哭。

那年初夏开始,老天就不断阴着脸下雨,到仲夏,天整个漏了,雨打在棺材上,腾起一层烟,雨下得人在河边根本呆不住。春莲只好龟缩在茅屋里,看着白茫茫的天,白茫茫的地,她朦胧中想,妈妈一定会变成神仙,和弟弟从天而降,送她好吃的,让她长上翅膀飞起来,她看到杨树村的老屋,炊烟长长的,像根带子,连接的是香喷喷的白米饭……

这天深夜,炸雷一个挨一个,闪电一环套着一环,春莲闭着眼睛,左手死死地抱着右手,春莲听到河边水流发出闷闷的声音,像一头老牛在不断地低头发怒——洪水来了,春莲坐起来,看着门外一道道闪电,吞噬一切的雨声,她突然不害怕了,大不了和妈妈躺在一起。天亮了,果然河水一下子涨破堤岸,安静的水突然发了疯,通身浑浊,吐着白色的泡沫,横夺一切,不断有木头和坏家具被洪水冲走。春莲一看呆了,母亲的棺材不知去向。她沿着河岸疯狂地奔跑,她想她一定能追上母亲的棺材,可是,瓢泼大雨里,她根本跑不动,一个趔趄,绊倒在一片芦苇里,浑浊的水立即淹没了她,口里、眼睛里、耳朵里都是咸涩的浊水,春莲眼睛一闭,想:妈妈,你带我走吧,带我走,我来了——喝了两口苦涩的浑水,春莲突然清醒了,我不能死,不能,我还没有告诉爸爸,妈妈哪里去了,我要告诉他们,让他们把妈妈找回来,妈妈不能被鱼吃了,不能被狗啃了——

春莲死死抓住一把芦苇,爬出了沼泽地。

——我后来对我妈春莲说,好在你一把抓住了芦苇,否则就不会有我,就不会有人给你写故事。我妈笑笑,我哪里想那么多,我不识字,想不到写字这些事,但是你舅舅春虎识字,当时我家就是他识字,他上过私塾。想起来,春虎舅舅读书是唱的,他是唱书,乐呵呵地唱，摇头晃脑，有满心满肺快乐似的，其实我知道他是到我家来借稻米的，只是还没好意思说。

大耕和春虎找紫环的棺材已经是两个月以后，紫环在这个世界上已经没有了痕迹，原来蹾棺材的地方长出一片盐巴草，这草贱，但长得快，落地生根，呼啦啦绿花花一地。春虎对大耕说：你有罪！死的应该是你，你害死了妈！

大耕摸摸光光的脑袋，看到盐巴草里几只蚂蚁在忙碌，他嚼过它们，滋味不错。也许它们也钻进过紫环的棺材，嚼噬过她的骨头，他不寒而栗，随即而来的悲怆让他抱头蹲下。

大耕突然抬头问春莲：你妈临死的时候有没有交给你什么东西？

春莲茫然地摇摇头。

大耕去找坤，坤早已远走他乡。

大耕没再说话，大耕说再多的话也没用。

传家宝丢了，那只玉狗是随了紫环还是落入别人之手，只能是一团雾。

春虎说：我家的魂从此丢了。

春虎从那天起，几乎不再说话，对着一河水发呆，有时成天看不到人影，不知在哪里徘徊。有天，找到了一本卷边泛黄的书，哼哼哈哈地唱书，不思劳作。一天，大耕一声断喝："你这个没出息的东西，你痴呆了吗？你就等死？"春虎的书被吓得掉在了地上。

春虎成了一个书呆子，对于困顿的生活无动于衷，每天对着书时哭时笑，或者揣本书不见踪影好几天。一天大耕看着他对着几本破书磕头，大耕眼中含泪地说："儿子，你真痴呆了。"

春虎对大耕笑了一下，大耕看到一张会笑的猫脸，惊悚地叫起来："春虎呀，你野猫附体了？"

春虎不理大耕的惊诈。春虎对春莲说："脑子里想的书里都有，看上书，眼前的事情就不重要了，眼前的事不看，心里就愉快了，不信，我念给你听。"

春莲没有心思听，春莲宁愿到淤泥里采慈姑。

这时候，饥荒正悄悄地过去。

一天，大耕看了鱼井的几乎所有的沟沟渠渠，又站在高垛上向杨树村方向瞭望，深夜喊起全家人说：我们的春粉不见了，我找了几天，都没有发现她的踪迹。春虎春莲呆坐在黑暗里。春虎嘴里叽叽咕咕地说着什么，春莲忍不住哭出了声。

大耕吸着旱烟，亮点鬼火一样在他脸上游走。

我们还是要回杨树村去，那里是埋葬我们骨头的地方。现在，我们就上船，回家。

大耕的提议得到了热烈回应，原来杨树村从来没有从他们心里消失，这口气留着，就是为回杨树村的。春虎说。

舱外，很好的月亮。

船舱依然很小，爬在船板上，春虎听到水草轻轻擦过船底，甚至有小鱼伸出脑袋叼食，这些水来自杨树村，来自那条他天天看到的西大河。

他想到紫环，想到春贵，摇着船底，心里一声一声地叫唤：妈妈——我们回家了，弟弟，跟着我回家吧——

后来他控制不住，唤醒春莲，用河边的水草叶子、芦苇叶子，扎出一只只河灯，春莲在每只河灯里放上她玻璃瓶里的萤火虫，这些河灯一只只飘下去，在月光下联成一条闪光的带子，妈妈和弟弟的灵魂会踩着这些河灯回家。他们相信。

大耕划船的速度很慢，他想帮点忙，但是自己还是止住了，春虎的背影透着一股怒气，而且这个怒气是对着他的，他不敢轻举妄动。

他现在开始害怕这个儿子。

8

回到杨树村，有一次春虎遇到歪瓜，歪瓜这时早已经不是村长。杨树村饿死和逃荒的人太多，上级说，歪瓜负有不可推卸的责任，上级免掉了歪瓜的职务。歪瓜一只腿瘸了，追杨树村逃荒的人，不小心跌进了垄沟，摔残的。

歪瓜瘸着双腿边走边说："我满世界找你们，为你家的逃跑，我受了上级多少批！你们还把红眼捆起来，差点没饿死，饿死了你们就是杀人犯，跑到天边也跑不掉！"春虎不答，为没把红眼饿死庆幸。"给我们看看那只玉狗，哪里会烂了你的眼睛么？"歪瓜说，嘴还是那张阔嘴，唾出的唾沫一点不少，春虎摇摇头，有点歉意地笑笑，"我家不知道你要看么，现在想拿也拿不出来啦！"

"丢啦？丢了好，丢了就安生了，安生就不折腾了。"歪瓜说。

春虎点点头，有点不屑地说，一只玉狗算什么。

春虎很奇怪，对着这个逼着一家人逃亡的家伙，竟然没有恨意、没有愤怒，自己确实是一个书呆子。

大耕开始在草堆后面挖坟，外婆紫环的坟。春虎说：死都没留一块布，一根头发，你给妈修什么坟？

大耕撅个屁股呼哧呼哧挖地，不答。

春虎说：躺进这土堆里的应该是你。

大耕沉默半天，气呼呼地嚷：你放心，我离躺进去的日子没几天了。

大耕感到很无力，后来干脆扔了锹，坐在一旁抽旱烟，抽着，抽着，突然大耕发出狼嚎般的哭泣。

大耕死的时候，春虎破开坟，想让他们合葬，以为坟里会有紫环的衣服或者别的什么，但这是一座空坟，一个地道，摆着满满的粮食，稻麦已经糜烂，山芋片硬如石头，玉米棒喂肥了一窝子老鼠。

大耕被饿怕了，随时储备着他的地下粮仓。

我姨妈春粉的婚事我还要交待几句。当日，不知过了多少条河，也不知走了多少路，当我姨妈春粉被坤带进一户人家已是半夜。可是，一转眼就不见了坤的身影。在昏暗的灯光下，我姨妈春粉怎么也等不到一个月前见过的小伙子，春粉感到这事很蹊跷，想要冲出门，但是房门再也打不开了。后来，春粉发现，这个好心的麻子坤给介绍的这人比他还老，还要丑，上次那小伙子不过是个道具。我姨妈叫天不应，叫地不灵，但是她有一把雪亮的剪子，春粉先想着捣死自己，可是后来想着，死前也要见一下家人，对那个老男人说，我反正已是你家人，我现在身体有病呢，等我病好了再圆房。那老男人看着春粉明晃晃的剪子，无可奈何地守着，像守着他的米袋，因为为找这个女人他已经送出去两袋大米和两块猪屁股一匹布，不过，我外公家连个肉片也没见着。

在春粉饿得没一点气力的时候，老男人强行圆了房。老男人以为从此生米煮成了熟饭，放松了警戒，我姨妈才逃出了破房子，躲在河埂下，并且顺着河埂走了十几里路，一条经过的鸭船收留了她，她又一路飘泊到上海松江，捡了一条命。

她再回到杨树村的时候，已经是20多年以后的事，大耕哭着说：姑娘，瞎了眼的老子给你跪下！姨妈说：你该跪的是妈！

今年清明，已瘫痪在床的春粉从上海给春虎打来电话，说恐怕这辈子再回不了杨树村了，要舅舅帮她在外公坟上多磕两个头。

春虎说：她也放下恨了，不能怪哪个人呢，那是老天不好，老天不让人活呀。那些年，哪里是人在跑，是胃在跑，胃叫你上哪就得上哪！

春虎的脸突然生动起来，恍若外公。

红酥手

1

水面开阔。一条水泥船定在水湾上已经一天了,纹丝不动。

红莲起初以为船上没人,后来看到有人出来小便,站在船头,尿得豪气冲天。这人衣着光鲜,衬衣雪白,在阳光下闪来跳去。这时候已经是深秋,河两岸芦花飘飞,水上浮了一片,鹅毛般滑行。

红莲低头在河边码头汰衣服。家里的洗衣机坏了半个月,也没修好。红莲是个讲究的人。红莲衣服洗得很慢,红莲不知道洗完衣服干什么。汰衣服本来可以在井台上洗,但红莲到河边,河里的水是软的,井里水滑腻腻,硬。

红莲用河水还有一个讲究:河水不伤手,井水糙手。城里女人和乡下女人最大的区别是脸,城里姑娘白,一白遮百丑。现在化妆品多,武装一下,区别不大了。还有一样就是手,城里姑娘的手是剥开的葱,乡下姑娘的手是冬天的胡萝卜。手撒不了谎。红莲觉察这个秘密那年 12 岁。

那年，小镇上来了扬剧团，演《白蛇传》。红莲爱煞小青，对白娘子的优柔寡断恨得牙疼。小青身段婀娜，手持双剑，飒爽英姿，红莲恨不得幻化成一棵草，幸福地被小青捏着。

那些年月能看场戏是奢侈，再想看第二场是不可能的，妈妈说哪来的戏票钱。红莲不甘心，白天就在街上转，想躲在大会堂不出来，一个 12 岁的大姑娘哪里藏得住，大会堂说大也不大，站在台上，一览无余。红莲终于在演员驻地看到演小青的演员，在院子里洗头。一盘乌黑的头发，墨一样跳动，挑拨这团墨的是一双手，灵活地游动，十条跃上水面的鱼儿，在喧哗。这手白皙，挺直，瘦削，玉般温润。红莲走不动了，想这双手在舞台翘着兰花指，捏着水袖，莲步款款，何等优雅。全是这双手，城里女人的手比脸还让人动心。

红莲从此把手看得比什么都重要。淘米的时候把洗米水留着用，平时要擦雪花膏，干重活，用一块布包在锄头把上，冬天一直戴手套，自己织。红莲不得不干重活，红莲家穷。红莲最喜欢小白菜的歌，一听这歌就记住了：小白菜呀，地里黄呀，三两岁上，没了娘呀……红莲识字不多，这个歌唱到了红莲的心里，心里酸酸的，想的是爸。第一次听这首歌的时候，红莲 10 岁，那年父亲刚刚犯事，被抓进监狱。不见了父亲，红莲才知道，父亲是顶梁柱，现在家塌了，红莲哪有心思读书，陪着哭泣的妈，妈一边哭一边跺脚，拍着屁股说：不为你们，我也上吊！红莲心里怕极了，不敢看屋梁，生怕哪天，妈妈挂在上面。

慢慢汰完衣服，整个一条河只有她敲打衣服的声音。红莲发现几只水鸭子在草丛间出没，数一数，竟然有三只。它们已经多年没有看见了。那人也看见了，打一口哨，三只野水鸭浑然不理，红莲笑了，那人又打了个口哨，对着鸭子发狠：胆子不小，小心老子抓来煨汤。转身钻进了船棚。飞起几只麻雀。

红莲想起来，这人应该就是大老板石头。

红莲转身的时候，又看了一眼那船，静静地卧着，懒洋洋，似乎连气都懒得喘。自家码头是碎砖铺的，铺得不平整，许多绊子，跟青皮说过多次，用水泥浇一下，青皮嗯嗯点头，半年没见一点动静。青皮说忙，忙什么呢？游手好闲。老说要到镇上买房子，离开这儿，可哪来的买房钱。自己怎么嫁给青皮的，好像是已经很遥远的事了，那时最迫切的愿望是嫁人，嫁人，从那个家逃逸，嫁给谁似乎不重要。红莲那时感觉自己就是件旧衣服，穿在谁的身上，都可以，甚至，感激。

2

红莲还在想，那只水泥船是干嘛的，好像半个月前也曾卧在这儿。

红莲晾衣服，一会院子里就五颜六色挂上帆，一阵秋风来，衣服扭着身子舞蹈，随时要逃离绳子。那些水滴也被鼓起，随风抛洒。整个院子里都是滴答声，像下小雨。晾完衣服，红莲一下不知干什么了。打青皮的电话，响了半天，没有人接，红莲恼怒地扔了电话，啪地一下打开电视，五颜六色地不知在闹啥，索然无趣。她想跟青皮说河里那条船。船上人不吃饭吗？有什么让他们在狭窄的舱里呆上一天呢。

红莲一边搽护手霜一边看着自己白嫩的手出神，并在一起，玉片似的。还好，这双手的名气越来越大，谁说手好看，大家都会鄙夷一声：再好看，有红莲的手好看吗？被说的人自然红了脸，默不做声。青皮对这双手是满意的，经常捏着这双手，扳来扳去，傻笑。青皮很奇怪，这双手很柔软，能翻跟头。红莲说不清，从小就这样。青皮说：这双手应该弹钢琴，哪里是干农活的，委屈了。红莲笑：手委屈不要紧，人不能受气。乡下哪有钢琴，连电子琴都没有，好容易有个口琴,东藏西藏,最终还给妈妈扔到了灶膛里化为灰烬,妈妈烦,听不得这些声音。

红莲又去看了一遍。船还在。几乎没有动窝的意思。红莲的村子偏僻,离镇上有十里路,四周环水,只有一座小桥,有人来,早就被垛上人看见。

晚上,几天不见的青皮回来了,光光的脑袋在屋里沉沉浮浮。红莲说起河湾里的那条船。青皮嗤一声:你个笨蛋,那是石头他们赌钱的船。红莲恍然大悟。我说石头演的哪一出呢,他们怕警察抓住,一有风吹草动,黄鼠狼样,放个屁早溜掉了。

他们赌得太大,一场下来,几万块。红莲吓一跳。

青皮看着红莲点点头:我们也可以发点小财,明天你上船给他们烧饭,石头今天还给我打电话,说方便面吃得直泛酸。红莲唾了他一口,你叫我也被公安抓去呀。一提到公安,红莲就发抖。青皮说:你在家闲着也闲着,去给他们烧饭,又不要你烧八大碗。烧次饭,抵你一季的收入。

红莲听了最后一句话,动心了。

红莲动心,是红莲对自己现在的状态不满意,现在种田方便,插秧割稻都有机器,不必再把自己累成虾子,秋天收成上来,麦子种下,几乎就没什么事了,整个村子都无所事事。打工,红莲天南海北打过工,什么都做过,现在30多岁了,累了,关键是受不了人家的白眼,年龄越大脸皮倒越薄。青皮也没有正经事,青皮给人看虾塘,几千亩,都是农田挖的。青皮就是这几千亩虾塘的一只狗,狗旺旺叫,青皮靠他的臭名声。

这几千亩鱼塘是石头的。

第二天,红莲早起,特意去河湾。船不见了,河上空荡荡的,水鸭一夜间又多了几只,自顾热闹。芦花越飘越多,等它们都飘完,芦柴就可以割了,但芦柴现在几乎是废物。想当年,自己和半傻弟弟为了几根芦柴跟邻居小孩大打出手的日子,一去不复返。

红莲有点失落,没有由头。

红莲还担心,他们赌博,自己给他们烧饭,不成了帮凶么。20多年来,不管干什么,红莲看到戴大盖帽的就心虚,绕道走。红莲知道病根在10岁那年的深夜。那个深夜,一阵狂乱的狗吠,杂乱的脚步声,红莲醒了,这脚步声是生疏的,陌生的,透着凶狠。后来是妈妈的哭声,撕心裂肺,爸爸的喝声:嚎什么!是我对不起你!有一个威严而平静的声音:跟我们走一趟,没事就回来了。红莲透过房门的门缝,堂屋里一屋子人,其中有两个戴大盖帽的,警徽熠熠闪光,一个中年人,宽脸,手上有……洋拷子,晃眼,很快戴在了爸爸的手上,爸爸的手并拢着垂在肚子上。红莲咬着嘴唇,发不出声音,眼泪噗噗落。他们带走了父亲。下半夜,红莲听到外面下雨,好像是爸爸一直在屋子的外面不停走,不停走……以后每逢下雨天,红莲都听到这样的声音,然后在梦里就看见了爸爸。红莲由此喜欢上雨天。

爸爸回来的时候,已经是10年以后,人萎靡成一只沉默的病驴,什么罪?没人告诉她。从村里人的目光里,红莲悲哀地发现,他不是一个好爸爸,绝不是,他像枚耻辱的图章盖在一家人的脸上。

3

红莲终于走进水泥船的船舱,这时候已经是冬天。冬闲了,在家哪里窝得住。青皮说:上了船,就是捡钱的。红莲不是捡钱的,是来择菜,当厨娘。青皮不放心,也常上船帮忙。烧饭在中舱,有煤气灶,锅碗齐全。红莲瞭了一眼后舱,外表粗笨,内里超豪华,挂着画,房间里软包设计,红地毯,一张绿色的长条桌,几个人面色凝重。石头他是认识的,石头只跟他点了点头。石头本来是个活泼的人，现在变了，变得鼻孔朝天了，红莲一下子不适应。青皮说：不适应你也得适应，你拿出成捆的票子他适应你，你也可以用鼻孔说话，不行你就得闭嘴，听他说，张着眼睛看。要有眼头见色，懂吗？红莲捶一下青皮：我不就给他们烧个饭么，用得着你那一套！

烧饭简单，不变的几个菜，韭菜炒鸡蛋，红烧肉，西红柿汤，清蒸小公鸡，不烧鱼，他们没时间剔鱼刺，他们要迅速把肚子填饱，抓紧摸牌，牌是一团火，烧得他们心里火急火燎。红莲看明白了，石头他们发"沙蟹"，五张牌决定胜负。然后，他们打筹，给船主石头，石头抽一两张给她，红莲一下蒙了，两张红四人头是一亩田一季的收入，还有买菜的余钱，石头大手一挥，给你了。所有人看着她笑。红莲心里盘算，照这个速度，到镇上买房就有指望了。心呼呼跳，手脚麻利，烧的饭也赢人。这些人是全镇全县的有钱人，他们吃惯了山珍海味，红莲就把菜用土法烧，放的是猪油、粗盐，明矾淀河水，蔬菜都带霜采，全是他们童年的味道。吃完饭，红莲戴着红皮手套洗过锅碗，就想下船，但有时候下不了。船是流动的，有时候开得远，快到长江口了，出了县，没人管得了。这船是只水老鼠呢，要远远躲开猫。

今天是场豪赌。电话里青皮肯定地说。红莲听豪赌两个字就紧张，仿佛输钱的是自己，从来没想过赢。

早上和青皮缠绵时间有点长，所以一上船就开了，很不耐烦似的。石头没吱声，脸色有点青。红莲知道自己犯了错误，夹了一包芹菜，一低头"噗通"跳进中舱，先喘气。船上人做什么事，靠眼，几乎听不见谁在说话。红莲抬头看天，老天阴沉个脸，太阳端个架子躲在云层，找半天，影子都见不到，不久开始飘雪花。红莲没心事看雪花，棉手套换成塑料手套，手忙脚乱地忙碌。

心事还是回到青皮身上。青皮是恶名在外，红莲那时候就想找个恶人。青皮的脑袋刮得很光，打架是把快刀，这把刀经常切得街上的小混混哭爹喊娘。红莲有次上街卖甘蔗——红莲家种了甘蔗，每年冬天都要冒着西北风站在街口，卖。几个混混围过来，各人取了一根竹叶青甘蔗，嘶嘶地啃，甜汁流满一下巴，红莲几乎没舍得吃过一根，顶多咬咬人家不要的尾子，沾沾甜气。他们仗着人多，吃完不给钱。红莲拿把甘蔗刀，说：哪个不给钱，切下你们的脑袋。这帮小瘪三嘻嘻笑，举着蔗刀的红莲被笑得心里发毛，手下就有点虚，说：你们以为我不敢砍你？红莲眼睛一闭，心里想，砍死你们，和你们一起坐牢，我爸爸还在牢里，我陪他去！到后来刀被人夺下，是青皮，红莲蹲在地上弱弱地哭。青皮的臭名声吓了这些小混混，一声响哨，他们乖乖交钱。青皮说：你砍了他们，你也要坐牢。红莲一甩短发，说：我不怕坐牢！不怕！

青皮笑了。再在小镇上遇到，青皮帮她卖，直到青皮决定上她家门。红莲并不希望他上门，不希望他看到她家狼狈不堪的生活。

红莲最不希望看到的狼狈，是门上有个男人，妈妈的男人。这个男人先是隐藏在门后，后来渐渐出现在打谷场和插秧田里，再后来就出现在家里的饭桌上。在饭桌上她总是用眼光控制着半傻子弟弟的吃相和声音，防止丢丑。这个人是吴叔叔，吴刀疤。请神容易，送神难。刀疤吴像块口香糖粘在了她家。她和半傻弟弟都恨他，恨她，因为这个位置是父亲的。但是这种恨也是秘密，不能流露。就像吴刀疤在家里的呼吸声，刚开始是秘密，一家人小心翼翼地藏着，可薄薄的纸哪里包得住火，"噗啦"一下，杨树村就都知道了。她从来没有和妈妈讨论过这个问题，从刀疤吴在家若隐若现到明晃晃行走，甚至发号施令。红莲是敏感的，从家里闻到了生人的气味，甚至是烟味，要命的是她一度很喜欢这个烟味，有了这个烟味，家似乎圆满起来。妈妈似乎也没有心情与他们讨论，田里的麦子黄了要割，要脱粒，要装船去卖，甚至草垛要堆，谁来？一年四季，妈妈忙得没有时间想到他们，更没有时间跟他们讨论什么事，只要家里有了他们的影子，足够。有时候，妈妈对她小心翼翼流露出的怨气，会粗糙地断喝：把你送到太阳底下暴晒，把你的手粗糙成麻绳！脸晒成锅灰！把这个傻子勒死！

青皮上门，看到了刀疤吴，看到了他们一家的狼狈，红莲想掩饰，哪里掩饰得过去。刀疤吴却在青皮的谦卑的笑容面前明显手足无措，他也许突然感到了他在这个家的尴尬，听到他对妈妈说：红莲大了。

今天的后舱一点声音也没有，似乎已经忘了吃饭。雪一个劲落，落在船篷上噗噗有声。红莲怕热乎乎的菜凉了，几次要到后舱去，心里阻止了自己几次，终于还是轻轻叩响后舱的木门。半天，才开门，后舱的空气是凝固的，七八颗脑袋凑在一起，没有谁吱声，只有手在桌上说话。过了一会，轰的一声爆发吵闹声。几个人脸红脖子粗，说发牌不规矩。石头一扭头，对他们说：吃饭吧。几个人相互翻白眼。红莲看到桌上红红的一大撂钱，红莲没见过这么多。石头突然盯住红莲的手，有点粗暴地举起红莲的手，对大家说：人家都说红莲这双手，漂亮，果然，春笋似的。红莲的手很慌乱，害羞得不知藏在什么地方。我们请红莲发牌如何？几个人看一眼红莲的手，相互点头，这样公道，免得互相怀疑出老千。红莲摇手，我哪会发牌，你们是大赌，别害了你们的运气。石头考虑一下，坚定地说：就你了，我们给你开工资。一个有见识的老板说：澳门和马来西亚的赌场里都有发牌手，我们也试试。

这个下午，红莲开始发牌，红莲的手像只蝴蝶在这些牌间飞舞。红莲的手是满足的，不再闲得慌慌张张，好像找到了自己的位置，捏着牌，踏实。

石头给了厚厚的钞票，捻捻有七八张，石头说：你跟青皮说，我们送你出去学学，过天我找盘碟给你看看，不难的。红莲捏着钱，慌乱地说：我看看碟吧。石头说：有了你发牌，你这双手，就是牌场的指挥，给这些容易冲动的脑袋降温，让他们平静下来。红莲点头。

4

青皮握着红莲的手说，这不是手，是钱钩子，当年我一下子就看中了这双手。红莲敲敲青皮的脑袋：你别指望它，我再发两趟就不发了，赚这个钱，不踏实。青皮摇摇头：干啥不是个干，干啥都是为钱，为这张嘴。青皮拍拍自己鼓成球的腮帮。红莲摇摇头：卖蚕豆稻米的钱少，但一分是一分，瓷实，可这钱像没根的蒲公英，随时会飘走。那你给我，我让它生根，长成摇钱树！青皮嬉笑，红莲呸他一口，说：你就是个游手好闲的货，恨不得拉屎都拉出钱来！

红莲成了一块招牌，在赌徒间流传。到石头船上赌博的人要排队。红莲再不要到中舱烧饭，直接进后舱，烧饭另雇人。石头说：别看养虾子赚钱，满世界知道，养只船赚钱，不显山不露水，没人知道，赚得更多。这是一次酒后，石头拍青皮的脑袋说的。青皮也不恼，傻傻笑。回家就恼了，对红莲说，奶奶的，摸我脑袋，他昏头了。

转眼就春天了。春天了，赌徒的手更痒，一天不摸牌，就丢了魂。

就在这个黄昏，一个人上船赌，大赌。红莲看到这个人的时候，手抖了一下，眼睛有段时间不知看什么地方。吴叔叔，吴刀疤。曾经的岁月一下子涌到眼前。算算，这个刀疤吴从那个家消失已经好多年，现在明显苍老了，脸上的皮肤像一块快要胀裂的旧塑料布，但白了许多。精神气还在，鱼泡眼里射出的光贼亮。刀疤吴很意外地看到红莲，想退出去，被石头喊住：吴老板，来了，蓬荜生辉了。刀疤吴尴尬地笑了一下，坐在椅子上，红莲就感到空气咚地一下，爆米花样炸开来，热气从自己的手上漫延，一直到脸上，红莲感到汗挂在鼻尖上。刀疤吴点点头，红莲笑了一下，"吴叔叔"三个字在嗓子里滚了一下，终于咽进了肚子。

吴刀疤从家里消失，是因为爸爸从那个地方回来了。家里也有了深夜哭泣，吵闹的声音。爸爸这时候已经变成了一只瘦骨嶙峋的猫，经常蜷缩在阳光下的角落里抽烟，看她和半傻弟弟的眼睛是迷茫的，对他们的突然长大不时显出慌乱，和他们讲话，似乎总是词不达意。

红莲高兴，哪怕爸爸是只病猫，只要能喘气，能喊出她的名字。只要爸爸喊她，巨大的令人眩晕感就会降临，她感到自己是爸爸的女儿，再不是地里长着的孤单小白菜，爸爸的女儿原来这么幸福，这10年等待，就是为一声呼唤。

刀疤吴是什么时候消失的，好像就是某个黄昏或者清晨。他们都忽视了他的存在。但是一丝丝迹象表明，他是存在的，从水面潜入水底，像条喜欢淤泥的黑鱼。不久，父亲提出从家里搬到十里外的鱼塘，替人看门。母亲在短暂高兴之后，似乎有巨大的烦恼，让她整天怒气冲冲，像浑身长刺的河豚鱼，随时准备释放毒素。

父亲几乎不回家，农忙时才会在门前蜿蜒的小路上看到他的身影，被劣质香烟呛得咳嗽不停。然后这个身影就被汗水浸透了，要弥补上所有的对这个家的罪过。

直到爸爸被那个可怕的病击倒，肝癌。想到这个病，红莲几乎浑身发抖。知道自己得癌症的第二天，爸爸对红莲说：你要结婚，我要看着你穿上嫁衣。爸爸空洞的眼睛，盯着红莲，急切的亮点在跳动，像两堆燃烧的篝火。半傻弟弟嘿嘿笑，面前的饭粒撒了一地。红莲慢慢替他捡。爸爸捂着肝部，黄豆大的汗珠在额头滚，爸爸对红莲说：我的肚子要爆炸了！红莲听出了爸爸嗓子里的哭音。

红莲早就想离开这个家，但不是现在。妈妈扯着嗓子喊：由他死去，想想他做的事，早死早安生！你担心他什么，他吃香喝辣的时候，想过你和傻子没？

爸爸后来拒绝吃药。眼含热泪。

红莲是在一个深夜出嫁的，给爸爸鞠了一个躬，听青皮喊了一声爸。等她过几天回来，父亲已经四肢冰凉。他像个小丑一样，从他们的生活中间插进来，又迅速消失。

刀疤吴本来是个木匠，家里的家具都是他手里流出来的，沾染着他的气息。从红莲家消失的刀疤吴搞起了木材加工厂，后来搞木板加工。不到几年，把个木材厂撑得小有规模。

现在他作为有钱人，坐在豪华赌桌上。

红莲僵硬地微笑，牌在她手上展成一把扇子，又迅速合起，她伸出如玉的双手，展示她的袖管除了空气，别无一物。一张底牌后，赌徒们开始叫牌，他们忘记一切，睁着血红的眼睛，只想把其他人的钱堆到自己面前。红莲逐步进入状态，眼风偶尔落在刀疤吴的脸上，刀疤吴显得坐立不安，牌在手里趟不开路子。懊丧地对石头说：今天牌霉。说的时候，快速地瞟了一眼红莲。石头说：我这里打牌是最公平的了，有红莲一双手，他们什么猫腻都藏不住，什么鬼也做不了。石头又笑起来，你这手摸了尼姑的×，情场得意，呵呵，赌场放点血，小意思。刀疤吴叹口气，接红莲发的牌。红莲掩饰地笑笑。

5

刀疤吴输多赢少，又一场大赌后，几乎身无分文。

红莲与石头抽老千，刀疤吴发现了，刀疤吴袖口里藏只微型摄像头，回去反复看，从红莲的不同手指翘的方向和姿势发现了秘密。刀疤吴发现他们只是在关键局上偶尔使用，速度极快。每使用一次，石头都会大赢，然后再慢慢小输，再大赢，如此反复，钱都流进了石头肮脏的口袋里。

刀疤吴怒不可遏。

傍晚，刀疤吴把一把明晃晃的刀插在桌上，刀身子抖动了几下，毒蛇吐信。我知道你恨我，你抽老千，你要害我家破财空是不是？你就想害死我是不是？你就是一个吃人不吐骨头的狼崽！刀疤吴从口袋里取出微型摄像机，放在桌上，小乌龟似地趴着。

红莲咬着嘴唇，脑袋一阵眩晕，然后喳喳有声。

按江湖规矩，今天你剁了你的手指，不然，我要你的命！

船舱的人早已经逃光，平时人五人六的石头原来是个胆小鬼，越有钱的人胆越小。红莲看看忽明忽暗的灯光憋住眼泪，看着暴跳如雷的刀疤吴。他的那条卧在额头上的刀疤紫黑，如一只僵死的百脚。

你剁不剁？刀疤吴看了一眼明晃晃的刀，吸口气，咬牙切齿说：我来剁！你让我鱼死我要你网破！

红莲很害怕，但知道逃不过，心一横：什么狗屁江湖规矩，我只是发发牌。我看这话不像你说的，什么鱼死网破的，你是一个快要进棺材的人，这话青皮说说还差不多。

我进棺材也要把你这手剁了！

双方僵持。怒气在两个人之间累积、压缩，红莲心里骂石头：狗日的，平时嚣张得像个能担事的，临事成个缩头乌龟。

你是个杀人犯！你为啥杀了我爸爸？你说——红莲突然喊起来，用尽所有的劲。

刀疤吴一愣，有点泄气，你怎么这么说，我没杀你爸。

你没杀他，他尸体脖子上为啥乌青一圈，为什么，你这样对待我那苦命的爸爸？你以为我是我那半傻弟弟，什么也没看见么？

刀疤吴不吱声。

你占着我爸的位置，不明不白地在我家进出，为什么最后还不肯饶过他呀？

刀疤吴咬咬牙说：我是杀了他，是他乞求我和你妈动手的。

红莲冷笑，我爸该死，我爸临死看着你们一对狗男女合谋害死他，害死他，你们就比翼齐飞了。

不要这样说你妈，你妈是个……多么可怜的女人。为你们一对狼崽，你看这双漂亮的手，我和你妈苦死，何尝舍得让你薅个草，插个秧？是，最后，他已经疼得满床打滚，生不如死，你都看到的，他乞求我们成全他，让他早点上路。

我们？你有资格说我们吗？别玷污我妈妈！

虽然我……和你妈成全了他，虽然死了，但是我一看你妈，我就看见了他临死大睁着的眼，他的尸体横在我们中间，我只能逃离……成为一个孤单的赌棍……

你狗东西，你发财了，你现在抛弃了我妈，坏了她名声还有脸说！

不，我给你家当牛做马我没有怨言，可我们之间横着一具仇恨的尸体。你知道你爸为什么被抓起来么？

我不想知道，不想。

呵呵，你知道也无妨，你早就是大人了。他爬人家女人的门，全村哪家大姑娘小媳妇的门他没爬过，多少人到派出所告他……最后，最后邻村的人把他抓住了，他……他酒后竟和人家一只……狗——你应该晓得的，你妈曾喝过农药，但你不知道原因，你更不知道他被抓后，你妈顶着几页纸跪在法庭门口，三天三夜……

别说了，别说了，闭上你的臭嘴！

红莲无助地哭起来。

一个怒气冲冲的身影插进来，一把抓起桌上的刀，向刀疤吴捅去。"让你剁红莲的手，老家伙！你还嫌我们丢的脸不够呀！"刀疤吴像个泄气的口袋，捂着小肚子萎靡在一边，"好！"他说。血腥味弥散开来。

别捅他！红莲喊。

这是青皮，一个容易冲动的恶人。

青皮,这次你真错了。这句话,哭泣的红莲没说出来。

快开船送他去医院,你们愣着干什么!红莲终于明白过来,对一船人喊起来。

喊完,红莲静下来,看自己白皙修长的手,此时疯狂颤抖。

灿烂生活

1

秧妹低着头踏车,心里盘算着是烧青菜河蚌还是河蚌红烧肉,路过一个街口,许多车停在前面不走,秧妹嘀咕,好好的大道不走,一齐望呆,这城里人就是奇怪。秧妹勇往直前地从人缝里骑出来,后面的人都露出诡异的表情。一个警察模样的人向秧妹敬了个礼,说:你怎么闯红灯?红灯,秧妹身边找一圈,也没有发现提灯的人,对警察怒道:你这人真是大白天说鬼话,哪来的红灯?警察笑了,指指路口上方,看到没,那是信号灯。秧妹果然见到路人都是看着信号灯的眼色走路,那灯也是不断地眨眼,一会红一会绿,果然半刻不消停。秧妹从此知道,城里规矩多,不守规矩就要罚款。

秧妹后来对儿媳小柔说这个故事的时候,是带着嘲讽的,眼睛不时眯缝一下,口气透着不屑,像说另外一个人的故事。秧妹现在完全有资格用这种语气说话,因为她差不多就是一个城里人了,对江城的大马路小巷子都能说出个子丑寅卯来，秧妹热心，在街上会不断地给那些刚进城的农民指路，不厌其烦。她不说左拐右拐，也不说东西南北，知道村里人不适应用左右判别方向，更搞不清南北，秧妹说标志物，或者钟楼，或者大润发，或者一条小河，秧妹没法听到这些人对她指路的评价，因为这些人走过就走过，几乎一辈子都不会再碰见，不像杨树村，低头不见抬头见。

秧妹常上街，不是没事干，是因为秧妹就住在街面上，一跨门就上了街，这是个铺子，前铺后家。铺子卖汽车配件，当然这属于他儿子小军的，秧妹进城就是为这铺子，看门。小军整天夹个包，在外面联系业务。人家喊他某总，刚开始秧妹听不明白，后来知道只要夹个包，掏出高级香烟，就是某总，满街是。儿子告诉她别再喊人家师傅，老土，秧妹后来就不喊顾客师傅了，喊某总。只要喊某总，没一个人反对的，都笑眯眯地答应。

某总就要有总的样子。小军说：不能只做铺子，要开厂。秧妹听了，吓了一跳。在秧妹的心目中，能在城市的角落里混碗饭吃，已经是祖上保佑，开厂，秧妹的眼光看不到开厂后的情形。秧妹只想明年货进得多一点，客户不要欠款。儿子主意定了，秧妹不敢啰嗦，知道会被冲。儿子的脸越来越瘦削，两只眼睛越发骨碌骨碌，眼神越来越凶，寒光。秧妹跟儿媳妇说。

儿媳小柔操一口标准的普通话，普通话一说，京腔京调，稀释了家里土气。城里人可以听不懂她的蹩脚杨树村普通话，但对一口标准普通话的儿媳，显出毫无准备的客气，因为在这个南方小城，真正能说标准普通话的人，少。小柔说话透着温柔，跟一碗温吞水一样，最喜欢她喊一声"妈——"拖着长长的尾声，嗲嗲的，醉人。儿媳是北方大城市的姑娘，可母亲很早就患病去世，父亲年轻，又娶了个后娘，生了弟弟，不幸的是小柔还未成年，父亲又因病去世了。秧妹看到小柔的背影，就觉得这个背影是被泪水浸透的。自己一定不能让她受委屈。从小柔进门的那天开始,秧妹就对自己说。

妈——,小柔说,你还不知道你那个儿子的脾气呀?

儿子的脾气当妈的怎能不知。秧妹不言语,不想把话题引到儿子的脾气上。

儿子从来是一个不服管教的小马驹,从来没有安逸过,在秧妹的心目中,干什么事,都不会奇怪。儿子的顽皮使她不断地要向左邻右舍赔笑脸。有次儿子路过牛二家西瓜地,许是口渴,用小刀把牛二家三亩瓜地的西瓜检阅了一遍,每只瓜留下一只三角形窗户,那些瓜还都是一只只生瓢子呢。牛二吵上门来,小军一口抵赖,秧妹看他抵赖的口型就知道这事十分十是这小子干的。赔钱,这小子抹完眼泪,跳起来警告牛二:你敢拿我家钱,我放火烧你家草垛!吓得牛二把接到手上的钱又退还给秧妹。杨树村人都知道,这小子说到做到。秧妹黑着夜,把钱送上门。秧妹要罚跪儿子,儿子早早爬上房梁,说:你打我,我就跳下去。秧妹魂魄吓飞,拖着哭腔喊:下来吧,你是我老子!

宁养飞檐走壁,不生倚墙靠壁。杨树村的老话,成了秧妹的安慰剂,说不定,这小子以后真有出息。

要办厂得有地。地在哪?秧妹抬头看天,低头找地。除了一日三餐,秧妹在周边转,心里一百个不愿意小军办厂,但她知道,小军说了,就是铁板上钉钉,厂迟早要办。城里的地白花花的,板着水泥脸,一点看不出在想什么心事,偶尔长根草,开朵花,也孤伶伶的,站在角落里,不吱声。杨树村的土地就不一样,闭着眼,就可以走路。花呀草的,一个个调皮捣蛋,笑嘻嘻,暖洋洋,秧妹像熟悉自己皮肤一样知道它们热了,还是冷了,知道哪里缺了一角,哪里长了一块。

小军不理她的心事,挟着包油光粉面地进出,她和小柔说:办厂,他是翘脚放屁,说得轻巧,钱在哪里?小柔露出浅浅的笑,说：由他折腾，拦不住的，我们也有手，不求他。小柔在家公司卖电脑。一口标准普通话，赢人，电脑也卖得好。

2

秧妹还是不时在马路上当指路牌，秧妹愿意听人家一句"谢谢——啦"，尤其那个"啦——"字，发自肺腑或者来自喉咙，秧妹一听就能明白。有一天，街边突然围起了蓝色的塑料栅栏——要挖路埋线。三线落地，听挖沟人解释半天是地上看不到电杆，明白了，是把电线藏起来，遮丑。秧妹家的生意就受到了影响。小军的脸色更差，挥着香烟跟施工的人吵架。秧妹看着那些施工的人，就像杨树村的邻居，脸上手上都东一个泥点，西一颗土斑。对小军狼一样的咆哮，陪着笑脸。秧妹就知道这些人是卖苦力的。过意不去，不敢叫小军，自己提一壶水，想给挖地的人喝口水。那个男人看着面善，鼻子左右有几颗麻点，眼神像村里的牛二。想牛二在村里牛，进了城，就成了羊。老板要干啥就得干啥。秧妹说：师傅，喝点水，别跟小孩计较。那个人尴尬地笑笑，我们也是流汗换钱，别人叫干啥，就干啥，谢谢啦——，大嫂，真不渴。小军突然咆哮起来，喝，喝什么魂！抢过秧妹的水壶，摔在地上，水壶受了惊吓，发出很大的嗡声，然后一路滚进深沟，热水一路冒热气。秧妹喊：你个短命鬼！朝麻子歉意地笑笑，惯坏了。小军转身，只留个瘦削的背影，像柄剑，要戳破天。秧妹对麻子说：不理他，难为你帮我拿一下壶，再烧。挖沟的人都不好意思，齐声说：不麻烦了。

秧妹不说话，低头接过水壶，转身进屋。

秧妹给工地人送水，转眼一个星期。这天秧妹又给工地人送水。工地上一个油面面的人，头发很亮，眼睛也亮，盯着人看，探照灯似的。麻子一指秧妹，对那人说，就是她，给我们送水一个星期了。

那人盯着秧妹，僵着笑，腮帮上两道八字纹，很深。秧妹知道喊人家老总，一看就是个有钱人，有钱人都是老总，秧妹懂。人家不答，说，别喊我老总，像个匪兵似的。秧妹就笑了，抖着眼梢问：那喊你个啥？麻子说：这是我们李总，我们的头，喊总得带姓。秧妹口里念叨了一下，果然如此。

李总没架子，一低头就进了铺子。秧妹慌不迭扔掉几张报纸，给李总让出沙发。沙发是汽车上的座椅，已经很破了，里面的黄海绵挣扎着露出身子。李总说：铺子是小了点，门口修路，确实影响了你们生意。秧妹点点头：影响不小。要啥补偿不？按道理，不会给补偿，你心好，工地上人喝了你一个星期开水。秧妹有点不好意思，没事，都是乡下人，喝个水，没啥了不起。李总又探照灯似的照着她，八字纹在脸上忽闪忽闪地跳。他们都说你好呢。李总咧开嘴，八字纹都要撕断了。后来，李总说到了铺子，突然说到了地，秧妹心一拧，脱口说：我家正找地呢，我儿子要开厂。

李总喝了一口水，重重地放下杯子：好么，叫你儿子找我，这是我的名片，上面有电话号码。

秧妹接了纸片，有种特殊的香。李总出了门，秧妹感到做梦似的，这个人就像云缝里掉下来的。秧妹感到不踏实，小军一天到晚愁眉苦脸的事，这张纸片就能搞定？这哪里是纸片，分明是一把刀，劈开小军开办工厂的大门。

秧妹特意找来白砂糖，给每个工人的茶杯加上，工地上一片"谢谢"声。

秧妹不相信这事，想想真没谱。吃饭的时候，话到嗓子眼又给咽回去了。秧妹一家，现在跟城里人一样，重视晚饭。杨树村只重视中午饭，吃下去好干活，晚饭吃完就是睡觉，浪费。秧妹今天的咸肉大蒜炒慈姑，当家菜。大蒜绿得可爱，咸肉油油的，慈姑片子粉玉般，闻着香。可是小军筷子在菜里挑了挑，就扔下了，皱着眉头看电视，电视也烦躁地不断换台。小孙子小童一个劲要咸肉，被儿媳说，吃得太咸，不好。小孙子不懂事，举着筷子抢，又被小军一个呵斥，抹起眼泪。秧妹心一直跳跳的，不安。这个家，虽说她是长辈，可是她控制起来，又是那么无力。秧妹进了城，心从来没有放在心窝里，不安随时而至。担心爱惹祸的小军会惹出什么祸端，担心柔弱的小柔被人欺负，更担心小孙子过马路，想到坦克般横冲直撞的汽车心尖上颤颤的，又不敢问，只是从他们的脸色上找答案。杨树村好，杨树村的鸡叫一声都知道是哪家的。进了城，心就空了，怎么也探不到底。回杨树村，是秧妹时常冒出来的念想，春笋般，怎么压也压不住。小孙子是钉子，小柔是绊子，自己是被钉在墙上的纸，挪不了步。想还是想，自己默默想，想着想着，心就宽了，松了，自己能到城里带孙子，福气，杨树村人都羡慕呢，爱读报纸的牛二说她过的是阳光灿烂的日子。

秧妹给孙子抹眼泪，就摸出那张纸片给小军，纸片被折了一下，成了一只船。

3

事情谈妥了，果然有块荒地。现在城里倒闭的厂子多，一个破产的厂子就给李总盘下了。暂时不知做什么用，一直空着，小军只能租围墙一个角。合同还是要签的，小军说。就在这个下午，秧妹发现一直视她为无物的儿子，眼睛里突然有了新的内容，甚至是胆怯。这个眼神，秧妹已经多少年没有发现了。这是犯了错，寻求原谅的目光。这是自己丢失的目光，秧妹这几年一直在寻找，今天，终于找到了。小军呱呱坠地的时候，是惊恐震荡的大地震的那年秋天。人们都在田里搭地震棚，只秧妹坚决要把他在屋子里生下来。

也许他会在地震中夭折,但秧妹相信屋子有她家先人的在天之灵,那些看不见的大手会托起坍塌的屋顶。当小军滚落在茅草铺边,他的啼哭虚弱无助——人们在这巨大的恐怖面前已完全忽略了这母子的存在。后来,秧妹想,地震年头出生的小孩,都是来讨债的,脑勺后面长着反骨。

秧妹看到小柔脸上的喜色,一波波荡漾着,"妈——"的叫声,此起彼伏。秧妹感到步伐轻松,走在春天河坎的松软地上似的。

只要小柔高兴,秧妹就高兴。小柔长进秧妹的心里,一丝一丝的,牵着疼。

小柔怎就成了自己的媳妇,怎就和自己一个锅里吃上饭,怎就娇娇地喊自己妈?秧妹做梦都感到不踏实。醒了,蹑手蹑脚地看看她脱在门口的鞋,她放在桌上的包,转一圈再上床。小军长到18岁,秧妹最担心的是能不能找上老婆,哪个姑娘愿意嫁他!秧妹把村里的姑娘筛了一遍又一遍,找不出个人来。后来秧妹破罐子破摔,不找了,是他自己不成器,怨不得别人。小军考不上学,一个人到辽宁学徒,秧妹咬咬牙,由他闯荡。说不定还能找上女朋友。果不其然,找上了小柔。那时候用寻呼机,小柔是接线员。小军天天打,打工的钱都换成了小柔温暖的声音。小柔的回报是贴上自己的一生。刚开始听小军说找了个城里姑娘,秧妹一下子手足无措,不知道该怎么侍候这尊佛,出乎意料的,小柔倒像自家的一棵树。

一辆出租汽车鱼一样地停在她面前,吓了她一跳。是侄儿雨松,秧妹脸上瞬间花开。雨松来是小军的招唤。空地有了,还得有人,还得有钱。秧妹知道,雨松和小军已经多年不大来往,雨松说,小军爱撒谎。

雨松老实,内向,没什么外交能力,但手艺好。这几年做钣金手艺,也积累了一笔钱。要他投资,他提出了一个条件:我投资,我当老板,可以雇小军,开高工资。秧妹希望这样,小军的手是个漏斗，盛不住钱。两个人一个主内，一个主外，绝配。难的是小军不会答应，不答应地只能空着，还要给李老板交租金。秧妹紧张地看着他俩，不敢插言。小军扔了烟屁股，用脚一遍遍地碾，碾成粗粗的黑线。周围是焦急的汽车喇叭声，催命似的。秧妹锅上烧水，耳朵长在他们的嘴上。水开了，腾起一团雾气。秧妹慌乱中弄得锅碗瓢盆一阵响。小军皱了眉头：你能不能轻点，我们谈事呢。秧妹看看雨松，没吱声，歉意地笑笑。侄儿也笑笑说：没事，没事。

咚——门被推开了，小孙子满头大汗，一边喘气一边扔书包，嚷：奶奶，我要吃饭——

小柔笑吟吟地站在门口，有客人哪。脱鞋，挽手，去厨房忙碌。

秧妹说：我去街口买两个凉菜。

4

小军同意雨松当老板。一切手续他来办。秧妹松口气，小军是浮在水面上的油，光鲜但不踏实。雨松就不一样了，像头牛。雨松去亲戚家借钱，一准借到，小军去借，没人肯给。这就是老实人的好。秧妹叹口气。

把前街的铺子转让，在新地搭厂房，招工人，买设备，一家人忙得团团转。这是八月天，天气热得人没地方站，处处轰轰地喷火。雨松的面子大，所有的亲戚都来砌墙拉架子，帮忙。小军每天开辆车出去，穿着崭新的T恤，皮鞋锃亮，白丝袜在裤腿间扫来扫去。秧妹想，小军忙的是开张的大事。雨松虽然是老板，浑身没一处是干的，汗水一遍遍洗刷，衣服上一层白花花的盐霜。帮忙的亲戚笑了，对雨松说：你哪里像个老板，比伙计还苦呢，小军倒像个老板。雨松一愣，眨眨眼睛，几滴汗珠砸在地上，嘿嘿笑答：谁当老板还不一样，厂子办好了，有钱大家分。小军在忙大事呢。秧妹知道，小军在外面玩，洗桑拿，吹空调。雨松瘦了一圈，搭敞篷的时候，不小心从高处摔下来，一条腿瘸了，雨松说：突然就眼前一黑。秧妹心疼，呆子，你中暑了，中午一定要歇到太阳偏西才能干。叫小军明天换你。雨松摇摇手，他干的是巧力，我只能出苦力。秧妹叹口气，捂着胸口说：快了，快了。雨松含着热泪说：姑姑，这次我是押上全部老本，还欠了点债。秧妹点点头：不喂鸡，哪来鸡蛋？只要工厂开张，接上业务，水就流起来了，不出二三年，就无债一身轻。雨松用手掌，抹抹眼睛，就指望小军兄弟能多拉业务来。工地周围哪有小军的影子，他像条潜水的鱼，只偶尔在工地上冒个泡。小柔没闲着，锅上锅下忙。白皙的脸上脱了一层皮，透透的红，秧妹真担心她柔嫩的小手磨出茧子来。小柔一回首，给秧妹一个甜甜的笑，露出只有喝自来水长大的孩子才有的白米牙，妈，我没事的。

厂房快要砌好，难得心情轻松。小军和雨松坐在一棵楝树下。难得两个人聚首，秧妹高兴。随手拿来扫帚，把楝树下扫了又扫。

雨松对着小柔的背影，呶呶嘴：歌厅里搂的就是她呀？小军眼睛一亮，一丝尴尬掠过眼皮，然后水波不兴。哪能呢？女人么，如衣服，今天这件，明天那件。雨松说：你这家伙，从里到外，是只烂苹果，坏透了。小军就笑：无毒不丈夫。这句话对雨松来说，很熟悉。多年前，小军对雨松说：他不想修车，修车来钱慢，油漆味也难闻。他要做生意，到俄罗斯去发财。雨松说：你连中文都没学好怎么跟俄国人做生意？小军说，做生意主要是靠胆色，人有多大胆，财有多大发，瞻前顾后不是生意人。雨松被说得一愣一愣的，想想自己是胆小了点，也不再说什么。

雨松一次接到小军被人绑架了的电话，索要三万。

雨松报了案，破案的结果使他后悔不已。

原来绑小军的是他朋友，串通好了，向家里要钱的。公安人员找到小军，他正拥着一个长得迷迷糊糊的女孩跳舞，雨松在那座严寒出名的城市大街上发抖。

小军轻松地拍拍他的肩膀说：没什么，无毒不丈夫嘛。

雨松捡起地上的一块砖头朝他的背影砸去。

小军抬起手腕，一块亮晶晶的手表。雨松问：你啥时新买的手表？小军从腕子上除下手表，抖一抖，从香港带回来的，开业典礼戴的。

雨松说：我们一屁股债，哪来闲钱买手表？小军笑笑，尖削的下巴昂了昂，买手表也是投资，人怂架子不倒。

还搞开业典礼？雨松声音大起来，并停在声音的高处。

那当然了，不搞典礼，人家哪知道这里还有个修理厂？

雨松不说话，脸上颜色难堪。

不仅要搞，我还要请好多人，记者，做广告，不做广告，不行。

雨松的喉结蠕动着，半天蹦出一句话：请人要红包吧？

那还用说，人家都是有头有脸的，凭啥来？

雨松红着脸：兄弟，这得花多少钱？雨松又拍拍口袋，我们这里是瘪的。

小军说：钱壮怂人胆，我们贷款。

雨松脖子也红了，我们还是靠船下篙吧，这么大的花费，我不同意。

两个人还在说，秧妹没时间听了，帮工的人要吃晚饭。两个人说得都有理，秧妹心里更同意雨松的。但秧妹插不了言，她越来越成为家里的旁观者。

厂房有六七间，排成一排，中间一个大车间，里外新，白白的墙，崭新的两台天蓝色升降机，雨松说，本来要买三台，小军要搞庆典，现在只能买两台，两台就两台吧，赚了钱再买。两台升降台就是两架印钞机。雨松拍拍秧妹的肩，爽声大气地说，两只眼睛笑陷在一堆肉里。

汽修厂开业，雨松已经只能吃馒头了，浑身的衣服油污，秧妹叫脱下来洗，雨松说，干活的人，干净不起来，不洗了，浪费肥皂粉。雨松不仅头发落层灰，手也被粗粗的油污线分割成龟裂的瓦片，怎么也洗不净。秧妹要洗的是小军的衣袜，一天一大盆。秧妹安慰雨松，再苦，是为你自己苦的，值！雨松笑笑点头，拎着千斤顶，麻利地钻进了车肚。

开业半个月，雨松和小军又吵了一架。

厂子的营业执照法人是小军的名字。雨松端详半天，对小军说：你是法人，那我是啥？

小军说：厂门开下来最要命的是什么？业务，你懂不懂？

屁话！我是吃的屎呀？

好，业务是你拉还是我拉？

雨松不吱声，抽烟，手哆嗦得送不到口。

既然是我拉业务，总得给我个名头吧？

你不是经理么？

经理不行，银行不认我的章，我谈业务说话要顶用，要不谁和我谈？

雨松说：你早说这个厂是你开的，我不蹚这浑水。

小军咧开嘴，我们是弟兄，还在乎个名头么？活人不能给泡尿憋死，你说是不是？再说了，你就修车，蹲在厂里，谁在乎你是不是法人。再不然，你出去拉业务，我修车。

雨松捂着肚子，蹲在地上：这厂我不能干了。

小军铁青着脸说：你不干就不干，你的钱算股份，照样分红。然后一个转身，开上汽车，出去了。

雨松手指着小军的背影，说：你——，真有本事！你就等我这句话是吧！

然后抱着胸口，气喘不停。秧妹想起，雨松小时候曾经犯过气喘。误入马蜂窝，浑身被蜇，肿成面人，哭闹不止。秧妹抱着他三天没有松手。也就犯过这一次，20多年不犯了。秧妹大叫一声：小军——

后来，雨松悲伤地对秧妹说：原来小军设了个套子，我是他亲表哥呀——雨松说着，扛起行李，秧妹知道他身上连打的钱也不会有。秧妹给他揣上200元，说：拿着吧，我不懂生意上的事，你投的钱，会一分不少还给你，就算姑姑欠你的。雨松笑笑，钱不重要，从此我没了一个兄弟了。秧妹眼泪汪在眼眶里，像噙着两颗酸枣，但不知道说什么好。秧妹有委屈，但是找不到出口。

秧妹常说，人八十岁也要个娘家，这一吵，断了秧妹回娘家的路。

5

秧妹在厂子里时常有心堵的感觉。小军开始倒二手车。不知从哪里收来的旧车，回来拆解、翻新，旧漆刮掉，喷上新漆，就像换了件新衣服。再一番捣鼓，卖出去。秧妹看不懂，旧车就是旧车，怎能充新车卖呢？秧妹觉得这个生意不踏实。秧妹更不踏实的是，进进出出的这总那总，一个个衣着光鲜，说话粗鲁，手背上还画条龙飞只凤，怎么看也不像正经生意人。秧妹怀疑，小军一瞪眼：你要的就是你那三棍打不出个屁的雨松那样的生意人，现在的他们哪个不是身价百万。秧妹再不开口。私下里和小柔也说，小柔安慰说：现在生意人跟以前不一样了，只要赚到钱，谁主意多，谁本事，流行"空手套白狼"呢。秧妹不懂，叹口气对小柔说，他那些朋友，我怎么看不上眼？小柔笑着说：妈——，年轻人的事你就少操心吧，那些朋友面相不好，人不错的。秧妹叮嘱小柔，你得看紧点。小柔说：你的儿子你还不清楚。秧妹叹口气：我就是越来越不清楚了，等小童再大点，我还是回杨树村，这城里，不安逸。每天和小柔说上几句话，秧妹就放心多了，小柔是秧妹的底，心里的底，靠实。小军做的事，只有娶上了小柔这件事秧妹满意。

大半年过去了，一切都向着好的方向走。秧妹利用空隙又站到马路上，不时给生人指指路，享受人家一声"谢谢啦——"。街道的拉链这次是完完整整地拉上了，像个镜子似的，人和车都留个匆忙的倒影。一次，李总开车经过，特地停下车，摇下车窗，露一脸笑。问：厂开得怎样？秧妹一连声地说：好呢，好呢——。李总说：路上灰尘大，得裹个头巾。秧妹说：乡下人，没那么娇气。叫你儿子好好干，一年半载，那地用不上。秧妹点点头，你放心，他干得欢呢，说啥时给你交上租地费。李总摇摇手，暂时不着急，把生意做起来是正事。秧妹说：到家里喝口茶吧？李总又摇摇手：走啦，走啦，警察要罚我款了——。汽车像只黑色大鸟，张开翅膀，飞了。秧妹忘了自己还在笑，心里想着，这个生意人真和蔼，一定能把生意做得更大。

秧妹现在难得看到小军的影子，只是感到小柔瘦了，小军更瘦，两只眼睛益发突出，猴眼似的。秧妹有种说不出的担忧，好在孙子越来越顽皮，透着聪明。秧妹不顺心就翻孙子的书包，看孙子的作业，每个字都有笆斗大，不时写上两句话。在"我的一家里"，秧妹被画成了一只孵蛋的老母鸡，翅膀张得很开，脸很红，似乎要飞。

小柔越来越瘦了。秧妹突然发现笑意也不多，亮亮的眼睛不时朦胧上。秧妹问小柔是不是有什么不舒服？小柔定定地看秧妹，然后眼圈红了，小柔咧嘴哭起来：问你宝贝儿子去，妈——

秧妹哪里敢问儿子，小军现在饭几乎都不在家吃。秧妹原来想，一个农村人在城里立住脚很不简单了，现在儿子开上了厂，开始赚钱了，她好像倒失去了这个儿子似的。家里气氛越来越冷，秧妹也几乎失去每天变换菜品种的热情。秧妹心里明白：小军做下对不起小柔的事了，是什么，秧妹说不清楚。闷了几天，秧妹不想站马路了，她开始尾随小军的车。车跑得快，哪里跟得上，秧妹下了决心，跟一截是一截，一截一截连起来，就是小军的行踪图。秧妹谁也不能告诉，自己一个人悄悄行动。一次误了孙子吃饭，看着孙子一个人趴在桌上啃面包，秧妹心疼得直掉眼泪。秧妹有种预感，这个家要散了，自己在做个蹩脚的箍桶匠。小柔不时皱皱眉，妈——，小童的饭比什么都重要。秧妹点头如鸡啄米：知道，知道，那个啥——秧妹说不下去，吞了下面的话，一低头钻进厨房，秧妹想今天给孙子做最爱吃的炸鸡翅。

秧妹还是不声不响地跟着小军的车。秧妹觉得答案就要出来了。

小军有一天没出去，也没到车间，在屋子里抽烟，一屋子烟味。外面几个工人叮叮当当，敲得满世界在眼前跳。秧妹有点心虚地看看儿子，心里被不安充塞着。小军突然扔掉香烟，弹簧似地蹿到车间呵斥工人，秧妹小声嘀咕：工人不敲，你喝西北风去。敲，敲！看我死了你们还敲不敲！一个憨憨的工人说：老板，我们为你敲的呀，人家急要这辆车呢——小军不吱声，嘴唇颤抖，脸色惨白，秧妹突然发现，小军的嘴唇乌紫。小军病了。这个念头一下子跳进秧妹的脑海，跳出来就生了根，在脑子里越长越大，最后要撑破秧妹的脑袋。秧妹说：儿子，你去医院查查身体，脸色不大好。没事，没事，我能有什么事。小军摇头，一副不耐烦的样子。秧妹一万个不放心。后来又跟小柔说，小柔答：有病，也是他自找的，妈——，你别管他，管不了。

小柔这一说，秧妹更担心，担心小军得上花柳巷的病，虽然识字不多，墙角、电杆上的非法小广告都要凑上去看一看。

秧妹决定回一趟杨树村。这个念头又冒出来，秋天了，秧妹不放心自己的庄稼和菜地。眼看暑假就要过去，小童从暑假班下学回来，秧妹就开始做小童的工作，跟奶奶回趟杨树村，树上的梨子水灵灵的，甜得掉牙齿，正在招呼小童摘呢。还有萝卜、鲜瓜，摘了就吃，不要钱。小童一听，高兴了，一路去缠小柔，缠小军，终于如愿乘上回杨树村的车。

祖孙下了车，秧妹不回家，一路上娘家。自从去年秋天雨松含泪告别，快一年没有娘家的消息了。娘家人冷着脸，小军现在有本事了，还要外婆家干嘛？秧妹陪着笑，说，小孩不懂事，他们生意上的事，我们搞不懂。娘家人冷笑。他以后别来，来了得戴上红裤衩遮丑。秧妹坐了一会，讪讪地带着小童回自己的老屋。我家不养忘恩负义的人。娘家嫂子对着秧妹的后背说。这话是刀子，刮得人脸生疼。秧妹回头笑了一下。

秧妹也有收获，知道雨松没在家闲着，到东北打工去了，还在苦钱还办厂欠下的债。秧妹想，汗水都是钱的种子，只要舍得下力气，汗水就会开花结果，长出钱来。虽然娘家人冷淡，但没有不许她上门，只要允许她上门就好办，血浓于水，血管里的亲情流不走。秧妹想，慢慢来，冰冻三尺，非一日之寒，融化娘家人心头的冰，只要有时间，有耐心，一定成，自家人性格还能不知道。

秧妹一路回老屋，一路有人打招呼，秧妹说，到娘家看过了，现在回家。明后天回城。路人个个羡慕，小军这小子有本事，小时候就不一般，聪明。现在开厂当老板，将来说不定还要当官呢。秧妹笑笑说：托你的口福，农村人在城里挣口饭吃不容易，又拖家带口的。

秧妹一路笑得灿烂。

开了老屋门，一股霉味扑面而来，桌椅满面尘土。秧妹记得春天回来的时候，扫了又扫，擦了又擦，现在看看这些家具，满是委屈，被遗弃的小孩似的，秧妹说：我回来了。秧妹看看墙上，小军他爸正在梁上悬着呢，全是灰尘，像站在灰尘的背后骂人呢。秧妹心里说：你别骂人，还不是你那宝贝儿子。老头子，你儿子不知要得什么病了,你可别到了阴间就不管儿子死活,你招去了,我呢,你孙子呢,你那贤惠的儿媳妇呢?

老头子以前在煤矿打工,被压死的,满面血,梦里,秧妹经常听到他喊,不仅喊,还哭,哇哇哭。煤矿老板给了笔抚恤金,那时候,小柔和小军刚结婚,秧妹拿出抚恤金,给小军在城里租了房子,开了铺子。小柔是城里长大的孩子,不能让人家窝在杨树村,成了个村妹。秧妹心里说,我家一辈子都不能委屈了你。

秧妹慢慢洗脸,敬上香,拖着小童磕了头。

秧妹坐在门槛上,心里平静如水。

秧妹看小童拿根竹竿,打梨。力气小,半天没打下一只来。小军小时候,一个泥块都能砸下两只梨来。麻布袋草布袋,一代不如一代。秧妹心里说。

小童,来,拽上奶奶的腿,我们爬树。

摘下了梨,秧妹问小童:今天几号呀?

小童满口的梨肉,甜津外溢。两腮鼓胀成球,头摇成拨浪鼓。

记住,秧妹说,今天是阴历八月初五,八年前,你爷这天在煤矿被压死。

6

过两天,一回到城里,小柔一头扎进秧妹的怀里,哭得上气不接下气。

小军病了,血上的病。小军最近是莫名其妙地流鼻血,昨天竟然耳朵里出血,流了一枕头。

秧妹一听,四肢冰凉,晃了晃,站住,看天,太阳已经西下,满天的彩霞,几只归巢的鸟在头顶的树上呼朋引伴。一个声音说:得稳住。秧妹摸摸小柔的头,拍拍脑勺说:医生说啥?医生说:是小军长期闻油漆得的病，白血病，哪知道这油漆也是个阎王。

秧妹不说话，推开小柔，做饭。做饭的时候，泪水就堵在秧妹的喉咙里，眼眶里，呼呼的热气遮蔽了泪水。心里骂死老头子：叫你好好看住家，保佑好儿孙，你都做得个啥事？我做鬼也饶不了你这个挨千刀的！秧妹一个人忙上忙下，小柔在屋子抽噎，小童也失去了活泼，围着一棵树转圈子，转成一只孤单的陀螺。

秧妹对小童说：吃饭了，你别转了，再转，奶奶眼泪都给你转下来了。

秧妹的眼泪就落下来，喉咙决了堤。

戴眼镜的年轻医生说：病还没有确诊，再等等。这句话给了一家新的希望。秧妹说：小柔，没事的，小军性格强，不会轻易服输的。医生后来问：有医保吗？小柔说：农村的，没有。医生点点头，摸摸塌塌的鼻子，说：这病要花不少钱，有医保就好了。医生后来摇摇头，别过身去。

出了医生办公室，走廊里到处是酒精的味道，秧妹从来没像今天这么寄希望于这味道。秧妹坐在小军的床边，静等他醒来。阳光打在他脸上，切出一块光影。从18岁后，秧妹几乎就没有静静地看过这张脸。眉毛、眼睛、嘴唇，像极了那个逝去的人，而轮廓又是从自己脸上剥下来的。恍惚中这张脸又躺在自己的臂弯里。这张脸摆在城里也想灿烂，不停折腾，几乎从来没有平静过，现在好了，病了，为什么要病了才平静呢？

手机铃声突然响起来，吓了秧妹一跳。铃声唱：好运来，好运来——，秧妹想把它关了，慌乱中找不到开关，这手机在手里就像个烫手的山芋，可着劲跳。终于把小军跳醒了，小军睁开眼，迷糊一下才明白自己在哪儿，喊了一声妈，秧妹赶忙把手机送上去。小军手机套在耳朵上，眼睛看着秧妹。秧妹起身，到走廊。走廊里是护士匆匆忙忙的脚步，好在小柔去接小童去了，秧妹不希望小军这个电话被小柔听到，这个电话会把这个家炸得四分五裂。秧妹跟踪小军不是没有结果，只是这个结果她谁也不敢说。

秧妹估计小柔要来了，探头看一下病房，电话还在接，还在接。秧妹又心虚地看了一下走廊尽头，好在都是一些陌生的面孔。

秧妹看着小军，小军被看笑了，说：妈，你这么看我干嘛？秧妹咽下了要吐出口的话，说：这次感冒严重了，医生说要养一段时间，厂里的事要先放下。小军说：我知道，妈，我想抽根烟。不行，医生说你要戒烟。秧妹大声说，熬几天，病好了，我们回家抽。

7

这个星期，一家人的心是在油锅里熬的，终于盼到出结论的日子。秧妹的心一直在嗓子眼跳。听了那个戴眼镜年轻医生的结论，秧妹摊了下来。一口气撑不住了，气球突然跑了气似的，虚弱地倚在墙角，喘气。小柔抱着秧妹的头说：妈——，不是的，不是的，老天有眼。小柔含着泪笑。秧妹说：老天有眼。医生说不是白血病，是再生障碍性贫血，要注意休养，慢慢治疗，远离油漆。病的名字秧妹听不太懂，只要不是白血病，一切都有救，只要有救，一定能把儿子救好。他们的生活从此好起来，小军常说的，叫灿烂起来。秧妹心里活泛泛，亮着面镜子。

小柔转身飞一样地跑进小军的病房，秧妹听到小军高兴地"嗷——"了一声，秧妹脑子里想着她跟踪看到的情景，看到了另一个花枝招展的女人。

秧妹默默站起来，拍了拍屁股上的灰尘，拉拉弄皱的衣服，迈步进病房。小军正抱着小柔默默流泪，秧妹想，铁石心肠的人也不能对不起小柔。

秧妹说：我回家烧饭，你们等着，今天鲫鱼氽汤。

出了医院门，骑上自行车，秧妹泪止不住。想着，小军不能开厂子了，还转给侄子，小军帮着打点打点外面事务，怎么说是亲表兄弟呢。过天，等小军缓过来，打电话请他表哥，不行自己再跑一趟。

路过街角，街对面，秧妹看到炸鸡翅的摊子，油黄油黄，脆生生的，小童这个星期还没吃过呢，秧妹就想买两对，自行车斜斜地穿过去。突然一辆渣土车呼啸而来，碾过去，秧妹被撞得飞起来，飞起来……秧妹重重地摔下，秧妹想：这是在哪里？街上。冰凉的街上。闻不到一点泥土味。只有浑浊的汽油味，满街的汽油味。然后是血腥味漫过来……

渣土车驾驶员愤怒地喊：你怎么不看红绿灯！红绿灯！

秧妹嘀咕了一声：小军在等我的鲫鱼汤呀——

街上嘈杂，没人听到。

杨树村刻薄的牛二说：秧妹死得真聪明，死了，还给儿子挣了笔大钱。秧妹是听不见了，依她脾气，会从骨灰盒里拗起来，捆他一个耳光。

绣花枕头

1

大客车在路边甩一下头，扭扭屁股，喘了口气，停下。玉琴一阵欢喜，车停下，肯定要下人。龙扣应该坐这班车。这班车每天在村里停靠，像村里守点的时钟。不看表，知道这时晚六点过一点，前后不会超过5分钟。盯着车门，果然车门粗糙地"吱嘎"一声，一个红色的球滚下来。玉琴笑了，正是龙扣，穿着个大红的滑雪衫，几个灰蓝的包鼓鼓囊囊。玉琴松开小丫的手，向前推了推，去，叫爸爸。小丫不动，睁着有点惊恐的眼睛，向后退了一步，躲到玉琴的身后，留一双骨碌碌的黑眼珠。大客车甩一下大屁股，放个响响的屁，蹿了。龙扣就到了跟前，两人对视一眼，笑。玉琴拽小丫，快，叫爸爸。龙扣满脸笑，拽了黑手套，摸小丫的脸。小丫躲，脸上已没了恐惧，露出笑容，两个小酒窝开出两朵花。龙扣说：小丫，看爸给你买啥好吃的。

三个人牵绊着,往家走。玉琴身上轻飘飘的,像走在春天。其实哪里是春天,田野里还有积雪,河里的冰晃眼。玉琴帮龙扣提蓝灰的包,已经洗得发白,一看就知道是自家的东西。包沉,什么硬硬的东西打人腿。问龙扣里面装的什么鬼东西,龙扣说,你猜。猜,有什么可猜的,还不是那些刨子斧子的。龙扣是个木匠,靠它们闯天下。河里的鸭子不怕冷,在冰块上嘎嘎地找食物,龙扣放下包喊停小丫,找块残砖,扔进河里,鸭子张开翅膀,在冰面上惊慌地跟跄滑步,滑进水里,才嘎嘎地表示抗议。小丫笑,拍着手向鸭子喊话。

到家,煤炭炉上,钢精锅冒出一屋子白气。闻味道,就知道炖的是排骨。龙扣喜欢排骨,特别是玉琴的红烧排骨。用的是老红糖,看着,龙扣就垂涎三尺。闻到灶上的煤炭味,看着锅里噗噗冒出的热气,这就是家。玉琴摸摸心口,心在踏实地跳着,跳出周身的舒坦。家,因为塞进龙扣,显得密密实实,那么顺理成章。潦草凌乱的桌子、沙发、凳子,都有了潦草的理由,此前,在玉琴面前曾那么碍眼。现在,她的男人回来了,什么都有了。"去年怎不回来?"玉琴抛出话,不等龙扣回答,举着白勺子,嘶嘶尝汤。玉琴飞一眼龙扣,龙扣吭吭吱吱,玉琴知道他说不出什么更有意思的答案,这个问题他们在电话里已经讨论两年了。玉琴说:你尝尝。龙扣赶忙伸出狗舌头,尝一口说,鲜,淡了淡了,加盐加盐。最好加点辣椒。排骨汤加辣椒,这是哪一家的烧法?玉琴想问没时间,转身手忙脚乱地找辣椒。

龙扣叼根烟,斜眯着眼,坐在堂屋里。

堂屋里的光线暗,从后窗看天,灰蒙蒙的。缝纫机像个安静的仆人,静静地立在房门边。这可是家里的大功臣。龙扣心里感叹。

玉琴从小学绣花。不是一下子就学绣花,而是学了许多东西,提不起兴趣,偶然看到了绣花,一下子爱上了,那些色彩,与心里的某根神经通上,心里一下子敞亮开来。那个下午,玉琴不知道怎么度过的，通体舒泰，突然就手舞足蹈，跳进河里。这个举动吓得杨树村颤颤微微，——玉琴疯了。玉琴上岸，嘻嘻笑。后来跟师傅在缝纫机上操练了三天，终于可以绣出一朵花，牡丹花。然后，呼噜一下，躺在缝纫机下睡着了。醒来时，目光炯炯，师傅说：你顿悟了，一个月可以满师。

龙扣听到这个故事，玉琴已经是他的老婆。绣的花在四乡八里有名声，一个老板办绣花厂，玉琴成了当然的主力。厂里的主力有头衔：技术总监。与薪水挂钩。可以不绣花。玉琴干了两个月，撂挑子了，看着那些笨手笨脚的工人，还不如自己干，跟老板说：我只绣花，别的事干不了。老板满脸疑惑，管理岗位钱多，你傻了吧？玉琴不答。趴在缝纫机上绣了三天花，对老板说：我实在，我气顺。

龙扣先是个扎桶匠。扎桶匠比木匠有技术，但是，又粗又笨的木桶没人用了，人们用铁皮的，或者干脆用塑料的，又轻便又好看。龙扣没了生意，改行当木匠，木匠用直线说话，扎桶匠用曲线说话，刚开始龙扣不适应，盘旋在脑子里的是一只只圆。龙扣是个细腻的人。清瘦，脸白，一头自来卷发，一双长眼，不时就定在哪块，后来玉琴读懂了这眼神，这是在想心事，想着怎么离开杨树村的心事，一辈子窝在杨树村，龙扣不甘。后来，龙扣在哈尔滨做木匠，要玉琴一起去，玉琴犹豫再三，还是舍不得那些布上的花花草草。龙扣一个人在东北飘。飘得去年都没能回家，说买不到火车票。

打工几年，龙扣渐渐有了城市人的习惯，袜子每天要换。拉开家里放衣服的抽屉，最先跳出来的是袜子，它们五颜六色地生动着，要跳出抽屉似的，苦的是玉琴，天天洗。透过薄薄的袜子，玉琴也越来越细腻了，直到有一天，只要给龙扣新买的袜子，玉琴就要绣上一朵小小的花。龙扣看着花，举着袜子，呵呵笑。玉琴一把抢下来：你傻了吧！

饭桌上，龙扣吃得慢，不时给小丫夹菜。小丫开始有点不适应，张眼看玉琴，玉琴笑笑，点头：鬼丫，你爸给你的菜，香。小丫低头，扒碗里的菜，两个腮帮鼓起了风帆。玉琴吃得有点潦草，看看龙扣，不吃饭，心里也满足。小丫后来对龙扣说：爸爸，吃。龙扣目光一下子柔和起来，变成了扫盘大将军，把玉琴烧的辣椒排骨汤一下子倒进碗里，说：北方人爱吃酸辣汤。

龙扣口味重了。

2

上床的时候，玉琴对龙扣说：今晚忘了喝点酒，应该喝点酒。

龙扣说，应该喝点酒，今天高兴。

龙扣看玉琴，说：再喝？

再喝！玉琴说，干喝！

龙扣兴冲冲地下床，到灶房拎出一瓶"引江白"。

家里酒香四溢。"已经有两年家里闻不到酒香了，只去年春节在陶期家抿过一小杯。"玉琴说，"平时不敢喝，绣不了花。"

这时电视里一部肥皂剧正不紧不慢地闪动着，龙扣说，关了电视喝酒。玉琴扭一下头，看看陪伴了自己半个月的电视剧，突然与自己无关了。电视机是玉琴夜间的朋友，它给玉琴带来不一样的世界，有了这些声音、画面，玉琴觉得龙扣离杨树村很近，离自己很近，近得一摸心窝，龙扣就在那别别地跳着。

玉琴看龙扣咽下第一口酒的时候皱了一下眉，然后呼呼出气，两个人笑喷。玉琴说，还是把排骨汤热一下，龙扣的目光制止了她。玉琴接过龙扣递来的酒瓶，闭着眼，呡了一口。龙扣说：口子大点，喝酒喝的就是勇气。玉琴想想有道理。过去有了龙扣的话，玉琴做什么心头都是亮堂堂的，龙扣是个善于讲道理的人。玉琴点点头：

猛灌一口，一股辛辣铺天盖地，晕忽忽的感觉从玉琴的脸上开始弥漫。龙扣盯着玉琴，突然抱起玉琴。龙扣的力真大，大得玉琴感到自己一下子变成了一件衣服，被龙扣轻松地揉来拧去，揉成了一摊碧波荡漾的水

……

在一张床上摸爬滚打 10 多年，玉琴对每一寸皮肤都是熟悉的，每个毛孔都是旧相识，但是现在，感觉到了异样。玉琴看看，皮肤一如的白，超出杨树村任何一个男人，经过城里空气的洗滤，沁出非同寻常的光泽来。

龙扣突然中断了呼噜，忽地一下从床上爬起来，找包。包里显眼的是一双双袜子，黑白是主色，有的有玉琴绣的花，跳跃着。龙扣掏出了一只木盒子，木盒子周边镶满铆钉，亮晶晶的，上面有密码锁。原来打腿的是这劳什子。龙扣的手在颤抖，输入几次密码都没有能打开。后来仰着头，像要打个喷嚏，眼睛顿顿地看着屋顶，终于笑了，迅速输入几个密码，密码箱"腾——"地弹开，一瞬间，玉琴想这密码也许与自己有关，心里涌出一些蜜。木盒子展现的是一摞钞票，一片红。龙扣拿出其中一摞，在手中展成一把扇子，"三万！"眼中带笑，看着玉琴。玉琴感到龙扣抓了一把好牌，在得意洋洋地催上家出牌。玉琴闻到新钞票发出的馨香。"你闻到我的血汗香了！"龙扣说，我两年的光阴换成了三摞纸片。玉琴摸着崭新的白边，嗞嗞地，划手。"我们有钱了，可以给小丫上一个好的学校，攒起来，攒起来。"玉琴伸出白皙的手，轻轻打了一下龙扣的脸：再喝，不醉不睡。

龙扣一蹬密码箱，明天把钱存银行，银行是最安全的。龙扣是木匠，做的密码箱精致、透亮，有了这箱子出门干活、走在路上心里踏踏实实。龙扣说。

小丫醒了，小丫睡小床，睁着眼睛看半天，喊：妈妈，我要尿尿。

3

现在,龙扣和玉琴到陶期家做客。龙扣说,再攒点钱,买辆汽车,许多打工的人都买上了车,现在车便宜得……报纸上讲,白菜价。玉琴没搭他的话茬,想,这是个遥远的疯话。

街上的人开始操上四面八方的杨树村腔调普通话,在街上吆五喝六,更有喝了酒的,在街上撒泼。他们的心灵离不开杨树村,他们的眼睛藐视着杨树村,用城市标准衡量着杨树村。龙扣感叹,杨树村被他们比得抬不起头来。现在他们敢在杨树村街上撒尿,在城市,他们不得不在裤裆里夹着这泡尿颠颠地跑回工地,小心翼翼地撒。这想法把龙扣自己逗笑了。玉琴问你笑什么?龙扣又笑,说,我想着他们的蹩脚普通话。龙扣昂了昂下巴,看着一个在阳光下傻笑的醉鬼。

陶期是龙扣的师兄。两家走得近。按习俗,年前要给师兄送年礼。陶期见了龙扣,嘎嘎地笑成一只公鸭。陶期说:这次是开汽车回来的。陶期在西北开装潢店。龙扣说:公司借给你的车?陶期又嘎嘎一阵笑,笑得眼睛陷在一堆沟里找不着。"自己的,便宜,二手车。"什么东西在龙扣的心里突突跳了两下。果然是一辆轿车,崭新,陶期说旧车,是谦虚。龙扣认不清牌子,问啥名?大众,德国车。陶期回答,自豪从嗓子眼就冒出来了。龙扣脑子里嗡嗡直响。龙扣和玉琴坐进轿车,周身被高贵的皮革味包围。陶期发动了汽车,各种仪表发出五颜六色的光,这些仪表水晶般,汽车开始唱歌,震得人浑身发酥。"溜一圈?"陶期问。龙扣和玉琴齐点头。杨树村的风景动起来,坐在小轿车跟客车里看杨树村感觉不一样,一个是观景一个是奔命。陶期一手握着方向盘一手掏香烟,举到龙扣面前:

来一根？龙扣知道这是顶级香烟。现在一盒香烟抵一箩筐稻子。龙扣不由自主地接了香烟，闻闻，说：这烟贵。陶期已经自顾点上，烟草的蓝雾弥漫车厢，龙扣动了动喉结，想说点什么，却又不知道从何说起。

一只黑狗就是这时候蹿出来的，汽车的声音让它惊慌失措。这狗纯黑，像道黑色的闪电。这狗玉琴似曾相识，杨树村的狗似乎都见过，但说不清它的主人。

大众汽车毫不犹豫地压了上去，陶期脸上抽了一下，方向盘轻微打了个冷噤，咚的一声在玉琴的心里炸开，玉琴感到了震颤，失声喊"停车"，陶期犹豫了一下，然后果断地向前开。玉琴透过后挡风玻璃，看到那只狗压断了脖子，躺在路中间抽搐，后面又上来一辆红色的车，毫不犹豫地碾上去。刚才还闪电一样奔跑。"别看了，继续说——"陶期的声音里有点愠怒，玉琴不知道说什么好，刚才的话题已忘了。玉琴看了龙扣一个侧脸，烟雾把他罩成一尊菩萨，玉琴捏捏龙扣的大腿，想叫他说句话，龙扣只是牵了一下嘴角，又沉默了。

三个人一路沉默，再回到陶期家时，已是掌灯时分。

下车的时候，陶期说，下了车，也许就被狗主人揪到派出所了。龙扣嗤了声：还不是破费点小钱的事，狗命！两个人都笑了。

玉琴看着龙扣的背影，这个背影生疏了。

小丫呢？玉琴突然想起小丫。小丫在看电视，燕子似的从房间里飞出来，抹起眼泪，你们出去怎不带我？

玉琴笑了，边笑边帮小丫抹眼泪：你不是睡觉的嘛。

一手湿。

吃饭的时候，陶期先洗手，甩得雨点飞溅。玉琴也催促龙扣洗洗手再吃饭，龙扣有点反感，想不洗，摇摇头想，城里人吃饭先洗手。

两个男人喝酒，陶期问玉琴喝不喝，玉琴摇摇头，自顾给小丫搛菜。喝着喝着，两个男人的声音高起来，豪言壮语倾巢而出。

"我算什么？我屁也不是。"陶期声音又高上去，"混得好的是天牛，"陶期打个饱嗝，"天牛现在是真正的大老板，资产几千万。在西北那排场，那牛皮，没人不知道吴老板！"

玉琴感到心突然咚的一下被撞了个洞，力气正一点一点地漏掉。她看了一眼龙扣，龙扣也正看她，他们后来目光都落在小丫身上。小丫正啃一只鸡腿。小丫感到父母的眼光，停下来，黑眼珠转到玉琴这，玉琴赶忙绽放笑容，慢点吃，慢点吃，吃掉还有。

玉琴和龙扣对一下眼，龙扣端起酒杯敬陶期，师兄，再敬你一杯。

陶期睨一眼龙扣：兄弟，我为什么成不了大老板呀？因为我心不黑，狠不下心，小富尚可，大贵，不可能……

龙扣点点头，闷头喝一口酒说：师兄，你醉了。

4

天牛是小丫的亲爸。

天牛好赌，赌得家里只剩四面光墙。还好酒，整天晕乎乎，睁着血眼打老婆，老婆打着打着被打跑了，剩下还吃奶的小丫。也不要了，自己光着屁股跑到西北做窑工，凭着一张能把铁树说得开花的大嘴，承包了窑，还不够，买下窑，现在买山，到处买山。这个赌徒赢了。

玉琴的肚子结婚后一直不见动静，什么偏方怪方吃过无数，后来没了信心，一个远房亲戚说：不妨抱养一个，说不定会"带生"。刚开始的时候，小丫整天哭着要喝奶，玉琴没办法给她塞奶头，吮吸出血，小丫没嘴哭，玉琴含着泪笑。

似乎有危机袭来。玉琴龙扣回到家没说话，玉琴抱着小丫几乎没松手，龙扣皱着眉吸烟。起初，他们不知道小丫的父亲是天牛，这个远房亲戚抱来，说是未婚大姑娘生的，遗弃的。看看白白的小丫，闭着眼，皱着眉，小眼睛不时半睁半闭地逡巡一下世界，小嘴巴拉巴拉吸空气，玉琴就走不动了，她的心跟这个花瓣样的脸一下子接通，浑身酥麻。

龙扣心里不痛快。找来几根木头，破成板，呼哧呼哧地刨木花，玉琴问他要打啥家具，也不吱声，偶尔歪头逗小丫。小丫门牙没了，口水关不住，不时伸出小手抹。

满屋木屑香味。玉琴爱闻这味，就像爱绣品上的馨香。

龙扣说，给我绣幅花，一对枕头。玉琴笑了，你要这个干嘛？家里枕头还是新的呢。

龙扣有点脸红，嗡嗡地说：送人。

玉琴放下手中的绣花绷，抬眼看龙扣：送什么人？

龙扣眯起一只眼，看木板线，又低头刨，一会儿说：你问这么多干嘛？

玉琴有点生气，等你一句话，等得黄花菜都凉了。不说清楚，就不给你绣。

龙扣笑了，一笑，脸上就活泛泛的，什么东西在游动。

老板的姑娘要结婚，巴结一下不行？龙扣抬高了声音。玉琴抬眼看龙扣，龙扣弓个腰，跟木头扳命，自然卷的头发黏贴在额头上，满是汗。

龙扣心大了，想当老板，当天牛那样的老板。当了天牛那样的老板，小丫谁也抢不走。龙扣说。玉琴想，当老板，先从拍老板的马屁开始。这是陶期说的，陶期当时说得义愤填膺，陶期说了许多醉话，这句话玉琴一下子就记住了。

傍晚的时候，玉琴已经找好图样子，是一副鸳鸯戏水图。两只鸳鸯在粗大的荷叶下交颈呢喃，有杨柳明月相伴。玉琴捏着画样，心里想着，这真是一对幸福得发傻的鸳鸯呢。

玉琴犹豫了几天，开始绣。刚开始，玉琴心里还是有气的，绣着绣着，那对鸳鸯在玉琴心里安了家，越来越离不开，脑子里就是一座池塘，满塘荷叶，一对幸福的鸳鸯。每绣一下，玉琴几乎能听懂它们在讲什么，越绣，它们说话的声音越大，绣到翅膀的时候，玉琴感到它们要比翼齐飞了。龙扣常常出去，偶尔过来看一下，咂咂嘴，点点头，玉琴顾不得龙扣，密密地给鸳鸯加线。玉琴饭也可以不吃，小丫自觉，拿着彩线自己玩游戏。偶尔一次指着鸳鸯说：这是爸爸，这是妈妈，我呢？我在哪儿？玉琴说，你还在妈妈的肚肚里。小丫看半天，要玉琴把鸳鸯的肚子再绣大一点，肚肚小，哪容得下我。

玉琴拍拍小丫的脸蛋，夸小丫想得周到。玉琴的肚子没有容纳过小丫，玉琴想，我还不如一只鸳鸯。

5

这对枕头完成的时候，春节已经过完，龙扣说，要走了。

玉琴这才发现杨树村大路上说普通话的人少了，被满满塞着的杨树村空了，吹着喇叭横冲直撞的汽车也没了踪影，那些被它们搅得不安生的尘土终于趴伏在地上苟延残喘。玉琴脑子里还晃着那只跳跃的狗，狗是瞎眼老太家的狗，玉琴一想到这只狗心情就变得很沮丧，龙扣说，不就是一条狗么。龙扣说：再不出去，该被人骂了。杨树村催促着他们上路呢。

龙扣举着枕头看，喉结蠕动着，玉琴张着眼等他的下文，像学生等着老师评作文。龙扣突然说：怎么没绣字，字呢？玉琴怔住了，怎么就忘了绣字呢，应该绣"百年好合"或者"永结同心"，可是她竟忘了，玉琴笑笑，都是那只狗，让人不安。龙扣叹口气，一只狗，你想它干啥么——，转身出了家门。

玉琴抱着手臂看着龙扣的背影，穿过门厅，甩了一下院门，走在村里的马路上，背影歪歪斜斜，有点愤愤的，玉琴感到很歉意。

龙扣的脾气在这个春天越长越大，越来越容不下玉琴的小错误。玉琴开始满抽屉找字样，找适合这幅画的字样。玉琴想实在找不到，自己写一幅，再差自己也是高中毕业生。

一阵手机的铃声，吓了玉琴一跳。龙扣走得匆忙，手机落在床头。是一个短信，号码陌生，龙扣给它的名字是"老板"。"老板"留言是：想你了，别忘把绣好的礼品带来哦。玉琴一下子就洞穿了这里的暧昧。玉琴感到屋子旋转起来，龙扣不会……难怪去年莫名其妙地没回家。四肢冰凉。

玉琴想回个短信：你是谁？但是又放下了，万一不是呢，万一真是老板，龙扣咋办？龙扣说农民找个工作不容易。玉琴枯坐着，眼光落在了龙扣的一堆东西上，落在了那个令人生疑的盒子上，盒子上次开下来没有锁上，此时正张着口。玉琴打开盒子，感到底厚了一些，再敲敲有嗡嗡声，果然还有一层。玉琴感到浑身燥热，脸上血管突突地跳。

抽开一块薄薄的板，放着一块玉佩挂件，一只龙，张牙舞爪，龙扣属龙。这是谁买的，玉琴心中明镜似的。还有一封离婚协议刚开了头。没有称谓，玉琴也知道是自己。

玉琴想把盒子砸了，扔进灶膛。不，玉琴等龙扣开口，看长了本事的龙扣怎开口。玉琴去找陶期，想问个明白，陶期一定知道事情的原委。陶期不在家，初六就出发了，还到西北做装潢。玉琴回家看着那对绣花枕头出神。

此后两天，龙扣像一只猫在家里进进出出，玉琴不理他，自顾绣字。龙扣的手机再不离身，玉琴有天当着龙扣的面，摔坏了手机，有这个害人的东西，这个家早晚给这个第三者拆散！龙扣红着脸，看玉琴摔，说：摔了好，摔了好，不就是几百块钱么？玉琴猛然住了手，想一想又用脚踏：要钱有什么用，有什么用？小丫哭，抱住玉琴的大腿，玉琴委屈地和小丫一起哭。

龙扣什么也不说，慢条斯理地准备出发的东西，放密码木盒的时候，玉琴看他的手在抖。龙扣说：我木箱的密码是你的生日呢。

知道。玉琴平淡地答了一句。

那辆大客车终于来了，喘着气，扭着屁股，像头不堪重负的老牛。龙扣上车挥了挥手，玉琴点点头，小丫的手挥得高高的，如春天里的柳枝。汽车喘着，继续前进，龙扣看到玉琴母女越来越小，最后两人融成一只黑黑的蝌蚪。

龙扣在车上摸出绣花枕头布，上面的字绣着"岁岁平安"，字翠绿翠绿的，像雪白菜地里几棵青菜。

你找红菱干嘛

1

　　红菱和白菱是亲姐妹，可是真正在一起生活却很晚。这时红菱快高三，白菱刚在村里小学上初中，那时我们老叶庄小学有初中班。她们的父母在有红菱后，一直没再接再厉，当白菱意外降生时，父母都叹了口气——他们希望生个男孩。
　　叫红菱可以理解，河里一翻就是。夏天的老叶庄的河面上被这些菱叶充塞着，已经没有了河道，偶有误入其中的机帆船，不是死机就是被缠得喘口气都困难。每当机帆船缠死河中，白菱会拍着手告诉红菱：又缠死了，哈哈——。红菱白一眼白菱，甚至哼一声都不屑发出。白菱一挥头，甩一下齐耳短发，发出一声嗤声。白菱会划菱盆，红菱不会。红菱怕水，红菱是城里长大的。
　　白菱常常为自己的名字烦恼，菱要么是红的，要么是青绿的，哪里有白色的菱呢？红菱说：菱脱光衣服就是白的啦！白菱羞红了脸，连连啐地：嚼你的舌头根！

白菱时常怀疑自己不是爸妈亲生的。凭啥红菱生活在城里，而她只能生活在老叶庄呢？红菱生活在城里，但红菱不是城市户口。因为这个户口，红菱的许多快乐被剥夺了。红菱要改变自己的命运，唯一的选择是回老叶庄参加高考。

此前老叶庄对红菱几乎已经只是一个地名了。因为母亲，她们都只能是农村户口，儿女户口只能随母，是规定，是刚性的，你虽然幼儿园小学甚至中学都是在城市里读的，而此时高考必须回到农村，这就是刚性规定。刚性就是你抹多少眼泪，哭多少鼻子，甚至寻死觅活，都是不能改变的。

"国家户口"此时在老叶庄，比命值钱。如果哪家闺女能嫁个"国家户口"的老公，全村人羡慕的眼光会把一家人抬得飘起来，不管这个男人是疤子或者麻子。因为户口，母亲似乎感到有点对不起孩子，终日很少说话。母亲绣花，绣鸳鸯蝴蝶。有时候用那种锋利无比的绣花剪在桌上剪得嘎吱嘎吱，绣花剪在布上游弋，像一只燕子在田野里忙碌。红菱用拇指试过那刀锋，嗤嗤有声。或者，母亲疯狂地踩着缝纫机，家里充斥着马达一样的声音，红菱有次对母亲说：你就不能小点声？

2

白菱发现文化站里挂着红菱的照片。白菱是跟郝老师到供销社买连环画的，白菱有一箱子连环画。郝老师经常带着白菱上小镇，有郝老师带着，白菱感到自豪，虽然他只是个代课老师。白菱常跟郝老师在镇上叫"大众"的小店吃一碗馄饨，白菱最喜欢看的是大众服务员像医生一样穿着白衣白帽，她们的右手拿一根筷子，左手平摊着饺皮，然后筷子飞速地拌一块肉糜，左手轻轻一捏，扔进放在腿上的筛子或盆里,就是馄饨了,整个动作,像在采茶。然后就是装满酱油汤的馄饨了,白菱会把所有的汤悉数装进肚子。郝老师问:香不香?白菱舔舔嘴唇说,香。然后两个人就很满足。但郝老师吃馄饨要比白菱斯文得多,他会嚼一口馄饨,再吸一口汤,眼睛看看白菱,再看看闲适而悠闲的镇上人。

白菱本来是不想到文化站的。但是,无数人在看文化站的布告栏里贴着的一个判决书,判决杀人犯XXX死刑。白菱不理解,好好的,怎就成了杀人犯?判决书的红钩,像一把割麦子的镰刀,现在要割的是人头。

白菱就发现墙上的红菱正向她微笑。

白菱发现平时讨厌的红菱在镜框子里竟笑得有点妩媚。白菱说:我家红菱。郝老师眯起眼睛,凑上去,吹一口气,然后用手再擦擦玻璃。红菱的脸似乎亮了许多。这时文化站的人狠狠白一眼郝老师,说:谁叫你动手的?郝老师干干地笑说:有……灰呢。白菱对文化站的人说:凶啥呀,看看不行吗?我姐!

白菱和郝老师走在回学校的土路上。

白菱,你姐长得真好看。

白菱翘着嘴,并且不让这嘴发出声音。

你也好看,以后长大了一定会比红菱还好看,一定也会成为城里人,国家户口。

郝老师亲切地抚着白菱的短发,面色红润。

听了郝老师的夸赞,白菱心里甜丝丝的,骄傲地说:我妈就说我比红菱好看!

3

把你的相片放到文化站的墙上,那是抬举你,抬举你成全公社的名人——那是哪家丫头呀,长得俊呢,相片都上了文化站的墙,全老叶庄都知道了红菱，都知道红菱是个俊丫头，全老叶庄中学的女生都傻傻地打听，红菱是谁？全老叶庄中学男生都在红菱的背后说，嗨——，看，那就是红菱！但是，只有一个人对此很反感，这就是红菱自己。红菱觉得自己不属于老叶庄，她只是一个过客。红菱不想别人的目光打扰自己前进的步伐。红菱很气愤，很气愤文化站的工作人员没有通知自己一声，就不声不响地把自己的相片展览。

挂上你的相片是看得起你，别狗咬吕洞宾——不识好人心。文化站拍了这么多年照片还没碰到你这样的事呢？红菱被文化站的人一顿抢白，愣愣地站在那，像一根芦柴棍，泪水在眼眶里打着转。红菱透过大厅里的玻璃，看到自己很矮，很孤单。

红菱说：反正你要取下来。取下来干吗？挺好的嘛。工作人员看一看照片再看一看红菱说，比照片漂亮呀，可惜照片是个黑白的。

这时靖勇出现了。靖勇是红菱的同学，但是红菱从来没有正眼瞧过他。靖勇是来借书的。红菱还没明白怎么回事的时候，文化站的工作人员已经被靖勇提溜得离了地，文化站的工作人员在身高近1.8米的靖勇面前显得非常矮小。

靖勇说：取下来，现在就取！

靖勇另一只手捏成了拳头，并且摆出一付要砸的样子。文化站的人认识他，知道他老子是派出所的所长。

文化站的人已经完全失去了在红菱面前的趾高气扬，战战兢兢地搬来板凳，取下了镜框。镜框玻璃的强烈反光，刺得红菱眼泪终于流了下来。

红菱在路上把相片撕成碎片，这些碎片随风飘散。

4

红菱能时常感到靖勇追逐的眼光。红菱感觉这目光像苍蝇,怎么甩也甩不掉;刚刚甩掉,冷不丁,啥时候又碰上了。红菱只会用眼角的余光不屑地扫一扫,像秋风扫落叶,毫不留情。

红菱像教室里飘着的一粒灰尘,不想落在讲台或者桌面上,所有的同学对她都很客气,女生生分地亲热着,男生远远地看着,红菱知道,他们绝大多数会成为农村的未来,他们或是木匠或是瓦匠,大多数女生会成为乡镇企业或村办企业的会计或者业务员。

教室里的空气紧张得几乎要爆炸。红菱想选择文科,但是老叶庄中学只有理科。这并不是因为理科是他们的特长,选择理科是他们的无奈——学校实在没有文科方面的师资力量。一颗红心两种准备,一种准备金榜题名,报效祖国;一种准备名落孙山,修地球。也许前一种准备永远不会来,但后一种准备,其实不要准备,今天放下书包,明天就是生产队一名优秀农民。但是有一个人是不会当农民的,这个人是靖勇。靖勇是国家户口,所以靖勇的脸很白。靖勇是不愁工作的,可以招工,到粮站或者供销社,风吹不着,雨淋不着,夏天电风扇甚至可以吹得拉肚。

老叶庄中学的电不正常,永远会在你毫无准备、兴高采烈看书的时候,——停电了。教室里一片寂静,然后有人拿出蜡烛,像萤火,连点成线,连线成片。但是红菱的蜡烛没有了,红菱呆呆地不知如何是好。红菱一般不求人,求人她也不知道求谁。

靖勇就是这时候恬不知耻地举来了蜡烛,直视着红菱说:我是普罗米修斯,给黑暗中的人永远只有光明。红菱脸腾地一下红了,然后眼神不知放在什么地方合适,于是红菱索性眯起了眼,看着靖勇不断跳动的脸。哎——，不要这样看着我好不好？本公子放下廉耻屈尊给你送蜡烛，不谢谢我？红菱勉强说，那谢谢你。——红菱以为靖勇会知趣地离开，但靖勇只是咧开嘴笑了笑说，这还差不多。红菱用目光驱逐着靖勇，但是靖勇只是挪了挪屁股，坐得更稳了。靖勇突然说：你喜欢《红楼梦》吧？红菱没吱声，心想，你差不多也就是个薛蟠！这时候，《红楼梦》作为禁书刚解禁，红菱也只是看过越剧《红楼梦》，红菱做梦都想买一套，可哪里有卖呢？

"我家有本古本呢——"靖勇几乎要贴着红菱的耳朵说。

呀？古本？红菱一震。

5

白菱来第一次的时候，很慌乱，但又夹杂着惊喜，她知道，这是一件大事。这时候，她正在操场上跳橡皮筋。

白菱时常感到来自身体的声音，然后白菱身上就有了变化，凹陷与突起，它们从胸部出发，然后弥漫全身。它们伸展着，滋润着，手，头发，甚至每一寸皮肤，它们争先恐后地张开气孔，企图呼吸更多新鲜的空气。甚至从脚上弹跳的节奏里，白菱都能感觉到这种轻松与惊慌。

白菱停止了跳绳，直奔郝老师办公室。她想，郝老师会帮她。

郝老师听了白菱的汇报，脸腾地红了。他遥想起自己，在一个午后突然发现胡子疯狂生长一样，是的，这些胡子本来毛绒绒地，静静地卧在嘴唇边，那个下午突然整体冲锋似地迅速长粗，长长，把原本细腻的生活，扎得粗粗糙糙，并且升腾着某种欲望。

然后，郝老师就笑了。郝老师说，白菱呀，你从此是个大姑娘了。郝老师眼前仿佛看到开得正艳的白色小菱花，蜷曲起身体，开始生出青色的皮肤来。

郝老师一时不知怎么办。白菱，还流么？白菱说：流，好像又不流了。这不是皮肤被刀切破，会自然凝固，用棉球或者什么压一压，对，棉花。郝老师突然想到雪白的棉花。郝老师开始满世界找棉花。

当郝老师找来棉花的时候，白菱已经不见了踪影。是的，就在郝老师转身的一瞬间，白菱强烈地感受到，郝老师是个大男人，而自己身上的事似乎与男人无关，白菱突然间非常羞涩，白菱转身跑进了厕所，并且捂着脸，嚎淘大哭。

郝老师捏着棉花站在厕所外喊：白菱——白菱——

白菱不应，白菱哭得更凶了。

这时，郝老师看到了白菱。红色的裙子被一阵风吹得拂拂扬扬。白菱的裙子是红色的，在红裙的侧面，却是黑色的。白菱的红裙子迷了郝老师的眼，显然这裙子来自城里，乡下不会有裁缝能做出这样的裙子。

透过杨树遮蔽的围墙，是青菜田，满地的菜花，黄成了海。郝老师时常想，农民与土地的关系真是奇怪，农民的子女都在做着同一件事——逃离土地。郝老师是土地的逃兵，虽然会偶尔去伺候庄稼，更多的时候都以教书为名逃避这场伤筋动骨的劳动。作为代课老师郝老师会随时被扔进这些田地里，因为他也有两亩责任田，郝老师的责任就是种田。郝老师时常用酒把自己灌晕，大麦烧，只有火辣辣的酒才能让他骚动不安的心找到平静。

白菱跟着郝老师走进了菜花海。郝老师把手搭在白菱的肩上，虽然有点醉意，但这是他们俩常有的姿态。就在无意间，郝老师碰到了白菱的胸脯，碰到软软的一团，他愣住了。脑子嗡的一下，一种欲望突然撞开了身体的闸门。

郝老师躺了下来，闻着菜花。白菱，这样多么好啊。

白菱说，好呵，真好。

郝老师说：白菱，你说男的和女的有什么不一样呢？

白菱几乎没有想过这个问题，白菱正盯着两只蝴蝶，这两只蝴蝶飞飞停停，一会儿相互耳语，一会儿又远远地分开。白菱就笑了，随口说，老师，你说吧？

那听老师的，我们把衣服脱了吧，老师热得不行了，全脱了，我来帮你脱红裙子，好吗？

郝老师声音突然颤抖起来：我来告诉你吧，傻姑娘，看看我们有什么不一样？

……

后来，白菱感觉到菜地很血腥，很疼痛。

6

红菱收到了靖勇的一张纸条：昨天和你谈了话，今天我兴奋得一顿吃了四只大馒头。

一种异样而甜蜜的感觉顺着脸庞弥漫到四肢。红菱看到教室外的天空很蓝。

气温还在攀升，红菱觉得和靖勇之间的暧昧也在扩散，但是红菱本能地在拒绝着这种暧昧。过了高考，各奔东西。谁是谁呀？

但是，红菱在靖勇的数学书里发现了一张照片，一张支离破碎但被精心粘合的照片，照片上的自己脸上起了皱纹，正是自己撕掉的照片。红菱没有吱声，红菱迅速看了四周，好在没有一个人注意到她双腮绯红。

红菱不知道该不该跟靖勇把照片要回来。

红菱，红菱，你看我的肚子怎么肿起来了——做作业的红菱正被蚊子搞得痛苦不堪，穿上了塑料雨披，只有塑料衣蚊子咬不破，脚踩凉水，只是汗像雨一样流着。红菱说：大了就大了吧，得了血吸虫病啦！

血吸虫病是严重的大肚子病，白菱被红菱的话吓了一跳，红菱，你仔细看看么——

红菱一看，空气凝固了。

……

红菱脑子里像有冰块炸裂，泪与汗水一齐涌出。

傻妹妹，那人他是谁？

白菱被红菱的样子吓得呜呜直哭。

红菱家地震了。当父亲的拳头要砸在白菱身上的时候，拳头半空中变成了掌，变成了对白菱的抚摸，父亲就这样无奈地蹲在地上，并且把地上正忙着搬家的蚂蚁捏死了几只。

红菱一家知道，事关白菱的名声，他们不能无节制地渲泄自己的愤怒。

黑夜像一个心善的弥勒佛把一切都掩盖了起来，这个黑夜里红菱一家决定告发郝农庭，让这个人脸兽心的代课教师蹲大狱，坐穿牢底永世不得翻身！

就在一家人在床上痛苦地翻来覆去睡不着觉的时候，门外传来了喊红菱爸的声音，起初很小，怯怯的，红菱知道那是郝农庭的爸，一家愤怒地不开口，任凭这声音在门外叫着。后来，声音越来越急切了。

红菱听到父亲起来了，站在房厅好一会儿，门开了，郝农庭的父亲和郝农庭"扑通"一声跪下来了。

"你看，出了这种事，我这个脸要戴起红裤衩走路呀，这个畜牲，他竟做出这种对不起我家伢子白菱的事情！"

红菱一家人都没有吭声，父亲上去给了郝农庭两个响亮的嘴巴，并且一脚踹了过去，郝农庭一个趔趄，又跪稳了身子。

看着郝农庭父亲满头的白发，红菱爸爸说："三叔，你起来，我受不起呀。"

郝父说："青龙呀，我怎么对得起列祖列宗哟——"说罢，老泪纵流。

红菱感到村里的人家就像一片竹林一样，看着一竿竿互不相干的竹子，但它们的根是连在一起的。后来，红菱问这是哪里来得三叔，父亲吱唔半天，根本说不清。

郝父还是被红菱爸强行拉了起来，只有郝农庭像根树桩一样跪在那里，一动不动。

"青龙呀，我都不知道怎么跟你开口呀。这畜牲的事如果村里人知道了，或者把他抓起来，代课老师更是没得当了，你知道就当这个代课老师我费了多大的力气呀，还指望他能转个正，甚至像你一样混个国家户口，谁知这畜牲……"

红菱爸不说话，抽烟，一根接一根地抽，手颤抖着。

"白菱是我们的好伢子，长大了一定会有出息呀，如果这事传出去，对我们伢子不好呀，她还要读书，还要进城，还要处对象结婚，你说……"

红菱爸无奈地咳了一声。"三叔呀，我想不到呀，想不到，我把白菱带在我身边就好了呀，我后悔得肠子都青了。"

"青龙呀，伢子名声第一呀。我就是做牛做马也换不回白菱的……唉，你说吧，青龙我们是自家人，这是我们家里的事，你说什么条件我都答应，哪怕砸锅卖铁！只是我们不能告官，告了官，两个孩子就全毁了呀。青龙，你说是不是？"

红菱爸没有吱声，摸了摸烟盒已是空的了，郝父立即递上一根烟，并且点上火。

"青龙呀，农庭是一时糊涂，喝了酒么——我们还是先把白菱的肚子……呀，你说呢？青龙？"

红菱爸还是不吱声。过了一会儿，说："三叔，别的事我都能依你，这件事，唉——"

一丝恐惧掠过郝父的脸庞，焦急地说："三叔给你跪下，三叔给你磕头！青龙！"又跪下，梆梆梆磕了三个响头，红菱父亲去阻止他时，突然眼泪就落了下来，两个男人抱在一起，大放悲声。"叔呀，你真别这样了，我要折寿的呀！"

……

就在郝农庭父子跨出门槛时，红菱对着他们的背影叫道：你们休想这么糊弄过去，血债要用血来还！

郝父听得一怔，然后说：这是怎说呢，这是怎说呢，听你爸的，我们都听你爸的，红菱，我们是一家人呢——

7

派出所重的是证据，证据在白菱的口里。

红菱对白菱说：白菱你肚子里有蝌蚪呀，蝌蚪要出世，所以肚子大起来了。但谁把蝌蚪放进你肚子的呀？是郝老师么？

白菱咬着嘴唇不答。

郝老师找过白菱了。郝老师对白菱哭了。边哭边揪头发。白菱，你可不能说，千万别说——你说了，郝老师的名字就要像镇上布告栏里看到的，划一把红红的镰刀，它就要把老师的头给割掉啦，白菱，老师求你啦——老师是只猪呀，白菱——

白菱茫然地点点头。

红菱不甘心。

靖勇这天叫住红菱。"红菱，你们老叶庄小学有个老师叫郝农庭？"

红菱心中一惊，听到郝农庭的名字她就心惊肉跳。

红菱没吱声，张着眼睛等靖勇的下文。"那是我表哥呢——"

呀——，红菱惊讶得说不出话来。

那么，靖勇知道了我家白菱的事？天呀，派出所长竟是郝农庭的亲戚，红菱失望到了极点。

你知道，他能当上代课老师就是找的我爸噢，据说他和你家——

别说了。红菱粗暴地打断了靖勇，靖勇嗫嚅着，我爸，我爸叫我问问你，能不能……派出所掌握着"国家户口"的指标呢，如果你愿意，我爸说，你就是国家户口啦——

红菱看着靖勇，泪就流了下来。

"红菱，红菱，你别哭呀。我从家里拿来了古本《红楼梦》，你看，在这儿呢！"

靖勇拿出了一本黄黄的线装版的书。

红菱把书拿过来，花足所有的力气，撕得粉碎。

"不，红菱，这可是无价之宝呀，你怎能撕，怎能撕呀？红菱……"

靖勇带着哭腔叫起来。

红菱说："对不起，我们两清了，我还以为你真是个男子汉呢！你尽管答应你爸吧，你尽管答应郝农庭吧——"

红菱说：把我的照片还给我。

白菱知道肚子大起来是一件恐怖的事情，为了让青蛙早点出来，白菱在地上跳跃。红菱怜爱地看着在地上蹦的白菱。白菱，别跳了。白菱回头一笑说：姐，我现在跳了，睡一觉，肚子就空了。可是怎么没有青蛙钻进你的肚子呢？你不会骗我吧？——啊哦，青蛙在肚子里跳呢。

红菱说：姐哪会骗你呢？

这件事现在是全家的秘密。像脸上的伤疤，红菱时常感到背后长了几百双眼睛，这些眼睛相互挤眉弄眼，又聚化成几百张嘴巴，这些嘴巴一律漾出诡异的笑纹。

时时不得安生。

红菱在家里已经是一个不受欢迎的角色了。父亲一天用奇怪的眼睛看着他,然后叹口气,孩子,你不知道什么叫乡里乡亲呀,乡情就是一个泥潭呀,你别说迈步了,有时候你动一动,只会让你越陷越深,农庭爸说得没错,这还真是家事呢——,算了吧,弄得人人皆知,我们还怎么活下去?白菱怎么办呀?你还要高考呀!如果到派出所办个"农转非"指标……我们还是招工回城吧——

红菱不吱声,红菱咬着嘴唇,眼里蓄满泪水。

郝农庭终于在一个傍晚拦住了放了学的红菱。红菱一时很慌乱,生怕有村里人看到。

红菱,我错了。我喝了酒么。错了的结果无法改变。你什么时候才能停止呢?你这样会弄得家破人亡的,你何苦呢?

郝老师静静地看红菱。远处是曾经的菜地,现在已经是一片绿油油的水稻。事情就是这样,把这一茬土地翻过去,该种萝卜种萝卜,该种番茄种番茄,何苦纠缠上一季的收成呢?郝老师说,红菱,你为啥就不让这茬地翻过去呢?

红菱冷冷地一笑说:郝老师,你说呢?白菱的肚子每天在生长,白菱已经在地上跳成一只青蛙了!

8

红菱在派出所的门外徘徊。

派出所人进人出,进出的人一律板着个面孔但说话嗓门很大。红菱感到这些大嗓门压得自己抬不起头来。红菱突然想到面对这些大嗓门,我该陈述些什么呢?或者,报告时间地点人物事件,每一个细节似乎都不靠实,都有破绽,或者,把郝农庭抓了,那白菱的事情不也暴露在光天化日下了?找靖勇?红菱心里冷冷一笑。

白菱的肚子越早解决越好,在老叶庄医院解决是万万不能的,只有进城。

看着白菱和父母仓惶而去的身影,红菱觉得这些背影在老叶庄的背景下,如似有似无的雾霭。

高考终于结束了。一个人在家的红菱憋闷得厉害,红菱把书包摔得噼啪作响。就在一堆书被红菱敲打得疼痛难忍的时候,红菱试探着踩起母亲的缝纫机,缝纫机的踏板快乐地摇头摆尾,听着那"铁搭、铁搭"的声音,红菱终于明白母亲为何终日伏在缝纫机上了,这声音是缝纫机在说话呢。

这时,红菱听到了敲门的声音。

红菱开门,来的竟是厚颜无耻的郝农庭。

你来干什么?

我来看看白菱,我爸说给她送点东西,白天不方便,所以——

白菱不在家,白菱进城了。

郝农庭感到心上的一块石头搬掉了,声音一下子轻松起来。

早该这样了,何必拖呢。红菱——

红菱冷冷地说:我不希望看到你,永远!

郝农庭忙不迭地说,那是当然,那是当然,落在我身上也一样,——没什么事,那我走了。

红菱厌恶地回了一下头,一下子看到了缝纫机上卧着的锋利绣花剪刀。那只平时沉默寡言的剪刀,此刻,仿佛在对红菱说什么。郝老师,你进屋吧,我还有话跟你说。红菱的声音突然热情起来,并骄傲地挺了挺丰满的胸部。

郝农庭一愣,然后有点不安地走进了红菱的家。

红菱那年高考录取在一所粮食学校,中专,当然户口转成了城市户口——国家户口,全老叶庄的人羡慕死啦:这丫头能呢——下面就看白菱的啦!

红菱不知道为什么父亲似乎并不高兴，父亲说：红菱，我们得饶人处要饶人呀，远处说，毕竟是家里事，事情给弄到这一步，我们以后还怎么再回老叶庄？

红菱抢白：家里事！家里事！我们跟姓郝的真是亲戚么？人家骗你的，你还骗你自己！

父亲终于打了红菱一个耳光，很响。

9

红菱一家确实再未回过老叶庄，快30年了。我再想起这件事，是因为那本被红菱撕掉的古本《红楼梦》，可能真是一件价值连城的宝贝，有人告诉我红学界一直在寻找一本靖本《红楼梦》。因为这，我和郝农庭经常争吵，最近几年断了来往。断了来往好，有些事就不会再有人提起。郝农庭是一个沉默寡言的光棍，每天都要吃上一碗混饨。不错，我是靖勇，高中毕业，招工到供销社，哪知供销社不景气，我下了岗，现在，我在老叶庄街头开了家小店，没错的，谁来到老叶庄，我第一个知道。

郝农庭有一天来到我的小店，磨叽半天，我以为他要买香烟，从柜台里给了他一包软玉溪，他突然慌乱起来，又推推搡搡放回原处。我说，那你随便拿一包吧。郝农庭摇摇手：我戒烟了。我无声地笑起来。郝农庭犹犹豫豫地说：你知道红菱的消息么？我愣住，看着他瘦削的脸。我说：没有。一会儿，我安慰他道：事情都过去快30年了，不说了吧。郝农庭说：我就是想看看她怎么样了……我是老师呀……这是一块石头，压在我心上，越来越重，它会压死我……

我不知道"她"是红菱还是白菱。

有哈喇子从郝农庭的嘴里掉下来，亮晶晶的。

郝农庭说：我一定要找到她。

只要你找一定能找到。你找红菱还是白菱？

红菱！郝龙庭说。突然，他哭起来，边哭边解裤子，我跳起来大声说：你干啥？

他的下身展现在我面前，像只泄了气的皮球。他说，你看，你看——

我就看到它有一截似乎被剪过，留一个很大的伤疤，触目惊心，龟缩在草丛里，犯了永世的错误。

我不知道拿它怎么办，我当年不如去坐牢。

这真是红菱？我又说：收起来吧。

农庭说：我就是要让它曝在阳光下，让你看看它是个什么东西。

我意识到，郝农庭要疯了。

我给他拉上裤子说：天涯海角，我们也把红菱找到。

只是找红菱干嘛呢？我没问出口。

那个粗大的伤疤这几天一直在我眼前跳。

醉　红

1

　　这是春天的一个下午。四周里春雨下出一遭的蓝雾。
　　三红看着一滴雨落在屋檐下的茅草上，然后几滴拥在一起，抱成一团，沿着茅管滴下，在地面上开一朵花。一只蜜蜂在忙碌，不断从泥巴墙上的洞里忙进忙出。三红折根茅草插进，蜜蜂被慌慌张张地赶了出来。三红笑了，喊四红，来吃蜂蜜。四红正趴在土墙上支棱耳朵，朝三红招手，指指屋里：要生了，妈妈又要生了。三红扑上去，踮起脚，仰头看塑料薄膜做玻璃的窗户，薄膜上满是灰尘。四红说：垫脚，垫脚！三红说：你垫我？四红说：我先看。两人都想先看，谁也不想成垫脚。二红出来倒水，看到两人推推搡搡，说，家里有事，你们少捣乱。二红脸红扑扑的，二红把木桶洗了又洗。三红四红围上来，急切地问二红：能放我们进去看看么？不，二红提高了嗓门，你们不作兴进去。二红扭头进屋，手在草帘上一甩，留个虚妄的影。三红和四红很失望,互相看一眼,又回到东墙。被三红赶走的蜜蜂又回来了,屁股留在外面,拼命地摇。三红对它已没了兴趣。四红突然问:姐姐,这回应该是个弟弟吧?三红突然想到五红。问:五红呢?五红正在墙角睡觉,啃了一嘴泥。五红还只四岁,流着口水,永远睡不醒。三红摇摇五红:五红,天塌下来了。五红瞪个迷糊眼,看三红,瘪着嘴要哭。三红笑了,睡吧,睡吧,睡醒了,我们就有弟弟了。

四红跳了几下,还是够不着窗子,翘个嘴喊:三红,我给你垫脚。三红一堵气,我不要你垫。

四红说:从上回雷根夜里来过,我就知道家里要出大事。三红仰起头,好像想起那夜曾被激烈的争吵声惊醒。雷根是村长,是常客,来家里是说道理的。后来来了也不说话,坐在长凳上抽烟,大道理小道理已经说了无数遍,再说,他自己都觉得累。抽完一根再接一根,烟头聚会似地摊一地,还是不走。家里要睡觉了,爸爸也不说,哐当关门落栓,雷根尴尬地站起来说要走,爸爸就笑了,我以为你不走,要陪我们夫妻睡觉呢!雷根看看茅草屋的四壁,再看看在床上默默抽旱烟的爷,说:你家就是越生越穷的典型!

这典型全大队全公社都知道了,大会小会干部总要拿出来批一通。爷躺在床上或者在门口晒太阳听不到,但爸爸是听到的,每次爸爸都脸色灰暗,一路缩着脖子回家。回家不吱声,不敢抱怨爷,那些鸡狗却没有安逸日子过了,不是鸡飞就是狗跳,最后爸爸的巴掌不断在几个红的头上跳。爷一声断喝:你又发什么神经?爸爸安静了,蹲在篱笆墙旁,低头抽烟,倒霉的是地上的蚂蚁,来一个灭一个,用手捻,用火烫,一个个毙命,到最后,爸爸就一个人嘿嘿笑了。妈妈是家里的一个影子。这个影子贴着墙,悄无声息地移动,只有三红能感知这个孤单身影的温度。终于有一天,雷根指挥一帮人卸了家里的门。甚至有个人一下子蹿上屋顶,要掀茅草屋。三红不敢看,更不知道没了屋顶的茅屋是个啥样。家里人都很无助地看着一跳半墙高的那个人。

终日不下地的爷爷拿了一柄锄头，三红看那锋口雪亮。就在爷爷把锄头挥向雷根脑袋的时候，屋顶上的人说：老头子疯了，他不要命，村长，你可要命！迅速地从屋顶跳下来，三红看这人是只猫。爷爷高举着锄头，终于支持不住，咳嗽成一只瘫软在地的麻袋。雷根抱头：老太爷，全县都挂号了！爷爷不答，摸索半天点上旱烟，咬着旱烟嘴，不抽。雷根后来已经不是来发指令的村长了，是来陪笑的傻子。

爷爷坐在床上，酒瓶不离手，三红知道瓶里灌的是"大麦烧"，爷爷红着眼睛说抱个孙子才有脸到阴间。

2

三红四红被关在草帘外。门被卸走后，爸爸编只草帘子当门。今天可以在草帘里自由出入的是大红二红。三红四红掀开帘子一只脚企图进入，从空中跳下一芦柴棒，打在脑袋上又弹起，然后是断喝：门外去。爷爷像关公一样把着门。爷爷老得像只狮子，虽然坐在床上不能追逐她们，但那竿精心选择的芦竹是他延长的手臂，会灵活地在她们头上跳跃。四红有一天趴在三红的耳朵里说：梦里，爷爷的芦竹烧成了灰，一碰就飞了。三红掩着嘴笑，指指床上的老狮子，夸张地做了一个吃人的动作。四红看见二红在忙着烧水，二红折草的声音很清脆。大红不知到什么地方去了。也许在房间里。早上母亲赖床她们都是知道的。

在这个家三红四红觉得自己是多余的，一只土圪塔或是一根无足轻重的草，被往哪个角落一丢，时间长了，就忘记了。家里的不幸从三红出世时开始。因为从三红开始，家里就不断出现雷根的身影，雷根要爸妈去结扎。三红四红搞了好长时间也弄不清楚结扎是什么意思。她们后来认为这是个鬼词，她们用这个词相互吓对方。只是爸妈谁也结扎不了，家里爷爷不松口，啥事也办不成。爷爷要抱孙子，一打孙女也不顶用。

　　三红找到了一只水缸,这原来是给猪沤食的,猪出栏,被废弃了,现在是满缸的水,罩着雾似的春雨。三红兴奋地叫四红:看,这是什么!四红见了,嘴笑得咧到耳朵根。两个人找了一只河蚌壳和一只破碗,呼哧呼哧地扨水,到一半的时候,四红说:行了,我们盘得动了。两人又呼哧呼哧盘缸。这时三红远远看到大红,大红后面跟着老粉。老粉是接生婆,捏着蓝布袋,三红知道里面一定有一把雪亮的剪子。五红出生时三红见过。

　　站在水缸上两人感到轻松多了。五红醒了,也趴在水缸边,歪着头,傻笑。三红跳下来,从蜜蜂洞里掏出一些淡黄的蜜抹在五红的嘴上,五红直拍手,眼里光芒照四方。四红眯着眼,透过薄膜的缝隙看到房间里一片忙乱,妈妈的肚子高高挺着,老粉扳着妈妈的腿,说:使劲!使劲!妈妈在痛苦呻吟。四红几乎要喊出来,心跳得咚咚直响。四红想爸爸这时要在多好,爸爸给雷根叫到城里装粪去了。爸爸总是被派到外面,顾不了家。

　　四红跌坐在土墙边,也看到那只蜜蜂飞进飞出,嘴里发出的声音很甜。四红想:明天一定用瓶把它捉起来,专为自己酿蜜。四红对三红说:我冷。三红看一眼四红,眼里起了一层雾,三红手上冻疮钻心痒,无法扼制地抓。四红又说:我冷。三红突然明白过来,使劲搓手,敷在四红的脸上,使劲一捂:嘿嘿,不冷了吧!四红一边躲一边跳起来:你弄痛我了!不痛,不痛!三红安慰道。三红的安慰让四红想到母亲,此时母亲正在床上挣扎着,已忘了她们的存在。母亲的呻吟声从窗子的缝隙里漏出来。三红吸附到墙上,像只图钉。四红说:我们也是这样从妈妈肚里掉出来的么?三红回头看了一下仰脸的四红,嗯了一声。四红再看一眼五红说:妈妈已顾不上我们啦。三红想起妈妈躲出去已经几个月,几天前的一个深夜才回到家。那天早上醒来,她们发现了妈妈,心里"噗"的一下乐出一朵花。但是妈妈回家是一个秘密,不能告诉村里任何人，特别是雷根。雷根如果知道了，妈妈就会被绑到医院去。四红叹口气：三红，我们真不该来到世上！三红安慰说：我是男的，就没你，你是男的，就没五红，五红是男的就没妈妈现在的疼，这次一定是弟弟，有了弟弟，妈妈就不要疼了，妈妈就不会流泪，更不会像苍蝇似的东躲西藏了。

3

四红突然亮出一只瓶子，嘿嘿笑。不错的，爷爷的酒瓶，晃晃的，有半瓶。四红拽拽三红的裤子，怎样，来一口？三红骇然说：你怎敢偷爷爷的酒？给我闻闻。四红咧嘴笑，今天老狮子忘了喝酒啦，我替他喝，省得他喝多了骂人。三红跳下来，抢酒瓶。五红正沿缸边岔腿往上爬，试了几次，滑了下来，瘪瘪嘴，哭了。三红白一眼四红，一把夺过酒瓶，安慰五红：五红，不哭，你摸摸，四红坏！五红摸摸酒瓶，了无兴趣。三红只好丢下瓶子，抱五红，一边对四红说：死丫头，你敢喝酒算你本事，爷爷知道你偷他酒，打断你的腿。四红一仰头，发出一个呲声，打死拉倒！说完，三红看到四红眼角含泪，亮晶晶的。三红也有点呆，抱着五红，感到很沉。下来，我背你。三红换个姿势，背五红，两手后握反托住五红的屁股，五红你屁股太冷啦。我如果去上学，谁来抱你噢！三红上不了学，家里没钱。三红只能眼睁睁看别人背着书包从河坎那条路消失，三红走过，那条路的尽头是学校，鲜艳的红旗高高飘扬，三红看一眼就胆怯了，往回走，走着走着就模糊了双眼。后来，三红拾再多鸡屎也不喊累。三红十岁，别的小孩这时早已上学，四红八岁，她俩都希望这个春天能够踏入校门。

四红闻酒香，闻得细眼眯眯。四红喝了一口，辣得猛烈咳嗽，咳完喊三红，什么东西，辣得认不得东南西北，爷爷还说，男孩才能喝，我偏喝，三红，你来一口不？三红放下五红，皱着眉头舔了一下瓶口，连唾了几口涎沫，呸呸，不好喝不好喝，女孩喝酒，不学好，小心爷爷抽你耳刮子！四红翘起嘴角，显出不服：什么女孩喝酒不学好，只有男孩才能喝，我就不信。四红说完赌气似的咕噜喝了一大口，这次是彻底呛住了，咳嗽得弯了腰。咳完，四红笑了，真好，热乎乎，香喷喷。三红喝斥道：你不能喝了，再喝，我去喊爷爷了……去吧，去吧，我才不怕。四红举着酒瓶，呵呵笑。四红又喝，脸上开出桃花林，对三红说：酒还是甜的呢——

4

哇——哇——婴儿的啼哭穿透土墙，隐隐地弥散。生了，生了！三红四红一起爬上缸，四红有点踉跄，三红边扶她边说，你别看了，看把你摔成个王八。四红踮着脚，看看么，看看我们的弟弟！她们看到老粉功臣似地捋汗，血腥气味涌进鼻子，那是妈妈的血。木盆还冒着热气，一个猫一样的小孩被提溜出水，浑身发红，四肢乱蹬。嗓门奇大，原来是个大嘴。

堂屋里传来爷爷粗闷的声音：这回是个啥？老粉边揩小孩边说：别哭啦，你爷查点你带不带把呢，老爷子，告诉你，还是外甥打灯笼——照舅（旧），恭喜你家又添一千斤（金）！老爷子不吱声，只有咳嗽的声音，很响地吐出一口痰，半晌说：你来。一会儿，三红听到老粉说：我不敢，我是接生的，哪能……爷爷突然粗暴地说：有我呢，你怕啥，我给你钱……接着又是一阵猛烈的咳嗽，嗓子要咳断似的。

三红看到妈妈双肩抽动，她知道这是在哭泣，悲伤来自胸膛。一阵头晕，四红拽三红一起坐到地上。四红说我们继续喝酒。自己咕咚先喝了一口，把瓶子举给三红，三红吸了一口气，看看五红，五红瞪着猫一样的大眼珠，一会看她，一会看四红。三红喝了一口酒，用一股气压住辛辣，再看四红，发现四红轻了许多，何止四红，周边的树、茅屋，甚至她们站过的缸都要浮起来。

三红不甘心，摇摇晃晃地站上水缸，趴在窗口，三红想，又添一个妹妹了，总是让人兴奋的事，只是妈妈还会生下去吗，还会流血吗，还会哭泣吗……屋子很静，老粉不知所措地站着，宝宝似乎哭累了，闭着眼沉睡，妈妈看屋顶，屋顶很高，蜘蛛网布丁一样飘着，一只蜘蛛在快速爬行。老粉突然长叹一口气，抱起婴儿说：你小小人儿别怪奶奶狠心，你实在走错路啦……老粉伸出蒲扇似的大手，紧紧捂着小人的嘴和鼻子，三红看见婴儿腿快速地蹬了几下，就不动弹了，身上光光的，没一片布。妈妈像突然明白过来似，嗷的一下抱过小人，但小人的四肢无力地垂着……

三红一屁股跌坐在地上，不知哪来的一个嗝让她不知所措，满嘴酒味，她看到四红正拿着酒瓶呆望，夺过来又灌了一大口，辣得泪如泉涌。四红来夺酒瓶，大声问：死三红，我们去抱妹妹去。三红一惊，生气地说：胡说，我们哪里又有妹妹，你喝醉了，妈妈根本没生，你喝醉酒就做梦，那是梦呀……四红转过头，笑眯眯地问：是梦？哦，真是梦哦……是梦呀？三红又喝了一口酒，点头说：就是个梦，你醉了，醒了就知道什么也没发生过……妈妈根本没生……

好像有个异常的声响，三红一转头，看到五红岔腿终于翻上水缸，脖子又快速摔在水缸上，好险，有半缸水呢！三红想爬起来去拉五红，一阵眩晕，一点力气也没有，世界旋转起来，脚不在地上，在云朵里，只有眼皮沉重得像挂了秤砣……三红醉了。

五红扑腾几下，头仰天，撕心裂肺地哭。

几十年后，三红每看黄宏的小品《超生游击队》时，都会突然想起爷爷，这时爷爷已经变成了一股烟，升天了，好在爷爷去了，要不然知道了现在一心要成"丁克"家庭的三红，非把她骂得狗血喷头不可。遗憾的是，爷爷的名字现在已经几乎没人知道了。

钟馗点睛

1

请云生来扎库，是留根妈的遗命。

脱孝是件大事。按我们杨树村风俗，先人去世两年就要脱去悲伤。脱孝要扎库。扎成两进两厢或三进两厢的砖房瓦屋。留根请云生扎库，云生思量了好长时间，长睫毛眨了又眨，终于点头说，再忙，你妈这库我是扎定了。

云生犹豫，是因为云生和留根妈已经好多年不太来往了。

云生是个扎匠。云生用纸给亡人造房子，我们称扎纸库。稍微一马虎，主人就会看出来，把对亡人的思念化作对扎匠的愤怒，不仅工钱拿不到，再在这一行里混饭就难了。云生给死人造的房子，不仅形象，而且秀气，显文化。大到翘檐的风格、形状，瓦脊的走向小到冥宅的灶间、鸡窝、米缸，甚至是对联，一丝不苟，灶间是"一人巧作千人食，五味调和百味香"。看闲的伢子问，怎来千人呢？云生回看伢子一眼点点头，主人阴间朋友多。伢子一缩脖子，不敢再啰嗦。只要是云生扎的活儿，主人回答别人，不是一般的自豪。

云生不仅是一个扎匠，除了不会干农活，其他吹拉弹唱都是好手，尤其擅长画画，画钟馗。十里八乡人家厅堂里挂的一准是云生画的钟馗捉鬼。云生给亡人造的纸房子里也会请上钟馗。钟馗好画，点睛不易。必须是端午节的午时，这时阳气最足。此前，钟馗是个瞎子，点了睛的钟馗才是神。

2

全村人都知道，云生和留根妈曾经很要好。云生爱唱戏，家里穷得揭不开锅，还是唱扬剧。留根妈也爱唱，两人搭档，穷乐。留根妈唱，云生拉，丝翁在云生手里会说话，摘心摘肺。也有两人一起唱《钟馗嫁妹》，留根妈甩着小手帕，扭着腰肢，点着手指。云生虽然闭着眼，所有的人都知道，他只是眯着眼，云生的睫毛特别长。

本来云生和留根妈是可以走到一起的，无奈是留根妈的爹妈不同意。云生有段时间看不到某人，心里就空荡荡的。有一年在一户人家唱台子，唱完了，外面大雪满天飞，哪里还有路？主人家说，算了，天亮再走。又没有床睡，打牌。凑了四个人在被子上打。正好两人对家，两只脚在被子里，翻江倒海。两个人都不说话，笑却藏不住，旁人问留根娘瞎笑什么？答：抓一副好牌还不让笑么？云生不言，闷着个脑袋要上家出牌，上家说，你会打么？是你出牌！对过的留根妈终于喷出了笑。四目如闪电。可惜，云生是个二流子，能喂饱你？嫁汉嫁汉，穿衣吃饭。爹妈说。后来嫁给了家底还算殷实的留根爹。留根爹是杨树村最节俭和吝啬的人，靠此有了几亩薄田，雇上了长工，一划成分，富农。留根妈非但未享成什么福，倒成了一摊屎，谁见了都让得远远的。

3

到了这头几十年，庄户人家袋子里渐渐有了钱响声，都想起了亡人，丧事越办越排场，纸库越扎越有规模，云生也渐渐操起这个行当，当然不忘带上村里的拐子，拐子本来一废人，跟着云生，也闪闪发光。当然，拐子吃得最多的还是云生瞪出的眼珠子。

答应了给留根妈扎库，云生先遣了拐子做准备。

今日上门，一看拐子的活，云生就呼呼地生气，一旁的拐子讨好又有点不服气地说：不就是一个帽子画成了斗笠了么？管他花翎还是乌纱，都要化作一股烟的。云生盯着拐子，嘴角微微抖动着：这是你说的么？你说这话还配吃这碗饭？拐子脸上讪笑着，再伸个脖子看看纸库钟馗的官帽子说：总不至于毁掉吧？

云生不再理拐子，对一旁的留根说：找墨来！

墨来了，云生小心翼翼地提笔，在嘴上抿一下，手腕顺着架子的空档改钟馗的画像，把斗笠官帽改成乌纱帽。"这就对了。"云生一边自语一边放下笔，拍拍手，然后摇摇头说，还是不好，还要改。留根看到他嘴上一抹黑，笑了。留根说：叔台，擦擦嘴。吃口茶。云生扫一眼拐子，说不了。拐子在库的后头抬起头来，对着地上啐一口，心里说：我看你能到啥时候？云生说：钟馗他就是个唐朝的，你画成斗笠官帽就成了清朝的了。拐子点头，但拐子心里就没个朝代概念，反正是个神，何必呢？

留根说：叔台，晚上唱一出《钟馗嫁妹》，怎样？

云生嘿嘿地笑着摇头，老了，唱不动了。然后看纸库上即将画好的钟馗。钟馗正翘着脚，对着小鬼，剑光闪闪，只是一双眼睛还是留白。云生愣着神，在画上找蝙蝠，心中一凛，以为把留根妈的蝙蝠画丢了。画丢了，就是一幅废画，对不起去了那边的人，原来是给花纸遮去了一角。"驱鬼接福"，没了蝙蝠，这算哪门子画呢？云生嘿嘿笑了笑，心中似乎放下了一块石头。

留根一看云生的表情觉得有戏，又说唱一下如何？云生回过神来，不置可否。《钟馗嫁妹》要个唱对手戏的女声，没这个对手戏的这戏能唱么？留根说我妈不在了，现在没人能和你对上口了，你家三小呢？你家三小那嗓子可是不让女声。留根本还想说最近听说镇上出了个女孩子，嗓子特别好，也许能和他对唱呢？留根没说，知道说了云生也不会答应。云生有股莫名的清高劲儿。

云生边皱眉头边选芦柴。

云生用的芦柴来自长江，长江里的芦柴细密结实，韧性强，长江的风把它们磨砺得个个是英雄，不像杨树村产的芦柴，一折就断。这些芦柴是三子从长江里砍回来的。三子贷款买了一只船，常年在长江里跑运输。云生用这些芦柴做骨架。虽然每只纸库只有几天或者几个小时的寿命，但是在云生眼中，那是在烈火中永生。三子每次出门，云生都要拉长自己的目光，透过遮着河岸的那些树，直到船一拐没了影子，云生才收回耳朵，心里叹口气，可惜了那小子的一副好嗓子。

云生有只狗，是三子从船上带回来的。纯黑。三子说，这狗是只流浪狗，三子给了它一只烧饼，狗一直跟到船边，围着船打转，打也不走。开船时，它竟然泗水。三子说带回来给你养，你在外面有日没夜的，给你走夜路作个伴。

云生一下就喜欢上这只狗了。云生先摸狗头，然后伸出手指，狗睁大了眼睛，伸出舌头，舔了一下云生，一瞬间，云生感到很宁静。狗摇着尾巴，摇出一片黑。

此刻，狗躺在留根家门口，离云生很远。云生干活，芦柴、花纸一地，怕狗惹祸端，云生不让狗靠近。狗睡觉，眼睛时不时地看一眼云生。直到收摊时,云生才会想起狗来,一声呼唤,狗早一个激灵,飞般地扑到云生身边,咬咬裤腿,舔舔鞋子上的灰尘,摇着尾巴,云生拍拍狗脑袋,回家。云生会随口哼两句,狗听懂似的,前后跑。

有了这条狗,云生不怕走夜路。

4

又是一个时辰忙乎,看看另一进房子的大骨架竖起来了,云生心里轻松不少。脑子里还是留根妈活着时的事。都在眼前跳,刚发生一样,真真的。

云生想起一件事就恨不得抽自己的耳光。

顶着个"富农"的大帽子,留根妈是把日子浸在苦水里煎熬。大人苦点也就罢了,偏偏留根到了娶妻成家的年龄,猫到了春天还会叫呢,这事哪能耽误。他妈有一次看到留根脱光了裤子在村里的大堤上狂奔。也不敢说破,闷在心里,一只锥子在心头锥。留根成了一只单飞的雀子,每天背影像山一样压在他妈的心头。留根妈提着二斤礼肉,四筒干面找云生。你整天在外面走村串户,能不能给我家做个媒,娶房儿媳妇?我当牛做马也要还你这个恩情。云生听得有点不乐意:你这是说生分了,留根是我侄子,我当伯的能看着他打光棍?留根妈紧张地盯着云生的嘴唇,云生吐出这番话,留根妈松了一口气,软软地说:死鬼怎就成了富农呢?千挑万挑挑瞎了眼啦。这成分重得我背不起呀——云生不答,唱——

……

云生访来访去,人家一听说是给胡家当儿媳妇,个个头摇成拨浪鼓。没有一口拒绝的是葛家。葛家成分也高,地主,一听说要谈个富农,虽然心有不甘,但怎办呢,人家成分总轻一些,不能把自己姑娘耽误成个老姑娘！云生说，有啥不愿意？留根那小子我看着长大的，不说人长得俊，光那张嘴就能把死人说得活过来，鱼长出翅膀，你家的成分也不低呢，恐怕一时半会也还配不上好姻缘。

姑娘犹豫着，姑娘父母急了，表态说访访亲。访就访，云生说，一访你就知道你家姑娘是糠箩跳米箩。

问题出在云生家三子身上。

三子是三个儿子中云生最喜欢的，云生的长睫毛也遗传给了三子，三子几乎是云生的翻版。三子小时候，云生就叫他用假嗓子唱女声，那也是无奈的，云生家没钱送三子到学校念书，让他唱戏说不定能谋得一碗饭吃。三子也争气，唱个小戏，装个村姑惟妙惟肖，把个看戏的都说，女孩子也没他唱得好呢。可惜了，扁担长的"一"字恐怕都认不得几个。

三子那次在堂屋里看到小翠，呆呆地不知道迈步，平时迷糊的眼睛瞪成汤圆，把人家姑娘看得脸红成两朵桃花。云生长叹一声，不再说话。此后几天，三子吃饭停了筷子，睡觉唉声叹气，唱戏也是丢词落句，本不识字，云生一个斥责，更是六神无主。

隔几日，云生到留根家门上，说，哎，人家姑娘死活不同意呢。留根妈说，上次不是说同意了么，我地扫了三遍，糍粑白糖都准备好了，就等着姑娘家人上门访亲，这怎么又变卦了呢？两人双双叹气。

留根梗着个脖子说，这辈子打光棍。

哪知道，这小翠姑娘成了云生的儿媳妇。留根妈问上门去，大吵一架，断了两人几十年的友谊。留根的婚事也就耽搁了，直到现在还是一个人过，老娘一死，孤灯冷灶，不知道日子怎么过下去。

从此，云生看到留根和留根妈都要绕道走的，在集市上碰上互相不看一眼，云生满街找地洞。云生没想到，留根妈会叫自己来给她脱孝扎库，脱了孝这个人就彻底没了，恩怨就了了。云生想。

云生总觉得留根这次叫他来扎库，另有意思。云生给老太扎的四进二厢，画了汽车，安了电话，门口放了石狮，心里说，你富农，你是资本家也没享受过呢。阴阳也就隔着一张纸，道理还是一样的。

留根有点犹豫，两进两厢足够好了，干嘛四进两厢，扎工要贵200块钱呢？云生说，还有两进住丫鬟，你老妈，辛苦一辈子，下世了还不能要个人服侍？扎库的钱我一分也不要。

云生说这话的时候是拍了胸脯的，狗紧张得竖起了耳朵，以为云生在发怒。云生还给留根妈扎了一个戏台子，留根看看那薄薄的一层红纸，笑笑，就一层薄纸嘛。云生咂一下嘴：你怎当儿子的？你妈在上面唱戏呢——留根缩缩脖子，嘿嘿笑：哪能呢？哪能呢——我害怕我妈房子多，又划成个富农成分，投胎成个受苦的牛！

5

消息就是这时候传来的。拐子向云生说这件事时哆嗦成一团，云生又给他吃了眼珠子。

云生事后回忆，就像突然掉进了冰冷的黑洞。

三子死了，三子掉进长江就不见了。

本来这趟船到圩港只有点小风，天气预报还好，应该是能过江的，但是天是阴的，船上人说最好等到太阳出来再过江。船上装满了水泥，船压得沉，有点像狗泅水。三子说没事，过了江就能到家了，就有温暖的被窝了，工地上人家也催得紧呢。在外时间长了，谁不想念家里被窝的味道。船上人说，三子，想吃荤啦！三子笑笑。眯个眼，长睫毛抖抖的。三子很高兴，甚至还哼起了"钟馗嫁妹"……小翠这两天过生日，买了套新衣呢。哪知船到江心，突然起了大风，江上本无风三尺浪，这下起了狂浪，一个浪头过来，水浸了水泥袋，水泥拼命吸水，重成一块块石头。船上人着急，先前垫付的水泥钱就都白费了。三子手忙脚乱地盖帆布。打上船的水都成了冰,三子脚一滑,屁股"咚"的一下砸在船舷上,三子想抓船帮,哪晓得床帮是滑的,三子一歪,像块石头滚下江,三子扬了扬手,划水,哪里划得动,浑身的棉衣棉裤,泡了水,铅样重。船上人手忙脚乱地递篙子,哪里递得过去?一个浪头上来,三子就没了,穿的黄军装在江面上一闪,变成了一片光。浪露出白森森的牙齿向船上扑。船上的人眼睁睁看着江水埋葬了三子,急得跺脚狂号。

……

三子似乎没有存在过,远处是苍茫的芦苇。

昏睡了几天,云生就看见了三子。

三子说:爸,冷呀冷……江底好暖和呀……您老人家保重呀——

云生闭着眼睛想,这是三子跟他告别了。老泪纵横。

朦胧中,看到黑狗蜷在角落里,垂头静穆。已经多日无人照顾它了。听到云生的响动,"倏"一下蹿过来,云生摸摸黑子的脑袋说:我们一定把三子找回来,不让他成了孤魂野鬼——云生一说,眼泪就酸酸地堵满眼眶。

本来云生是自己去长江边找三子的,这条罪恶的江,云生不陌生,他要去看看这条江何以要了他儿子的命。两个儿子说啥也不让,爸,你老一定要在家等着,我们怎么也把兄弟接回家,哪怕是一片布!

6

云生在床上又躺了几天。这个下午是黑狗最先叫起来,黑狗呜呜地啃着墙——云生知道,三儿子回来了!老大他们请打捞队很幸运地捞到了三子。

云生哭弯了腰,喉咙撒了辣椒粉一样,疼。三子的脸已经泡烂了,只模糊地还是个人样,曾经长长的睫毛也没了踪迹。只有那黄军装是认得的，黄军装眼下很流行，年轻人都喜欢。三子也喜欢穿军装，穿上军装的三子是英武的。三子曾经很热衷于去当兵，但是大字不识几个，云生阻止了，不识字在部队还不是白穿几年黄衣裳么？

云生一腔的话要说，三子已是一块冰了。云生一声长号，就昏厥过去。

……

在给三子装殓的时候，云生愣住了，这人不像三子！

三子有一个非常隐秘的胎记——那是屁股上一大块青斑，和云生屁股上一摸一样，但是这人没有，一点痕迹也没有。

云生越细看，那人越不像三子。

狗呢？那只黑狗呢？黑狗远远地呜咽着，低头围着一棵树打转。怪不得，黑子不靠近，它心里早就明白了。云生头脑里一片白，快速地替死人系好裤子，跟跄着逃离悲伤的人群。

云生突然踢了一下黑子，黑子一声都没敢出，只是哀伤地低下头。云生跌坐在一棵榆树旁，伸手摸住了黑子的脑袋。

云生看天，三子，我该怎么办？天无语。

云生摸着黑子的头，喃喃地说：黑子，黑子呀——

云生恨老大，这叫办的什么事，虽然人泡得不成样子，难道看不出这不是兄弟么？云生又恨打捞队，钱会收，人却弄不对。虽然长江上不时就会有人落江毙命，也不至于这么巧吧？这是冥冥中的暗示还是惩罚？云生突然想，这会不会他们将错就错，合伙骗他呢？看着木然的老大老二，云生一个字也讲不出。

7

死人在家摆着，火烛纸钱在家烧着。云生总认为自己是一个看透生死的人，但对着三子，生死就看不透了。云生陀螺似的在村子里转，每个地方都放电影似的晃动着三子的影子。

这天云生又转到了留根家。突然想起亡人的房子还没造好。云生对留根说：你妈的库我一定要扎完。云生扎库时，所有的人都陪着小心。云生把钟馗的像重画了一遍，到正午的时候，点上双睛。点上双睛的钟馗，立即豪气逼人，果然是神。留根说：这钟馗的眼睫毛怎么这么长呢？云生不答。

云生知道自己画的是谁。

云生心里对留根妈说：让三子替你看门打鬼吧。你一定要在天上给我把三子找到，我给你磕头。你的心事，我这几天琢磨出来了，你不就是担心你死后孤家寡人的留根没个依靠么，放心吧，只要还活在这世上，有我一粒米不会给留根半片糠——

……

大儿子后来问云生：把兄弟的坟葬在哪里？

云生说，进祖坟！

云生从此再没有画过一幅钟馗像；画芦苇，满纸的芦苇。

云生也多了位徒弟，那是留根。只是那只黑狗在一个寒夜离开了云生，不知所踪。

再过两年，留根成了云生的儿，与小翠并了家，成了云生的"三子"。终于有一次，留根期期艾艾半天，说：爸，我怎么感觉那人有点不像三子哥？云生愣了愣，勃然大怒道：胡说八道，是你妈托梦哪？留根干干地笑笑说：我昨天梦见他们在唱戏呢，《钟馗嫁妹》！

云生突然想到，这出戏他早已不会唱了。

一只龙虾爬进城

春潮上了去扬州的公共汽车。4路，爸爸在电话里大声说：一定是4路，记住——

车上人不多，春潮的脚步还是有一点慌乱，为了掩饰这种慌乱，春潮紧紧抓住了车内的吊环，眼睛看着窗外。窗外的街道毫无章法地热闹着，各家商店促销的喇叭声带着欲望尖锐地冲进耳朵，街道的色彩生动着，斑斓着，像一页页快速翻动的彩纸在春潮面前跳动。这些色彩春潮在电视上见过，但是从没有今天这样生动热烈。

售票员提醒春潮后面有座呢，然后自顾自飞速地嗑着瓜子。

春潮发现车上只有他一个人是站着的，后面还有空位。春潮落座时感觉车厢里所有的人都在看他，但他们的脸却很漠然，眼神也很空洞。春潮猛然发现自己进城以来，几乎还没有发现一张笑脸，是不是自己也不会笑了呢？春潮摸了摸自己的脸，感到木木的。他突然停住了，发现了一只龙虾在车厢地板上爬行。

那只龙虾很粗壮，在它的家族里最起码也是个将军。长长的螯像两把张牙舞爪的剪刀，身体推土机似的向前挪动。这只龙虾空洞地爬着，早已失去了在臭水沟里劈波斩浪的威风，两只大爪子无奈地扑打着空气。龙虾正从地板中间仄仄地爬向车门，后面是一条亮亮的水迹。与一只龙虾在城里的公共汽车上相逢，春潮感到非常亲切。但是，它爬到门边，爬出车厢，也许只要一只脚就会让它变成一摊水。龙虾的命在水族里是最硬的，即使出水半天也不会死；而且只要有水，它就会一团一团地繁殖，在水盆里会看着它的子慢慢变成一只只虾，像一朵礼花在空中突然迸裂。这只龙虾的命运实际上已经定了，但它还在为了生存而挣扎。

车到站了，那只龙虾也顺利地躲在一张椅子下面，春潮为它松了一口气，临别时看了它一眼，有点恋恋不舍，甚至是内疚。

哗啦——车门开了，春潮像一片瓜子壳被公共汽车毫不留情地吐了出来。

爸爸的工厂其实只是一家修理铺。春潮想不到爸爸呆的地方如此肮脏，油污和杂乱是这里的主题。春潮心里的工厂绝对不是这样的。工厂应该有流水线，成排的灌木，花圃里的花在阳光下灿烂开放。春潮无数次从电视里看到这些。穿着整洁的工人在流水线上优雅地装配螺丝钉，他们的手像按动琴键一样轻盈地舞动。而父亲的双手沾满油污，何止是手，衣服也是脏得看不出布纹了。

除了爸爸，小海也是这里的工人。爸爸说：小海跟你一样大，已经能自己养活自己了。小海亮亮的眼睛欣喜地看着春潮，然后叮叮当当地敲一个被撞瘪了的汽车凹坑。

小海，你咋不读书呢？

穷，没钱；笨，学不进。

小海回答得很简洁。

汽车拆开来是一堆呆头呆脑的零件，很粗笨，甚至是丑陋，绝对不像庄稼那样生气勃勃。春潮站在庄稼地里可以听到它们显而易见的快乐与忧伤。汽车就不一样了，它们冷漠地趴着，爸爸和小海的任务就是要把这一堆沉默的家伙变成可以大声说话的，可以在大街上横冲直撞耀武扬威的将军；当然，它们有的会像交际花一样穿着华丽的衣服，画着优美的弧线在街头跳舞。那都是爸爸那双手呀，修理铺那些汽车会重新唱歌和轻盈跳舞的时候，这双沾满油污的手就可以抓到钱了，然后爸爸会把这些钱一点点地积攒起来，寄回家，换成春潮和妈妈的快乐。

爸爸的手像两把老虎钳，布满大大小小的裂口，这些裂口被油污填满了，所以布满粗粗的黑线，这样的粗线同样布满小海的手心，它们像蚯蚓一样纵横交织。

小海说：你的手多嫩呀。

春潮的手心是白的。春潮藏起手说：你都能养活自己了，你都挣钱了，我还是寄生虫呢。

爸爸说，小海的手艺学得不错了。小海搓搓手不好意思地摇摇头说，吴师傅您可别这么说，老板对我不满意着呢。

老板是铺子的主人，小海和爸爸一样是打工仔。"仔"在粗通文墨的春潮想来应该是像小海这样的小伙子，40多岁的爸爸怎么能是"仔"呢？可爸爸就是打工仔。

爸爸一直都在忙碌着，没有时间陪春潮。春潮只能坐在门前，看着穿着光鲜衣服骑着车匆匆而过的人群，或是各式各样的汽车一路驰过，每一辆车都用黑黑的太阳膜贴得严严实实。在小海看来，这些车都是些自由游动的鱼，小海知道，里面坐着操纵它们的人，他们坐在舒服的驾驶座上，目空一切。

下午爸爸跟老板打电话请假，老板说，你出去，生意怎么办？

老板最终还是勉强同意爸爸带春潮上街走一走。爸爸说，我们到瘦西湖去。

瘦西湖，春潮从小就知道扬州有个瘦西湖，瘦西湖里有白塔，有五亭桥，那桥自然和乡下的水泥桥不一样，那座桥雕梁画栋，并且生出五座凉亭，它们像荷花一样不败地开在瘦西湖的四季里。春潮对即将到来的瘦西湖之行充满期望。是的，老板一句话，春潮就能走进瘦西湖了，老板的嘴就是一座与快乐有关的城门——它开了，快乐就会进来；它关上，快乐连影子也看不到。

但是，还有一道关卡阻住了春潮迈向瘦西湖的脚——门票，瘦西湖的门票80元，3个人就是240元，春潮看着那"80"的字样呆呆地说不出话来。爸爸看着春潮说，你和小海进去吧，我在外面等，我玩过瘦西湖的。

春潮不说话，小海盯着春潮的脚，发现春潮凉鞋的搭袢已经掉了，春潮用细细的铅丝牵了起来，甚至还做出了一朵小花。爱好文学的春潮脑子里想着一句诗："两堤花柳全依水，一路楼台直到山"，春潮望着公园大门内的景致就笑了，不错，不错，果然是两堤花柳全依水，"多情最是扬州柳"，乡下的水沟垂柳有的是，但是那种不经意的栽植，形不成风景。

"天地本无私，春花秋月尽我留连，得闲便是主人，且莫问平泉花木；湖山信多丽，杰阁幽亭凭谁点缀，到处别开生面，真不减清閟画图"。

春潮终于把瘦西湖正门这副对联读完了，好像一口气都没了似的。然后，春潮说：瘦西湖，我来过了。

是的，人们忙着进进出出，其实楹联是园林的一双眼睛，可又有谁停下来细细读完楹联呢？

父亲捏着钱，看春潮。春潮说：回。

小海有点狡猾地说：我们可以游别人无法游到的地方。

于是，三个人围着瘦西湖的外围走了一圈。

小海问：春潮，一共走了多少步？

春潮说：一双鞋的生命走掉了。

春潮另一只鞋的袢子也掉了。

扬州城的大街小巷被烧龙虾的味道充斥着。爸爸说吃龙虾，在扬州是时髦呢，城里人都在吃龙虾。春潮不知道龙虾有什么好吃的，龙虾都是生活在阴沟里，甚至臭水沟里，龙虾能吃吗？这几年，河沟里、池塘里到处都是，不知道它们来自哪里。它们像强盗一样，把沟沟渠渠的驳岸拱出一个个大麻坑，然后那些松土就坍塌了——原来龙虾是城里人的一道菜，怪不得村里人挖掉稻田养龙虾，乡下人把龙虾贩进城，换回砌房造屋的人民币。

爸爸说，我们今天也吃盘龙虾尝尝味。

"春风醉"的龙虾最好吃，小海肯定地说。

你怎么知道的？

我听修车的人讲的。别看我干的是卖力气的活，接触的可都是有钱人，小海调皮地眨一下眼睛，所以嘛，消息还是蛮灵通的。

你知道那"春风醉"老板是什么人？本也是一个打工仔啊，现在成了这座城市呼风唤雨的人呀。谁是城市的主人？你别看我现在连上瘦西湖的钱都没有，你下次来，我不仅要请你到瘦西湖坐龙船，还要请你到"春风醉"吃最好的龙虾！春潮看到小海神采飞扬。

三人走进一家龙虾馆，虽然谈不上灯火辉煌，但在春潮眼里已够奢侈的了。

一盘龙虾的价格抵春潮一身衣服，大份100元，中份60元，小份30元。春潮说来盘小份。爸爸说来盘大份。服务员有点不耐烦了，皱着眉。

春潮说，这东西没啥稀奇，水沟里有的是。小份。

一小份龙虾上来，爸爸只剥了两只，剩下的春潮和小海毫不客气地干掉了。

春潮说：城里人真会烧菜，臭龙虾也能烧出螃蟹味来。

小海呃巴呃巴嘴问：龙虾啥最好吃？

春潮说：龙虾汤。

春潮就着龙虾汤干掉了一大碗饭。

小海说：春潮你是饭桶。

第二天早上，春潮的梦被叮叮当当的敲击声敲破了。爸爸和小海的早晨是从敲打声开始的。

春潮从临时搭的阁楼上下来的时候，看到一位城里阿姨。

城里阿姨一副干练的样子，裙子裹着的身体凹凸有致，阿姨微笑着，问春潮：

你是学徒的？

不，不是。春潮看一眼爸爸，爸爸木然地拿着一只木棰，局促地左顾右盼。春潮好生奇怪，爸爸何时认识这样一个时髦的阿姨。

那你——

我进城看我爸。

爸爸干干地笑着点点头，阿姨也点点头。

你今年多大呀？

虚岁15。

阿姨怎么像查户口的？春潮有点不自在。

那么他呢？

阿姨眼光看着小海，小海正撅着屁股在车底下拧螺丝呢，像只受了委屈的龙虾。

和我一样大，虚岁15。

阿姨突然收敛了笑容，问：谁是老板？爸爸摸摸头，说老板不在。

叫他来，你们非法使用童工，要罚款！阿姨提高了嗓门，并且从好看的包里掏出了一沓纸。

我是劳动局的，阿姨补充道，并且出示了一个卡片大小的硬本本。

春潮呆住了。

谁叫你乱说？

爸爸抱怨春潮。老板咆哮着命令父亲，你儿子哪里来回哪去！

春潮本想在城里再玩几天,这下不行了。春潮感到有点委屈,那位城里阿姨多和蔼呀,多亲切呀,怎能对一个亲切的城里阿姨说谎?小海确实是15岁嘛。

但是,春潮对想成为城市主人的小海还是充满歉意。春潮说:对不起,小海,我……

小海打断春潮:没啥,来城里半年,我还真想着回家读书呢。你说这修汽车,我连电路图都看不懂,要想有大出息,难啊——

小海捧出一堆修理书,春潮对那些蚯蚓一样的线路图也是似懂非懂,不知该点头还是摇头。小海说:人家外国的汽车已经可以无人驾驶了,靠的是什么?一块芯片!小海比划着说,像块巧克力。

似乎有一种叫力量的东西在春潮心中涌动,春潮看到小海的眼睛很亮。

两双黑白分明的手紧紧握在了一起。

4路公交车来了。

爸爸对春潮说,上车吧,回家打个电话来。

春潮点点头。

爸爸,我下次给你钓一桶龙虾来。春潮突然说。

爸爸笑了。爸爸仿佛听到一只豆荚在阳光下"嘎嘣"一声突然胀裂——豆子熟了。

透过车窗,春潮看到爸爸像一个亮亮的光点淹没在城市跳动的色彩里。

癞子凭啥当司令

1

你是在草垛降生的。我妈明白的时候对我说。当然，更多的时候，她是糊涂的，能对一棵草笑半天，也会对着河水咧嘴大哭。我说，妈，你明白的时候是妈，不明白的时候，我就不说啦。我妈笑笑，拍拍我的屁蛋，手舞足蹈起来。

我妈说，我生下来就没气，被吴家圩接生的奶奶倒提着打了几个屁兜，哇哇哭出了声，饿呀——，饿呀——，哭得上气不接下气。妈妈说是饿死鬼投的胎，生下来就饿成了个小老头，满脸的皱褶。饿死鬼就饿死鬼吧，填饱肚子是真理。这时候真理多呢，可惜真理都掌握在瘦头队长的手里。

你就是一个馋猫呗！芋头说。

馋猫怎么啦？我承认，我就是馋猫，你不是？我梗着脖子定定地看着芋头。

芋头龇牙咧嘴地使个鬼脸,两条多毛的爪子伸向前方:是呀,怎嘛,我也就是一只馋猫。我就笑了。

我们的肚子一天到晚就是瘪的,没有油水,拉屎都是硬的,挣得脸红屁眼疼。按爷爷的话说,缺油呢,找点油去。我就像只老鼠趴在锅台上,偷妈妈炒菜的油。喝一口,舔舔舌头,香!我转身问芋头,来一口么?芋头两眼放光,癫子哦,赏我一口。我说,不给。回你家喝去。

你饶了我吧,我老子要知道偷他的油喝,还不把我的脑袋拧朝后?赏一口赏一口!我和芋头干掉了我家半碗油。摸了摸肚子,我对芋头说:这回该拉稀的了!

稀了就稀了吧,只要我们肚子里有油,有油它就不叫唤了。

我和芋头就这样坐在门口的榆树下,等太阳落山。我说,我怎么向我妈交待呢?

那还不简单,芋头摸摸光光的脑袋,闹鼠灾啦——

你就是一只大老鼠!我曲起食指,狠狠敲了一下芋头的光脑袋。芋头叫起来说:疼死我啦——

我哈哈笑起来。我摸摸芋头的脑袋,吹口气,不疼不疼——

还不疼呢,你下手真狠!芋头眼里噙着泪说,下次还你!

我们应该有个司令部。芋头说。皱着眉头。他的眉毛很稀疏。我说你是个奸臣,像《十五贯》里的娄阿鼠,我以后叫你娄阿鼠,怎样?芋头变了脸,你敢!我哪里像个奸臣?我笑了。是的,我们喜欢浓眉大眼,喜欢潘冬子,喜欢杨子荣,哪里会喜欢个贼眉鼠眼的汉奸。

我们吴家生产队有个司令部,瘦头是司令,瘦头是生产队长,那是大人们的司令部。瘦头的司令部管着钱、粮,甚至各家的快乐与哀伤。

其实,我故意岔开话题,逗芋头。我脑子想着这真是一个好主意，但是我没有立即答话，我想谁来当司令？我想当这个司令。

芋头也想当，我知道，还有绵羊。

这时，我又浑身发痒，我变成了一只猴子，上蹿下跳地捞痒。芋头，帮我下，快。我不敢，你身上淌脓呢。芋头边向后跳边摇手。

我啪地打了芋头一个耳光：你胡说，那是血水！我和芋头打成一团，在打架的时候，我忘记了浑身的痒——打架，杀痒。

一到春天，我就浑身发痒，起一层疹子，然后流脓，然后结痂，因为钻心的痒，我又会抓破这些疹子，继续流脓水，赤脚医生马三装模作样地不知给我弄了多少药，打了多少针，可怎么也好不了。我说：马三，你是庸医！马三羞赧地笑笑，赤脚医生么，水平能有多高？马三从来也没赤过脚，赤脚的是我。除了冬天，我几乎都光着脚，把脚板磨得硬硬的，夏天，太阳把茅缸边晒得像个燃烧的木炭，我爷爷说：踩上去，杀毒，治花冻疮。我浑身起的东西叫花冻疮，除了太阳可以杀它外，韭菜也是良药，我脱光衣服在哪家菜地上打个滚，那绿汁浸入皮肤，杀痒，痛快。只是有的老太婆会拍着屁股骂我短命鬼哎——我说，马三你还不如韭菜呢。马三皱着眉头，把针筒一摔，说：你真是个癞子！

据说，更小的时候，因为浑身散发的臭气，我几乎已经奄奄一息了，我妈妈把我扔进荒坟堆里，任由我生死。是我爷爷半夜发现后把我抱回家，用盐水给我洗澡，才慢慢活过来。我爷爷是个独臂，在为新四军运粮的时候炸没了左臂，所以我对爷爷的右臂永远充满敬意！没有这条右臂，我就化成一阵烟了。我似乎还记得，满天的星星，它们似乎都和我在说话。爷爷说，养只狗，还不能随便扔了呢，当只狗养吧，他自己痒死，是他命该绝。我说，妈，你是不是又犯糊涂了，你怎么舍得把我扔掉？我妈皱着眉头傻笑。

2

　　痒得难受，我和芋头只好去卫生室找马三。

　　马三的煤油炉上煮着的是针头，我要那亮晶晶的针头——那针头的屁股可以做手枪，炮纸枪。炮纸就像皮肤上长成的一排排细细的瘤，每个瘤子一响，让它能一响的除了铁丝、橡皮筋，最最重要的是后屁股上那个着力的窝，那里会埋上炮纸，火药会在那里爆炸，我们会听到清脆的响声，针头的屁股是最合适的，而针头又是那样稀少。有这种炮纸枪的是绵羊。酒精炉里传出咝咝的声音，马三揭开铝盒，蒸汽"嗡"的一下散开来，透过这些蒸汽，我看到一盒子针头规规矩矩地躺着，它们是那么守纪律。马三用镊子轻轻拌一下，针头与铝盒发出清脆的声音，就像炒了一锅的螺蛳。马三细心地捏出一根针，装上针筒，对我说，屁股。马三边说边用小砂片在细细小药瓶的脖子上划了一下，然后握在左手中，大拇指一撅，瓶子发出一声闷响，马三伸出右手的长长针筒吸干瓶子的药液，"吱——"一声，像老牛喝干了槽中最后一口水。马三向空中挤了挤，排除里面的空气，有空气会死人的，所有的人都这么说，可吴家庄没人看见过。咦——，马三见我没动，又说：屁股——，我呆呆地盯着那个针头的屁股，忘记了浑身的痒，我说：能给我一根报废的针么？打弯的或者用久的，一根就行。马三轻蔑地笑笑，快，屁股——，没办法，我撅起屁股，马三毫不犹豫地给了我一针，妈妈的，酸死我了！马三又哼了一哼，擦手。赤脚医生是个好活计，我妈说，如果我长大了也能当个赤脚医生，我家祖坟就冒青烟了，但是赤脚医生室的味道与别处不同，闻到这个味道，村里所有小孩都会胆战心惊。我还坚持要，三叔，你就给我一根么！

马三昂着头，像要打喷嚏的样子，其实他是看窗外。几只苍蝇像喝醉了酒，在屋子里东撞西撞的，有一只一头撞死在墙上。讨厌的苍蝇！马三说。我知道，他是在说我呢，我身上流的脓水，招惹的除了蚊子就是苍蝇，苍蝇就像我最亲密的朋友一样，我到哪儿，它们就嗡嗡地跟到哪儿。

你给一根，我就走。我说，我还要涂点红药水。马三面前放着两瓶药水，一瓶红的，一瓶紫的，不管谁来，外伤一律涂点药水。马三说，打过针了，不涂药水。坏针头，没得！

我和芋头以及几只苍蝇悻悻地出了卫生室的门。芋头突然笑嘻嘻地说：葫芦，看这是什么！

针头！我惊喜地叫起来。在我向马三软磨硬要的时候，芋头悄悄地靠近那盒针头，并且得逞！

怎没烫死你呀！我赞叹道。

3

我最怕去马三那，是我装病的时候。

里下河是一只盛水的锅底，我们吴家圩就是一颗飘在水上的黑芝麻。为啥是黑的？我们的土地黑油油黏乎乎，周边全是水，出门就渡水。当然春天是一只绿芝麻，秋天就是一只黄芝麻了。对我们有一样好，钓鱼。有爸的人家可以张网，或者扳罾。我家不行，我家只能是我钓。经常我在河这边就对妈妈报喜：今天中午有鱼吃！我妈就知道了，洗好锅等我回家煮鱼。我没爸。我一般会说"那个人"，我妈则会说那个死鬼。我妈说我爸掉进长江里淹死了。我对长江充满仇恨。那是一条罪恶的江。

我经常称浑身痒得厉害，是为了不去上学。我躺在潮湿的房间里，我妈在忙碌着，不时有锅碗瓢盆撞击的声音传进我的耳朵，偶尔还有雄鸡报晓的声音，其实，我知道这时天早就亮了，这只雄鸡经常报错钟点，报错钟点也不知害羞，还是一个劲地叫唤。这是隔河队长瘦头家的雄鸡。瘦头家的码头是个钓鱼的好地方，水深，而且离码头不远处还有一条流水的深沟，那些鲫鱼、鲤鱼、昂丝都在那切水呢，它们为流水带下的食物玩命地拼抢着——我躺在床上，心事早溜到钓鱼的地方去了。我隔着窗户向外张望，外面的雾一片蓝，树梢上、杨柳枝上潮呼呼的，雾水正一滴一滴地向下流，特别是靠近河边的桑葚正在这蓝雾中一颗一颗落进河里，它们的声音很脆，荡起一些涟漪，但很快会出现更大的涟漪，那是一条白鱼或一条大青鱼，然后掀起一阵令人心动的浪花，一片白光一闪——好大的鱼背！

　　我决定逃学，理由很简单：痒，痒得命都要丢了。我妈说到马三那看看。我皱着眉头说：不去——，不去——，躺躺就好了。当然更多的时候，我是趴在窗口向外看。我妈今天有点异样，走到我床边静了好长时间，我感觉到亮光被遮去一角，我妈突然叹口气说：葫芦呀，要地震了。我矍地睁开眼睛，只看到一个颀长的背影。两条粗大的辫子跳跃着。我想，我妈又糊涂了，又说疯话。

　　我不管它什么地震。

　　外面的阳光正灿烂，几只公鸡正悠闲地觅食，门口的楝树落一片叶子，公鸡会咕咕地叫上半天，几只母鸡一齐奔上去，以为是什么宝贝东西，但最终失望地一扭头，不再理会那只咕咕乱叫的公鸡，公鸡当然也不能弄到半点便宜。老鸡婆母领着一窝小鸡正草堆旁啄食，鸡母找到一只稻就嚼碎，然后再丢到地上"咕咕"地给小鸡，它的情谊要比公鸡真切得多。然后，我想到要搞一只鱼钩。我翻遍了家中所有的抽屉，终于从母亲的线板上找到了一根缝被针，然后手忙脚乱地点起火油灯，在淡蓝色的火蕊中间让这根针再回到烈火中永生一次。

我找到了一根芦柴作鱼竿。其实我一直想从黄毛家的竹园子里砍一根竹，但他家园子却有一条凶猛的狗看着，所以我不敢去，甚至几次溜进去，听到狗的叫声又匆匆溜了出来。

当我站在瘦头家的码头上放线钓鱼的时候，他家经常报错钟点的公鸡又叫起来，不过，这次，它没有报错，到烧饭的时间了。

这时，我看到庄上的老郭，老郭在供销社当干部，穿着四只兜兜的衣服，当然在左上角那只兜里挂着一支笔。供销社是卖糖、卖烟、卖酒的地方，这地方听上去就有香喷喷的味道。老郭用的是那种可以伸缩的鱼杆，而且杆子也是逐渐细逐渐细，到了装线的那一点已经看不出有杆子了。水面上一只一只小鱼不断咬我的引子，让我看清是不是真有鱼咬钩，这些小东西真讨厌，水里河草如处女一样亭亭玉立，几只河虾像飞机一样无声地滑行。茅屋、绿树的倒影立在水里，像个傻子似的一动不动，只有云影在水里无声地滑行，但是我的钩还是没有鱼来咬，我已经显得不耐烦了。这时就见白光一闪，老郭把一只大鱼拎出了水面，我激动地溜过去，竟然是一只青棍，这只青棍的腮边流着血，嘴巴空洞地张合着，老郭笑嘻嘻提起它扔进带来的水桶里。老郭问我有没有钓到鱼，我含混地动了动脑袋，老郭就笑了，露出一口烟熏的黑牙。老郭突然皱了皱鼻子，对我说，一边去，癞子，你身上真臭！老郭用的是桑葚，老郭选的地形是在一棵桑树下，老郭摘一棵半生不熟的桑葚挽在他锋利的钩上，在河面上模仿桑树种落水的声音，用这种方式欺骗贪嘴的鱼，我看到老郭的鱼钩竟然是铜制的，有长长的倒须。老郭一边挽桑葚一边哼着小曲："一把扇子七寸长，一人扇风二人凉，杨柳叶子青儿得，嘣儿得，松儿得，哎哎子哟，一个扇风二人凉。二把扇子骨里黄，郎想姐来姐想郎，杨柳叶子青儿得，嘣儿得，松儿得，哎哎子哟，郎想姐来姐想郎……"老郭说，回去叫你爸给你买钩去！我仇恨地看他一眼，没吱声。老郭像意识到什么，不怀好意地笑笑，你妈妈买也一样，再不然，我给你买，只要你喊我一声爸！我哼了一声，转过身，狠狠踩死了两只蚂蚁。

我怏怏地回到我的码头边，拎起鱼杆看时，上面的蚯蚓已经被吃得一干二净，而鱼却逃跑了。我正懊恼的时候，看到了狗旦。

我说：狗旦，去把老郭的鱼赶跑！狗旦愣了愣，没作回答，我说：把鱼赶跑，我封你当师长。这句话对狗旦有明显的诱惑力，但似乎还没回过神来。我和狗旦对视了几分钟，我说，我有前世的，而且前世我是一个小英雄，骑着骏马，举着马刀，在沙漠上驰骋，我的身后腾起的黄沙，蔽去了太阳的光芒，还有一支短枪，在敌群里如闪电般穿越，闪电之处，敌军身首异处，敌军血流成河，但是当我结束了斗争，面对如血的夕阳，当然这时有风吹来，我的长发飘飘。正当我像喝醉酒的汉子沉湎于梦乡而品尝胜利的喜悦之时，我被一钝器击中，血涌出我的胸膛，我慢慢地转过身，看到叛徒向我射来一枪，我从马上飘下来，睁着眼，灵魂像鸟一样飞到这个世界上——狗旦睁大了眼睛，我说你有前世么？你有么？你知道这个叛徒是谁？那是你！

狗旦怎么也想不出自己的前世是个什么东西，所以只能惭愧地佩服我，佩服我这个前世的小英雄。——当然我知道这个故事来自什么地方，来自我的一本连环画，我有许多的连环画，这个故事深深刻在我的脑子里，然后我把这本连环画烧了，那黑色的纸片像黑蝴蝶在房间里飞翔。我的连环画，一般不借给他们看，没人的时候，我一个人看，高兴了就狂笑；悲伤了，就默默流泪。

狗旦不明白的是他怎是一个叛徒。狗旦怀里抱了两块砖，仄仄地走到老郭那，狠狠地砸进河里，扑通一声，原来像傻子似的河水变得像一个卖弄风情的老妪，皱纹一道接着一道漾开来。老郭显然被这声吓了一跳，并且惊惧地从浮子上收回眼光，回头找人时，狗旦早已没了身影。这一砸砸得我心里舒服极了，这些准备咬钩的鱼肯定吓破了胆，它们拼着老命跑呀，把原本一摇二摆的尾巴摇成拨浪鼓，绅士也变成了逃犯。让你老郭用那半生不熟的桑葚骗鱼吧，它们走了，你的阴谋落空了，你就不会笑了，不会露出一口的黑牙齿，哼那些淫词滥调，还笑我没爸！

可是，老郭只是转了转身，又开始钓鱼了，并且点燃了一支烟，那种闻起来香喷喷的干部烟，我从水里能看到他那张脸又恢复了平静，虽然气恼了一下，虽然不再哼他的淫词滥调，但还是没有走的意思。这时狗旦空着手，悄悄地向我报告说"炸药包炸过了"。我说：继续炸，一直把老郭这个蒋匪军彻底炸跑！

这时，狗旦又扑通扑通连扔了两块砖头，炸得老郭没了脾气。

但一支烟抽完，老郭又放下了钓竿，并说："我警告你们，再捣乱我就不客气了。"

狗旦伸了伸狗舌头。

我说："现在只有一个办法，把老郭的鱼桶扔到河里去"。

狗旦假装无意把老郭的鱼桶踢进了河里，老郭的水桶像一只皮球在水里荡来荡去，那些鱼从此得到永生。

在老郭追狗旦的时候，我把他的鱼竿扔进了河里。老郭追狗旦追成了一只只能呼气的气筒，狗旦笑嘻嘻地说：来呀来呀——

老郭一下子拌倒在一堆泥上，白脸成了黑脸，两只手摇成了风中的树枝。老郭突然就哭了，和队长瘦头说话只用鼻子的老郭哭了鼻子。

狗旦突然问我，你啥时候是司令了？我不耐烦地说，我说是就是。狗旦一百个不放心地说，芋头知道么？绵羊知道么？我说，就你废话多。他们都会知道的，他们都会拥护我，你不拥护我么？拥护这个词，是广播里天天广的，对谁好就拥护谁，我们都知道。狗旦点头如捣蒜，拥护，拥护！

4

　　我和绵羊、芋头站在水边打水,看谁的水漂漂得远,这比赛很重要,谁远谁当司令。此前,我们比赛谁的尿尿得远谁当司令,绵羊比试了一下后立即反对,芋头个子高,所以他天生尿得远。绵羊说,这不是本事,长得高是爹妈给的个子。所以他尿尿时故意向前走了半步,芋头不干了,说绵羊是个无赖,于是我们吵成一团,恨不得把小鸡鸡拽成芦柴棒。后来我们又比过吐唾沫,同样吵得一塌糊涂。狗旦说,你们用瓦瓣打水漂,三局两胜!

　　瓦片不叫瓦片,叫瓦瓣,是瓦片开出的花。

　　芋头和我为一片扁扁的瓦瓣吵了起来。只有这种瓦瓣才能漂起更多的水花。它有名字么?你怎知道是你的?你喊,它答应了就是你家的,不答应,谁抢到是谁的。芋头说。

　　我说芋头,你也是个无赖。

　　绵羊说,我们比谁家老子厉害!

　　我们谁也不理睬他。他老子好呢,根正苗红。我没老子,芋头家老子是个大右派老刘!老刘曾在扬州城里工作,曾让全村人羡慕得直咂嘴巴,但不知在城里干了啥坏事,成了"右派",戴着"帽子"发回原籍劳动改造。什么是右派呀,什么是左派呀,什么是右了,什么是左,右不好,左也不行,那什么是好的呢?这些问题我问我爷,我爷解释半天,我还是不明白。后来解释得爷爷自己也糊涂了。如这样评,狗旦是司令,他老子最革命,是瘦头!绵羊也不服气。

　　反正还是定不下来谁当司令。我说,我是司令,我说,你们没见过我爸,不代表我没爸,我妈说,我爸爸在北京,在伟大首都抓特务。

几个人都噘起来,然后嘁着嘴巴,不吱声。他们对我妈的不信任,彻底激怒了我:那谁也不当,当了,也只是个伪军司令!我说。

我们打成一团乱麻。

只有狗旦是真心拥护我的,狗旦是我的影子。

夏天的知了在空中叫得像个博士,但它们在我心目中除了是美餐之外不会有什么别的用处。当然,会叫的知了,扣上细绳,可以像个音乐家似的跟在我的屁股后面,那是"响巴",至于哑巴知了就只有接受炙烤的命运了。

我和狗旦见到鸭棚旁一棵高高的树上,两只知了在叫唤,一高一低,一长一短,非常痴情,并且叫唤出了韵律,但这棵树长在黄毛家的菜园子里。园子的门紧紧关着,园子里的韭菜、黄瓜、丝瓜精神抖擞,开着或黄或白的花。我们要粘住知了,只有从篱笆下钻过去。我看一眼狗旦再看看那棵榆树,两只知了似乎在争相嘲笑我们似的。

狗旦的两条浓鼻涕快要拖到下巴壳了,他看了看我问:进不进?

我说:"进。"

"我吗?"狗旦有点为难地问我。

"是!"我果断地点点头。

狗旦的犹豫激起了我的愤怒。我说:"你怎么能前怕狼后怕虎呢?"

狗旦用他的袖子擦了两下浓鼻涕,又撸了撸裤子,像一条狗一样从篱笆底下钻了进去。我说小心,尽量别踩着蔬菜。但狗旦还是一脚就让青菜和韭菜成了鬼,当他站定在榆树下的时候,他身后是两行或深或浅的脚印。狗旦从我的手上接过芦苇,毫不费劲地就粘住了那只叫得最响的知了,但当他再次将竹竿伸进榆树的时候,他不动了,我很着急地说,你怎么不粘了,怎么不粘,这只知了叫得多响呀——狗旦说:我看到桃子了,桃子——

狗旦面对的那棵桃树上全是又白又大的桃子，桃子让这个没出息的家伙停止粘知了了。我也如一条狗一样钻进了菜园，从狗旦的手上夺下芦竿伸向枝头的桃子。伴随着芦苇和树干的撞击声，桃子七零八落地掉下来，但却掉在了稻田里，然后这些可爱的桃子就不见了。我连连叹息晦气，狗旦说：我爬上去。于是狗旦变成了一只猴子，很快爬到绿叶之间，摘下两只桃扔给我，说他在树上吃。那桃又甜又脆，咬一口甜水自动地流进口里，狗旦含糊不清地说：这桃真鲜——牙齿都鲜掉了！

狗旦美滋滋吃完一只桃子，嘴里发出和母猪一样哼哼的声音，然后把核狠狠地扔进草丛中，可这一扔却让我们吃尽了苦头，因为随着这一扔是像轰炸机一样飞起来的马蜂，一大片，黑压压的，这些马蜂发出复仇的声音，像锅盖一样立即盖得我们天昏地暗。狗旦从树上掉了下来，他的浓鼻涕上沾满了灰，跑呀——

我们手忙脚乱地逃进鸭棚，这时我们听到一种特殊的哼哼声，像潮水般——那是村里的赤脚医生马三和小翠，他们惊慌地停止了忙乱。我们说：马蜂，马蜂，快逃呀，逃———

马三说：逃，往哪儿逃呀？

马三一把抱住小翠，滚进一堆干草里。

第二天，我们看到马三和小翠的脸都是肿的，像馒头。

马三挡了我的去路。马三说：癞子哦，放学后和狗旦到医务室拿针头。

讨好我们是没得用的，不久，马三因为乱搞男女关系，赤脚医生也没得当了，这回真是赤了脚啦。只有那些会叫的知了，是拣了大便宜，纷纷飞上了树，愉快地吹着牛皮：知了——知了——

马三后来却有通天的本事，不但没到田里赤脚，不久，还到电影队放电影了，大人们的世界就是这样奇怪。放电影当然比赤脚医生好呀。有一天，绵羊这样对我说。

5

我向芋头夸下海口,如果马明和我们打架,我一定要跟黄毛借到那只军帽,当然谁借到谁当司令。

村子里有一个大大的操场,操场上有高高的台子,高台自然是召开各种会议和传递各种消息的,当然更多是用来批判地富反坏右的,台下是大人们高举拳头呼口号的地方,我们的乐园在高台后面的泥堆里。这地方地势复杂,好冲锋、好隐蔽,泥土里蜜蜂一群又一群。可有一天,瘦头拎着我的脖子说:癞子,这地方杀过人,鬼魂会附你的身。我们立马毛孔乍起,谁?沙老七!沙老七是大地主,马明的爷!

台上高呼口号的是黄毛。黄毛是谁?是吴家圩最耀眼的人呢,光芒四射。与芋头有个倒霉的爹不一样,黄毛的老子是当兵的,当过志愿军战士,跨过鸭绿江。你能不服气?

我们需要他,他手里有武装带和军帽!黄毛一头黄黄的卷发,鼻梁高高,眼睛如鹰,面色虽黑,但常因激动而潮红。在押上黑五类上场的时候,黄毛一只手掐住他们的脖子,使劲向下按,一只手把他们的膀子向后高高地扬起,老刘们就成了一只只躬着腰扑腾着翅膀的鸡子,当然脖子上会挂一块石板,越反抗,绳子选择得越细,细到稍一用力就陷进肉里。到了台边,黄毛还不会让他们停下来,让他们在台上转圈,转得他们头昏眼花,然后黄毛就会振臂高呼口号,老刘会在这个口号里瑟瑟发抖。黄毛像个高人,似乎不屑与我等为伍,黄毛说:癞子,打自己两个耳光!我不动。小东西,打不打?黄毛昂起手,我只得狠狠地打自己耳光,心里很疼。我打自己一个耳光,心里说一声,我要当司令,我要灭了你!

黄毛竟叫我跟着他去蹚鱼。芋头说，去呢，跟他要皮带和军帽。黄毛叫我的时候，我的短裤才被洗掉，我说我不能光着屁股给你拎鱼篓呀？黄毛随手从晾衣绳上取下一条纱布：这个好，披在身上，像杨子荣闯林海，看看，长毛了没有？我赶紧捂紧裤裆，说，有啥看的么？黄毛就笑了，还是一只没长毛的肉雀呢。没长毛毛，通庄都可以跑呢。没人看你。

我说你要把皮带和军帽给我三天。黄毛说，好，给你玩一天，只有一天。我实在太想那皮带和军帽了，我说一天就一天吧。那鱼篓刚开始很轻松，后来越拎越重。我的手被绳子折磨得几乎麻木了。池塘水沟，不断有大姑娘小媳妇瞅着赤身裸体的我，我听到一个声音说，多大的人啦，还光着个屁股！我真真切切地听到了，面红耳赤。我只能用鱼篓勉强遮挡一下，拎鱼篓的姿势就愈加别扭。后来，我不得不扔下鱼篓对黄毛说，我不干了，不干了。黄毛盯着我看了半天说，哈哈，小东西长大了。

对着黄毛的不屑，我的眼中不知从哪里突然涌来很多泪水，我说，我去叫绵羊他们给你拎。黄毛点点头：那皮带和帽子就不算数了。我说，不算数就不算数。

有一点是算数的，从此，不穿裤子不出门。

我知道，黄毛把鱼虾卖给队里的养鸡场，然后换成钱，买烟抽。15岁的黄毛，烟瘾很大。在没人的时候，他会一个人躺在椅子上，慢慢地吐着烟圈。然后问我，圆不圆？我说：圆。他的烟圈能吐四五个，像两三把重叠在一起的手铐，然后在空中雾化成一张张丑陋的脸。我说，这是骷髅。黄毛脸上就变了色说：小东西，瞎说。

我想到烟，对，用烟换。老郭的供销社里卖着烟，玫瑰2角3分，大前门3角7分，飞马2角9分，我偷偷伏在老郭的柜台上，隔着玻璃，手指对着那些香烟牌子，一一划着。老郭看着，呲着个大黑牙，没好气地说，癞子，你又不学好了，想买香烟？我说，看看不行吗？

看看，就看少啦？老郭说：看看也不行，再看，告诉你爷！

我一溜烟跑了，老郭的话让我想到了我爷的口袋。我爷的口袋里永远揣着包香烟，即使没有烟，也能掏出几根黄黄的烟丝。嗅嗅，跟爷爷身上散发的味道一样，嚼嚼，苦，哪里香？除了老郭抽的干部烟香，别的烟都呛死人。

我用我爷的半包飞马烟换到黄毛的军帽的时候，河对面的马明向我们下了挑战书。

我们在老地方研究敌人的战书。

老地方在队里的草垛北边。队里有六七座像山一样的草垛，每一座草垛都是我们的乐园，掏麻雀窝更是我们的拿手好戏。我是草堆边出生的，我特别迷恋草堆。草垛是我们经常开会的地方，通常是队长瘦头在离此地不远开社员大会，我们在这里开我们的军事会议，有时我们的争吵声会淹过瘦头发出的声音，所以他们不得不停下来，支着耳朵听我们的争论，然后，他们就笑了，不屑地冷笑。侧面看瘦头像个麻竿一样，撑着瘦瘦的脑袋，让你怀疑一阵风来就会把这脑袋吹折了，但是正面看就不一样了，一张阔阔的嘴巴能把吴家圩的黑天说成白夜，黑夜说成白天！更何况还有那双随时会发出亮光的大眼睛，那亮光与别人不一样，刺眼！

我们决定用我们的大炮！准确地说是两个可以在地下滚的铁轮子，关键的是它们每个脑袋上有一个口径40毫米的铁管子，像黑漆漆的大炮，高高翘起。可是怎么才能让它发射出炮弹呢？普通炮纸枪根本没有这个威力，芋头把从马三那偷来的针头变成了一支缠满皮筋的炮纸枪，但那只能发出声响，无法射击。要要威风是可以的，黑夜里吓吓小鬼也行，但是真要伤及敌手，不行！芋头本来是可以凭这支炮纸枪当上司令的，但我发明了"大炮"！我把大炮仗塞进去，然后再填入沙子和碎石，点上炮仗捻子，当然，这铁管上有六七个孔，正好让炮仗露出捻子，一声轰鸣后，这些碎石就像花一样在七八米的范围灿然开放。这声轰响,轰没了芋头的司令宝座。

　　第二天上课的时候,我有点心不在焉,所以麻子讲的什么根本没在我的脑子里留下痕迹。不幸的是,麻脸老师柳条做的教鞭落在了我的掌心——我被罚站了。麻子曾经是一个私塾先生,脸上有几颗麻坑,读起书来摇头晃脑。由于学生不听话,他老人家会急得把柳条做的教鞭每天敲碎两根,碎末乱飞。白白的柳条敲在桌上发出吞噬一切的声音。

　　操场上,电影队的马三已经用竹子叉幕布了。那布白白的一大块,挺沉。马三拿起话筒开始广播:社员同志们,今天是吴家圩包场放电影,放的是一部国产彩色战斗故事片——这声音通过话筒,弥漫很远,而且不断有回声反馈过来。马三要去吃晚饭了,瘦头杀了鸡杀了鹅招待他们。然后就有几只麻雀在那里叽叽喳喳地跳来跳去。我从教室的后窗看到,狗旦和芋头的影子。狗旦向我扮着鬼脸,说:老麻子已经回家了,逃!我精神一振,跳窗而逃——老麻子把我锁在教室里了。

　　这时,天色已晚。我们隐藏在鲁汀河的桥边芦苇丛里,准备等南边的敌人给他一个迎头痛击。我用纸做的望远镜观察着河南的动静,但敌人的一个影子也没出现,难道他们狗熊了,不敢从桥上走了?绵羊说:桥是他们晚上看电影的必经之路,不会不走。我们下达命令:隐蔽待敌!

　　从桥上路过的大人,不知道我们玩什么鬼把戏。

　　马三警告我们:不许搞破坏!否则把你们当现行反革命抓起来!

　　我梗着脖子,没理他。

　　我们终于发现了马明他们。狗旦说:他们……来了!有点哆嗦。我说:别吱声,服从命令。个狗熊!

　　但是出乎意料的是他们一个一个地过桥,原来我们以为他们会一排整齐地开过来,一炮就解决问题了。可是敌人是狡猾的大大的。

敌人已经一个一个地猫着腰向我们压来了,单打独斗,我们寡不敌众,怎么办?狗旦顾不得快流到嘴边的鼻涕,用袖子很快地擦一下说:只有开炮,先重伤他一个!给他个下马威!

我命令:开炮!

我得意地看着桥头,准备看敌人人仰马翻。"噼——嘭——",炮响了,但是敌人自岿然不动。倒是震得狗旦呀了一声。

这个笨蛋狗旦,他把大炮仗的头装倒了!哪里发射得出去!

就在敌人还不知道是怎么回事的时候,我们又手忙脚乱地点燃了另一门炮。这时,一个黑影铁塔似的站在我们面前,并高高地昂起手:不许胡闹!呀——,这是队长瘦头,瘦头企图阻止我们的战争。——放电影的马三告了我们的状。

炮再次响了,没错的,瘦头喊起了妈妈!——我们的天也塌了。

这次我爷爷抡起他的右臂,脸上的肌肉都胀成了牙齿,但最终钉耙样的手掌没有落在我的身上,变成了拳,狠揍了空气。

6

因为武斗吃了败仗,我被废黜了。他们另立了司令,他是芋头。

芋头虽然基本一直屈居在我之下,但芋头是麻子老师最喜欢的学生。芋头是艰苦朴素的红小兵,王麻子给芋头编了顺口溜:"刘志阳,不平常,小雷锋,美名扬。"芋头的衣服永远洗得干干净净并且永远有一块补丁,补丁也洗得干干净净,他好像就没有新衣服。芋头有自己的崇高理想:当好毛主席的红小兵,长大像雷锋叔叔一样为人民服务。

芋头贿赂大家,就是请他们在月光下喝酒。月光很好,月亮给芋头他们点了一盏硕大的灯,芋头把木盆反扣,上面蹾着几盆鱼虾,关键的是有酒。当我出现的时候,围坐一团的人都愣住了,举着半空中的酒碗，愣着。这时，我听到远处树上一只鸟在拼命地叫着"苦呀——，苦呀——"芋头尴尬地笑着。我说，你们叫呀，为啥都不吱声了？芋头说，我们听鸟叫。

我像一只孤独的狼在村子里徘徊——我发现了桑园。桑园边上是队里的蚕房，蚕房旁边是老刘的家。

老刘没有资格养蚕，老刘只能替队里放羊。蚕宝宝娇气，如果被右派搞了破坏，那就不得了啦！瘦头队长这样说。

其实，我跟老刘一样有把柄落在别人手里，区别在老刘的把柄被人捅出去了，而我的把柄还被他儿子握着！

是的，那天在学校的操场上，麻子在慷慨陈辞唾沫星四溅的时候，我抬头看天，抬头看那些自由自在飘荡的云，它们幸福地聚集或者……就在这时，我看到了一个头像，像极了一个伟大的人。我为我的发现激动不已，不幸的是我告诉了芋头，芋头立即变了脸，我也突然变了脸。芋头说：我要报告老师！

我没出息地哭了。我说，我根本没诅咒老人家上天，老人家愉愉快快地在北京指挥着红小兵闹革命呢——你千万别告诉老师，我愿意给你当牛做马，好吗？好吗？

我的天啦，我怎能咒我心目中最最神圣的领袖呀！我觉得生不如死。

芋头冷笑着。从此我在芋头面前总是要夹着尾巴。我甚至送给芋头一只苹果。

我们里下河哪里见过如此稀罕而宝贵的东西，没有，我知道它叫苹果的时候，首先已被它香甜的气息迷醉。我不知道爷爷从哪里弄来了一只苹果，我从爷爷手上抢下来的时候，我的脑袋里嗡嗡的，唾沫在舌跟和嗓子就那么不争气地流着，鼻子这时候是最享受的，那种甜滋滋的味道瞬间让我兴奋。我用牙齿感受着它，我的牙齿在苹果皮上轻轻滑动，一点一点……

但是，那只苹果我并没有吃，虽然它的上边留着我清晰的齿痕。我把它送给了芋头，我希望芋头为我保守秘密。

爷爷的口袋里，不仅有香烟，还有火柴。一盒漂亮的上海牌火柴，美死的是，那火柴头不是黑的竟然是红的！闻闻心醉，看看眼花。我就怀揣着这样一盒火柴，走到了田野里。秋天的田野枯草满地。麻雀叽叽喳喳地聚会，这些叽叽喳喳的麻雀，使我看到是芋头他们在聚会，他们喊着芋头司令，听芋头调遣。我大叫一声，所有的麻雀都吓得一愣神，接着扑棱棱飞向高处，但一会儿又落下来，继续在草丛中叽叽喳喳。我一路点着小火，一路愉悦着，直到看到在远处放羊的老刘。老刘躺在地上，脸上盖着草帽。反动分子在想什么坏心事呢，我不屑地越过了老刘，心里想着他的儿子芋头，凭什么揣着我的秘密，就可以爬在我的头顶拉屎？

当鸭棚着火的时候，我吓得一下子跳进了河。起初，我也想踩灭的，无奈一阵风来，火就蹿上了棚顶。我一个猛子，拼命向河对岸游去，气喘吁吁地躲在河坎下，一转头，鸭棚的上方浓烟滚滚，浓烟中有噼里啪啦的爆炸声。所有的鸭子都拼命张开了翅膀，嘎嘎声一片，哭爹喊娘，一些鸭子像鸟一样飞起来。芦花一样在河面上飘荡。我看到老刘一跳老高，拼命地挥动着鞭子，边跑边喊：着火了——，着火了——，捶胸顿足。在田野里忙碌的人们飞奔向鸭棚，瘦头队长吹起了哨子。

鸭棚终于化为灰烬，马三站在人群后面，马三恨死了这鸭棚。

火哪来的？人们嘴里在嘟囔着。马三嗤地转过身，不屑地离开人群：这不是秃子头上的虱子——明摆着是贼喊捉贼！

老刘？这个老右派在破坏集体财产？

谁先到的现场？老刘！

老刘是纵火者！

这是阶级敌人在搞破坏。老刘的批斗大会在土台上隆重召开。

只要公社开一次批斗会，老刘就会被拉出去到各大队游斗一次，所以早晨天不亮就要起床去报到，晚上很晚才会回到生产队，一天没吃没喝。有一次，累得在我家门前再也走不动了，我妈给他盛了一碗饭，老刘颤抖着要给我妈下跪，颤抖抖地说："没齿难忘，没齿难忘……"

我对妈说：妈，你又犯糊涂了，你怎能同情坏人，接济右派分子呢？

妈叹口气似乎很清醒地说：你不懂。

这次，我吓得躲在床下，但是高音喇叭的声音像个魔鬼，伸出手来，把我拽到了会场。会场上人们义愤填膺地呼着口号。我看到芋头低着个脑袋，眼中蓄满泪水。突然芋头也举起了拳头，起初有点怯怯的，后来他的小拳头举得比谁都高，稚气的尖而细的声音划破声浪：打到右派反动分子刘某某！打倒！打倒！坚决打倒！老刘起初对这个声音充满惶恐，后来，听着，听着，老刘就笑了。老刘一笑，底下人群更怒，严肃点，严肃点！老刘便沉了脸，但笑纹未消，整个批斗会在严肃与不严肃间，最后笑成一团雾气。

后来芋头被麻子老师表扬一番，对，出身不能选择，重在表现，就是要与一切反动阶级彻底划清界限！我没有呼口号，更没有举拳头，我虚虚地看着老刘，心里说，我不是故意的，真的！

批斗会上，没见到黄毛的身影。前天，黄毛喝多了老酒，睡意盎然地躺在床上抽烟，睡着了，起火了。

我们看到大人们拎着水桶，拿着盆，飞奔，吴家圩到处是这种飞速移动的黑点，我说，我们也赶快去救火。在奔跑的过程中，我送给黄毛的半包飞马烟像个巨大的石块悬挂在我的脑海。黄毛被烧得灰头土脸，头发和眉毛几乎都没了，一脸黑灰，两只眼睛透着无助的光。我很内疚，想安慰他，他叹口气，一转身，不理我们了。后来，每当想到黄毛的狼狈相，我们都哈哈笑起来。吴家圩再开大会，没了黄毛的踪影。

7

有一天深夜，我竟然在梦里闻到了干部烟的香味。我听到门外有轻唤开门的声音。我妈动了一下。后来，呼唤的声音越来越响，我妈终于起来开了门……我躲在被窝里，摸摸眼角，液体冰凉。我心里说妈你又糊涂了呀，你怎么当了老郭的鱼儿——

第二天，我砸坏了老郭的柜台。

我要找爸爸。

吴家圩有部电话，所有的指令都是从这黑黑的乌龟一样的躯体里发出的，瘦头接电话都得毕恭毕敬，点头哈腰，只是电话那头看不见，点也是白点，长满皱子的笑声会从那细细的黑线上传出去。瘦头每接一个电话，一个新的指示就在村里变成了行动，所有的人都把电话当菩萨供。瘦头说，哪个说坏话，也通过这个细线传出去，那就是告诉菩萨了。似乎谁占了电话，谁说话就算话。电话里藏着什么？这是存在我们心里的一个巨大问号。

话筒挺沉，发出奇怪的嘟嘟声。我学着瘦头的样子，一只手叉腰，说，喂，喂。可是只有我自己的声音。后来我又观察瘦头，发现他要揿电话的肚子，摇那猪尾巴似的把子。经过几次操练，我终于摇出了电话，我听到一个很清脆甜美的声音：喂，你好，请问你要哪里？我愣着，我不知所措。但第二天，第三天，我不断地去摇。我终于对那个甜美的声音说：我不知道要找哪个。电话里说，不知道找哪个以后不要打电话，占线影响别人，小朋友知道么？我说，不知道。声音说要挂了。我突然说：我找我爸爸。我说出这句话让我自己吓了一跳。电话问：你爸爸是哪个？我说我不知道。不知道你打什么电话？声音已经有点不耐烦。我说我知道你是孙悟空，神通广大，一定能帮我把爸爸找到。那女声没有挂电话，沉默一会说，你叫什么？我说我叫葫芦。我感到很温暖，温暖得无限委屈，悲伤突然就从喉管里涌出。

我就是找我爸爸。

好，我帮你找。今天先挂了，好吗？

然后，我听到了一串嘟嘟声。

我想爸爸的时候很揪心，我不明白，我怎就没有一个爸呢？老天不是给每个都分配了一个爸么？我们每个人的身后不都应该站个爸么？为什么它要把我的爸收走呢？我试着用上嘴唇碰下嘴唇，这个音真好发，轻轻一碰，"巴"音就出来了，再急促一点就是爸爸了。有人的时候，我发着"巴"音，没人的时候我发"爸"音，越来越有趣。声音越响，嘴唇的感觉越好，我走在河边，清晰地听到回音，很响。

绵羊用奇怪的眼睛看着我说：癞子不会神经了吧？我轻蔑地看他一眼，继续发我的"巴"音。发出这种声音，心里那一块就不揪了，舒坦。浑身的痒也安息了。

8

我妈说得不错，吴家圩真要地震了。家家户户住进了防震棚，那些像蘑菇包一样的草棚占据了田野，原本的收成顾不上啦。原来家这么简单，只要有一个草棚，几条被子，哪里一搁就是家了。天，地震不仅要震，还要裂，地裂成天大的缺口，那些嘴会发疯似的吞咽地上的东西，吞下一头牛，眼睛都不会眨一下。这种恐怖让我们平添了无尽的忧愁。但绵羊说：地震是个纸老虎，你不打，它不倒；你一碰，它就倒！地震有什么可怕的呢，人定胜天！不信，我们走着瞧。

地震在我们都将忘记的时候，突然来了。

警报在一个深夜是那样剧烈地响起来，撕心裂肺。

爷爷说：假如我们都震死了，你怎么办呀？

我无法回答，我从来没想过这个问题。

我说：我要尿尿！

爷爷说：就在棚子里尿吧，别出去了再没时间走回来了！

不——，我说。

外面鞭炮齐鸣，炮声阵阵，红光一片，警报是那样毫无顾忌地撕裂着田野……

在这撕裂声里，我裂开大嘴哭了。爷爷"嘿嘿"笑起来："没出息的东西——"

那夜，被爷爷骂了后，我一百个不服气。出来小便时，我碰到了芋头。芋头站在树杈上。芋头说：癞子。我没理他。芋头笑了，很自信的笑。你听，这警报声多有意思。我们不做点什么吗？我说应该做点什么。我突然想起电影《平原游击队》里打更的老头。我向芋头摇了摇脸盆，然后找个木槌，"哐——，平安无事啰，哐——"在我的脸盆敲击声中，我们的伙伴聚集在一起。后来，我们所有的人都敲起了脸盆。"哐，哐，哐——平安无事啰，平安无事。"所有的大人都从等死的地震棚里走出来，看看这些细伢子，好，麻子后来说：这是大无畏的精神！

我们来到吴家圩的高高的台子上，我站在台子的中间，哐哐地敲着脸盆，仿佛我成了吴家圩所有人的司令，黄毛喜欢的就是这种感觉么？我忍不住扭头看看高台后面，我知道，那地方枪毙过人。但是，又有什么可怕的呢？

地震没有来，老天也会撒谎，第二天，我依然看到了灿烂的阳光，这阳光跟平时不一样！

学校里却发生了地震。

虽然在我的心中，芋头是善于搞阴谋诡计的，但是他怎么能搞出自己的阴谋诡计呢？他怎么会糊涂到用粉笔去写那几个字呢？

那天早上，我明显感到学校的气氛有点异样。麻子的脸黑得像锅灰。我看到了两个穿军装的公安，他们的领章是那样令人羡慕，我甚至做梦都想拥有一副。——学校的厕所里出现了反革命标语，除了打倒老刘外，还有"打倒×××"，至于这"×××"是谁，没人说，也没人敢说。我到厕所上去看时，厕所已被水洗了一遍，什么也看不出来了。我们到现在也不知道这"×××"是谁，但这并不妨碍这是一起典型的反革命事件，不妨碍写他的人成为反革命分子。所有的笔迹都对过了，要成为毛主席红小兵的芋头被带走了，他像风中摇曳的衰草。但是芋头说：癞子竟说老人家上天了！癞子咒老人家！癞子也是反革命！！

芋头终于检举揭发了我！

公安问我咒老人家了吗？我不说话，我宁愿哭，宁愿哭得嗓子也破了，我不承认我说过天上有领袖的头像。打死也不能。我妈妈对我说。虽然带着领章的公安是那样令我害怕！

证据不足！我幸免于难！谎言让我躲过一场灾难。

芋头被带走的时候，芋头哭着对我说：癞子，你牛X啥？你能当上这个司令还不是因为你爷？你爷给新四军划过船，你狠！

不错，我爷是给新四军划过船，是个老革命，可这跟我当司令有什么关系呢？一点关系也没有。

你敢说没关系？芋头气急败坏地说。

没关系，没关系就是没关系。我大声说。

你是顺河飘来的，你知道么？你爸呢？你爸呢？还骗我们你爸是在北京抓特务，你根本就没爸！你知道你家为何要把你扔了喂野狗？你是私生子，你知道么？你以为你是谁，你爷根本不是你亲爷！

老刘狠狠地打了芋头一个巴掌，芋头头一甩，狠狠地瞪了老刘一眼。

我真是水上飘来的一根草？如果是私生子，那我爷就不是我的亲爷了，这个念头令我痛苦不堪。但是没人再和我谈这个话题。

粉笔事件的结果是芋头成了少年犯，要劳教。从此学校所有的粉笔我们休想再接触到，所有的老师在上完课后都像捡芝麻一样捡走哪怕一丁点粉笔头。

9

地震让人们都看开了。什么放不下呢？眼睛一闭啥都没了么！我妈说。但是有一样她是放不下的，一个男人找来了，他们说是我爸。地震也让他突然大彻大悟，他一定要找我们，哪怕是曾经被他抛弃的疯婆娘。当年我妈挺着个大肚子疯疯傻傻来到吴家圩，在草垛里生下我的时候，是我独臂的爷爷收留了我妈。

我听说我爸找来的时候，我首先拨通了那部电话，我说我有爸了，我有爸了——

有了爸就什么都有了，还要当那个半真半假的司令干嘛？我越跑越快，眼里一片白光，耳朵里呼呼直响，突然发现我长了翅膀，飞起来了。我担心我妈要糊涂得认不出这个男人。后来我才知道，这个男人刚刚从牢房里出来，他有一项罪名：偷听敌台。他不是抓特务，而是被当作特务抓起来了。

后来，我想到，认了这个男人我也成一个狗崽，想到芋头怨恨的目光，我浑身瘙痒不止——我的癫病又犯了。

城里的月光

一船人的快乐都源自王叔。

"王叔说了,到了泰州,西瓜在码头上一下,我们就可以拿到白花花的票子,尽管到浴室澡堂洗个桑拿,泡得干干净净;饭店一坐,吃饱喝足,天把天时间就可以打道回府!"领头的春山唾沫飞溅。

这是一趟愉快的行程,是到城里开洋荤的。缘来的心热呼呼的,抬起眼,盯着春山的手势,喜悦从缘来的眼睛深处四溢开来。一滴汗水顺着眉梢流下来,然后像站岗一样峭立在眉角,缘来使劲眨了一下眼睛,汗水滚下来,延伸至嘴角,缘来用舌头舔舔,真咸!缘来知道船上装的西瓜,都只有八成熟,王叔说了西瓜不能长到全熟,否则阳光下一曝晒,不全馊了?

这一船西瓜是奔王叔而去的。是的,周围兴化、江都都可以去的,为啥上泰州?不就是泰州有个在李家村插过队的王叔么?有了王叔,这趟行程就是美差。缘来的母亲放心地让他上了船。船是机帆船,费用很大,谁家一趟也用不起,只能几家合伙,合伙的人家都有个代表,缘来代表自家上了船,缘来是个高中生。船上都是男人,母亲上船不方便,缘来没有爸。看好自家西瓜,卖好自家西瓜,把西瓜换成钱,交给母亲,母亲这一季的辛劳就有收获了。缘来自感任务艰巨,看看一船大人快乐的表情,缘来的心也放下来,不时露出很白的牙齿,并且像大伙一样,把草帽抓在手上快速扇几下,其实,风是热的,没用。所有的人都渴得要死,但是没人动满船西瓜的脑筋,人们情愿像只鸭子一样,匐伏在船边,手快速地划拉一下河水,把从手缝里漏掉大半的水送进嘴。

到了泰州城,船像条咬自己尾巴的宠物犬一样在河里转了几个圈,哪里能靠上岸——满河西瓜船!春山没办法,掏出满包香烟夸张地笑得嘴巴咧到耳根,终于有一船主同意他们绑靠,全船人都松了一口气。满河的西瓜船,一条挨着一条,高高堆起的西瓜压得船趴在水面,直喘粗气。大家又犯起愁云。春山说,没事的,我们有王叔呢。王叔来了,满船的西瓜就有了去处。全船人于是都呼一口气,蛮有兴趣地打量起城市街景。

船上人催促春山,快去找王叔去,下了瓜,我们就下馆子!

春山不推托,捧了两只瓜上岸找王叔去了。

缘来没见过王叔。船上人就显出了不屑,王叔你都不知道呀?呵呵!难怪呢,你是个洋学生么,你小时候王叔也许还捏过你肥肥的屁股蛋呢!全船人都笑起来,缘来歪着脑袋说:你瞎说。

在等待春山回来的时候人们的心情是轻松的。日头还毒辣辣地喷火,知了不知躲在哪个树阴下疯狂地鸣叫,行船时还能感觉着一点河风,而此刻空气是凝固的。这样的天气对卖瓜太好了,天越热西瓜越好卖,阴天打冷的,谁会买你的西瓜?想到这些缘来直直地站在阳光下,仿佛与老天赌气似的,我就不信你个老天热死我!等春山找来王叔,下完一船瓜,我一定到带空调的电影院泡一晚,透心凉!

半晌,春山回来了。

远远地，缘来看着跳来跳去，跳过一条条船。

但是春山带来的消息并不好，街上西瓜压死街啦，在街上都没办法摆了，王叔说，等等吧。

缘来明显地焦虑起来，缘来感到了口渴，他舔舔嘴唇，干干的，要裂，水。可哪里有水呢？那河水是绿色的，发出的是股恶臭味。水上漂浮着的是什么呀，西瓜皮、烂西红柿，还有塑料袋，特别是那恶臭在阳光的曝晒下，直呛鼻子。缘来感到胃里的东西直泛，世界上所有的美食此时都勾不起一丝吃的欲望。这是一河氨水呢。同船的人都说。缘来知道，氨水烂皮肤。

王叔啥样？高矮胖瘦，年纪如何，在城里干啥？缘来充满好奇，因为王叔对这船上的人，船上的西瓜太重要了，重要得如救星一般。但是王叔失信了，缘来的心也失望到极点，缘来厌恶起这趟进城之行，对这个本事非常大的王叔也有点抱怨了。船上人似乎一下失去了欢笑，闷头想心事。

这时，缘来感到小腹发胀，热烘烘的脸上因闭气而眉头紧锁。缘来抬头看春山。春山四仰八叉地背靠在西瓜上，草帽盖在脸上，光着的肚子像只圆瓜皮，此时正有规律地鼓起或瘪下。缘来踢踢春山的脚，春山不理会。缘来说：春山叔，我要小便。

春山扔掉草帽笑了，船上的人都笑了。春山向船边努了努嘴。

——就在船边吧，没人割了你。

缘来的脸更红了，看看岸上匆匆忙忙的男男女女，特别还有那些像骄傲的鸡冠花一样走过街头的少女，犹豫地说，就在船边吗？不是随地大小便么？

春山不屑地说，没事，没人看你，就在那尿！大小伙子了，怎能像个姑娘似的？

缘来干干地站着。看那一船西瓜都鄙夷地笑了似的，一群苍蝇在耳边顽强飞着，它们在西瓜上快速蠕动，勤劳得像什么似的。

我上岸。缘来倔强地说。

有必要么？缘来。

缘来不说话，夹着一泡尿，上街找厕所去了。

缘来回到船上的时候，春山他们吵成一锅粥。

要不要等王叔呢？有人说等，有人说不等了。另找码头去。是的，城里人是靠不住的，别以为王叔在村里插过队就是值得依赖的人了，别以为他喝了几天李家村的河水就是李家村的人？不是，人家回到城里，就是城里人了，人家现在是用鼻孔讲话的老板了，还能看得上你这农村人？做你个大头梦去吧！春山感到很没面子，唾沫四溅地说着王叔的好，是呀，王叔说了再等等么，王叔一家人又不能吃掉一船西瓜，人家也要找到下家才能把西瓜下下去，这都需要时间么？怎就不能等呢？想当年，王叔在李家村时，我们是多么好的朋友，他怎么能骗我春山，骗了李家庄的人呢？缘来你是高中生，读的书多，你说说。这几千斤西瓜里也有你家的么，你有权说。

一船人的眼光都盯着缘来。

缘来有点受宠若惊，嗫嚅着不知怎么回答。是么，这是多大一件事呀，怎么能由他作主呢？他能作什么主呢？

我不知道王叔，王叔……

几个人有点失望地回过头。是么？缘来还只是一个孩子呢。

船上人催促春山再给王叔打个电话，并说好电话费大家摊。缘来知道春山有部手机，可只是别在裤带上，从未见打过。

春山拨通了王叔电话，哼哼哈哈的直点头，笑容又爬上他的脸。虽然王叔是看不到的，但一定能感觉到。缘来想。

收了线，春山笑眯眯地说：怎么样？我说王叔不会忘了我们吧？王叔明天到我们船上来！

船上人也喜滋滋的。

春山又话锋一转说：王叔说，瓜太多了，收购我们的瓜价要再便宜一点。

这怎行?我们给他的价格已经是最低的啦!一船人都叫了起来。

那怎么办?春山问。我们眼睁睁看着一船瓜烂掉么?

没人能回答得了这个问题。

天黑了,船上没有蚊帐。蚊子一群群密密匝匝飞来,两只手根本对付不过来,它们像轰炸机嗡嗡地飞着,缘来的手上、臂上、腿上,只要是露出皮肤的地方都被叮起一个个肿包,缘来穿好长袖衬衫,扣好所有的扣子,但这些蚊子还是咬破衣服,把长长的吸血管刺进皮肤……缘来闷热异常,所以他要不停地飞舞拳头砸那些不知在哪儿的蚊子,只有脸能感到它们铺天盖地撞来。蚊子量词哪里是只,是"群",一群又一群,密不透风。

我们撞进蚊子窝来了。春山说。春山现在很孤单,船上已经没人理他了,所以他只能对缘来说。

要洗澡呀?洋学生。

是想洗把澡,非常非常想,可到哪里洗呢?哪里有浴室?在街上的残光照射下,缘来看到春山指指小河,什么?河里?就这河?缘来惊诧地跳起来。这水臭得能烂皮肤,已经起化学反应啦,这是一河氨气。

春山笑了笑说:洋学生,那你说到哪里呢?

缘来想不出来。缘来看了看岸上的城市。一座座格子间里灯光明亮,那里有空调,有浴霸,有凉晶晶的自来水,王叔家在哪儿,哪一家是王叔?能到王叔家洗把澡多好呀!

春山说:怎能去麻烦人家王叔呢?我们这乡下人没被人瞧不起就不错了,他来喊我也不会去的。我们要晓得自觉!

春山边说边找毛巾,然后"卟通"跳进黑黢黢的河中,溅起几滴水,缘来惟恐避之不及。

"舒服呀,洋学生,世上只有水洗人,哪有人洗水呀?水再脏,它也是水呀！"

缘来不答，左右开弓地拍着蚊子。但是心里隐隐一动，是呀，水再脏，那不是水么？

行啦，别磨噌了，下来吧，凉着呢。

缘来被蚊子咬得实在没有办法，心一横，扒掉衣服，捏着鼻子，一下跳入河里。

——是么，洋学生总要长成男子汉嘛！

一股恶臭没头没脑地袭来，但同时袭来的还有凉爽，透心凉。

春山呵呵地笑道，怎么样？

缘来闭着眼睛咬着嘴，尽量仰着脖子，不让脏水漫过耳朵。

放松放松，你哪里是洗澡，简直是受罪呢，看我——春山仰着，一只手拍了拍肚皮。

缘来终于透过城市的灯光，看到天上，天上的月亮。看到月亮，缘来就像看到了老朋友。月亮像一把银色的镰刀，在云端里挥动着，甚至也像个老朋友似的咧嘴笑，露出亮晶晶的牙齿……缘来的心里一松。果然，洗澡的感觉好呀，虽然是臭水，但刚才的烦躁和浑身汗味，像蛇壳一样脱掉了。

春山叔明天要下雨了。

呀——你哪里知道的？

我上街找厕所时听电视里播的。大到暴雨。

缘来去找厕所的时候，厕所怎么也找不到，只好憋在一个小巷的角落里解决问题。完事后，站在一家小店门口看了会儿电视，正转播奥运会游泳节目呢，那一池碧蓝的水，看得缘来不想挪步，就在那个时候，他听到天气预报明天有雨。但是缘来不知道怎么说。缘来更想见到王叔。当时想，有了王叔，这个陌生的城市就会变得温暖起来，西瓜船上的所有问题都会迎刃而解。

完了，我们那一船瓜要烂掉了，缘来你怎么不早说呢？

我不知这怎么说，我们有王叔呢，还怕下雨？

春山迅速游到船边，扒着船舷，一蹿而上。对着船上喊，都起来吧，王叔哪里斗得过天啦，有老天作对，王叔也救不了我们。许多人找王叔呢，王叔也难呢，怎么能光帮我们呢？他不也就是个瓜贩子么？求人难啦，求人不如求己。起来！上街卖瓜，卖一个是一个！

春山吆喝起来，焦急的口气里能迸出火星。

一船人，行动了。肩扛手抬。

……

此后几天，西瓜卖完，王叔也没有出现，全船的人再不提王叔一个字，只有缘来常痴痴地想，王叔，究竟长得什么样子呢？你再难，来看看我们总应该嘛。我们是投奔你而来的呀！

春山回到村里跟人说王叔跌断了腿，不信，你打电话问去。

春山甚至掏出舍不得用的手机。

树杈上的莫明

1

如果你是班上的差生,最好呆在哪里?莫明认为最好是一个人呆在树上。

刘沟中学旁是一条大河,大河边是长得各式各样的粗粗的杨树,随着河堤的逐步坍塌,这些大杨树一棵棵都向河里伸着身子,像一头头渴得嗓子冒烟的老牛趴在水边饮水。莫明经常一个人爬上树,躺在一棵分杈的树干间,像躺在床上。下面是深深的河水,有树叶不时飘落,然后有鱼伸出头——这就是大自然呀,莫明羡慕那些探头探脑的鱼,它们没有忧伤,它们快乐地摇头摆尾。

因为是差生,沉重的自卑感使莫明的背有点驼,差生的头衔像一把坚硬的锁,锁住了莫明的嘴巴,锁住了莫明通向快乐的门。与同学相处,莫明感到无限压抑,感到同学们看他的眼光有点怪异,在这些怪异的眼光里,莫明就缩小成一个点,夹杂在班上喧闹的人群里转眼不见。只有躺在这些杨树上，莫明才感到前所未有的轻松。莫明是树上的主人。

莫明躺在树杈上，可以知道谁跟谁好，哪个老师今天家里来客人了，因为老师会从食堂里端几个菜回家。

莫明想不到成老师会点自己的名，更想不到成老师会叫他收全班同学的订报款。

莫明听了成老师的指派，慌乱得不知点头还是摇头，他涨红着脸，眼睛不知向何处看，只好盯在了课桌的"三八线"上，一只穿花格子衣服的手臂动了一下，那是柳柳的，柳柳是他的同桌。莫明在柳柳面前有自卑感，柳柳漂亮，成绩也好，莫明和柳柳从没讲过一句话。莫明终于把眼光落在成老师的嘴巴上，感到这张嘴很亲切，这张嘴里吐出每一个字，莫明都想把它吃下去，莫明喉结滚动着，唾液是甜的，莫明的心也是甜的。

为同学收订报费是个荣誉，这说明你被重视了！成老师为何要我收订报费呢？莫明想不明白，想得脑袋有点疼，收这个费应该是语文课代表的事，而莫明不是，柳柳是。莫明看柳柳的时候，就有一种歉意，当然莫明是趁柳柳不注意的时候偷看两眼。柳柳面朗如水。于是莫明上下一节课的时候就故意蜷缩在课桌的一角，手臂有点自卑地斜仄在课桌边沿上，他想柳柳应该明白他的心意。《中学生语文报》，一份36元，一起交给莫明。莫明记住了，莫明被喜悦笼罩着。莫明想，柳柳也会把36元交给他，而以前，他何曾受过如此重视？如果初三（2）班是个公园的话，莫明就是那角落里最卑微的一棵小草，而今天不同，阳光照过来了，给点阳光我也灿烂。

成老师很厉害，虽然教语文，可是体育也不赖，双杠能连打许多个"花"，在莫明的眼里绝不比李宁差；足球踢得也好，在学校操场上跑起来，真有郝海东的霸气。但成老师有一样不好，莫明感到他有点看不起学生，常说：你脑子是木头做的么？这也不懂。学习差的学生在他面前更是战战兢兢。

莫明一直盯着成老师那张嘴，耳朵里充塞着喜悦的声音，直到下课，这声音似乎还萦绕在成老师的周围。

2

成老师今天布置的作文题是：《在……之上》。

现在的中考作文题就是怪，让你根本摸不着头脑，《在……之上》是个劳什子作文题，既不是事，也不像个议论文，倒是有点像诗的题目，莫明想起有一首歌的名字好像就是《月亮之上》。

夏天的这场雨下得很突然，像谁在恶作剧，从天空中猛扣下来一只巨大的盛满水的盆，把天地扣成黑色，整个世界都被那巨大的哗哗声笼罩着。莫明在树杈间感到有万千条蚯蚓从他的身体上蜿蜒而过。莫明心里想着一个名字：毛老师。毛老师是县文化馆的老师，毛老师编着一份叫《龙川文艺》的报纸，莫明怀里就揣着这样一份报纸，报纸上登着他的诗歌处女作。莫明想成为一个诗人，同学们都崇拜周杰伦、姚明、"超女"……莫明不，莫明崇拜诗人，虽然诗人在眼下有点寂寞。这引路的人就是毛老师。莫明经常模仿毛老师的字，时间长了，字也有点像毛老师。有一次，柳柳盯着看了半天，脸红红的，为此，莫明高兴了一个星期。说不清为什么，受到柳柳的关注莫明就高兴。

其实，莫明要退学了。几天前，父亲电话里说，给他在城里找了一份学徒的活，父亲说这话是无奈的，初三快毕业了，能考上高中吗？莫明对自己的成绩一点信心也没有。接完父亲的电话，莫明躺在树杈间，看天上的云朵一片片地飘，那么安静那么无助，背后是那种大得没有边的蓝，那满满一天空的蓝呀，那蓝色下面是远方，远方是什么呢？莫明突然想到课堂上的浓浓墨香，挥一挥手，不带走一页纸片……

收到毛老师的信是莫明最高兴的事,虽然这种信都是退稿信。因为信要从成老师那里转手,使这种兴奋留有点遗憾。

成老师要莫明收《中学生语文报》的订费莫非知道他不务正业——写诗?

莫明突然想到为啥不写篇作文《在树杈之上》呢?在树杈之上,莫明最有发言权。

3

莫明自认为精心写就的作文,并没有引起成老师的注意,更没有得到成老师的表扬,莫明觉得自己比任何时候都需要这份表扬。莫明想从成老师的眼睛里读到点什么,无奈,成老师的目光从莫明的肩头无情地掠过,最终散成雾霭。老师,我怎么做才能让你摘下"有色眼镜"?莫明无限委屈,但是没有说一句话。他对成老师失望,对自己更失望。

莫明对柳柳说:"钱还是你收吧!你是语文课代表。"莫明开腔跟柳柳说话,柳柳很吃惊,在柳柳的眼中,莫明一直是一幅静止的画。

"怎么?成老师叫你收的呀。"

"你——你是语文课代表。"莫明倔强地说,然后,最终闭上了嘴巴,不顾柳柳的惊诧。

是的,莫明不想收这钱了,虽然他心里很矛盾。收这钱干吗呢?当所有的同学都能看到《中学生语文报》,都能闻到比栀子花还香的墨香,并且在这墨香里陶醉时,自己在哪儿呢?这钱只有柳柳收,只有柳柳有资格收,那是一定的。明年,柳柳一定会穿着洁白的袜子,昂着鸡冠花似的头颅坐在高中班的课堂里。

自习课的时候，莫明被成老师叫了出来，像一只垂头丧气的狗被牵进了宽大的教师办公室。路边的花儿正艳艳地开着，上面有忙碌的蜜蜂勤快而愉悦地飞舞。

对成老师的问话莫明用沉默回答。

你怎么回事？难道为同学服务一下的精神都没有呀？自私——成老师一拍桌子，桌上的几只断粉笔像莫明的心一样猛地跳了几下，然后伴着重重的叹息卧在那儿不动弹了。

"哇——"莫明委屈得大哭起来，但随即哭声又被生生地吞了下去，变成嘴角激烈的颤动。

"回去——这钱，你收也得收，不收也得收——不成器！"成老师的声音在莫明听来充满恐怖。前天还那样亲切的嘴巴，此刻变成了刀，毫不留情地刺来，寒光闪闪。

莫明硬着脖子回到教室，像一只受伤的鸟儿簌簌发抖。

谁在告状？柳柳？莫明怨恨的目光投向柳柳。

这时，莫明看到柳柳迅速看了他一眼，又低头做作业，一条辫子无辜地垂下来。莫明看到柳柳的手臂过了"三八线"，她正在聚精会神地写着什么。莫明不声不响地狠狠捶了一下柳柳，柳柳惊恐地"呀"了一声——然后莫明看到了一张颤动的脸，"莫明——"柳柳说不出话来，"你怎么能这样……"然后柳柳趴在桌子上嘤嘤哭泣，全班同学都惊惧地看着这一切。莫明又看到柳柳那只漂亮的文具盒——城里大店里才能买到的高级文具盒也不经意间挪过了"三八线"，莫明报复似的把柳柳的文具盒扔到地上，"啪"的一声，柳柳在这声音里无助地抽动着双肩——莫明想，有啥了不起的，你走你的阳关道，我走我的独木桥。

"莫明！"——文具盒摔在一双脚边，那是成老师的一双脚！所有的人，都在这一声吼中打了一个冷颤。

4

成老师又出了一个怪题:《在……之下》。

莫明不想做了。柳柳说:"你作文没交。"莫明说:"我作文本没纸了。""买一本呀!"莫明未置可否。

成老师来到班上的时候,莫明的心跳了几下。成老师气喘吁吁,好像刚踢了足球似的。"莫明,站起来!你怎么回事?全班同学作文都交了,你的呢?"

莫明不说话,赌气地昂着头,不看成老师。"今天不管几点你都给我把作文交出来,否则我跟你没完!坐下。"

有啥没完的,我都要退学的人了。我炒你鱿鱼!谁怕谁呀?莫明动作很大地坐下。

柳柳轻声对莫明说:"其实在老师心目中,我们都是一样的。"

莫明反感地说:"你少唱这些高调!你们这些所谓好孩子还不是以我们这些坏孩子作参照,没有我们的自卑,哪有你们的飞扬跋扈!"

莫明越想越委屈,越想越难受。泪忍不住流下来:我就写《在不被重视之下》。我就指责你个成老师,歧视成绩差的学生!我要炒你的鱿鱼!

出乎意料的是,因为感情真挚,生动刻画了成老师的形象,莫明获得全班最高分。

"成老师——"莫明说,"我这篇……还没上篇好呢!"

成老师就笑了,"我知道你有委屈,你的《在树杈之上》也同样感人。我知道。"

"那——"

"不就是表扬来迟了一点吗?大自然有微风细雨,更有疾风暴雨，人总有受委屈的时候。我们的同学为什么只能适应微风细雨，对疾风暴雨就受不了呢？你知道你最缺的是什么？缺的是钙！缺的是自信心的钙！只要你努力，别人再不重视你有啥关系呢？关键是你自己，你自己要相信自己，你首先得把你驼着的背挺起来！你脑袋是木头做的吗？这都不明白！"

不，我需要和风细雨。莫明心里说，不自觉地挺了挺胸。

"我再给出道作文题：《在委屈之中》，明天交来！"成老师说。

雪落无痕

这一段时间，我害怕分班，当听到下午分班的消息时，我的心狠狠地往下一沉，我几乎听不见那报告分班消息的同学在絮絮叨叨地说什么。当我抬起头时，走廊里就剩下我一个人和快乐飞翔的麻雀，它们在相互追逐着，或高或低，或左或右，全然不知世间还有烦恼两字，我如果是一只麻雀多好呀！这个念头令我愉快。

我成绩差，这也许是一个事实，但我从不愿承认。

当斌说我这次英语考了40分时我只是"哦——"了一下，我知道叫我再看一下别人的勇气都没有了。如果我是一只麻雀，我就会让眼泪畅快地流下来，可我是15岁的男子汉，男儿有泪不轻弹。斌说："别伤心，还有比你更惨的呢。我文武双全的人不过才35分。"斌，是文武两字的合体，所以他向来以文武双全自喻，其实他文不像秀才武不如兵，如果稍微像点秀才的话，那就是他的画画得特别好，他的图画课从没低于90分的，可这有什么用呢，学校注重的是数理化，尤其是我们初三，水平再高，也当不了好学生，即使他文武双全，也逃脱不了英语35分的下场。我几乎就要安慰这位文武双全的朋友了，但一想到英语 40 分，只能接受分到差班的命运，心就忍不住疼起来。

这是一个冬天的下午。

这时候，我手上的冻疮，钻心刺骨地痒。我无法阻止抓破它们的欲望，所以现在已是满目疮痍了，我无法不把那些稍硬的疤揭掉，露出红艳艳的肉和血水来，似乎唯有这样才能通到我心里的某根神经，才能感觉出一些快意来。老师正在说着分班的意义：什么这些成绩不好的同学理解能力差、学习态度不端正，影响了学习好的同学。这样分开来实施重点教育，希望明年教育系统开总结会时，我们能坐到前排……其实正是我们这些成绩不好的同学才衬托了他们的跋扈，豢养了他们目空一切的傲气……对我来讲结果是十分清楚了，我一句也听不进去，斌一副木然的样子，我知道他的心根本不在课堂。教室里依然是那些老师的宠儿交头接耳志在必得眉飞色舞的样子，而老师不会理会这一切，他们眼里只盯着我们这些成绩不好的学生，充满了怜悯和不屑，那目光看得我直想流泪。

这时，我看到了文。

文的座位和我并排，只能看到她的侧面，那玉石般清晰的轮廓和庄重的表情，使我仿佛看到了停泊在平静如水的海面上的一只船，安详而宁馨。突然，这海面上狂风骤至，有亮晶晶的东西从文的脸颊直泻而下，而文就那么坚定地让它泻下。

我糊里糊涂地揣摩着文何以落泪，轰然一声，大家就散了，可我竟没听清我是分在优班还是差班了。

斌说：你分在优班了。我突然被一种巨大的幸福感击中。我僵硬地微笑，使斌无法忍住他的得意——我被捉弄了。

"也不看看你自己，英语才搞了 40 分，也想分在优班，癞蛤蟆想吃天鹅肉……"

许是最后一句话刺伤了我，我一拳打在斌的鼻梁骨上，鲜血涌出了那大大的鼻孔……

"你竟敢打我？"斌连拳带脚一齐向我袭来。

"我就打你……"我奋不顾身地抱住他，两人就像相扑士一样隔着桌子展开了战斗。

两旁围观者嗷嗷叫好，催促我们继续战斗。

斌转身对围观者大叫："看什么看，我们友谊第一，比赛第二，小农，我们罢手吧——"

我们相视而笑。

斌拥着我，亲热地走出教室，留下一群莫名其妙的围观者。

经过这一场战斗，我的心情好多了，分到差班的阴霾暂抛到九霄云外。

可回到家的时候，一股莫名的悲哀袭上我的心头。我很心虚。害怕任何一个大人知道我分了差班，这正如冻疮藏在手套里看到的只是漂亮的手套，而一旦露出来那么令人恶心。我悄悄地溜进我的房间，难受地躺在床上，瞪着屋顶。屋顶上有一些变幻莫测的图像，也许偶尔一颗泥点溅飞在屋顶，或仅仅是一条雨渍的痕迹，就构成了一幅无与伦比的图画。哪一天得告诉斌，别再画那些仕女和神像了，画屋顶，屋顶是最美丽的画。

已经是掌灯时分，屋内一片黑暗，我听到母亲的声音："小农怎么还没回来？"

"许是还在学校用功呢。"这是爷爷的声音。

"暑假就要升高中了，可别把身体弄垮了，也不知能不能考上呢……"

"我那孙子特聪明，还要说——你准备钱吧。"

我恨死爷爷了：就考不上，看你还吹牛皮。其实我爷爷还曾是新四军战士，脑子里的战斗故事一串一串的，爷爷一直是我在小伙伴中的骄傲。多少年后，我才知道，其实爷爷知道我不声不响地在房间里,他是故意激我的。我知道我是家里的希望,可这希望是多么渺茫。

我坐在灯下写我的诗,虽然我不知道这些诗的命运,正如我不知道自己的命运。但我有一种冲动要勤奋笔耕,要让我的思想变成文字,变成眼泪,变成可以充饥的什么东西。我的脑海里凸现了文,凸现了那种凝重的气息,怎么赶也赶不去。

文竟也分在了差班,在我的印象中,文的学习是比较好的,特别是英语,可她竟也没考好,分在差班……这是我第二天走进教室才知道的,我终于明白文昨天何以落泪,一瞬间我突然感到昨晚给文写的赞美诗一文不值。文该是如何咀嚼了一夜的伤心和无奈。

优班的教室里已经是一片琅琅书声了,似乎是一支协奏曲,各门功课一古脑儿地登台表演,悦耳而充满欢乐,而我们的教室里却是一片喳喳的嘈杂声,我憎恨于这种声音又无奈于这种声音。一个人影从我的身后晃到了讲台,这是老师李,我们的班主任。他的手里收缴了武侠小说和斌的美术杂志。教室里陷入了一种死寂,等待老师李的训话,然而老师李只是把课程表一贴就转身离去,这是一个悲怆的背影。

前面的几个同学正好无所事事,就蒙了一只眼睛向课程表上瞅,以此来测试视力,后面的伸长脖子或纷纷离开座位走到课程表前看个究竟,然后纷纷回到座位谈论,不就一张破课程表吗?整个上午就这样无聊而倦怠地过去了,除了文。只有文是认真地记笔记认真地学习。

我不动声色地观察着文,感到文是一个多么可人的女孩儿,这时候男女生是一律不讲话的,也不知道这风俗从什么时候起,就这么延续下来了。这是一条河,男女生各站一边。文似乎是对岸一株文弱的垂柳,充满音乐般的魅力,我试图用诗歌的逻辑演绎。

这几天我的冻疮平静如水,这是一种奇怪的东西,你隐忍着不碰它，它似乎也就那样，一旦隐忍不住，它骚动而急躁的性情就会折腾得你一刻不得安宁。

斌提到文的名字时，我的心猛烈地跳动了几下，似乎有热乎乎的感觉充斥了面部。在斌的嘴里说来，文的名字亲切而又陌生。斌说文真是一个认真的女孩，长得真漂亮，是一个好女孩，也是一个呆女孩，我竟不敢问为什么。斌告诉我：你知道为什么文分班考试没考好？因为她有一门课竟没考，是送一个被自行车撞伤的老人到医院，你说她呆不呆？我对斌充满嫉妒，因为他多知道一些文的信息。那一晚我和斌没了说话的兴致。我和斌是结拜把兄弟，那也是一个深冬的晚上，我们各人割破手指，那鲜红的血液在同一只碗里，敬过天敬过地，一碗酒轮着喝两口，我们就成了生死弟兄。气氛庄严而凝重，"不愿同日生，但愿同日死"，说起来有一种寒冷的感觉。但我们真诚地流下了热泪，为我们的誓言欢欣鼓舞。可那一晚我们喝多了，误了期末考试，我们的成绩单上数学是零蛋！成了极坏的典型。

这晚后，我和斌的关系便微妙地疏远了。

我要感谢老师李，把我的座位调到文的后面，我可以随时听到文的声音，她飘洒的长发常散落在我的课本上，又黑又粗。我陷入莫名的愉悦之中。

这一段时间对斌的冷落显然伤了他的心。一个星期六的下午，斌叫我到他家。

斌的房间里挂满了自画的稚拙画，瘦削的脸和鸡爪似的手使人想起街头卖画的画师。斌先沉默着，然后说，我们是弟兄，是同学，是朋友，不应该有什么隔阂。什么时候也不能忘了我们的誓言。斌那鸡爪似的手在昏黄的灯光下激动地跳动。

我看一眼斌，笑笑说："文给我写信了。"

空气仿佛凝固了。

斌无限沮丧。然后又激动地向我觅信。我坚定地摇摇头说，这是秘密。斌伤心地说，我们是兄弟，一个女人的信这么重要吗？我恍惚而坚定地说，以后给你看！

因为文根本没给我写信，是我暗暗决定给文写信，我为我突然说出的话激动不安。

我始终不能原谅的是母亲的突然来校，使我给文写信的勇气消去一半，终而对斌寻问信件的质询无言以对。

这是一个雪天。雪花飘飘洒洒地落满校园，落在那一排排冬青上，显得活泼而充满生机。

不知为什么，小镇医院的医生要给我们打一种预防针。不知哪位爱开玩笑的可爱的人传说是打绝育针。这下可捅了马蜂窝，从各条阡陌奔来的家长气喘吁吁，愚昧的乡亲一叫百应，学校被围得水泄不通。

我的母亲汗淋淋地奔到我的面前，拖起我的手就往家拉。

我果断地藏起手，母亲的眼泪淋淋地流下来：我奔得把衣服都扔掉了，这绝育针一打，我家不断子绝孙了吗？

母亲只穿着线衣，显得单薄而寒冷。

我看到了文，她正悠悠地看着热闹。文家住在镇上，她的父母做着镇上高尚的职业。一股无名的自卑袭上心头，笼罩我的全身。我看到文向我和母亲射来的目光，悲哀地抱起头颅。

我大病了一场，为母亲的愚昧和我可怜的自尊。

我决定退学，出去闯荡。

斌劝我：熬着吧，熬过初三，给你放长假。斌说："文真给你写信了吗？"我无言以对。文真是吃饱了撑的，竟在班上成立学习小组，我们这些差生谁有那心？斌又说。

我对文的任何一点信息都感兴趣。

我为我的未来感到悲哀，这样下去无非是几个月的事情，几个月之后我将干什么，我得为未来作准备，但文一直占据我的脑海，我一遍一遍地写着文的名字，写一下心里就感到温暖——要让文明白我的心情，不能留下这遗憾走出校园。

在昏黄的油灯下，我终于给文写了一封信——

文同学台鉴：
　　首先请原谅我的冒昧，听说你办了一个学习小组，我想参加，另外请你给我买本文学的书。
　　谨致
冬安！
　　　　　　　　　　　　　　　　　　　　　　　　小农

我在信封内装了两块钱。

我挖空心思，才找出两条理由，无论如何，一个男子汉给女生写信都是掉价的事情，我是不得已而为之，我这样安慰自己。

站在邮筒前，我看看四周无人飞速地把信投了进去，似乎訇然一声，一块重石从我的心中炸碎，我感到天空是那么美丽，璀璨的阳令人心怡。

重新上学的那天，我破天荒地到校很早，教室里只有文已经来了。我的心怦怦乱跳。

"赵小农，那首诗《蝉》是你写的吧？"

文竟然主动跟我说话了。我激动得有点眩晕，独自咧着嘴笑，却不知道答话。

"你应该把精力放到英语上。"文又说。

我竟一句话都没说，事后我恨死自己了。

那诗当然是我写的，我记得很清楚："学一只蝉／深埋于地下／在苦苦的重压下／倾听夏天的声音。"可我竟没说一句话。

当班主任把地址写着内详的信递给文时,我的心脆弱如死灰一碰即碎。文惊讶的神情令我终身难忘,似乎有许多同学的目光集中在那信上。千万千万不能当众拆开呀,千万不能,我闭上眼睛祈祷。我的冻疮此时偃旗息鼓,静如止水。

睁开眼睛时,文已平静地打开书本,听老师讲课。

周未的班会上班主任李说——

近来,我们班有些同学不务正业,心思不用在学习上而是用在给女同学写信上,你们懂什么,你们只知道饭好吃,粥烫人。写信的同学对得起家长,对得起老师吗?别忘了你们这是差班,你们是差生——

我晕得快支持不住了,呼吸短促,虚汗淋漓。

班主任的声音干燥如炸药,把我的心炸得粉碎。我绝望而愤懑地盯了一眼文的背影,感到我的面前一片黑暗,我再不能呆在这学校了,再也不能了!

眼泪变成苦涩流进断肠。

幸好一位女同学及时展示出了信件,我从这位女同学身上看到了希望——

女生楚已经在嘤嘤而泣。

斌大叫一声——别说了——就冲出了教室,再也没有回来。我可怜的文武双全的朋友。

一切昭然若揭了。

一个无限美好的傍晚,文叫住了我并给我一本书。把多余的五分钱塞在我的手上,文浅浅的笑意如一杯握在手中的温水。我想到了那条河,这其实是一条人为的,中间什么也没有。

文几天后突然消失了,看着那空空的座位,我的心一无所靠。

同学讲,文随父母工作调动远走他乡了。无限伤感袭上我的心头。

我该到车站去送她,然后挥挥手,眼泪模糊了我的双眼……

可我竟不知道。文就这样从我的生活里永远消失了。

她办的学习小组,倒是如火如荼起来。我也参加了,并渐渐成了骨干。

冻疮,在一个平淡无奇的日子里悄悄愈合了。

又下雪了,飘飘洒洒,仿佛一只只温柔的小手抚摸你的路。无可抗拒。当你试图捕捉它时,它又急速地没了踪影。

雪落无痕。

碰　头

1

　　碰头，是因为结巴的汇报。

　　生产队那只老母猪要死啦。老母猪是一头光荣的母亲，它已经为生产队下了七八窝崽，一窝20只，总共下了一百多只，猪场里的猪全是它的儿孙。但现在这只猪老了，它哼哼的声音显得很微弱，肚子瘪瘪的，两排光荣的奶子像两排失去水份的梨子松松地耷拉着。这几天，这只老母猪已经不吃或吃得很少，喂食时它的子孙一哄而上，哪里顾得上它们年老的祖母！就是猪，它们不会有一点良心。待吃完了后，这只猪颤巍巍地晃到槽边，食槽已是空空如也。结巴把鳅鱼找来说了老母猪的事。鳅鱼不是鱼，是杨树村的队长。鳅鱼说，能卖给牲畜站吧？结巴说：人家不会……要……的，老猪肉……嚼……嚼……嚼不动！

　　鳅鱼闷头想一会，无奈地说：碰头。碰头就是生产队全体社员聚在一起说事情，或者什么事也没有吃一顿。鳅鱼这里说的是后一种情况。

村里人听到碰头的消息，都兴奋起来，只有结巴像死了爹妈一样。结巴舍不得，所以结巴各项工作做得就有点缓慢。

屠户胡三带着杀猪的家伙来到猪场。胡三是地主的儿子，"黄屁股"。他跟村里所有人说话都得赔着小心，唯独对结巴口气很冲。胡三说：你个八怪，麻利点。三个月没肉塞牙缝了，肚里都快耗干了。

结巴瞪一眼胡三，狠狠回道："耗死了，你的鸡巴耗死了吧，哼！"胡三也是个光棍，虽走马灯似地相了无数亲，可哪个姑娘愿意嫁给他呀？你长得再标致，再会疼人，顶个屁，所以结巴看胡三的时候，就有了一种蔑视。鳅鱼站在猪场的阳光下，大汗淋漓。

鳅鱼看着远处——女人薅草，男人罱泥。鳅鱼看天。鳅鱼打量猪场。猪场已经明显有颓败的样子，20头猪，两头耕牛，一个结巴，三大间茅屋，两个大草垛，这是猪场的全部家当。猪场好呀。这时结巴颠颠地舀了一木勺子大麦乌茶送上前：队长，站着多晒呀，猪场里有凉水呢。鳅鱼不屑去。君子远庖厨嘛。

这时，猪的嚎叫传来。老母猪在这嚎叫声里走完了一生，并以它的哀嚎向鳅鱼告别。全杨树村都听到了这一声哀嚎，并且在这哀嚎里兴奋起来：猪杀下了，猪杀下了——唾液在嗓子里打着滚，心事都放到中午的碰头宴上去了。

只有结巴哭丧着脸说：胡三这个……挨千刀的，他把……母猪捅死了，这个……挨千刀的……

2

都说杀猪的损阳寿，要成为绝户，胡三不甘，朝老母猪身上撒了尿。老母猪难得欢快地哼哼着。就在这时，胡三亮出了雪亮的尖刀，捅向母猪那肥肥的脖子，血喷薄而出。胡三感到酣畅淋漓，那殷红的血带着一种热情，在空气中绽放，胡三的土蓝色围裙上溅的全是血点，那种血腥味，胡三感到非常解渴。

晦气，晦气！结巴向灶膛连唾三口吐沫，一个劲嚷嚷。

胡三说：你再说，再说煽你嘴巴子！

我就说，晦气，晦气，呸——

胡三呲牙裂嘴要上去揍结巴。

你动我一个手指，你个黄屁股！结巴虽然瘸着腿要避闪，但嘴上绝不饶人。

胡三被"黄屁股"三个字刺得气急心堵。这三个字让他活得如此沉重，如此委屈，如此无奈。瘸腿结巴都能用这三字来刺激他。

咋啦，不服气是不是，不然把屁股掀起来看看，你个夯人——

胡三跳着脚骂娘：老母猪是你家老婆，我杀了猪你要报仇不成？

这时，鳅鱼进来了。两个"八怪"忽地站起，唾沫星乱溅地向鳅鱼汇报着，并且相互指鼻子，挥舞拳头。

鳅鱼笑了，咧开的大嘴露出了整排的黄牙——秋芬进来了。

两个八怪立刻停止了争吵，并且把眼光重重地落在秋芬的脸上。秋芬像一道阳光，拂过鳅鱼笑成花一样的脸。秋芬一般是不到猪场来的，秋芬的到来使结巴顿感猪场生辉。

秋芬是换亲换到队里来的。秋芬的丈夫叫大锁，大锁在队里是泡牛粪，但有个妹子，于是秋芬跟大锁的妹子成了两件东西，相互交换了。秋芬长得好看呀，像池里正盛开的莲花。换亲，换出去大锁妹，换进来荷花样的秋芬，村里的男人觉得值。

结婚的时候，秋芬羞涩得像刚下过雨的梨花。结巴经常暗暗地盯着秋芬看。结巴喜欢看秋芬修长的腿，喜欢看她走路时一摇一摆的样子。秋芬太美了，太好看了！结巴发现，除了他，队里还有好些男人也跟他一样盯着她看。结巴不知道，男人们的这些目光灼伤了大锁。大锁得了病啦。只要秋芬在路上和谁多说一句话，大锁就会沉着脸，吼上一句：妈的X！你个浪货！队里可以和大锁多说话的只有两个人：鳅鱼和结巴。鳅鱼是队长，大锁不敢对他怎样；结巴是废人，大锁放心。结巴不止一次看到大锁追打秋芬。结巴看不下去，忍不住喊：你这么追她干啥呀大锁？

大锁哪里肯听，仍在后面追。

秋芬披头散发，如一朵开放的鲜花，立刻受到风摧雨蚀。

"你再跑，我撕烂你——"

结巴心里骂：你个没出息的货，你怎能骂秋芬？

秋芬终于还是给大锁逮住了。大锁一把抓住她头发，将一只箩筐往她头上罩去，箩筐里满是钉子草，秋芬没命地喊："妈呀——"

看着互不搭理的结巴和胡三，秋芬迈开她的长腿进灶间，对结巴说我来烧火。结巴被秋芬推了一下，感到心里暖乎乎的。结巴不情愿地离开，忿忿地想，这下便宜这黄屁股胡三了，可以跟秋芬锅上锅下地呼应了。结巴竖着比狗灵的鼻子，嗅着气息。猪肉切下的时候，鳅鱼只允许灶房留三个人，结巴、胡三、秋芬，防止有人偷吃。结巴透过灶间的洞口，看到胡三看秋芬的眼睛很亮，而且还含着笑。

"秋芬，火要小点，这是老母猪肉。"

"知道——"

"秋芬，火大点，姜放进锅了。"

"知道——"

"添木材，添木材——"

"晓得啦，晓得啦，就你会催。"

胡三望一眼烧火的秋芬，抿着嘴笑半天。

"秋芬，肉差不多啦，你尝尝。"

胡三用铲子小心地挑两块瘦肉,送到秋芬的面前。"张嘴,张嘴——"秋芬听话地张开嘴,胡三小心地把两块肉喂进秋芬嘴里。秋芬闭着眼含糊不清地说:香,香——

结巴感到自己是多余的人。结巴走到太阳下。结巴看了看天,有点怏怏地再次走回猪食房。这时,结巴看到,黄屁股胡三正抱着秋芬呢,他的手在秋芬的胸前乱摸,不争气的是秋芬竟笑眯眯地闭着眼!

结巴感到热血上涌,结巴感到很渴。结巴没了主意。结巴只有退出屋外。结巴看到鳅鱼站在石磙旁。结巴走过去。鳅鱼讨厌地瞪他一眼:你围着我做什么?狗呀?

结巴不知怎么办了,过了好一会说:胡三这个……狗日……的!

鳅鱼回头问:怎么啦?

结巴说:不……不怎么!

结巴心中的花谢了。

3

鳅鱼宣布:所有社员带上碗,到猪场。

猪场里已是香味扑鼻,只有一些小孩站在猪场外,他们吮着手指,流着涎水,讨好地看着鳅鱼,希望鳅鱼能格外开恩赏他们一块半块红烧肉。但是鳅鱼坚硬的目光掠过他们的头顶:细伢子,回家烧饭去。细伢们在鳅鱼的挥手下怏怏地走回家,他们只能在饭里泡上"神仙汤",嚼几根咸菜,阵阵飘来的香味与他们无关,他们个个在心里骂鳅鱼绝八代!红烧肉终于烧好了。鳅鱼清了清嗓子说:社员同志们注意了,里堡公社向阳大队杨树村生产队的碰头大会就要开始了!——鼓掌。

毛主席说:革命不是请客吃饭。在阶级斗争形势一片大好的情况下，我们吃饭是为了更好地干革命工作。同志们在吃饭时一定要讲究团结，吃出革命群众当家作主人的豪情来——鼓掌。

碰过头，男的继续罱河泥，女的到圩田薅草。下面排好队，准备吃肉！

哗——掌声一片。

就在此时，人们看到了一个女人和孩子。真是开锅十里香，要饭的来了！结巴最先发现。结巴指着女人和孩子，憋红着脸："吴……吴……"，看着手足无措的结巴，一队人都笑了起来。"笑……笑……什么？"结巴说，人们更笑了，胡三笑的声音最响。

女人期待地看着鳅鱼，女人看出了鳅鱼在这群人中的分量。鳅鱼很为难。女人说是安徽凤阳的，家乡遭了灾了！那是一个要饭花子成堆的地方，结巴知道。

鳅鱼拧着脑袋，沉默着。不看女人，看树，树梢上正有几只麻雀上下翻飞着。女人说（女人虽然蓬头垢面，但声音好听）：行行好吧，大哥，给点吃的吧，哪怕一点儿，孩子昨晚到现在还没吃呢，给点吧，大哥——鳅鱼转过头来，看了看已装上红烧肉的缸，笑了，说：我们队里伢子也没得吃呢，你到别的地方要去吧。我们三个月才碰一次头呢，我们肚子也是瘪瘪的呢，前心贴着后心呀——

女人不说话，但不走。看一眼杨树村队的社员，低头看地。小女孩吮着手指，盯着结巴，结巴讪讪着，结巴不敢看女孩。突然，小女孩瘪瘪嘴，小声说：妈，我饿——饿——眼泪一串串下来，结巴看到了一条亮亮的线。

社员们沉默着。

胡三这个遭天杀的突然对结巴说：结巴——把女人领回家做老婆吧，蛮白的呢！

结巴看到女人迅速地看了他一眼，结巴就感到一阵亮光在眼前一闪。结巴狠狠看了一眼胡三，朝地下吐了口唾沫。

怎么？还不愿意呢，你多划算啦，一下子就又有老婆又有姑娘了，省得你没日没夜的日捣！

你行吗？哈哈——

结巴气得下巴抖抖索索：要领……领……你领，只有你这家伙会捡人家便宜，你个……个……绝八代！

鳅鱼这时清了清嗓子说，社员同志们，大家说给不给她们呀？

没人吱声。结巴两眼找秋芬，不争气的秋芬正盯着胡三呢。结巴感到一阵心疼，心里有点空落落的。

这时女孩的哭声有点大，女人狠狠地拽拽她，女孩又把哭声吞下。

鳅鱼这时又问：社员同志们你们说说看，给不给？

还是没人应声。

结巴突然说：队……队……长……长，什么……什么同意……不同……同意的，呀——

鳅鱼愣住了。结巴迅速地拿起碗筷，装了整整一碗红烧肉，塞到女孩的手上：吃……吃……吃吧——

结巴，你怎么能这样，没有队长的指示就自作主张！胡三叫道，你是想女人想疯了吧？你领回去日捣是你的事，怎么能把我们的红烧肉给要饭的呢？

你……我不吃了。谁想女人想疯了……是你个……王八蛋，别以为你……刚才跟秋芬那点破事我没看到——

结巴突然止住了口，一队人都突然睁大了眼睛。

胡三、秋芬脸上失色。

你放屁！胡三死一样地叫道。

大锁疯了似地揪结巴的领口：你再说一遍！

结巴哆嗦得一句话说不出。

大锁迅速给了秋芬一个嘴巴子，又跳到胡三面前，拿起一根扁担,狠狠地砸向胡三。胡三一躲闪,扁担砸在了盛肉的缸上,缸破了,一缸的肉流到地上。

快拾肉呀!鳅鱼喊起来。

人们向破缸冲去。无数人头聚在地上,像一朵盛开的花朵……

第二天,秋芬吊死在自家屋后的榆树上。

青春朦胧

YESTERDAY IS GONE, YOU HAVE TODAY, TOMORROW MAY NEVER COME……

我坐在椅子上,手肘压在你全集的绿皮封面,支颐看黑板上的字迹。右边是相思林,"可有一个牧神蹑足来听我的课吗?我看到巨大的叶子闪闪发光,坐着,想着……"

我抄录杨牧这隔着海峡写成的句子,是羡慕这样宁静愉悦的生活。而此时,夕阳已经西下了,大学校园里多是一些快乐的身影,整个夏天,我坐在空空的大学教室里写一些文字,我不知道这些文字的命运,正如我不知道自己的命运一样。

我们为别人的苦难而流泪,因为我自己浸透过苦难。我总想把主人公略去,因为我们许多人走进了这个氛围,但彦总是从我的笔端跳出来。

我看到了彦,看到了灿烂的微笑和兴奋摆动的头颅。

人似乎都注重表面,其实表面与内心哪一个更真实呢?

认识彦是那个燠热的夏天。是从一首诗开始的:

> 无论从哪个角度审视
> 我只是一只小小的蚂蚁
> 虔诚而卑微地劳碌
> 在缝隙和夹板间寻找家园
> 和熟悉泥土的气息……

这首诗发表在我们市一个中学生办的内部刊物上，也许这首诗触动了我的某根神经，这时彦的形象美丽而模糊。

A1

那一年，我为去补习班的路而酸楚羞愧，当有人问我上哪里去时，我支唔着难以回答。

我站在焦阳烤晒的芜草上，汗水把太阳帽浸了一个黑圈，稻田里的热浪一个劲地袭来，汗水顺着滚烫的脸颊流下来……

强虔诚地提着网兜，新近拿到高考录取通知单的强此时踌躇满志，但不得不掩藏着内心喜悦，我知道他害怕刺痛我这一贯优越的心。"你回去吧。"我露出了浅浅的笑意。

强迫不及待地释放出微笑："那我回去了，我会给你写信的，再见，李彦。"

这时呈现在我面前的学校寒伧而卑微。

没有一株花，没有一棵树，红砖红瓦的平房教室，老态龙钟地蹲在那儿，一汪施工的水池不时地荡起涟漪，建筑工人正往里填土。黑色的夏天，黑色的情绪，失败的阴霾和渴求成功的氛围笼罩着张张似曾熟悉的面庞。

我像蚂蚁一样爬进了补习班嘈杂而郁闷的教室里，对于即将到来的日子惶恐不安。

我环顾了一下教室。

来自全市不同中学的高考落榜生，似乎谁也不愿理谁，恰如空中的繁星，看似近，其间却隔了多少光年。

我看到的只是一幅剪影。

B1

许多事情，只要坚持或只要稍有点耐心，就可以成功，而事实是许多人都失败了，这时的耐心显得寒伧，因为一种诱惑的力量在逼人就范，智商一文不值，而过程的力量令人震撼。生必死，生至死的过程美丽而充满诱惑。

彦对氛围表现出的热情令我感动，无疑在灰色调的底色上抹上了鲜亮的一笔，补习班是由书本和试卷以及匆匆忙忙的脚步声组成的。那些书本似曾相识又翻来，去年的痕迹依然在，那些脚步声一直萦绕在耳边。

我喜欢看彦的脚步。

彦的鞋永远干干净净，没有一点灰尘，白网球鞋在优雅的步伐里熠熠闪光，既然是一个班，就要有一个班委会，就要有班长，彦愿意，彦是班长，自荐的。

A2

班主任对我当班长表示了极大的热情。

我生来也许就是不服输的，叛逆的因子在我的血管里噼啪作响，秋天的知了在有气无力地扯着嘶哑的嗓子鸣叫，这漫长的声音催人入眠，学校在我的眼中有气无力。

特别害怕夜晚，夜晚的燠热令人烦躁。

补习班的教室里没有白天黑夜的区别，这些不幸落难的人们像一群鸭子争先恐后地爬进时间的牢笼，只有被关起来才感到欣慰，那像小山一样堆垒起的书本令人心悸，这就是我们战斗的位置，就是我们埋伏的地方，七月是我们发起总攻的日子，那时我们冲出战壕，一跃而出……老师李郑重地说。

自从与强分手后，收到他的信是我愉快的日子，但我从来不回信，只有我自己知道为什么。所以，当刘丽高高举着信，露出神秘笑容的时候，我感到很坦然，刘丽脸上晕出少女特有的羞涩红色。

强进入了另一种生活，他还能惦记我，令我感动，我对他并没有企图，"期待和脚步不再响在心头，疲惫的眼光已燃烧成灰烬"，这句子从我的心头流过，这是我的心声，刘强你能听到吗？

刘丽把她的宝贝作息时间表拿给我看，我只是瞟了一眼：4∶00起床跑步……11∶30睡觉并回忆一天所学东西，总之除了吃饭，睡觉就是学习。

我说：你会累出病来的。

刘丽没说话，只是眼神有点木。

要成功就要付出代价，这代价有时就是自虐。

这是一个朴素的乡下女生，她原来的学校的高考升学率是百分之零，她能考到479分已经是佼佼者了。我能知道靠的是什么，因为我也是乡下丫头。

这时我闻到刘丽身上散发出淡淡的汗馊味，这是没有洗澡的缘故。补习班刚开始办学，没有浴室，洗澡成了大问题。男同学还好办一点，站在水龙头边冲澡，水龙头边长成一片肉色的森林，害得我们女生一到傍晚就不敢去水池边。

怎么克服呢？

除了在宿舍里偷偷地用水洗，就是多喷香水，不是说法国的香水那么出名是因为法国女郎不爱洗澡吗？于是女生宿舍到处闻到香水和汗馊混合的味道，令人窒息。可像我和刘丽这种上学吃饭都成问题的人哪来钱买香水呢？

只有不运动不动弹不出汗少出汗。

我突然想到来一场什么比赛才好，但我的提议没有人应和，我不禁嘲笑起自己，比什么赛呀，大学都考不取，这又不是在风景幽雅的大学校园！

只有一个人响应了我，杨妮，一个快快乐乐的城里女孩。

B2

我对季节是很敏感的，季节影响着我的心情。

秋天该成熟的成熟，该收获的收获，这个秋天我一无所有，我梦中的校园在我的愿望里越来越清晰。

我是揣着大专录取通知书走进补习学校的，身后有无数羡慕的眼光，可我是一定要考取我梦中的那所学校的，那学校的简介我背得滚瓜烂熟，每听到那所学校的名字我就感到那么亲切。

秋天的太阳已经无力地垂落西方，我顺着校园的田埂小路慢慢地走着，脑袋里木木的，刚背的英语转瞬即忘，期中考试就要来了，这是对半学期的总结，我感到非常伤心和恐惧。

一般学生是怕考试的，而我对考试情有独钟，每次考试都是一次个性的张扬，我喜欢听到全班或全年级第一的称号，这称号比看一场电影听一次歌星演唱会还要令人心仪。

这几天我的心一直烦躁不安，对秋天我充满意见，班主任对我寄予了厚望。全补习班五个班，竞争绝对厉害，谁能拿到年级第一，无疑将使班主任老师脸上大放异彩。

我看到两个女孩在打羽毛球。对面的女孩齐耳短发，白色的网球鞋在欢快地弹跳，另一女孩梳着"马尾巴"辫子。

我知道那是李彦和杨妮。

男人总容易记住女人，特别是长相或气质出众的。

李彦就属于这样有气质的人。李彦突然叫起了我的名字："周明……"

李彦粲然地笑着把羽毛球拍递给我，自己累得直喘粗气。

我忸怩着不敢接。

"怕什么，又不咬你，真没出息。"

杨妮的水平真是不差，害得我只有给她捡球的份。

我长期疏于体育，特别是现在，在杨妮的猛烈扣杀下我惭愧不已。

李彦说；"别害怕，抬头，放松，思想跟着球跑。"

在我的学生生涯中，我绝少跟女生讲话，我的记忆里女同学都只是一些不能动的剪纸，无色无味，虽然有时我也关注着她们，那不过是看一场电影或看一场游戏罢了。

我为李彦主动叫出我的名字而激动不安。在结束打球时，我的心中充溢着异样的感觉，对秋天的怨怼一扫而光。

A3

期中考试的结果出来了，班主任李把成绩公布在墙上，标明了名次，前十名后十名都用的红广告色，虽然是一样的红，这差别何止霄壤。

我无缘挤进前十个红色的名字，也幸运地逃脱了后十个红色的名字。

前十名的第一名是周明。

我对这位怀揣大专录取通知书走进补习班的同学充满钦佩，这种宁为玉碎不为瓦全的精神令人感动，他考第一是天经地义的，否则就太没理由了,他的球技实在不怎么样,热情倒是蛮高的。

可刘丽不幸跌入了那后十个红红的名字,她把枕巾搞得精湿。那前十个名字像十个红红的喜庆的灯笼,而后十个是十双哭红的眼睛,在夜晚的煎熬中越来越红。

周末的晚上,我想叫刘丽到街上去洗澡,叫了几声,没有回音,我掀开蚊帐,没有;教室里,没有;校园里,没有。

血嗡地一下冲上我的脑门,心一下子提到嗓子眼。学校的南边是国道,汽车一辆接一辆呼啸而过,我真的害怕她横躺在路上,没有。学校西边是一片水杉林,穿过水杉林就是大运河。终于在大运河边看到了刘丽呆呆的背影。

我轻手轻脚地包抄过去,一把搂住了刘丽,她挣扎着,然后一头扎进了我的怀里,放声恸哭,弄得我的肩膀处潮湿一大片。

"这不过是摸底,我们有的是机会。再说,何必非上大学不可,成功的道路不止一条。"

"但是,我偏偏走的是这一条!"

我能说什么呢,一股酸楚堵住了我的嗓子眼,我们不都走上了这座独木桥了吗?

一弯月亮挂在天边,所有关于月亮的美好遐想此时一文不值。

现在才是秋天,我们有的是时间,我这样安慰刘丽,同时对自己的心说。

看电影去,街上正上映《欢颜》,胡慧中的表演美轮美奂——在我的拖拖拉拉中,刘丽终于勉勉强强跟我走上了看电影的路。

当我们还沉浸在对胡慧中美丽清纯的形象和对爱情忠贞的感动里时,那首"不要问我从哪里来,我的家乡在远方……为了远方飞翔的小鸟,为了梦中的橄榄树……流浪,流浪"的旋律依然在我们的心中流淌,听这首歌时,泪水不自觉地挂上我们的眼睛,在黑暗中我们相互捏了捏手。

在学校门口站着一个人，班主任李。我们想从他的背后穿过，一声"站住！"令我们心惊胆颤。我和刘丽不自觉地松开手，然后又握到一起。这时在外面玩的同学都跟我们享受了同样的待遇。周明是最后一个站到队伍中来的，但班主任第一个向他开了火："怎么样，不得了啦，考了第一名啦，你以为你自己了不起了，了不起为什么还上补习班？你们已经经历过失败，哀兵思胜啊，还想再考不上大学吗？不如趁早回去该干啥干啥……"

"还有你，班长带头去玩，"李把矛头指向我，我无言以对，"玩就不要来补习班嘛，班长班长处处榜样，你是榜样吗？"

刘丽竟嘤嘤而哭。

"哭什么哭，我现在要求的是你们流汗，现在多流汗到时少流泪，这简单的道理要重复多少遍？"

在黑暗中看不清李的脸色，只是那眼镜片在月光下闪闪发光。李掷出的每一句话都是炸药。

"我……我提议，把贴着的成绩公布表揭掉。"我大声地说。

"为什么？受不了啦，不敢直面自己的成绩是吗？高考是无情的，补习班也是无情的，这就是竞争。不存在温情脉脉的假斯文，补习班就是要撕掉这些虚伪的面纱，直面人生，优胜劣汰。"

刘丽握我的手越来越紧，我害怕她会倒下去。

"成绩公布出来会挫伤一些同学的积极性，助长一些同学的骄傲情绪。"周明的话虽然不合时宜，但我很感激。

"挫伤谁，助长谁，没出息的东西。"

李严厉的声音没有任何一个人再敢插嘴。我恨透了他，不就是看一场电影吗？犯得着嘛。

B3

"四时可爱唯春日,一事能狂便少年",这是王国维的话,可我们哪里有这狂劲呢?即便我是走进补习班的大专生,本质上还不是一个失败者吗?

自从那次打球后,我对彦充满好感。我觉得彦身上有"一事能狂便少年"的气质,那洁白的网球鞋似乎是她的一个标题,充满青春气。

正在晚自习时突然停电了。教室里一阵阵愉快的叹息声,声声入耳。

停电的感觉令人愉快,可以伏在桌子上放心大胆地想一想,或走到田间的小路上,站在一片黑暗里浮想联翩,这片刻的时间竟像是偷来的。

可我们上学又是为了谁呢?

黑暗中有人跟我说话,我看不清那人的脸,影影绰绰。

可是有人点起了蜡烛。这个可恶的家伙,有枪一定毙了他。

于是蜡烛一根接一根地在教室里点起来,蜡烛下又是一张张聚精会神心无旁骛的脸,烛光里的学习温馨而从容,我没有准备蜡烛,这时彦拿来一根点燃的蜡烛,来问我数学题。我听到教室里有一阵小小的骚动,似乎有无数目光向我们射来。在补习班男女生是绝少说话的,男女有别嘛,甚至多看异性两眼都会招来猜忌的眼光。

彦真是勇敢。

数学其实不是我的强项,所以给彦讲这道题花了我很长时间,幸福和快乐充溢了我的脑海,我的思维也显得很活跃,竟给彦讲了三种解题方法,我的解题能力令我自己吃惊。

彦说了声谢谢，像画眉鸟一样清脆动听，然后留下那根蜡烛飘然而去，我看着她的背影独自笑了。

我在彦给的烛光中，愉快地做着习题，直到电来，怜惜地吹灭，放进书包。

周涛显然是在吃醋。

周涛与我同桌，是我的上铺，我们的关系应是最好的，可是我们一直淡淡的，不知道为什么就是不得劲。周涛成绩挺好的，四五名吧，特别是英语，可能他一直在窥视我的冠军桂冠。

此时已是晚 10∶30，教室里还没有一个准备离开的意思，我有一种躺到床上去的愿望。我走出教室时，似乎已听到有人也立起身来，然后是一片声音。

我躺在床上，心中的甜蜜在荡漾。五十人的宿舍里人声鼎沸，照例是海阔天空的，当然最多的还是女人，照例是把班上的女同学一一评判，我竖着耳朵想听听对彦的评语，没有。彦的一举一动在我的梦里清晰明了。

我在梦中被一阵摇晃惊醒。是周涛爬上床的剧烈摇晃，我伸出手腕看看表，已是凌晨一点了，心里涌起一股厌恶之情，沉重的瞌睡不容我说话。

A4

因为童话，这个季节才神秘。

因为神秘，这个季节才产生童话。

冬天的感觉冰凉，只有在教室里冻成冰块，才感到须有一份真诚。

寒冷是一个精灵，冬只是一个标题，冬天的太阳很圆，河边俏立的影子很长，冰块顺着清凌凌的河道倘佯，哼着一首古老的歌谣……

这是我对冬天全部的感觉。

下雪了，纷纷扬扬，不动声色地把整个校园刷成白色。

刘丽的衣服单薄而寒冷。全班同学嘻嘻哈哈地直跺脚，骂着鬼天气，我知道更加严寒的天气还在后面，"霜前冷，雪后寒"的农谚屡试不爽。

我向班主任建议放同学回去取衣服，李看了我半天终于同意了我的建议。乌拉……我激动地把这个消息写在黑板上，全班同学为之雀跃。

回家的路轻松而绵长。离家快半年了，看看村庄熟悉而陌生。从那个炎热夏天走出这个村子时，我就决心不再回来，可我竟以回家拿衣服为理由悄悄地潜回来了，是什么让我梦牵魂绕？

我父亲种田是一个好把式，可无师自通地会木匠活、瓦匠活。到家的时候家里一个人也没有，看着门前的一株樟树上落满雪，我的心里有一股暖流悄悄流过。

去年此时，强就站在树下摇动一树的落雪，仰着头，张着嘴，让那雪一块一块地落在嘴里说：真甜，真甜。此树依旧在，树下的人已茫然，强好长时间没有信来了，他过的是一种什么样的生活呢？想起友谊，我们就追述过去如水逝去的好时光，友谊也许只是人生的一个童话，随着各分东西，这份友谊也就烟消云散，只有在特定的环境下复活，这是友谊的悲哀。

家里很乱，缺乏女人精心的收拾，烟草味、泥土味混合而成父亲的气息，充溢着屋里的每一个角落，这气息闻来亲切而温馨。

父亲回来时只是淡淡地说了句："你回来了，我正好有事要问你。"父亲喷着酒气说，在村长家喝的，气味倒是蛮香的。

竟是要给我找婆家，村长家的儿子，大板牙。

"这事应是你妈跟你讲，可她殁得早，人家又追得急。"父亲的声音有点硬。

我几乎记不得大板牙是什么样子了，依稀记得小时候拖着鼻涕，专门把死蛇放进同学的书包里。我吸了吸鼻子，看着父亲衰老的脸，心里酸酸的，我知道他不容易，还要送我去上补习班。

"大板牙现在承包了几个工程，据说是发了大财，当然这不是主要的，关键是村长家人厚道，小伙子也正派。"

看着父亲期待的眼光，不忍伤他："反正要嫁人的，肯定第一要嫁一个让你满意的人，你等我今年考完试再说，不能把你的血汗钱白扔。"

父亲看着我，半天没吭声。

我在床上大哭一场，所有对爱情的幻想都将破灭，十七八岁的乡下姑娘没有考虑自己的终身大事是假，不过，我一直认为那是很遥远很遥远的事，可现在突兀地摆在了面前，如果那次不是少了三分而是多了三分，此时又是一个什么样的命运呢？考大学对我来说更为现实的动力是跳出农门进入城市，想想自己的成绩心别别地跳得没一个着落。

B4

在四季之中我最喜欢冬天，因为它的仁爱和博大，以及宽厚之中的严厉。

彦似乎有无限心事，我像感受季节一样感受着彦的心情，不知道为什么这样关心她，当然是悄悄的。

我真想约彦出来谈谈，谈什么我不知道，只是有这种欲望，这种欲望越来越强烈，可一个风度优雅的男大学生的来访，大学里已经放寒假了，特别是北方的大学——使我陷入莫名的失落之中，我看到彦的脸通红通红，为这种红我的心隐隐作痛。彦甚至连晚自习都没上，看着那空荡荡的座位，一晚上我什么也看不进去，在无人注意的时候,狠狠甩了自己一记耳光,心忿忿地对自己说:"关你屁事,一个丫头片子,爱怎样怎样去!"

周涛诡笑地看了我一眼:"怎么了?"

"蚊子。"

"冬天还有蚊子?"

"没有我干嘛要打,真是。"

我陡生出一个大胆的设想,请杨妮看电影。

杨妮看也没看我一眼说:"不想乘人之危。"

我又请刘丽,她吓得一句话都没说,只是一个劲地摇头。

我感到了无趣,这是干嘛呢,不过是想通过各种渠道传递给彦一个无聊的信息:我不在乎你。

这又能说明什么呢,我涌出喝酒的欲望,买了一瓶白酒,就着花生米,喝了个痛快。

夜里醒来特别渴,摇摇几个水瓶都是空的,出去拧开水龙头,没水,给冻住了,丧气地回到宿舍。

"别折腾了,我这儿有罐头。"周涛突然说。

周涛现在还在看书,真不要命了。

我的上铺周涛也是辗转反侧,有细细拉拉的屑落在我的脸上,我干脆把头埋进被窝里,被窝里的潮湿气味呛人。床又摇动起来,似乎是周涛在搔痒。

我下意识地摸了摸下体,手僵住了,一层密密麻麻的疙瘩,是酒精过敏,还是什么,性病!我还他妈的是处男呢,吓得我眼泪唰唰地流下来。

B5

周日的教室里很静,残阳已在窗户上抹了几缕若浓若淡的痕迹,偶尔翻阅课本,心随着课本在飘荡。

教室的门被轻轻推开,那么轻。两个小男孩俏立在门口,头发乌黑,两双眼睛乌黑明亮,穿着绿军装,过了时的红领章衬着红扑扑的脸,站在一起几乎一模一样,肯定是双胞胎,我不禁微微笑了。

看出我没有恶意,俩男孩怯怯地走进来,盯着黑板上颜色各异的电路图,眨巴着眼睛,感兴趣的是各色粉笔留下的痕迹,联想到自己小时候不知天高地厚地闯进人家课堂的茫然。地下撒了一地的粉笔,他们一个捡黄的一个捡红的,灵巧的小手欣喜地运动着,只是那乌黑的眼睛不时地回头快速地盯上我几眼。

后来知道这是班主任李家的双胞胎,对李的反感情绪竟因了他的孩子有所好转。

在最近的班会上李提到了爱情问题,他说:班上现在有一股苗头,我认为很不正常,在我的眼里你们没有性别的差异,大家都应是清教徒,大家都知道三角形重心原理,人人都希望有一个好工作、一定的社会地位、美好的爱情,这三者形成三角形,重心是什么,是现在的刻苦学习,好的高考成绩就是重心,抓住这个重心,三角形才能立起来。

什么话,清教徒,那一对双胞胎使人产生多么美妙的联想。

春天悄悄来了,我终于搞清楚我的下体是疥疮。现在已溃烂得不成样子了,流着淡淡的黄水,奇痒难耐,走路时一阵阵钻心的疼痛,内裤上血迹斑斑,只好不穿内裤。男生宿舍洋溢着尿骚和糜烂的气息,阴沟里臭水泥泪流着,米粒和萝卜干隐约可见,宿舍里阴暗潮湿，拥挤不堪。疥疮在整个男生中传染，这个春天几乎所有的男生走路都一瘸一拐。周涛是罪魁祸首。

周涛那细细拉拉的东西掉在我的床上，细菌就爬上了我的身体，我时常闻到周涛身上的气味竟是护肤松以及疥疮灵的气味。

春天的空气火药味十足，转眼就要进入我们发起冲锋的七月，我身心俱疲。自从强来过之后，彦几乎从我的视野里消失，每当和彦擦肩而过我硬硬的眼光穿过她的头顶，再听不到她叫我名字的声音，虽然那声音令人激动。我们本是陌路人，不幸的是搭错了班车而已。

说我和彦恋爱的声音却像疥疮一样传染开，怎么怎么了，终于有一天班主任李通知我们到他的办公室。我和彦相互看了一眼，都低下头。

这是干什么，这不是默认吗？一个声音对我说，我果敢地抬起头来，看着彦笑了，并开始相互交谈，直到李的出现。李又让我们温习了"三角形重心定理"，严厉的训导充斥耳鼓，李没有任何表情，脸铁青。我和彦没有承认也没有否认，李也不追究我们的领悟，只是叫我们走人。

实际上应该感谢李，否则我们不会走到一起来，我不想问强是怎么回事，那是多余。春天已烂漫起来。

春天的河道如唇，河鸭衔着一句古老的诗句游来荡去。春天的眼睛是明快，春天的衣服是帆，张着飞翔的羽翼。等待，在春天只是一个美丽的借口。

A5

恋爱使再凶悍的女人也变温柔，虽然我没有跌入爱情的怀抱，但似乎有所感觉，我的意识朦胧而甜蜜。

关于今年高考的消息不断传来,强来信要我报他们学校,北方古城令人向往,可我犹豫了。人是会变的,去年夏天和强一起走进北方那所高校的欲望多么强烈,现在竟有些黯然。

"刘丽,你报哪所学校?"

刘丽没有回答我,我知道她没有信心,一定要帮助她,尽管时间是那么紧张,我暗暗下决心。

"走,咱们上街买件衣服去吧。"

刘丽忸怩了半天,终于抵不住我的诱惑。

刘丽现在常照镜子,偷偷地,照着照着眼泪就下来了,她确实不漂亮,不漂亮的女孩是不幸的。不做淑女型的就做事业型的,我劝她。谁知,眼泪流得更欢了。我喜欢女人中的弱者,男人中的强者,意识到这一点时,感觉自己很卑鄙。

出人意料的是,刘丽这次摸底考试成绩特好,闯进了前八名,摘取了喜庆的灯笼。一份耕耘一份收获,机会只垂青有准备的人,人成功了怎么说都顺口,跟人倒霉时一样,不是人倒霉喝水也碜牙吗?其实,人顺当喝水能喝出咖啡味来。我建议为刘丽庆贺一下,偷偷地,去喝咖啡。

杨妮是东家,我和周明赞助,杨妮是古道热肠的人,虽然周明一再要求做东,以显示他男子汉的大度,杨妮坚持说她理应做东,要向刘丽拜师,拜师当然要请客。

咖啡厅里粉红色的灯光朦朦胧胧,客人的脸上都变了颜色,轻轻柔柔的音乐极富情调:"我曾用心地爱着你为何不见你对我用真情……多年以后你我各分东西这种感觉不再有"我不自觉地看了一眼周明,一股暖流涌上我的面颊。

我们跟刘丽碰碰杯:"祝贺你。"

刘丽轻轻地说一声:"谢谢。"

我、杨妮、周明眉飞色舞地谈论高考志愿,刘丽一直低着头用小勺一勺一勺地呡着咖啡，让她一个人享受成功的喜悦吧。

我们正在争论北京好还是上海广州好，我们三人各执一词，互不相让。

刘丽突然嘤嘤而泣，我们惊呆了。

刘丽说这次考试她作了弊。这大大出乎我们的意料。

这是渴望成功的心理，我理解。

沉默了很长时间，"我们走吧。"杨妮说。

进入夏季，补习班人人像绷紧的弦，再有什么打击将会一败到底。梦频繁君临我的睡眠，一会儿是考上了大学，红红的录取通知书挂在我家的门楣，一会儿是试卷上可怕的红叉子，痛哭流涕的老父，我坐上红红的花轿，走进一个陌生的家，那家竟然没有一个人……教室里通宵有人在攻读，神经衰弱，这个诡秘的病几乎钻进了每一个人的脑髓，我不得不多吃安定片，使自己深深地沉到梦乡，然后把它们通通忘记。刘丽每晚都到很晚才回来，早晨很早就出去，我和她的床连到一起，头靠头睡，但我在宿舍里几乎见不着她的面。

一天早晨，当我走进教室时，感到气氛很庄重，几个女生的眼睛红红的，不知道发生了什么事。

杨妮拍了拍模拟试卷对我说："李彦，今年又没希望了。"我的心一沉，觉得四肢冰凉，手汗就出来了，我一害怕就出手汗。

"好好的，怎么了？"我试探着问。杨妮指着皱巴巴的《扬子江晚报》一条消息给我看，意思是说今年全国招收64万考生，应届高中毕业生63.5万，这不惨啦，全国只收0.5万往届生、社会青年，一个省平均不到170人，顿觉五雷轰顶，如丧考妣，这不跟没有打仗就被缴了械一样吗？完了，所有的希望都成了泡影。补习班的同学，三个一群五个一伙地议论着，脸色张皇，有的抱着头蹲着。吃饭时间没有一个人再敲着饭盒打饭，害得食堂倒掉了许多馊饭。

学校的电话一个接一个地打出去,一个个回复:不知道具体情况。

班主任李头发乱糟糟,眼中布满血丝,声音嘶哑,他劝大家去吃饭,没人动弹。

饭总要吃的嘛,没有机会还要活下去,条条大路通罗马……

李老师说着说着也觉得他的道理越来越空洞越来越没有说服力,干脆转身离去。

我真的为周明可惜,担着个非某某大学不取的虚名,机会就永远地失去了,去年夏天的约会今年竟然没有机会赴约,机会,机会呀!我们静静地呆在教室里,脑子里一片空白,整个教室像突然死去了,一个意志脆弱的人的哭泣引发一大片哭声。

"哭什么哭,人生的风浪大着呢,就这一点儿就受不了了?"班主任李从后门蹿进来,大吼了几声又匆匆冲出去。

我和周明来到学校旁的水杉林。

周明说:我心何甘?

我静静地看着他,泪水涌满我的眼眶,和他争论的上海好广州好的话题此时多么可笑!我们得面对现实,挥一挥手,我们的大学梦。

有的同学已准备打道回府了,"哪怕只有一个名额的机会,我们也要争取,没出息的东西",班主任李说。"没出息的东西"是他的口头禅。

过了几天,准确的消息传来了,那 0.5 万是指由中专升大学的,而不是普通高校的考生,也就是说只要达到高考录取线我们就可以上大学。校园又恢复了忙碌,只是更添了一份沉重。机会,对一个人是多么重要呀。

B6

周涛一夜未归，我以为他在教室，教室没有，到处都没有。

周涛死了，在运河里淹死了。发现他时，他已经在水里泡了一夜。这几天天气太热，许多同学到大运河里去游泳。周涛一个人去的，很晚很晚了，大概水太凉，抽筋了。

周涛走了，带着无数的美好幻想，他的老父亲哭得死去活来。你就这样走了吗？周涛，你挚爱的老父亲此时呼天抢地，你的一起落难的同学泪流满面，你的老师陷入深深的自责，你就像一片叶子无声无息漂进水中，随它而逝。

我知道他一直在学习上跟我较量着名次，几乎势不两立。友谊其实是很难说的，竞争对手之间的友谊应是超出了通常意义上的友谊。他的床铺空空荡荡，再也没有摇摇晃晃的震动把我从梦中惊醒，再也没有稀稀拉拉的木屑掉在我的脸上，我突然想起冬天他给我的一瓶罐头，只喝了几口就扔到床下，翻了翻，还在，只是已经糜烂不能食了，它的主人亦离开了这个世界。虽然只有两个月就要实现他的梦想，也许那时我们才会相逢一笑泯恩仇，可你就这样匆匆离去，叫我如何入梦？

别人都劝我换一个床铺，可是我不害怕，我怎么能害怕一个朝夕相处的人呢？就当他放松一下自己，出去游玩去了。我相信，周涛的死没有一个同学有我伤心，我们本应该相处得很好，可是我们相互没有走近对方，也许你给了我机会，我没有珍惜。学习成绩好，并不是什么过失，主要是我的嫉妒心太强，否则你也不会一个人孤零零地去游泳。仿佛周涛又来到床前，怨怼的目光令我终生难忘。我还要从这份自责中走出来，去迎接高考，迎接挑战，等那一天我一定带着胜利的消息去看你。

A6

七月，你来了；七月，我们可以握握手了；七月，我们终于用白花花的盐粒铺就的地毯迎你归来；七月，我们的约会。

A7

那一年，补习班的高考升学率高达80%。刘丽考进了本市一所师范学院，委培的，毕业后，教数学，她的学生也要参加高考了。杨妮，考进了南方一所高校，毕业后在中央某部委工作。我和周明考进了同一所高校，后来分了手，苦难使我们走到一起，欢乐使我们分离。

我们不会忘记毕业会上唱的一首歌：

"老朋友怎能忘记掉那过去的好时光，亲爱的快来干一杯，为过去的好时光，为友谊干一杯……"

"执手相看泪眼，竟无语凝噎"，成了大家留言簿上出现频率最高的一句话，当然这首《雨霖铃》只是选修课，不在高考大纲范围之列。

"这段过程就像走路时绊了一跤，绊倒了爬起来就是。"有人轻松地对补习生活总结道。

当然，班主任李不属于绊倒了之类，虽然几乎所有的同学都承认李老师是他们一生最重要的老师，当李老师向他们发出到他家玩的热情邀请时，去的只是零星的几个人。

称兄道妹

1

庙是大庙，据说住过隋炀帝，但有个特点：照远不照近。东南亚的富商大贾大把大把扔钱，本地小民不大放在眼里，人不多。人不多也不给进大雄宝殿，留着的，留给达官贵人。

大雄宝殿门敞开，中间有半人高的红漆栅栏，外面的人只能远远地伸个脑袋看，要想跪倒在佛祖面前，难。

我说：我来找人。我们一定要在佛前拜拜，拜拜我们就是自家兄弟了。

今天阳光灿烂，春光落在脸上，痒。老一说：也只有老四想办法。老二举着相机对着大堂一阵猛拍。我拿着名片找知客。我是个不入流的业余作家，是误入歧途的余孽，主要靠给人家写吹牛文字活命。"这年月只有和尚还认末流作家的名片，这是一个有文化的寺庙。"老三说，老三是小公司的办公室主任，挺着个大肚子，双手交叉，放在小腹上，压着西服的边。我回头向老三笑了一下，"你以为就你的臭钱有用，文化照样喷喷香。"

四个人是来结义的，脑子里想的是刘关张桃园三结义。我和一个管事的和尚拿着一串钥匙叮叮当当地走来，和尚穿圆口布鞋，打着绑腿，走起来，速度很快，像只猫快速爬行。我跟在后面，讨好地笑，几乎跟不上和尚。和尚不大理会我，低着头，开下栅栏。我抬起头，向三个人点点头说：老一你先来。老一先进殿，一脸严肃。老二说：老一你别这么严肃，搞得心里不是要跪拜结义，倒像是要英勇就义。老一笑了，四个人都笑了。老一说：在菩萨面前别嘻嘻哈哈，菩萨给你穿小鞋，让你们一世绊跟头。和尚一转头，四人立即感到这话不妥，都歉意地笑笑，我捣了一下老一的后背。四个人闭了嘴，抬头看佛祖。佛祖金灿灿的身子，红红的嘴唇，双目低垂，看着这些凡人，一副无动于衷的样子。拜垫很干净，和尚不断用佛尘掸扫，檀香燃放的紫烟被佛尘一次次划破。四个人在佛龛前跪下，我脑子里一片空白，掸佛尘的和尚毛掸子一扫说："好了。"四个人爬起来，我对老一说："老一，从此我们兄弟跟着你混啦。"我突然眼睛一热，声音哽咽。看了那和尚，仿佛在云端。

佛端坐莲台，拈花微笑。拜了佛，我们四颗红尘中的小泥点，聚合成一只大泥点，以兄弟的名义。

出了寺庙红门，眼前又是世俗的风景，景致美得人无话可说。老三捡块石子，扔向摇摆觅食的喜鹊，这些喜鹊因为有佛祖的庇护早已不把人放在眼里，突然受了老三的一袭，朦朦然一个踉跄，扑棱翅膀抗议。老一说："老三，你当心喜鹊到佛祖面前把你告下。"老三点头笑："要减寿，要减寿。"随后低头合掌，念念有词，"佛呀，原谅我们的冲动与无知，原谅吧，原谅吧！"老二早举起相机，边拍边笑着说："我要让你们的丑行永远定格！"我站住问："当年桃园结义，人家仨兄弟干出那么大事业，我们比人家多一个人，能干出点名堂来么?"老三一转头,对老一说:"要看老一的。"老一一仰头,看天:"看它给我们兄弟什么运气!"

出了山门,远处是郁郁葱葱的麦地,油菜花怒放,天地盖了一层雍容华贵的黄绸缎。老一一指黄绸缎中间,高处的一片墨点,"嘿嘿,知道什么地方吗?"我有点茫然,老一说:"那是尼姑庵。"

四个人放肆地笑起来。老一不让我们叫他老大,他说我何止年龄大,老子孙大圣,天下第一,叫老一。

我们上了富康汽车。我们四个人,只我买了第一辆车,那时候,扬州城有车的人不多。不是没钱,而是他们还没能相信自己能买上汽车。我对他们说:"都买上车,活动半径就大了。"我一扭头,看到老一的大鼻头。老一的鼻头很重,大蒜头一样。此时嗯扇着说:"有了钱,我们一人一辆,巡洋舰!"

我说我的车确实便宜,对不起兄弟们。老一擂我一拳,"别这么敏感,文人!"

我哑吧哑吧自己的话,确实有股酸味,回头对老一龇了龇牙。

2

我们四个人想办一家公司。

此刻我们在红屋子等菜。红屋子是正宗淮扬菜,房子在街角,外地人不会发现。我点完菜,想着它会不会用地沟油烧菜,不容我多想,满脸油腻的老板娘,匆匆合上油腻的菜谱,给老一送去一个撕裂嘴唇的笑,扭着牛仔裤快包不住的屁股,瞬间消失。——她是老一的朋友。我们老一有无数的朋友,他自吹这个城市有一半人是他的熟人,自称"半城"。我有点歉意,我只点了四菜一汤,是个小生意,本不需要老板娘亲自端个菜谱等候点菜。老一说:"生意再小,面子重要,我来了,她不出面,给他曝光。"我们都微微一笑。老一现在拉广告，因为曾经做过新闻，职业习惯，动不动要给别人曝光，到现在还没成功曝过一次。老一长期举着棒子，我们静候他哪天落下，于无声处听惊雷。等着吧，等着吧，是雷总得炸。

公司董事长自然是老一，总经理是老二，老三和我是副总经理，起个名字：扬子江文化发展有限公司。我们都是文化人，文化人做文化的事。做什么事呢，四个人陷入迷茫。老二说："我们还是来谈股金分配额。"老一说："兄弟们要长期处下去，得有个纽带，得有个事业——我们的扬子江文化发展有限公司。今天是第一次董事会。"老一慢条斯理地说，我看到了老一突然严肃了，他脸上那些习惯于嬉皮笑脸的肌肉一下不能适应，与我们的感觉一样。"我们最怕人家说什么，说成狐朋狗友，草台班子，我们弟兄要像个弟兄，不能把话给别人说。"老一又顿了顿："董事长，我看谁出得多，谁能力大，谁当。"其他三个笑了，咧着嘴，嘎嘎的。"家有长子国有大臣，你老一不当，其他哪个兄弟扛得动这枚帅印？"老二带头表态。老三点头："怕不是你不愿带兄弟们发财？"老一的眼光落在我身上："老四是我们中最有文化的，作家么，我提议老四来当，兄弟们走到一起，也是老四的提议。"我正嚼一片茶叶，一点点地咂咂苦涩味，听了这话，呸地吐掉茶叶片，摇手晃头："不，不，我没这能耐，只有老一来，只有老一来。"老一谦让了一番，环顾四周，清清嗓子说："我多负责任也应该，当就当吧。我们弟兄，谁当一样。谢谢兄弟们抬举！"老一抱抱拳："老一我从小到大就没带过长，是兄弟们让我'长'上了！没齿不忘！"

大家热烈跺脚拍桌子，尘土飞扬。老板娘匆匆奔来，以为我们嫌菜慢，边走边打招呼。老一冲她一挥手："没你的事。"

老一说："我们办公司首先要解决兄弟聚会的费用，我们都是小男人，既占不到公款便宜，又掌握不住家里钱包。兄弟不聚会，不在心田上常洒洒甘霖，兄弟们这友谊之花不几日就要枯萎了。"

我们点头称是，老二说："从此我们不再孤单。喝酒——，虽然我一般场合不喝酒，但今天是兄弟们聚会，喝，千金买醉。"老二举起啤酒瓶，对着瓶口吹，酒瓶成了一只喇叭，咕咕有声。老二喝完酒，不好意思地咧嘴，摇头说："不行了，不行了，肚子撑不住，今天非醉不可。"

面色通红。

老三说："老二今天不错，再喝，喝得飘起来，你这不长毛的脑袋才更聪明。"老二不好意思地摸稀疏的头发，手背很白皙，手很细腻。老大说："我们老二一看就是个文化人，你看这手，就是握笔杆的命，像女人。"老大展开手，蒲扇似的，老三说："你的手也不差，就是个捞金子的手"。老二说："酒壮怂人胆，喝了酒，老子谁也不怕，有我们兄弟，什么事情摆不平？"我们对他敲筷子喊好，但是我们心里很清楚，老二醉了。

我开汽车，不喝酒。

我们还是没有想出来经营什么赚钱。所有赚钱的行当，都人满为患。只要有一丝甜味，都爬满了蚂蚁。

老一到工商部门拿来登记薄，半天填不出经营品种经营范围，我们很泄气。四个人为此到烧烤摊上吃烤肉，激情就像东流水，越流越没劲。老一说："填上文化广告策划，还有酒类经营。"老三说："卖酒怎和策划扯上了关系？八竿子打不着嘛。"老一看着老三笑："亏你还是办公室主任，这酒现在含着多大利润你知道吗？满世界醉熏熏，20块成本的酒能卖出200元，想想，什么有这利润，金策划银策划，不如一个酒策划。昔日杨志卖刀，今日我们兄弟卖酒。如果能拽上几个公款吃喝的单位，兄弟你我聚会那俩小钱，还用愁？"老一最后是笑着说的。"今天吃烧烤的钱我先垫上，过几天，公司赚钱了，账上支。"他的声音很大，说得吃烧烤的都知道我们今天是公款吃喝。

最后不忘买个烤饼揣口袋，向我们神秘地一笑。有点神叨，我呵呵笑。

我们都得满大街去卖酒。这真是一个好主意。卖酒首先要能代理一个品牌，关键要有能熟悉这行的人，而我们几乎都是外行，但是我们有信心跟着老一，有老一的半城朋友，酒还会推销不出去？

3

小拇脚趾甲，果然裂成不规则的两半，传说小脚趾甲裂成两块的是一家人。这个传说令人怀疑。我查了其他几个人，都是小脚趾甲裂成两半的，难道我们是同一个流犯祖宗？"有缘呗"，老二说。今天他请我们吃晚饭，说老大请过了轮着他请，吃晚饭洗澡。我们这个城市有"早上皮包水晚上水包皮"的习惯，几百年了。吃完饭都要撸把澡。此时我们四个人都在池子里举着左脚，恨不得从里面找出一个贵人。我提议拜弟兄是因为我没有弟兄，我孤零零闯世界。实际上，我对拜弟兄并不陌生，我初中时就有两个把兄弟。当时我们割开自己的小拇指，每人一滴血滴进酒里，一丝丝漾荡开来，三股血在酒里相互穿插搅动，最后变成殷红一片。我们喝了那酒，每人一大口，像喝下去天大的秘密，从此心心相印。我记得的，我们用的是镰刀，雪亮的刀刃，寒光闪闪。我那两个兄弟现在外面闯世界，我们几乎没有来往，但是我时常想起他们，特别是在寂寞的黑夜。

我总觉得我们这次虽然在菩萨面前磕了头，没有喝血酒，不踏实。那个菩萨是有钱人的菩萨。

我对他们说："我们应该喝酒，喝血酒。"他们笑起来："拜兄弟只是个形式，心贴心才是根本。别做迂夫子。"他们慵懒地埋在水里，眯着眼，水面上气泡吵架似的你来我往，翻滚不停。

出水，经过热水一蒸，我的头疼得很厉害。他们喊掼蛋（一种扑克牌的打法），我说我不会，我宁愿躺一会。老三说："三个人怎么掼？晓得这样，给你再认一个兄弟。"我呵呵冷笑，这么容易就认兄弟，这圈子就没意思了。

这次认的是个妹妹。九妹。

我们这次没有去红屋子，我们这次去的是玉满阁。

玉满阁在扬州名气大，去的都是贵人，老一说我们去是为了考察酒市场，兄弟们也潇洒一把。我的名片这里没有用。前台人说："什么破作家，没听说过。昨天刚来了一帮文人，全国都响当当的，吃了顿饭拿了个红包，又是写又是画的，手舞足蹈，像穷疯了似的。"我羞红脸，揣起名片逃也似的要走，老一喊住："今天我来，前天刚拉了个广告，有回扣，把它吃掉。"老一说得咬牙切齿，大鼻头熠熠闪光。

这样我们就坐在玉满阁金碧辉煌的大包厢里。无酒不成宴，一个女郎走进了我们的包厢，边摆碗盏边推销酒。这姑娘嘴唇薄，眼睛斜挑，藏着风情。女郎走进包厢，像一阵温柔的风，又像一只银色的狐狸。包厢里各种水晶灯发着炫目的光，头顶的射灯一齐射向桌面，平时几个不起眼的凉菜，在灯光下也显出诱人的鲜艳。老二笑着说："什么叫大饭店，大饭店就是灯光，我们吃的不是菜是灯光呢。你看这个盐水鹅，平时我都吃腻了，你现在看看，黄嫩嫩。"老二用筷子重重地拨盐水鹅，亮晶晶的。女郎停下手中的动作，很快地瞟了一眼发须皆秀的老二笑了："这位大哥说得真是有理呢。"老二得意洋洋地跷起二郎腿。"好宴配好酒，先生你尝尝我们的'瓶中春'白酒，20年窖藏，珍藏版，我给您开一瓶？"老二放下了抖动的腿子，看老一。老一看着女郎脸上的酒窝。老一竖起食指："姑娘，你这酒多少钱一瓶？"后面的声调明显是虚的，阳虚。女郎眸子亮亮，"不贵，不贵，给您优惠价280元。"老大收回手指，眼里明显熄灭了光芒："姑娘，我们几个人是贩大蒜的，喝上一瓶酒，一车大蒜就没了。"女郎笑起来："哪能呢，看你们一个个油光粉面皮鞋锃亮，都是有身份的人。给你们再优惠点，我去给老板打个电话，'蒜'你狠！"姑娘屁股一扭躲在门外打电话，一会说："250元成交。"老二叫起来："你这姑娘不会做生意，这不是骂人么，告诉他，249元一瓶，我们来两瓶！"女郎笑靥如花："好的，我给你们贴上两块钱，大哥。"老一哈哈笑："有个条件，你得陪我们掼一会儿蛋！"女郎说："我不会掼蛋。"老一说："不会掼蛋，卖什么酒，不会，坐下来学！"女郎犹豫着，老一说："坐，我们兄弟不会吃了你。"女郎笑笑，求援似的看了一圈人。我们三人皆笑而不语，眼中满是鼓励之色。女郎又笑，"一只羊掉在狼窝里了。"老一正色说："你可别这么说我们兄弟，喊你打牌是看得起你，别坐轿子骂人——不识抬举。"女子给一呛，脸上挂不住，解嘲地用小拇指勾勾刘海，狐狸似的眼睛顾盼含羞。只好坐下，嘟起红唇，长吹口气说："你们教我。"刘海飞扬。

打完牌，女子在我们桌上喝酒，这样她就成了我们的九妹。本来应该是五妹，她不要这称呼："九妹好，祝英台，你们都是呆山伯。我是卖酒的，卖酒的妹妹。"

醉意朦胧中，我们举杯祝贺，九妹一人叫一声哥，一个满杯，抱一下。九妹最后说："我今晚上的生意都黄了，上家该骂我们了。"老一口齿不清地说："多大个事，不做了，你现在就是我们扬子江文化发展有限公司特别顾问，马上给你开工资。炒'瓶中春'的鱿鱼，奶奶的，跟我们抢人才！"

4

这块电子屏，是扬州最大的，在最繁华的文汇楼边，十几层的大厦上快速闪烁，像大厦的一块膏药，不断变幻着色彩。负责它的是老一。老一是个媒体人，虽然他的媒体只有方桌大。每天播出的信息只有几条，人们对他普遍缺乏信任。老一常倚在阁楼俯视文汇楼。书上说，这楼已经近千年，凝聚了这座城市千年的文脉。本是桥上的亭子，后来桥被埋了，只这楼露头，自然桥下曾经有条河，但现在是城市主干道，车水马龙。老一倚着墙角，常想，千年前，眼前的河上该是舟帆云集，唱小曲卖梅花糖的拥塞码头，文汇楼下多少失意人在徘徊，现在他们都被埋在了地下，成了一颗尘埃，痛苦与悲伤化风中。

老一给我打电话，说："我想拍部电影，让文汇楼复活，天天在我屏幕上放。"我笑了，"我们不是要卖酒么，拍什么屁电影，谁给你掏钱，谁买你的片子？"老一给呛得没了声音，说，"找商家赞助。"我说："没商家喜欢这东西，还是卖酒，卖酒多高的利润！"老一不满地说："你看你，哪有作家的样子，整个一个土鳖！"我在电话那头笑起来："哥哥，我也想高雅呀，我的肚子不答应呀！我写一个月稿子，有时一篇都发表不了，即使发表了，那稿费我都不好意思说——，哥哥，我不能喝西北风吧！"老一沉吟说："卖酒不容易呢，九妹说，所有的酒店都要入场费，光铺酒的费用就不得了，兄弟。关键我们得找酒厂的人，我们得有个自己的牌子。"电话里很吵，电话外更吵，老一盖着一只耳朵，还是听不太清，"我们下班找个茶楼吧。我们议议"。天黑了，文汇楼上灯亮了，老一撅着屁股，又把电子屏幕的线路检查一遍，准备把预设的程序再核对一下，手机响了。老一抬眼看来电显示，任电话响，响得快要断气的时候，才拿起电话，压抑着怨气喂了一声。那头是愤怒的声音，一泻千里，震得灰尘直跳。老一举着话机，远离耳朵，半天，听听里面没声音了，说："我今天没时间，我要谈生意。"

在天外天茶楼，老一点了几个菜，一壶茶，等我。天外天在美食街上，美食街本来叫通江路，但只在地图上，在人们口里失踪了，它的名字已经被满街的吃食取代。外面在飘雨，各色雨披在街上飘，飘得街上一片繁忙，自行车和电动车以各自方式对抗汽车的喇叭声，发泄草根对有钱人的不满。老一看看手机的时间，想拨我的手机，想想外面的嘈杂，打了基本是白打，我根本不会看手机。老一改变了主意，打九妹电话。老一说："妖怪，到天外天茶楼，大圣哥哥有事说。"九妹说："大圣，今日姑奶奶活儿忙呢。""去你脚，大圣哥哥要做大事，快来集合。"那头九妹笑起来，"原来有蟠桃会，等姑奶奶安排一下就来——"老一满意地拍拍电话："这还像个妖怪，快来！"

因为给九妹打了电话，等起我来，从容多了，老一拿起水壶，摇摇，喊："服务员，添水。"然后，慢慢倒尽了水壶剩下的水，点燃了一支香烟，眯起眼睛看街上影影绰绰的人群。看我们打着同一把花雨伞，从小雨里冒出来看上去，兴奋地摇摇手。我们坐下，甩了几颗雨点，有点汽油味，很快被九妹身上的香水味压住，透出一点暧昧。九妹一打响指，对服务小姐说："小的们，姐还要点菜。"

老一笑眯眯地看着九妹，对我说："九妹有点款样，妖怪。"我对九妹一挑眼，"巾帼不让须眉呢。""呵呵，我是孙大圣，专门伏妖。"我们咬耳朵，一齐看九妹笑，九妹嗔我们一眼："说我什么坏话！"

"你是白骨精！"老大对九妹举了举杯子。

九妹点了盘白森森的凤爪，啃得有滋有味，三个人懒洋洋地喝啤酒。老一说："老四你说，这酒我们代理什么牌子？能赚钱的牌子门槛高，关键是怎么销得出去。"我摸摸脑袋，我的脑袋刚剃成平头，隐藏日益茂盛的白发。啤酒下去一瓶的时候，我一拍脑袋："我们贴牌，到四川去找厂家，名字，呵呵，叫隋炀帝家酒。"

两个人互相对着吐烟圈。九妹说："给我来一支。叫隋炀帝家酒，是个好名字，睡在甘泉山的皇帝是太寂寞了，我们的酒成了，他的名字天天被酒鬼念叨，好。"

"老四，你的任务就是写一篇隋炀帝家酒赋，千古一帝，说他看琼花看死在扬州，哪里是呢，万世伟业，他是千古最受委屈的皇帝，谁不同情？同情了，就容易掏钱。"

"老一你总指挥，九妹负责推销，我负责贴牌生产，老二老三助销，找大饭店，找有公款吃喝的单位。九妹你可以把自己当名片，专敲公款的门。"

"这个主意不错。"老一对我说："老四就是聪明，是个狗头军师的料。"我有点脸红，拿起啤酒，吸了一大口，对两人说："我们今日一醉方休。"

"你不开车啦？开车不能喝酒。"老一又顿顿提高嗓门："千万别喝酒！"

"没事，"我咕哝一声，"车不要了，我打的。"

九妹脸色酡红，男人似的捋捋袖子："我锁定目标了，我整天举着探照灯，终于罩住一个扬州城最有钱的。"

"谁呀？"老一手叩桌子，眯着眼，吐个烟圈问。

"猪头，大老板！他说我推销的酒，他的企业全部吞下。"

"别找他！"老一弹簧似的从椅子上弹起来，然后又无力地落下。

5

老一爬上阁楼，这里现在是他的家。

现在文汇楼下面除了睁不开眼的路灯，还有偶尔梦游的出租车。老一感到自己是暗夜的一只老鼠，不安地游动。事实上，阁楼就是老鼠的天下，老一在外吃饭都不忘回来带点面包饭粒喂它们，乞求它们赐予他安静，甚至怕它们渴了，还会在破碗里盛上水。有一只老鼠半截尾巴，和他几乎是朋友，也许是给老鼠夹咬掉的，侥幸逃命。老一对半截说："我不应该睡在文汇楼，你也不应该，我们都是非法入侵者！"老鼠似乎听懂，立在瓷碗旁听老一唠叨。老一现在不得不和老鼠共处一室，是因为老一和他们一样，无家可归。这是我们后来知道的，我们甚至想象老一住着别墅，猫在哪个角落里不吱声。老一本来有座大房子，现在住着他名义上的女人。老一现在不愿意回家。老一只恨一个夜晚,老一恨不得把它从自己的岁月里抠掉。2003年6月10日。这是个黑色的日子,像一团浓墨汁,把老一所有的日子都变成了黑暗。

老一本来是一个电视摄像记者。记者认识的人多,和猪头成了朋友。猪头是养猪的,那时候,浑身臭气。猪头养的是野猪,从东北弄来的野猪,放养,承包了一个山头,农民以为是荒山,乐得给猪头跑前忙后。城里人早就厌烦了垃圾猪,有了啃山野青草的野猪,蜂拥而上,有的是钱,猪头乐得数钱。数着,数着,把自己的身份抬起来了,家喻户晓,成了这个城市有身份的人。老一说:"那段时间,很阴湿,老说要进入梅雨天,可是老也入不了梅,市民对气象台充满意见,捎带着对报气象农林的记者我也没好脸色。"老一觉得很委屈,整个城市被烦躁充斥着,心情随便一挤,就能挤出水来。老一郁郁地找猪头,猪头笑了,猪头心里只有野猪,哪管什么梅雨不梅雨的。"兄弟今天不爽,要喝酒去!""走,老哥今天与兄弟不醉不归。"老一听兄弟两个字,心里就暖暖地熨一下,舒展开来。猪头说:"哥哥刚买了辆豪车,开车兜风去。"

果然是辆豪车,笑意样样地泊在门口,有点调皮,老一一拍车头对猪头说:"这件衣服豪华,猪头上天,成龙头了。"

猪头嘿嘿傻笑。那个烦躁的黄昏,猪头的傻笑透出一道亮光。

老一站着说话不腰疼。他听信了老三的话,灌假酒。他的主意总是在变,我们心理上要随时适应他的风云突变。本来我建议去城北拜拜隋炀帝陵的,要用人家的名字卖酒,还不去烧上一炷香,求老人家保佑,他保不了自己的江山,至少能保佑我们卖酒发财。老一说:"自己创牌子,不容易,我们灌酒,用别人的牌子,低档冒充高档,保证喝不死人,什么酒热门灌什么。"老二摇头反对,"这是犯罪,我们兄弟不能干!"老一一瞪眼,挥一下手:"我是老一,还是你是老一?富贵险中求,不冒险,哪能发财?你看看,现在显山露水的人物，有几个屁股是干净的，这是财富的原罪，我们兄弟也逃不脱的。"老二脸红红的，嗫嚅说："老一，你会把兄弟们带上不归路的，我说我们自己创牌子我赞同，能赚钱就赚，不能赚，过平常日子，也没人耻笑，老一，何必呢，九妹，你说，你最有发言权——"九妹扑闪着大眼睛，说不出话。老一嗤了一声，"凭我当记者这么多年的人脉，我害怕什么事搞不定？"老二默默作不了声。"不走点灰路想发财，兄弟们要等到猴年马月呀。"老一急切的声音，淹没了所有的人。

我们不断接到老一的聚会电话。这次大家说吃龙虾。现在小龙虾风靡，这小东西，仿佛一个乡下调皮的孩子，粗黑，丑陋，但虎虎有生气，从臭水沟一步一步跳上饭桌。"粗了好，粗了真诚！"老三说。这家龙虾馆在美食街农贸市场里，老板是个红鼻子，跟熟虾一样红，不时有鸡鹅鸭的臭屎味飘来。"关窗！关窗！"老二捏着鼻子喊。老一说："第一个烧龙虾的人是天才，把有毒的小龙虾烧成美食，胆量呀！红鼻子是好样的，鼻子丑一点没关系，只要烧的龙虾好，他就是个牛人！"

我们看着老一的鼻子笑。

老一说："兄弟友爱，常在一块。"我们的事业都在饭桌上进行，自然牵涉到饭钱。"谈钱小气"，钱是一个多么俗的字眼，但是再憎恶它，不解决，走不出饭店的门。刚开始，老一想出了轮流坐庄的办法，时间长了，有人忘记了请客，请客的档次也有区别，嘴上不说，心里有小疙瘩。老一说："我们兄弟们什么都是透明的，不能让小疙瘩坏了兄弟们的大感情。"后来老二出个主意，集资，建立吃饭基金，九妹管理。女人天生有打理生活的能力，九妹是女人中的狐狸，老一说。九妹几乎把酒店里每个菜的价位弄得清清楚楚，为几元钱把老板喊来理直气壮地要求老板降价，并且吃她的唾沫星，最后感激地告诉她：谢谢你把对手的价码告诉我。我们总是能吃到最便宜的菜，后来看到我们来，老板自动降价。九妹老是在饭桌上推销猪头，老一很不高兴睒眼问他："你知道我和他什么关系么？"九妹嘎嘎笑："不会是男同吧？"老一鼻子里哼哼两声，只管搛菜，"以后你别跟我提这个人，我不想听。"老一重重地放下筷子。九妹脸上飞红云："有啥么？别跟钱过不去，人是个影子，我们看的是钱的笑脸。"老一盯着九妹："神仙一样的人，谈钱怎不是个味呢？妖怪！"九妹噗嗤笑开了花。"九妹，九妹，可爱的妹妹……"老一怪声怪调地唱，其他人起哄，九妹花枝乱颤。

老一喝多了。兜里的电话乱响，老一说不接，天王老子我也不接。电话还是响，不屈不挠。房间里酒香菜香都被烟味搞臭了，九妹起身拉开窗子，一股城市夜晚的潮气涌进来，几个人打了一串喷嚏，九妹看了一眼正在鸣叫的手机，说："我来看看，哪个美眉敢骚扰我大圣哥哥。"边说边喂了一声，然后沉默了，把电话递给老一："你夫人，嫂子！"

老一手一挥："不理她，没了她我日子照样过！"

几个人都不吱声，喝茶，喝得地动山摇。电话还在响，老一抓过来猛地一掼，手机在地上粉身碎骨，彻底断了气。"我要坚决告别过去。"老一喃喃道。

我们互相搀扶着走，路过文汇楼的时候，老一要小便，我们说："这是文汇楼，你尿在裤子里，也不能在文汇楼撒半滴尿！"我们还清醒，我们知道只要老一掏出东西来，不定哪个角落里就会冒出个人来，把他的东西剪掉。

文汇楼是扬州人心中的圣地。

老一脸上露出诡异的笑，笑纹胀裂开来，要撑破斑驳的脸。

老一后来坚决不让人送，跟跟跄跄地向阁楼走，我们担心汽车会把他压成肉饼。

在阁楼里等待老一的是那只半截尾巴的老鼠。老一踢开门，老鼠惊慌地站立在电脑键盘上，听到老一浓重的呼吸声，老鼠坦然地蹦到地面，几乎直立着在地上散步，老一笑了："你家伙，跟我骚情，看不饿死你。"从口袋里掏出饭团。"今天给你加餐。"老鼠快乐地发出一阵吱吱声。老一头很晕，身体澎湃着，老一在电脑桌里翻，终于翻出了某艳星的艳照，艳照刚出来的时候，老一曾从网上下载过。现在，昏黄的灯光下，老一和老鼠一起看。

老一的媒体上打出淫秽的艳照，被晨练的老头发现，他们每天围着文汇楼转圈子，他们驻足，提醒路过的人一起看。人越聚越多，集市似的。他们张着嘴，不相信自己的眼睛，后来，他们咧开嘴大笑，世道变了，文汇楼教人看黄片。看着，看着，他们愤怒了，文汇楼是什么地方，啊，凝聚了千年的文脉，竟然公然放映淫秽片，砸，几个人满地找石头，找着一颗石子，无奈，屏幕高了点，石子扔出去，只是划了条弧线，就没了踪影。一个白头老翁不甘心，掏出电话，打110。

警察撞开老一的房门，老一正伏在电脑桌上酣然大睡。半截尾巴的老鼠本来在打瞌睡，被撞门声吓得跳起来，看看酣睡的老一，不安地躲在墙角发抖，它的鼻子嗅到了灾难的气息。

老一成了坏了扬州风水的一摊鸡屎，被无数人唾骂。

6

我们把老一从派出所里接出来，老一几乎是一个没了生气的口袋。他的半城朋友没一个看他的，看着我们悲悯的目光，老一摸摸脸，狠狠地说："丢人啦，又丢一次，江湖上没法混了。"我们在红房子为他洗尘，他说："洗什么洗，像从联合国回来似的。"我们默默地扒饭，连一向没心没肺的九妹也闭着嘴，眼光无力。扒了几口，老一对满脸油腻的老板娘喊："拿酒来，白酒！"

现在老一面临的最大问题，是没有去处。文汇楼的高楼那间阁楼已经换了主人,我们下午把老一的几件换洗衣服拿了下来,一个年轻人显然已经把里面打扫一空,有一点新气象,电脑上字幕是"欢迎光临",但显然不是对我们。

"只有回家,回你的家。"我喝了一口汤,西红柿蛋汤,放下勺子说。我逡巡一眼其他三个人,再看老一。老一摇摇头,一口韭菜在他嘴里嚼得很慢,"你们再让我想想。"

九妹很果断地拿出手机:"说电话号码,我来给嫂子打电话。"老一伸出粗大的手掌,摁灭了九妹的手机,说:"我自己打,你们说不清楚。"老一一口干掉了半茶杯白酒,脸迅速潮红起来,那个大蒜的鼻头把老一扮成了一个小丑。"我不怪她。"老一鼻音很重地说。

事情还是出在猪头身上。

当日开着猪头的豪车去一个豪华饭店吃饭,酒喝多了,太多,两人歪歪扭扭地上车已是深夜,天下起了雨,很大,视线非常模糊。老一说:"猪头,别开了,我们打个车吧。"猪头昂昂脖子:"没事,在扬州,能出什么事,能把……老子怎样?"路过通江桥,是个十字路口,桥陡,老一好像看到一个黑影飞来,猪头继续开车,巨大撞击,猪头的方向盘抖了一下,一个黑影被撞飞10米,两人呆住了。停下了车,哗哗的雨声淹没了他们,老一迅速冲向黑影,浓重的血腥味穿透雨帘,扑面而来。那个人脑浆崩裂,气绝身亡。老一手颤抖着,几乎不敢碰那人的鼻子,胸口的热气还在,但魂灵早已祭奠了通江桥桥神。

雨哗哗下,只有偶尔的出租车像孤魂野鬼般游荡。

两个人彻底清醒了,听到彼此粗重的呼吸,两个人都在抖,车门也不关,雨斜斜地砸进车内。猪头说:"这个冤死鬼,要了我的命,我的猪,我的名声全毁了!关键还醉驾,要判刑!"老一沉默一会说:"我们兄弟一场,不容易。"猪头吼一声:"你现在还说这些没用的干啥?"

哗哗的雨帘里,他们看到不断旋转的警灯,巡逻警察来了,猪头瘫在车座上不能动弹，老一捏捏他的脸，"你回家吧，你有事业，我来。"

老一挥着手喊警察："我撞死人了！"

老一的日子从此改变了。老一判得不重，一年刑，但是工作丢了，记者不能当了。从牢里出来，通过关系在文汇楼的屏幕操控。老一身上还残留着豪气，老一说，老子还做媒体，还是记者，还是天下第一。

千不该，万不该，猪头和老一老婆孽情暗生，被老一捉奸在床。老一说到这儿的时候，咬牙切齿，我恨不得一把火烧死这对狗男女。

老一被拘，吓傻了他老婆，她不断地对猪头哭泣，请他帮助找人。猪头又是出钱，又是找人，忙得感天动地，这个女人一下子跪在感激里。一趟一趟奔波，终于，女人虚弱的头颅，靠上了猪头宽阔的肩膀。

老一说："这些事，我从来不说，丢人呢，今天告诉你们，我他妈的真痛快！"一昂头，干了剩下的半杯酒。九妹抹完眼泪摸老一的脸："大圣哥哥，别伤心，你是汉子，猪头是个狗东西！"老一笑笑："他本来就是头猪。"九妹抹抹老一的胸口，"我看到你滴血的心呀！臭猪头，答应帮老娘销酒，我还以为他是个人呢，果然只是一头猪。"

老一说："老板娘，再来一瓶酒，'瓶中春'。来，来，兄弟们，这点痛算什么！喝酒！"

7

还是办公室主任有办法，老三终于给老一找了个商场的仓库栖身。老一只占一个角落，寒酸得让我们落泪。老一对着五颜六色的各种纸板木材，大手一挥："我是孙大圣，不信这水帘洞变不出花果山，九妹小妖怪，你信不信？"九妹格格笑："看你大圣哥哥七十二变！"

我们担心的是老一现在没工作，会不会去卖菜。老一一天沉痛地说："我当不起你们的老一，这个称号，沉重得像座山。"

我们说："你不当也得当，谁叫我们在佛前上过香，有难同当。"

我们的董事长老一对带兄弟们发财，念念不忘。老一每天夹个包，进进出出仓库，一副要做大事的样子。我们等待着他的好消息，灌假酒的事他没再提起，估计他现在痛恨它，那天我们在红屋子喝的是假酒，老一把红屋子那个粗糙成水缸的胖女人骂得狗血喷头，说："你再卖假酒，我代表扬州人民，把红屋子封了。"胖女人一个劲地叫屈，哪能给你们喝假酒，都是酒贩子！

我们不再踏入红屋子半步。

这次，在烧烤上，老一郑重宣布："经过长时间考察，准备进军4D电影，在隋炀帝陵。现在人们都有文化了，都想看千古一帝最终睡觉的地方，放隋炀帝故事片，看他用美女拉纤，看他金戈铁马，看他琼花树下死，做鬼也风流。这是一个大策划，大手笔，色香味俱全。"老一兴奋起来，忘了吃烧烤："还可以放老电影，放苏联电影、美国电影看，隋炀帝陵放美国电影、苏联电影，多有创意，我早就想拍部文汇楼的电影，没想到先拍隋炀帝。"我们热血沸腾，一滴发财水溅进油锅里，变成汽，变成云，五彩缤纷。老二说："我的头发又要落了，我撑不住这样的好事。""撑！兄弟，这是隋炀帝送给我们的礼物。""先是隋炀帝酒，现在是隋炀帝电影，哥哥，你和隋炀帝攀上亲了。"老三咬了一口肉，喝了一大口啤酒，含糊不清地说。烧烤摊上的烟呛了老一，老一咳嗽起来，咳弯了腰。九妹乖巧地拍老一的后背，"大圣哥哥，你别这样激动，好不好？"老一只顾咳嗽，地动山摇。啤酒是冰的，他的胃经不起刺激。老一咳嗽完，蒜样的鼻头呼呼出气，气稍顺，又激动起来："投，你们有多少钱都投进来，公司按比例分红，九妹管账，你们尽管放心。"

我们终于在散发着各种气味的仓库里，见到老一的老婆，我们的大嫂。大嫂脸很白，苍白，透着冷艳，他是老一辉煌时期的纪念物。现在，老一找她来，老一需要钱，老一需要为光荣的4D隋炀帝牺牲自己的自尊心。"有了自己的事业，牺牲面子，也是可以考虑的。"老一说。我们看到她的明眸皓齿，想到猪头暴发户的嘴脸，像吞了只苍蝇，我们可怜的老一！她来，是要老一回家，只要老一回家，她愿做牛做马。老一提出的要分手费，他不愿意回家，他要离婚，彻底离。冯甜，我们现在知道她叫冯甜，向后拢拢头发，"钱可以给，婚不离。"冯甜眼泪就下来了，洁白的皮肤上划出令人心怜的湿痕，嘴唇颤抖着，无助地看着我们。

冯甜把老一的帐子一掀，"你宁愿在这每天喂蚊子，也不回家？"蚊帐一掀，几只蚊子撞上我们的脸，我们才想到，我们每天在空调下吹凉风的时候，老一正在与成群的蚊子鏖战，仓库里粗大的蚊子成手捧，冯甜一来就注意到了，冯甜是心疼他的。仓库不通风，我们一身汗。老一说："那个家，我回得去吗？"冯甜不说话，我们一个劲劝说，老一抽烟，仓库里像着了火，老一最后踩灭烟头说："我忙过这阵，回……回家，看看。"

九妹说："这就对了。"也有一丝欣喜爬上冯甜眼梢，这个女人想回到过去的日子里去。

项目是九妹一手策划，九妹是个有胆有识的女人。我们坐车去北郊，拜谒隋炀帝陵。这是一个叫雷塘的地方，有土丘有绿水更有郁郁苍苍的绿树、茂密的草甸，我们坐在高高的坟墓旁，讲那发财的故事。九妹说她就是这个村的，我们出来时，九妹对看门的大伯说："大伯谢谢您，到时候给你开工资。"大伯憨憨地笑着，挥挥手，心满意足的样子。九妹指着前面的一排房子，"现在这里陈列的画图太静态，太无味，我们把它推掉，做我们的4D影院，哪个能不掏钱？我们上次说开发酒，放在这里卖，谁不愿拎点回家？"我们都点头，这无论如何是个好主意。不需要我们满大街去推销隋炀帝酒。老一说：

"我们原来的扬子江文化发展有限公司要改名,改成隋炀帝文化发展公司。"我们点头如捣蒜:"对对,名正才能言顺,言顺才能万事顺。"

出了门,我们远远地回望这个大土丘,原来是只巨大的元宝。

上了我的富康车,老一拍拍车座:"伙计,我们一人一辆巡洋舰有指望了。"突然止住口,喃喃道:"奶奶的,老子终身禁驾。"我们笑着安慰:"开再好的车,也是个驾驶员,坐豪车才是老板!"

回到家,我们翻箱倒柜,找出最后一枚硬币,向九妹的账户打钱,我们都成了名副其实的董事。

8

老一有天深夜给我打电话,这时我正在按他意思编隋炀帝剧本,漫不经心地揿了应答键,老一的声音透着怯弱:"老四,你是作家。"我干干地笑两声说我是余孽,"你最明事理,你说,我该怎么办?"老一接着说,我说:"什么怎么办?"老一鼻子呼呼出气,"九妹告诉我,猪头烧死了。"啊哦——,我惊讶地抖了抖手机,我说:"好,多行不义必自毙。我们喝酒去,吃猪头肉。"我想起了昨天晚报的报道。报道说,前天一场大火烧了一家木业集团,全是木板刨木花,点火就着,老板看着自己的家业即将付之一炬,拿把扫帚就冲进车间灭火,哪想到一阵烟来把他呛倒,接踵而至的大火把他烧死,成了这场火灾中唯一被烧死的人。我当时感慨,这是私营企业,如果是公家的企业,第一个烧死的也许是工人或者保安。我说"猪头不是养猪么?搞什么木材加工?""人家现在是集团公司,产值几个亿。"老一清清嗓子,低沉的声音传来:"老四,你说我要不要去吊唁一下?他们说,高大的猪头现在烧得只剩半截扁担长,像只断了头的龙虾。"

我呼呼出气,我感觉到老一仓库里的沉闷气息,透着潮湿、霉烂。

"我这么落魄,冯甜怎么办呀?我知道他们还有来往。"老一又说。

我很吃惊。我说:"你管人家,人家管你生死了么?这狗男女,嗤——,你还——"

"不是,不是——"老一赶忙打断我,"当年是我冲动要喝酒兜风,我顶他的罪也是应该的,他有那么大的事业,我,嘿嘿,小人物。我进去,冯甜那么无助,我能理解——"

我打断他,"你这么说,我觉得你真窝囊透了,被人卖了,还帮人数钱。亏你还是记者。"

"是记者,但是临时聘的,随时可以解聘。我心里一直感激冯甜不嫌我,嘿嘿——,我就想着,我们的公司办起来,我……活出个人样来。"

我说:"我想不到你这么……哎,你在哪里?"

"我在仓库,我想明天去一下,人都死了,我们怎么说也兄弟一场,恩怨已化作灰尘,只是冯甜……"

我说:"你哪里有孙大圣的风采!"

我掷了正在看的隋炀帝资料,大声说:"你可真别去——,去了,我就不给你写剧本了。没骨气!"

我愤怒地挂了电话,对着雪白的墙壁发呆。从派出所出来,老一好像突然失去了法力,孙大圣到处受小妖怪气。

一个月后,老一晃荡晃荡地来到我的办公室,倚在门上,很疲惫的样子。他说:"老四,我还是回不了家,那个女人,唉,心被摘去了。"我说:"老一,你最近怎么总有点失却豪气,有点……伤感。"老一取过桌上的纸杯,到自来水龙头那儿仰头咕咕喝了几口,我要给他倒热水,他大手摇摇:"喝凉水畅快。"我说:"你真去了?""去了,这人活着有什么意思?如条狗呢,你说,什么荣华富贵,转眼成烟云,什么能带走?我没给他鞠躬。"老一语无伦次。

我不理他，很生气，丢我们弟兄们的先人。

我看老一破碎的脸，这张脸现在看真是平淡无奇，只有那个大蒜鼻显出一点特别。这张脸应该最兴奋最神采飞扬青春勃发。我说："老一，猪头死了，我们兄弟都为你高兴，你怎么？"老一抹了把脸，"兄弟，你们的意思我懂，我应该大宴宾客三天。可是，我真的不兴奋，心劲松了。"

我说："原来你一直和猪头叫着劲，猪头是面镜子，照出你人生的不堪。你和我们称兄道妹，是在聚合力量寻找伙伴，现在猪头死了，你感到没了敌人，可以马放南山刀枪入库，是不是？"

老一嗫嚅半天："还是你会说话，好像说到我心上去了。"

"你这种心态，不管什么时候，注定要输给猪头，虽然他浑身散发着臭气。"

老一颔首，摩挲着自己的鼻头："我感到什么都一下子没了意思。"

"项目还搞不搞啦？"

老一一惊，突然明白什么似的："我忘了正事了，你最近和九妹联系没？手机总打不通。"

我掏出手机，快速地拨九妹的电话，关机关机关机……

我又给老二老三打电话，他们惊慌地说：九妹呢？我们的九妹呢？我们一律问老一，仿佛被老一藏在了什么地方。回想一下，我们对九妹一无所知，除了她的电话号码。我说："老一，你知道九妹姓甚名谁？"老一摇头，老一虚汗淋漓，老一说："我热。"这时候，是初春，门外正阳光明媚，几只蜜蜂瞌睡似地乱撞。

老一说："我已经打了一个星期了。"

"那个隋炀帝陵不是她的村子吗？那个看门的不是她大伯吗？"

老一摇摇头，"都不是。工地上没有动静，那个看门人收了她好处的。她果然是个狐狸精。"

我们的投资近百万被九妹席卷一空。我们去派出所报案，嫌疑人姓名栏填上：九妹。

我们的隋炀帝，我们的4D，我们的超越梦想，被这两字死死地订在了纸上，像两只苍蝇。

我遗憾地说："应该喝血酒的，喝了血酒就不一样了。"

老一冷漠地乜我一眼，"她根本没和我们拜过！"老一皱着眉头，点燃一支烟，又突然兴奋地说："我有她的QQ号！"

9

老一躲在仓库里，24小时上网，到处发人肉九妹的帖子，本来想找一张照片，除了我们四个人的合影，没有一张她的照片。热爱摄影的老二歉意地说：我怎么就没给她拍张照片？但是人肉帖子几乎没有回帖，老一盯着九妹的QQ头像，总是黑色的，但是有一天深夜，这个头像突然闪了一下，老一惊惧地敲键盘，九妹，九妹，是你吗？是你吗？你有什么难处，告诉哥哥，你为什么携款逃逸呢，你已经是网上逃犯了，九妹，九妹……我是你大圣哥哥！

网上一片死寂。

冯甜不断地来仓库，老一也知道呆在仓库里不是长久之计，老三的领导已经显出了不悦，老一说他准备向冯甜投降。我说："还要说吗？你早就投降了，你还是回家好，哪一个家庭掀开来没有点难言之隐，过日子呗，我们几个兄弟都是这个意思。"老一又哼哼几声，"九妹在，就好了，九妹……"我说："还九妹呢——"

一个闷热的深夜，灯光暗淡，老一守着电脑打瞌睡，突然一个熟悉的声音传来，一只半截老鼠出现在老一面前，脸上似乎有揶揄的笑意。果然是文汇楼阁楼的半截子老鼠，在子夜时分，像个先生似的在仓库的水泥地上踱八字步。老一惊喜万分，半截子的鼻子灵，寻着气息寻来了。

老一笑："你个狗东西，也知道下乡来看哥哥，你怎没被汽车压死，没被野猫咬死。"

半截子吱吱发声。

老一又说："乡下没什么好招待，你不会嫌弃吧！"

仓库在郊区，离文汇楼十华里。

2013年春夏之交，一条消息传遍全国。

扬州一处房地产项目施工时发现了古墓，墓志显示墓主为隋炀帝杨广。来自全国各地的考古专家认可了这一论断。

此前公布的省级文保单位隋炀帝陵，位于扬州北郊。误判出现，在于唐代以后隋炀帝陵渐渐荒芜，不为人知。清大学士阮元经考证认为，一处大土墩为隋炀帝陵，于是出资修复。

老一看了这条消息，愣半天，说："原来我们拜托发财的是个假皇帝呀，唉——，该我兄弟们破财，这笔钱不被九妹卷去，投资也白投资，现在也许我们损失更大。"

我点头称是。

这是个糊涂的孙大圣，至今执迷不悟。我想，他还将执迷下去。

九妹失踪已经3年了。

抽烟问题

　　大水掏了所有的口袋,心里涌起非常的渴望,听到喉节蠕动的声音,可一支烟也没有从口袋里掏出来,只掏出了几缕烟丝,黄黄的,发出诱人的光,大水无奈地把烟丝送进嘴里咀嚼,一丝丝的苦涩刺激了更多的唾液,竟感觉出一丝丝甜味来。

　　大水是瘾君子,单位里的人都知道,单位里的女人都在背后叽叽喳喳地说大水有烟味,谁嫁给他,谁倒霉,大水要想在单位里找个老婆是太困难了。

　　大水抽烟是大学里学会的,宿舍里的老三是云南的,经常带一些云烟在宿舍是散发,大水当然也常常在被邀请之列,起初大水不接。可顶不住宿舍里六支烟枪的猛烈喷射,抽吧抽吧,被动吸烟比主动吸烟的危害加十倍。那时校园里正风行潇洒这个词,吸烟就是潇洒的标志,看着别人潇洒地夹着烟卷,眯着眼睛,海阔天空地神聊,那兴奋摆动的手上夹一支香烟,蓝蓝的烟雾随着手的摆动划一个动人的轨迹,飞扬的烟灰像唾沫一样溅得到处都是,这就是潇洒,这才是激扬文字的青年学子,大水怦然心动。

大水第一次抽了烟。

大水握那烟时感到特别别扭,不如筷子或勺子拿在手里实在,点着火,刚吸一口就猛烈咳嗽,再吸感到头昏,再吸却感到熨贴,大水就抽上了,渐渐地抽出瘾来。

大学毕业,到工厂,干的是技术工作,也就是个画图工,几个建议没有被采纳,或是脱离实际或是别的什么原因,反正搞着搞着就觉得没什么劲了。工厂不景气,一个月才拿二百来块钱,刨去基本生活费所剩无几,烟的牌子也是一降再降,现在只能抽七八毛一包的了,还常常买不起。抽烟成了问题,而往往越简单的问题越是难以回答,这类问题回答起来似乎有点沉甸甸,看看左右的同事一个个结了婚,偶尔也有大学里的同学来信说结婚了,问他成家没,每接到这样的来信大水就感到心里堵,常常把平时节攒的钢镚或毛票凑起来到铺子里买一包烟,关起宿舍门来一支接一支地抽,抽得嘴里发苦唇边发麻,脑袋昏沉沉,才感到舒坦。

大水的家在乡下,能考上大学是父亲的荣耀,那是大水第一次看见父亲喝醉了酒,红着眼睛,又哭又闹,完全失去了父亲的尊严与持重。大水去上大学的路并不平坦,父亲是给他定了亲的,虽然这事已不多见,但事实是虚抖抖的父亲生怕儿子找不到老婆,上初中时就给定下了同村里的小翠。

大水那时候糊里糊涂,只是觉得小翠长得蛮漂亮,能娶这样的女人是一种福气,一拿到大学录取通知书虚抖抖的父亲就严肃地向小翠家提出退亲的强烈要求,大水觉得父亲是有点过分,但考上大学了,农村户口变成城市户口了,没什么了不起也有点飘飘然。父亲的借口是娃坚决不同意,新社会是婚姻自由,做家长的也奈何不了他,更何况人家马上就是大学生了,有光明的前途。小翠家的人扬言要到学校去告他这个陈世美,不知怎么没去。只是小翠哭红了眼,一个劲地表白她不影响他的前途,小翠说:"荷花不硬长在你家的荷花缸里。"大水想,那荷花不死了?小翠没死,现在过得很好,当时大水闻到荷花塘里飘来的阵阵花香,对小翠的表白似乎无动于衷。

大水就是在这样一个背景下走进大学的,建立在小翠悲伤基础上的自信使他感觉良好。

大水在大学里的爱情也是昙花一现,他终于尝到弃爱的滋味,能咀嚼到小翠当年的心情。大学是一年土二年洋三年不要爹和娘四年准备去留洋。有一天,就是该洋没洋起来的那一年的某一天,大水深感孤独,这时他还没学会抽烟,大水深深地体验了孤独的滋味,他后来写过一句诗"烟——是孤独的拐杖"也绝非一时的冲动,大水于是去看电影,大学周围的电影院的生意永远好到极致,年轻学人成群结队地填满电影院的空间,那是一部关于爱情的很凄婉的故事,大水越看心里越堵得慌,越堵得慌越觉得心里空落落的没个依靠。电影散场时人群像鸭子出了栏乱哄哄的,在出口处大水觉得膀子被人套住了,自然而亲切,然后就听到如莺之声激动而哀怨地叙述着电影里的故事,大水一直没有吭声,心间被一种叫幸福的东西充塞着——那女子太投入电影,竟认错了男朋友,而大水是当仁不让地把这叫丽的女孩争了过来。

大水知道那是没结果的事情,就像栽下一棵榆树,你不希望从它身上摘下苹果来一样,因为丽不是汉族,大水知道他的家庭绝对受不了非汉族血统的女子,大水的家族是古老的纯正汉族血统,很古的时候就在脚下的土地上生活了,土地上每一根神经似乎都通到过他的家族的某个部位,这样绝对的血液怎么能容纳从银川流下来的一支,这跟天上下起黄金或马粪一样让整个家族不能理解,结果只能是丽背起行囊走进大漠深处,在那个大漠深处灿然开放,而大水到了这滨江的小城,不时想着丽这株美丽的夜来香。

随着丽的离去,大水每天摄入的烟的剂量也在大幅地上升,在烟雾缭绕之中,丽的种种好处在烟雾中跳舞。

也许是对大水的挚爱，丽从来没有阻止过大水抽烟，吸怕是口头上的，一次也没有，大水有时候感到手头特紧，连平时节攒的钢蹦也消灭殆尽时，大水会要求丽去买烟，丽买了烟后会毫不张扬地给大水放在床头，同宿舍的男同学这时眼睛就会冒出火来，这只能更加激发大水和丽的感情的升华，不管怎么说，被别人羡慕总是好事呀。

就像大水现在羡慕别人成了家庭一样，自从和丽分手以后她就像一只永远消失的风筝，大水再也没有和她联系上，联系上干什么，只要曾经拥有，只要你过得比我好，大水想，她现在该拥有一个温馨的家庭，甚至还有可爱的孩子，大水只要想到大学生活就会想到丽，就不觉从内心深处涌起一些伤感，一些失落，对家庭充满怨恨，到现在还没找上对象从潜意识里不能不说是对家庭的报复。

起初，额角的一点白点没有引起大水的注意，大水抽着烟叶冒出的烟雾照了镜子，大水审视着自己尚可称英俊的脸，就觉得有什么硌了眼，有点不对劲，搜索完脸部的每一个细节，终于搜出了一块白斑，以前像米粒一样的白斑在不知不觉中胀成了一块白指甲盖，狰狞的面容肆无忌惮，大水觉得四脚冰凉，脑袋木木的，发疯地用手抠那一块白斑，直到抠出血来，可这一切无济于事，那白斑依然故我，并大有蔓延之势，大水感到前途一片黑暗，实际上，人自身肌体上的疾病是最大的痛苦，而此前所谓的心灵的痛苦此时一文不值。

遇到萍是一个阴郁的午后。

大水居住的这座小城是结合了南北方特点，既有南方城市的清新，也有北方城市的古朴，算是一种比较典型的富裕小城。

那天大水睡了一上午，睡眼惺忪地冲上环城公共汽车，那劣质的烟雾激起了一个人的强烈咳嗽，大水无动于衷地斜叼着香烟，这时街面的情景像一只只鸟的影子飞速闪过。

"请你把香烟灭了，好吗？"

是一个女孩的声音伴着难以克制的咳嗽,用的是本地话,但却没有骂人,本地的女子开口就骂人,特别是骂外地人,所以每个到过小城的人对那些艳若桃花而吐出毒液般语言的女人均记忆深刻。世事如一盘棋,或者说如飘落的树叶飘落得无序无列,也许两片叶子在空中飘落时各有轨迹,但最终落在了同一块土地。

大水斜视了发出声音的人,一股电流通过了大水的周身。四只眼睛由惊讶而喜悦,是萍,和大水是高中同学。大水能一眼认出她来,佩服了自己的记忆力。萍是那种考了几年也没有考上大学的人,最后终于向大学投降。萍的感冒使她闻到烟味就感到窒息。她在新区一家工厂上班,当然户口花了一万多元变成了城市户口,现在到处是开发区,只要花钱,农村户口也能变成城市户口,大水对当年自己考上大学解决户口的欣喜感到多么可笑,萍愉快地介绍同学的情况,谁谁在哪儿工作,当了什么官了,谁谁虽没考上大学,但现在成大款了,而这些大水都一无所知。

萍叽里咕噜问这问那,似乎要把大水这几年的生活彻底搞清楚以便直接走进去似的。大水的回答简短而缺乏热情。萍也感觉到什么,于是发出轻轻的叹息,就不再吱声,一直到和大水说再见,下车,只是深深地剜了一眼大水,那眼光似乎看到大水心里深处的什么东西。

大水没想到,这短短的一晤,竟让他难以忘怀。

走进医院的门槛,熟悉而陌生的药味迎面扑来,刺眼的白令人窒息,大水在一片白光里虚化于无,脑袋里充溢着白,浑身虚弱而无力,这时被抠得血淋淋的白斑疼痛无比。

就诊的医生对这一类病司空见惯,一副无动于衷的样子,大水恨不得一拳砸扁他的鼻子,让鲜血溅上他的脸。医生的声音干燥而冷酷:这种病是白癜风,是一种皮肤顽症,目前还没有用之有效的治疗方法,初步认为是由肾虚引起的,要戒烟戒酒,不过没什么,不痛不痒，只是有碍观瞻，特别是夏天，结婚了没有？

早结婚了，孩子都三岁了，大水说起谎来竟毫不脸红，一抹戏谑地微笑，溢上他的嘴角。

那就好，没什么的——

大水愉快地叼起一根香烟，顺手给了医生一支，转身离去，感到自己的脚步走出门诊室时，从容而坚定。

这种病还是把烟戒了的好。

医生嘀咕道。

大水已走进八月的阳光里了。

我有病？你他妈才有病，戒烟戒酒，戒你妈的头——大水用最歹毒的话咀咒着，迈开脚步，可竟不知迈向何方，左右张望了半天，看到了墙角处一个卖眼镜的摊子，大水无意识地拿起一副墨镜，大水发现对着卖镜人的如簧之舌毫无抵挡之力，只有乖乖掏钱，才使自己感觉不欠他什么。

大水套上眼镜，为墨镜制造的世界激动不已。

毒辣辣的太阳像给阉了似的，只剩一张惨白的脸，街道上的树变成一团团虚虚绰绰的雾影，那些妖艳的女人似乎是站在傍晚的街头卖笑。大水大胆地顺着这些女人凹凹凸凸诱人的线条深深地看下去，似乎穿透了她们的每一个细节，而不必遮掩。

大水戴着墨镜四处游弋，很晚才回来睡觉。

大水憋得难受，莫名其妙地站在一个大大的浴池边，浴池大得看不到边，水把池边浸得半湿，没湿的那部分硬硬地泛着白光，面向浴池感到难受，于是背对着浴池掏出阳具，这时大水看到一个吧台，一个女郎在向他微笑，那女郎似乎是丽又似乎是萍，这种气氛大水似曾相识，虽然有点羞赧，但随即一种宣泄的快感使他向女郎发出了微笑……

大水就是戴着墨镜叼着烟卷出现在萍的面前的，惊的萍几乎把刚从食堂打的饭泼到地上,大水需要一个女人,不管她是谁。

接下去的故事就显得平淡而从容了,只是萍不喜欢大水抽烟。

那是大水第一次吻萍时知道的。

那晚空气非常闷,大水戴着墨镜,萍建议去看电影,《大红灯笼高高挂》。萍又说:你把眼镜摘掉。

为什么?

我总觉得你像特务似的。

不,你说错了,我是监视特务的。

你别以为你上过大学,玩一文不值的幽默,戴上眼镜老气横秋。

大水被说得没了脾气,只是墨镜还不肯摘下来。

萍说:戴个眼镜,你怎么看电影,不要把大红灯笼看成大黑灯笼?

大水只好摘下眼镜,再看萍时,显得很不真实,萍看大水时,发现大大咧咧充满男人气的大水的眼神竟然是怯怯的,一股爱怜的母性的温柔充溢了她的声音。

大水害怕谈起颜色,特别是这种绝对的红或黄,那些概念模糊的颜色并不让他心惊肉跳,如有人谈到白色大水就会缄默不言虚汗淋漓,自己那块显著的部分就会针刺般的疼痛,所以对萍建议去看红灯笼之类的电影,大水感到很心虚,但去还是要去的,否则干什么呢?大水觉得和萍在一起无聊之至,可不和萍在一起又有哪个女人的港湾让他停泊呢?

看完电影出来,大水就手忙脚乱笨拙地把萍逼到一个角落,然后把自己的舌头送进萍的口里,完事后,萍连连呕吐,撕心裂肺。

萍对大水的满嘴烟味痛苦不已。

萍坚决要大水戒烟,这要求似乎并不过分。

大水沉默着,又想抽烟,大水一沉默就想抽烟,大水刚掏出烟来就被萍扔到了臭水沟,扭头就走。

这时,秋天的颜色已经隐隐约约地袭来,大水感到了凉意。

看着萍远去的背影，大水想到丽，不自觉又掏出一根烟，正想点上的时候，看到一个小女孩，蹦蹦跳跳过来，一不小心摔了一跤，大水扶起她，涌出和她说话的欲望。

"小朋友，你怎么到现在才回家？"

"老师给我开小灶。"

"上几年级了？"

"三年级。"

"你上学干什么？"

"上大学。"

"上大学干什么？"

"不知道，叔叔再见。"

"再见。"

小女孩背着书包又蹦蹦跳跳地走远了，看着她小鸟般的背影，大水不知不觉泪流满面。

大水下意识地想吸一口烟，发现手中的烟已被捏得粉碎，烟屑四散。